suhrkamp taschenbuch 625

Howard Phillips Lovecraft wurde am 20. August 1890 in Providence, Rhode Island, geboren. Er führte das Leben eines Sonderlings, der den Kontakt mit der Außenwelt scheute und mit seinen Freunden und gleichgesinnten Autoren fast nur schriftlich verkehrte. Er starb am 15. März 1937, und sein hinterlassenes Werk ist nicht umfangreich. Zu seinen Lebzeiten erschien nur ein einziges Buch, *The Shadow over Innsmouth*. Etwa 40 Kurzgeschichten und 12 längere Erzählungen veröffentlichte er in Magazinen, vor allem in der Zeitschrift »Weird Tales« (Unheimliche Geschichten). Lovecrafts Ruhm als Meister des Makabren ist ständig gewachsen, und seine unheimlichen Geschichten wurden inzwischen in viele Sprachen übersetzt. In dem amerikanischen Verlag für phantastische Literatur, Arkham House, erschienen u. a. *The Outsider and Others* (1939), *Beyond the Wall of Sleep*, *The Dunwich Horror and Others* (1963), *Dagon and Other Macabre Tales* (1965). Außerdem erschienen in der *Bibliothek des Hauses Usher* des Insel Verlags: *Das Ding auf der Schwelle* (1969), *Berge des Wahnsinns* (1970), *Der Fall Charles Dexter Ward* (1971), *Stadt ohne Namen* (1973). Lovecraft, in der Tradition Edgar Allan Poes stehend, ist der Erfinder eines völlig neuartigen Grauens, einer, der die Verdrängungen und Archetypen der Seelen zu einer riesenhaften Science-fiction aufbauscht, ein Bücherträumer wie J. L. Borges. Das Kirchhof-Biedermeier der Gespenster und Spektren, der Untoten und Wiedergänger weicht einem kosmischen Horror, der so authentisch ist wie jede »wahre Geschichte« und so plausibel wie eine mathematische Formel. Der Band *Die Katzen von Ulthar* sammelt verstreute Erzählungen, die noch nicht im Insel Verlag erschienen sind.

H. P. Lovecraft
Die Katzen von Ulthar

und andere Erzählungen

Herausgegeben
von Kalju Kirde

Phantastische Bibliothek
Band 43

Suhrkamp

Deutsch von Michael Walter
Umschlagzeichnung: Thomas Franke

suhrkamp taschenbuch 625
Zweite Auflage, 16.–27. Tausend 1981
© 1939, 1943 by August Derleth and Donald Wandrei
© der deutschen Übersetzung Suhrkamp Verlag
Frankfurt am Main 1980
Suhrkamp Taschenbuch Verlag
Alle Rechte vorbehalten, insbesondere das
des öffentlichen Vortrags, der Übertragung
durch Rundfunk und Fernsehen
sowie der Übersetzung, auch einzelner Teile.
Satz und Druck: Ebner Ulm · Printed in Germany
Umschlag nach Entwürfen von
Willy Fleckhaus und Rolf Staudt

Inhalt

Die Katzen von Ulthar
7

Das Weiße Schiff
11

Celephais
18

Die Traumsuche
nach dem unbekannten Kadath
25

Der Silberschlüssel
144

Durch die Tore
des Silberschlüssels
159

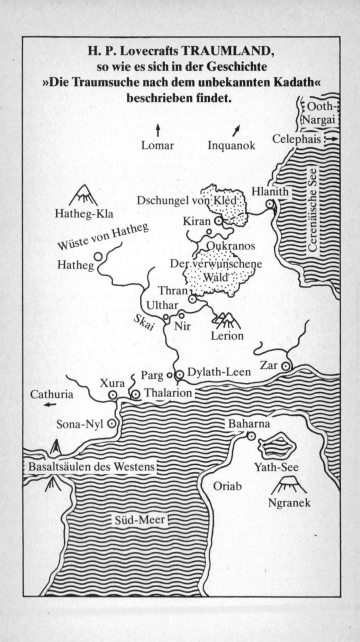

Die Katzen von Ulthar

Es heißt, in Ulthar, das jenseits des Flusses Skai liegt, darf niemand eine Katze töten; und wenn ich sie betrachte, die am Feuer sitzt und schnurrt, kann ich das durchaus glauben. Denn die Katze ist kryptisch und vertraut mit seltsamen Dingen, die den Menschen verborgen sind. Sie ist die Seele des alten Aigyptos und Trägerin von Geschichten aus vergessenen Städten in Meroe und Ophir. Sie ist vom Geschlecht der Herren des Dschungels und Erbin der Geheimnisse des ehrwürdigen und sinistren Afrika. Die Sphinx ist ihre Cousine, und sie spricht ihre Sprache; aber sie ist viel älter als die Sphinx und erinnert sich an das, was jene vergessen hat.

In Ulthar lebten, bevor die Bürger das Töten von Katzen überhaupt verboten, ein alter Kätner und dessen Frau, die ihr Vergnügen daran fanden, die Katzen ihrer Nachbarn in Fallen zu fangen und umzubringen. Warum sie dies taten, ich weiß es nicht; außer, daß vielen die Stimme der Katze in der Nacht verhaßt ist und sie es übel aufnehmen, daß die Katzen im Zwielicht verstohlen über Höfe und Gärten huschen. Doch aus welchem Grund auch immer, diesem alten Mann und seiner Frau machte es Spaß, jede Katze zu fangen und umzubringen, die in die Nähe ihrer elenden Hütte kam; und wegen mancher Laute, die nach Einbruch der Dunkelheit erklangen, stellten sich viele Einwohner vor, daß die Art des Umbringens mehr als eigentümlich war. Doch die Leute sprachen mit dem alten Mann und seiner Frau nicht über solche Dinge; das lag an dem habituellen Ausdruck auf den verwelkten Gesichtern der beiden und daran, daß ihre Hütte so klein war und so dunkel verborgen unter den Eichen hinter einem vernachlässigten Hof lag. So sehr wie die Katzenbesitzer diese merkwürdigen Leute haßten, fürchteten sie sie in Wahrheit doch mehr; und anstatt sie als brutale Meuchelmörder anzugehen, besorgten sie nur, daß sich kein umhegter Liebling oder Mäusefänger zu dem abgelegenen Schuppen unter den dunklen Bäumen verirrte. Wenn wegen eines unvermeidlichen Versehens eine Katze vermißt wurde und nach Einbruch der Dunkelheit Laute erklangen, dann lamentierte der Betroffene machtlos; oder tröstete sich damit, dem Schicksal zu danken, daß es sich nicht um eines seiner Kinder handelte, das so verschwunden war.

Denn die Leute von Ulthar waren einfältig und wußten nicht, woher alle Katzen ursprünglich kamen.

Eines Tages betrat eine Karawane seltsamer Wanderer aus dem Süden die engen Kopfsteinpflasterstraßen Ulthars. Dunkelhäutige Wanderer waren das und unähnlich dem anderen umherstreifenden Volk, das zweimal jedes Jahr durch die Stadt zog. Auf dem Marktplatz weissagten sie für Silber, und von den Händlern kauften sie glänzende Perlen. Aus welchem Land die Wanderer stammten, vermochte keiner zu sagen; doch zeigte sich, daß sie seltsamen Gebeten zugetan waren, und daß sie auf die Seiten ihrer Wagen merkwürdige Figuren mit menschlichen Körpern und den Köpfen von Katzen, Falken, Widdern und Löwen gemalt hatten. Und der Führer der Karawane trug einen Kopfputz mit zwei Hörnern und einer eigentümlichen Scheibe dazwischen.

Zu dieser sonderbaren Karawane gehörte ein kleiner Junge, der weder Vater noch Mutter hatte, nur ein winziges schwarzes Kätzchen zum Liebhaben. Die Pest war zu ihm nicht freundlich gewesen, hatte ihm jedoch dies kleine bepelzte Wesen zur Linderung seines Kummers gelassen; und wenn man sehr jung ist, kann man in den lebhaften Possen eines schwarzen Kätzchens viel Trost finden. So lächelte der Junge, den die dunkelhäutigen Leute Menes nannten, viel öfter als er weinte, wenn er mit seinem anmutigen Kätzchen spielend auf den Stufen eines wunderlich bemalten Wagens saß.

Am dritten Morgen des Aufenthaltes der Wanderer in Ulthar konnte Menes sein Kätzchen nicht finden; und als er auf dem Marktplatz laut schluchzte, erzählten ihm gewisse Dorfbewohner von dem alten Mann und seiner Frau und von den Lauten in der Nacht. Und als er diese Dinge vernahm, wich sein Schluchzen tiefem Nachdenken und schließlich einem Gebet. Er streckte seine Arme der Sonne entgegen und betete in einer Sprache, die kein Dorfbewohner verstehen konnte; allerdings bemühten sich die Dorfbewohner auch nicht sehr darum, etwas zu verstehen, denn den größten Teil ihrer Aufmerksamkeit beanspruchten der Himmel und die unheimlichen Formen, die die Wolken annahmen. Es war sehr sonderbar, doch als der kleine Junge seine Bitte hervorbrachte, da schienen sich oben die schattenhaften, nebulösen Figuren von exotischen Wesen zu bilden; von hybriden Geschöpfen, gekrönt mit hornumrahmten Scheiben. Die Natur ist voll solcher Illusionen, die auf die Einbildungskraft wirken.

In dieser Nacht verließen die Wanderer Ulthar und wurden nie wieder gesehen. Und die Familienoberhäupter beunruhigten sich, als sie bemerkten, daß in der ganzen Stadt nicht eine Katze zu finden war. An allen Feuerstellen fehlten die vertrauten Katzen; große Katzen und kleine, schwarze, graue, getigerte, gelbe und weiße. Der alte Kranon, der Bürgermeister, schwor, daß die dunkelhäutigen Leute die Katzen mit sich fortgenommen hätten, aus Rache, weil Menes' Kätzchen umgebracht worden war; und er verfluchte die Karawane und den kleinen Jungen. Aber Nith, der dürre Notar, erklärte, der alte Kätner und seine Frau wären hierfür weitaus verdächtigere Personen; denn ihr Katzenhaß sei notorisch und würde zunehmend dreister. Indes, keiner wagte es, gegen das finstere Paar Klage zu führen; selbst dann nicht, als der kleine Atal, der Sohn des Schankwirts, beteuerte, er habe im Zwielicht alle Katzen von Ulthar auf jenem verfluchten Hof unter den Bäumen gesehen, wie sie ganz langsam und feierlich einen Kreis um die Hütte beschrieben, zwei und zwei nebeneinander, als vollführten sie irgendein unerhörtes tierisches Ritual. Die Dorfbewohner wußten nicht, wieviel sie einem so kleinen Jungen glauben sollten; und obwohl sie befürchteten, daß das böse Paar den Katzen den Tod angehext hatte, zogen sie es doch vor, den alten Kätner erst dann zu schmähen, wenn sie ihn außerhalb seines dunklen und abstoßenden Hofes träfen.

So legte sich Ulthar in unnützer Angst schlafen; und als die Leute im Morgengrauen erwachten – siehe da! jede Katze war wieder an ihren gewohnten Herd zurückgekehrt! Große und kleine, schwarze, graue, getigerte, gelbe und weiße, nicht eine fehlte. Sehr geschmeidig und fett schienen die Katzen, und sie schnurrten vernehmlich vor Wohlbehagen. Die Bürger besprachen die Angelegenheit untereinander und verwunderten sich nicht wenig. Der alte Kranon beharrte wieder darauf, es sei das dunkelhäutige Volk gewesen, das sie fortgeführt habe, denn von der Hütte des alten Mannes und seiner Frau würden keine Katzen lebendig zurückkommen. Doch alle stimmten sie in einem Punkt überein: nämlich, daß die Weigerung aller Katzen, ihre Fleischportionen zu verzehren oder ihre Milchschüsselchen zu schlabbern, höchst sonderbar sei. Und zwei volle Tage lang wollten die geschmeidigen, fetten Katzen von Ulthar keine

Nahrung anrühren, sondern nur am Feuer oder in der Sonne dösen.

Es dauerte eine ganze Woche, ehe den Dorfbewohnern auffiel, daß im Abenddämmer in den Fenstern der Hütte unter den Bäumen kein Licht brannte. Dann meinte der dürre Nith, daß keiner den alten Mann oder seine Frau seit der Nacht, in der die Katzen verschwunden waren, mehr gesehen hätte. Noch eine Woche später beschloß der Bürgermeister, seine Angst zu überwinden und von Amts wegen die so befremdlich stille Behausung aufzusuchen, wobei er sich jedoch darauf bedacht zeigte, Shang, den Hufschmied, und Thul, den Steinmetz, als Zeugen mitzunehmen. Und als sie die hinfällige Tür eingedrückt hatten, fanden sie nur dies: zwei peinlich gesäuberte Skelette auf dem irdenen Fußboden und eine Anzahl eigenartiger Käfer, die in den schattigen Ecken umherkrochen.

Hernach gab es viel Gerede unter den Bürgern von Ulthar. Zath, der Leichenbeschauer, disputierte des Langen und Breiten mit Nith, dem dürren Notar; und Kranon und Shang und Thul wurden mit Fragen überhäuft. Selbst der kleine Atal, der Sohn des Schankwirts, wurde genauestens verhört und bekam ein Stück Zuckerwerk zur Belohnung. Sie redeten von dem alten Kätner und seiner Frau, von der Karawane der dunkelhäutigen Wanderer, vom kleinen Menes und seinem schwarzen Kätzchen, von Menes' Gebet und vom Himmel während dieses Gebets, von den Taten der Katzen in der Nacht als die Karawane fortzog, und von dem, was man später in der Hütte unter den dunklen Bäumen in dem abstoßenden Hof fand.

Und am Ende erließen die Bürger dies bemerkenswerte Gesetz, von dem die Händler in Hatheg erzählen und über das die Reisenden in Nir diskutieren; nämlich, daß in Ulthar niemand eine Katze töten darf.

Das Weiße Schiff

Ich bin Basil Elton, der Wärter des North-Point-Leuchtfeuers, das vor mir mein Vater und mein Großvater hüteten. Weitab der Küste steht der graue Leuchtturm über schleimigen, blinden Klippen, die man bei niedriger Flut sieht, bei hoher jedoch nicht. Ein Jahrhundert lang sind an diesem Signalfeuer die majestätischen Barken der Sieben Meere vorübergezogen. In den Tagen meines Großvaters waren es viele; in den Tagen meines Vaters schon weniger; und heute sind es so wenige, daß ich mich manchmal seltsam allein fühle, so als wäre ich der letzte Mensch auf unserem Planeten.

Damals kamen jene weißbesegelten Handelsschiffe von fernen Küsten; von fernen, östlichen Küsten, wo warme Sonnen scheinen und süße Düfte merkwürdige Gärten und prächtige Tempel durchziehen. Die alten Kapitäne besuchten meinen Großvater oft und erzählten ihm von diesen Dingen, die er wiederum meinem Vater erzählte, und mein Vater mir, an langen Herbstabenden, wenn der Wind unheimlich aus dem Osten heulte. Und in den Büchern, die man mir gab, als ich jung und voller Staunen war, habe ich noch mehr über diese und viele anderen Dinge gelesen.

Doch wundervoller als die Kenntnisse alter Männer und die Kenntnisse der Bücher, sind die geheimen Kenntnisse des Ozeans. Blau, grün, weiß oder schwarz; glatt, aufgewühlt oder bergehoch; dieser Ozean ist nicht stumm. Mein Leben lang habe ich ihn beobachtet und ihm gelauscht, und ich kenne ihn gut. Zuerst erzählte er mir nur die gewöhnlichen kleinen Geschichten von stillen Stränden und nahen Häfen, doch mit den Jahren zeigte er sich freundlicher und sprach von anderen Dingen. Manchmal haben sich im Zwielicht die grauen Horizontdünste geteilt, um mir flüchtige Blicke in die jenseitigen Räume zu gewähren; und manchmal wurde des Nachts die See klar und phosphoreszierend, um mir flüchtige Blicke in die darunterliegenden Räume zu gewähren. Und diese flüchtigen Blicke haben mir ebensooft Räume gezeigt, die waren oder die sein könnten, wie die Räume, die sind; denn der Ozean ist ungleich älter als die Berge, und befrachtet mit den Erinnerungen und Träumen der Zeit.

Von Süden her war es, daß das Weiße Schiff zu kommen pflegte, wenn der Mond voll und hoch am Himmel stand. Von Süden her glitt es sehr sanft und still über das Meer. Gleichgültig ob die See rauh oder ruhig, der Wind freundlich oder widrig war, es glitt immer sanft und still dahin, mit seinen fernen Segeln und den langen, sonderbaren Ruderreihen, die sich rhythmisch bewegten. Eines Nachts erspähte ich an Deck einen Mann, bärtig und in Roben gekleidet, und er schien mich aufzufordern, mich nach fernen, unbekannten Küsten einzuschiffen. Ich sah ihn noch viele Male danach unter dem Vollmond, und immer winkte er mir einladend zu.

In der Nacht, als ich der Aufforderung folgte, leuchtete der Mond sehr hell, und ich schritt auf einer Brücke aus Mondscheinstrahlen über das Wasser, hinaus zu dem Weißen Schiff. Der Mann, der mir zugewinkt hatte, hieß mich jetzt in einer weichen Sprache, die ich gut zu kennen schien, willkommen, und die Stunden waren von den weichen Liedern der Ruderer erfüllt, während wir einem mysteriösen Süden, golden im Glanz jenes vollen, milden Mondes, zusegelten.

Und als der Tag rosig und strahlend dämmerte, schaute ich die blühende Küste ferner Länder, herrlich und schön und mir nicht bekannt. Vom Meer stiegen stolze, baumbestandene Grünterrassen hoch, und hier und dort blitzten die weißen Dächer und Kolonnaden fremdartiger Tempel. Als wir uns der blühenden Küste näherten, erzählte mir der bärtige Mann von diesem Land, dem Lande Zar, wo sich all die schönen Träume und Gedanken aufhalten, die nur einmal zum Menschen kommen und dann vergessen werden. Und als ich wieder auf die Terrassen blickte, fand ich, daß er die Wahrheit sprach, denn unter den vor mir hingebreiteten Ansichten war vieles, was ich einst durch die Nebel jenseits des Horizonts und in den phosphoreszierenden Tiefen des Ozeans gesehen hatte. Es gab auch Formen und Phantasien, die herrlicher waren als alles, was ich je gekannt hatte; die Visionen junger Dichter, die in Armut starben, ehe die Welt erfahren konnte, was sie geschaut und geträumt hatten. Doch wir setzten auf die ansteigenden Auen von Zar keinen Fuß, denn es heißt, daß, wer sie betritt, nie mehr zu seiner heimatlichen Küste zurückkehren dürfe.

Als das Weiße Schiff still von den Tempelterrassen von Zar davonsegelte, entdeckten wir voraus am fernen Horizont die

Spitztürme einer mächtigen Stadt; und der bärtige Mann sagte zu mir: »Dies ist Thalarion, die Stadt der Tausend Wunder, in der all jene Mysterien residieren, die der Mensch vergeblich zu ergründen gesucht hat.« Und als ich aus geringerer Entfernung wieder hinblickte, sah ich, daß die Stadt größer war, als jede andere Stadt, die ich bislang gekannt oder im Traum geschaut hatte. Die Türme ihrer Tempel reichten bis in den Himmel, so daß niemand ihre Spitzen zu sehen vermochte, und weit hinten am Horizont erstreckten sich grimme, graue Mauern, über die man nur einige wenige Dächer erspähen konnte, geisterhaft und ominös, und doch mit reichen Friesen und verführerischen Skulpturen geschmückt. Es verlangte mich sehr, diese faszinierende und zugleich abstoßende Stadt zu betreten, und ich flehte den Bärtigen an, mich an dem glänzenden Pier bei dem gewaltigen, gemeißelten Tor Akariel an Land zu setzen; aber er schlug mir meine Bitte freundlich ab, indem er sagte: »Thalarion, die Stadt der Tausend Wunder, haben viele betreten, aber keiner ist zurückgekehrt. In ihr wandeln nur Dämonen und irrsinnige Wesen, die keine Menschen mehr sind, und die Straßen sind weiß von den unbestatteten Gebeinen jener, die auf das Eidolon Lathi geblickt haben, das über die Stadt regiert.« So segelte das Weiße Schiff an den Mauern von Thalarion vorbei und folgte viele Tage einem südwärtsfliegenden Vogel, dessen leuchtendes Gefieder dem Himmel glich, aus dem er gekommen war.

Wir gelangten dann zu einer heiteren, mit Blüten aller Tönungen geputzten Küste, wo sich, so weit wir ins Landesinnere schauen konnten, liebliche Haine und prunkende Obstgärten unter einer mittäglichen Sonne wärmten. Aus unserem Blick verborgenen Lauben schallten Lieder und Bruchstücke lyrischer Harmonien, vermischt mit so entzückendem Gelächter, daß ich in meinem Eifer die Ruderer anspornte, jenen Schauplatz zu erreichen. Und der bärtige Mann sagte kein Wort, sondern beobachtete mich nur, als wir uns dem liliengesäumten Ufer näherten. Plötzlich trieb ein Wind, der über die Blumenwiesen und Laubwälder strich, einen Geruch herüber, der mich erzittern ließ. Der Wind schwoll an, und die Luft füllte sich mit dem lethalen Grabesgestank pestbefallener Städte und offenliegender Friedhöfe. Und als wir wie rasend von jener verdammungswürdigen Küste absegelten, sprach der bärtige Mann schließlich und sagte: »Dies ist Xura, das Land Unerreichter Wonnen.«

So folgte das Weiße Schiff erneut dem Himmelsvogel, über warme gesegnete Meere, die liebkosende, aromatische Brisen umfächelten. Tag auf Tag und Nacht für Nacht segelten wir und lauschten bei Vollmond den weichen Liedern der Ruderer, die so süß klangen wie in jener weit zurückliegenden Nacht, als wir von meiner fernen, heimatlichen Küste absegelten. Und bei Mondschein ankerten wir schließlich auch im Hafen von Sona-Nyl, der von Zwillingsvorgebirgen aus Kristall bewacht wird, die der See entsteigen und sich zu einem funkelnden Bogen vereinigen. Dies ist das Land der Phantasie, und über eine goldene Brücke aus Mondscheinstrahlen schritten wir an das grünende Ufer.

Im Lande Sona-Nyl existiert weder Zeit noch Raum, weder Leid noch Tod; und dort weilte ich viele Äonen. Grün sind die Haine und Triften, leuchtend und duftig die Blumen, blau und voller Musik die Ströme, rein und kühl die Fontänen, stattlich und prachtvoll die Tempel, Schlösser und Städte von Sona-Nyl. Dieses Land kennt keine Grenzen, denn hinter jedem schönen Durchblick eröffnet sich ein neuer, noch schönerer. Über das Land und durch die Herrlichkeit der Städte schweifen ungezwungen die glücklichen Bewohner, denen allen makellose Anmut und lauteres Glück geschenkt ist. Während der Äonen, die ich dort weilte, streifte ich wonnevoll durch Gärten, wo schmucke Pagoden aus hübschen Buschgruppen lugen, und wo die weißen Wege mit delikaten Blüten gesäumt sind. Ich stieg auf sanfte Berge, von deren Kuppen sich mir die Aussicht auf überwältigende Panoramen voller Lieblichkeit bot, mit turmgekrönten Städten, die sich in fruchtbare Täler schmiegten und mit goldenen Domen gigantischer Städte, die am unendlich fernen Horizont glitzerten. Und im Mondschein betrachtete ich die funkelnde See, die kristallenen Vorgebirge und den stillen Hafen, wo das Weiße Schiff vor Anker lag.

Gegen den Vollmond war es auch, daß ich in einer Nacht im unvordenklichen Jahre Tharb, die auffordernde Gestalt des himmlischen Vogels sah und die ersten Regungen der Unrast spürte. Dann sprach ich mit dem bärtigen Mann und erzählte ihm von meinem neuen Verlangen, nach dem entfernten Cathuria aufzubrechen, das kein Mensch gesehen hat, von dem jedoch alle glauben, es liege hinter den Basaltsäulen des Westens. Es ist das Land der Hoffnung, und in ihm leuchten die vollkommenen Ideale all dessen, was wir anderswo kennen; so sagen die Leute wenigstens. Doch der bärtige Mann antwortete mir: »Hütet Euch vor jenen gefahrvollen Meeren, in denen Cathuria angeblich liegen soll. In Sona-Nyl gibt es weder Schmerz noch Tod, aber wer vermag zu sagen, was hinter den Basaltsäulen des Westens liegt?« Nichtsdestoweniger begab ich mich beim nächsten Vollmond an Bord des Weißen Schiffes und verließ zusammen mit dem widerstrebenden bärtigen Mann den glücklichen Hafen mit Kurs auf unbereiste Meere.

Und der Vogel des Himmels flog voran und führte uns zu den Basaltsäulen des Westens, doch diesmal sangen die Ruderer keine weichen Lieder unter dem vollen Mond. Im Geist malte ich mir oft das unbekannte Land Cathuria mit seinen prächtigen Hainen und Palästen aus und fragte mich, welche neuen Freuden mich dort wohl erwarteten. »Cathuria«, pflegte ich mir zu sagen, »ist die Wohnstatt der Götter und das Land ungezählter Städte aus Gold. In seinen Wäldern wachsen Sandelbäume und Aloen, genauso wie in den duftenden Hainen von Camorin, und zwischen den Bäumen flattern bunte Vögel mit süßem Gesang. Auf den grünen und blumigen Bergen von Cathuria stehen Tempel aus blaßrotem Marmor, sie sind üppig mit gemeißelten und gemalten Herrlichkeiten verziert, und ihre Innenhöfe schmücken kühle Silberfontänen, wo die wohlriechenden Wasser des grottengeborenen Flusses Narg eine entzückende Melodie summen. Und die Städte Cathuriens sind mit goldenen Mauern umgürtet, und auch ihre Pflaster sind von Gold. Die Gärten dieser Städte bergen sonderbare Orchideen und parfümierte Teiche, deren Becken aus Koralle und Bernstein sind. Nachts werden die Straßen und die Gärten von fröhlichen Laternen erleuchtet, die aus dem dreifarbigen Panzer einer Schildkröte gefertigt sind, und hier ertönen die weichen Klänge der Sänger und Lautenspieler. Und die Häuser der Städte in Cathuria sind Paläste, jedes über einem duftenden Kanal erbaut, der die Wasser des heiligen Narg führt. Aus Marmor und Porphyr sind die Häuser und mit gleißendem Gold gedeckt, das die Sonnenstrahlen reflektiert und so die Pracht der Städte erhöht, wenn von fernen Gipfeln glückselige Götter auf sie herniederschauen. Am schönsten von allem ist der Palast des mächtigen Monarchen Dorieb, den einige für einen Halbgott, andere für einen Gott halten. Hochgebaut ist der Palast des Dorieb, und zahlreich sind die Marmortürme auf seinen Wällen. In seinen weitläufigen Hallen versammeln sich große

Menschenmengen, und hier hängen die Trophäen der Zeitalter. Und das Dach besteht aus purem Gold, riesige Säulen aus Rubin und Azur stützen es, und auf ihm thronen solch gemeißelte Götter- und Heldenfiguren, daß, wer in diese Höhe hinaufblickt, meint, den wahrhaftigen Olymp zu schauen. Und der Fußboden des Palastes ist aus Glas, unter dem die kunstvoll erleuchteten Wasser des Narg fließen, voll munterer Fische, die jenseits der Grenzen des liebreichen Cathuria nicht bekannt sind.«

So pflegte ich mir selbst von Cathuria zu schwärmen, doch immer riet mir der bärtige Mann, zu den glücklichen Gestaden von Sona-Nyl zurückzukehren; denn Sona-Nyl sei den Menschen bekannt, Cathuria hingegen habe niemand jemals geschaut.

Und am einunddreißigsten Tag, den wir dem Vogel folgten, sahen wir die Basaltsäulen des Westens. Sie waren in Nebel gehüllt, so daß keiner darüber hinausschauen oder ihre Spitzen sehen konnte, die, wie manche wirklich behaupten, bis in den Himmel reichen. Und der bärtige Mann beschwor mich, wieder umzukehren, doch ich achtete seiner nicht; denn aus den Nebeln jenseits der Basaltsäulen glaubte ich die Klänge der Sänger und Lautenspieler zu vernehmen; süßer als die süßesten Lieder Sona-Nyls waren sie und mir zum Preise gesungen; mir zum Preise, der ich weit fort vom Vollmond gereist war und im Lande der Phantasie geweilt hatte. So segelte das Weiße Schiff zum Klang der Melodie in die Nebel zwischen den Basaltsäulen des Westens. Und als die Musik abbrach und die Nebel stiegen, schauten wir nicht das Land Cathuria, sondern eine reißende, unwiderstehliche See, über die unsere hilflose Barke zu einem unbekannten Ziel getragen wurde. Bald drang an unsere Ohren der ferne Donner stürzender Wasser, und vor unseren Augen tauchte voraus am fernen Horizont die Gischt eines monströsen Kataraktes auf, in dem die Ozeane der Welt ins bodenlose Nichts taumeln. Da sprach der bärtige Mann mit Tränen auf den Wangen zu mir: »Wir haben das schöne Land Sona-Nyl verschmäht, das wir nie mehr schauen werden. Die Götter sind mächtiger als die Menschen, und sie haben gesiegt.« Und ich verschloß die Augen vor dem Krachen, von dem ich wußte, es würde kommen, und verbannte den Anblick des himmlischen Vogels, der seine spöttisch-blauen Schwingen über dem Rand des Sturzbachs schlug.

Aus jenem Krachen erwuchs Dunkelheit, und ich hörte das

Kreischen von Menschen und von Wesen, die keine Menschen waren. Aus Osten tosten stürmische Winde heran, die mich vor Kälte erstarren ließen, als ich mich auf der klammen Steinplatte zusammenkauerte, die unter meinen Füßen entstanden war. Beim zweiten Krachen schlug ich die Augen auf und fand mich auf der Plattform jenes Leuchtturms wieder, von dem ich vor so vielen Äonen abgesegelt war. Unten in der Dunkelheit zeichneten sich die gewaltigen, verschwommenen Umrisse eines Schiffes ab, das an den grausamen Felsen zerschellte; und als ich über die Verheerung hinblickte, sah ich, daß das Licht zum erstenmal erloschen war, seit mein Großvater seine Wartung übernommen hatte.

Und in den späteren Nachtwachen, als ich das Turminnere aufsuchte, entdeckte ich einen Kalender an der Wand, der noch dasselbe Datum zeigte wie zu der Stunde, da ich davonsegelte. Mit der Dämmerung stieg ich den Turm hinab und suchte auf den Felsen nach Schiffstrümmern, doch ich fand nur dies: einen seltsamen toten Vogel, dessen Farbe die des azurnen Himmels war, und eine einzige, zerbrochene Spiere von einem Weiß, das das der Wellenkämme oder das des Bergschnees übertraf.

Und danach erzählte mir der Ozean seine Geheimnisse nicht mehr; und obwohl der Mond seitdem viele Male voll und hoch vom Himmel schien, kehrte das Weiße Schiff aus dem Süden nie wieder.

Celephais

Im Traum sah Kuranes die Stadt im Tal und die Meeresküste dahinter und den schneeigen Gipfel, der die See überschaut, und die buntbemalten Galeeren, die aus dem Hafen nach entfernten Gefilden segeln, wo sich die See dem Himmel vermählt. Im Traum auch war es, daß er seinen Namen Kuranes erlangte, denn im wachen Leben trug er einen anderen. Vielleicht war es ganz natürlich für ihn, daß er sich einen neuen Namen erträumte; denn er war der letzte Sproß seiner Familie und allein unter den gleichgültigen Millionen Londons; und also gab es nur wenige, die mit ihm sprachen und ihn an seine Herkunft erinnerten. Sein Geld und seine Ländereien hatte er verloren, und um die Leute aus der Nachbarschaft scherte er sich nicht, sondern zog es vor, zu träumen und über seine Träume zu schreiben. Die Leute, denen er seine Arbeiten zeigte, lachten darüber, so daß er nach einer Weile nur noch für sich selbst schrieb und schließlich ganz damit aufhörte. Je mehr er sich von seiner Umwelt zurückzog, desto wundervoller wurden seine Träume; und es wäre völlig nutzlos gewesen, sie zu Papier bringen zu wollen. Kuranes war nicht modern, und er dachte auch nicht wie andere Menschen, die schrieben. Während sie sich bemühten, das Leben von seinen bestickten Roben des Mythos zu entkleiden und in nackter Häßlichkeit jenes widerwärtige Ding mit Namen Realität zu zeigen, suchte Kuranes ausschließlich nach Schönheit. Wo Wahrheit und Erfahrung sie nicht zu enthüllen vermochten, suchte er sie in der Phantasie und Illusion und fand sie vor seiner eigenen Türschwelle zwischen den verschwommenen Erinnerungen an die Geschichten und Träume seiner Kindheit.

Nur wenig Leute wissen um die Wunder, die sich ihnen in den Geschichten und Träumen ihrer Jugend offenbaren; denn wenn wir als Kinder lauschen und träumen, denken wir halbbewußte Gedanken, und wenn wir uns als Männer zu erinnern versuchen, macht uns das Gift des Lebens stumpf und prosaisch. Doch einige von uns erwachen des Nachts mit sonderbaren Phantasmen von verwunschenen Hügeln und Gärten, in der Sonne singenden Fontänen, goldenen Klippen, die über murmelnden Meeren hängen, Ebenen, die sich hinuntererstrecken zu Städten aus Bronze und Stein und von schattengleichen Heldengemeinschaften, die auf geharnischten, weißen Rössern an dichten Waldsäumen entlangreiten; und dann wissen wir, daß wir durch die Elfenbeintore zurück in jene Welt des Wunders geschaut haben, die uns gehörte, ehe wir weise und unglücklich wurden.

Kuranes stieß ganz plötzlich auf die alte Welt seiner Kindheit. Er hatte von dem Haus geträumt, in dem er geboren wurde; das große, efeubewachsene Steinhaus, wo dreizehn Generationen seiner Vorfahren gelebt und er zu sterben gehofft hatte. Der Mond schien, und er hatte sich in die duftende Sommernacht hinausgestohlen, durch die Gärten, die Terrassen hinab, vorbei an den mächtigen Eichen des Parks und die lange, weiße Straße zum Dorf hinunter. Das Dorf wirkte sehr alt, am Rand angenagt wie der abnehmende Mond oben, und Kuranes fragte sich, ob die spitzen Giebel der kleinen Häuser Schlaf oder Tod deckten. Auf den Straßen standen lange Grasspeere, und die Fensterscheiben zu beiden Seiten waren zerbrochen oder glotzten spinnwebverhangen. Kuranes hatte nicht getrödelt, sondern war unverdrossen weitermarschiert, so als sei er an ein Ziel befohlen. Er wagte es nicht, sich der Aufforderung zu verweigern, aus Furcht, sie könne sich als eine Illusion erweisen, so wie die Bedürfnisse und Hoffnungen des wachen Lebens, die nirgendwohin führen. Dann war er eine Gasse hinuntergezogen worden, die von der Dorfstraße zu den Kanalklippen abbog, und ans Ende der Dinge gekommen – zu der Steilklippe und dem Abgrund, wo das ganze Dorf und die ganze Welt abrupt in die endlose Leere der Unendlichkeit fielen und wo sogar der Himmel leer und unerleuchtet vom zerbröckelnden Mond und den aufscheinenden Sternen war. Vertrauen hatte ihn weiter getrieben, über die Klippe und in den Schlund, den er langsam hinabgesunken war, hinab, hinab; vorbei an dunklen, formlosen ungeträumten Träumen, matt schimmernden Sphären, die zum Teil geträumte Träume gewesen sein mochten, und lachenden, geflügelten Wesen, die den Träumern aller Welten zu spotten schienen. Dann öffnete sich in der Dunkelheit vor ihm ein Riß, und er sah die Stadt im Tal, wie sie tief, tief unten strahlend glitzerte, vor einem Hintergrund aus See und Himmel und einem schneebekappten Berg nahe der Küste.

Kuranes war in jenem Moment erwacht, da er die Stadt schaute, dennoch wußte er durch seinen flüchtigen Blick, daß es keine andere sein konnte, als nur Celephais im Tale von Ooth-Nargai hinter den Tanarischen Bergen, wo sein Geist die ganze Ewigkeit einer Stunde eines lang vergangenen Sommertages geweilt hatte, als er seinem Kindermädchen entwischt war und sich von der warmen Meeresbrise hatte in Schlaf lullen lassen, während er von dem Kliff nahe des Dorfes die Wolkenzüge betrachtete. Er hatte damals protestiert, als sie ihn gefunden, geweckt und nach Hause getragen hatten, denn gerade als sie ihn wachrüttelten, war er im Begriff gewesen, in einer goldenen Galeere zu jenen lockenden Gefilden zu segeln, wo sich die See dem Himmel vermählt. Und jetzt grollte er ebenso über sein Erwachen, denn nach vierzig beschwerlichen Jahren hatte er seine fabelhafte Stadt gefunden.

Doch drei Nächte später kam Kuranes erneut nach Celephais. Wie zuvor träumte er zuerst von dem schlafenden oder toten Dorf, und von dem Abgrund, den er still hinabtreiben mußte; dann erschien der Riß wieder, und er schaute die gleißenden Minarette der Stadt und sah die schlanken Galeeren in dem blauen Hafen vor Anker schaukeln und betrachtete die Ginkgobäume, die sich auf Mount Aran in der Seebrise wiegten. Aber diesmal wurde er nicht fortgerissen, sondern schwebte wie ein geflügeltes Wesen allmählich auf eine grasige Hügelflanke nieder, bis seine Füße sanft auf dem Rasen ruhten. Er war wahrlich und wahrhaftig in das Tal von Ooth-Nargai und zu der glänzenden Stadt Celephais zurückgekehrt.

Den Hügel hinab, durch wohlriechende Gräser und feurige Blumen schritt Kuranes, über den burrbelnden Naraxa auf der schmalen Holzbrücke, in die er vor so vielen Jahren seinen Namen geschnitzt hatte, und durch den wispernden Hain zu der großen Steinbrücke beim Stadttor. Alles war wie einst, und es hatten sich weder die Marmormauern verfärbt, noch waren die Bronzestatuen auf ihnen angelaufen. Und Kuranes merkte, daß er nicht befürchten mußte, daß die Dinge, die er kannte, verschwunden waren; denn selbst die Posten auf den Schutzwällen waren dieselben geblieben und noch genau so jung, wie er sie in Erinnerung hatte. Als er die Stadt betrat, durch die Bronzetore und über das Onyxpflaster, grüßten ihn die Kaufherren und Kameltreiber, als sei er nie fortgewesen; und so war es auch beim Türkistempel von Nath-Horthath, wo ihm die orchideenbekränzten Priester erzählten, es gebe in Ooth-Nargai keine Zeit, nur ewige Jugend. Dann ging Kuranes durch die Straße der Säulen zu der meernahen Mauer, dem Treffpunkt von Händlern und

Seefahrern und merkwürdigen Leuten aus Gefilden, wo sich die See dem Himmel vermählt. Dort verweilte er lange und blickte über den strahlenden Hafen hinaus, wo die Kräuselwellen unter einer unbekannten Sonne funkelten und wo die Galeeren von fernen Plätzen flink über das Wasser zogen. Und er schaute auch zum Mount Aran, der sich königlich von der Küste erhob, und auf seinen unteren Hängen wiegten sich grüne Bäume, und sein weißer Gipfel berührte den Himmel.

Mehr denn je wünschte sich Kuranes, in einer Galeere zu den fernen Plätzen zu segeln, von denen er so viele, seltsame Geschichten vernommen hatte, und er suchte wieder nach dem Kapitän, der ihn vor so langem hatte mitnehmen wollen. Er fand den Mann, Athib, auf derselben Gewürzkiste sitzen, auf der er damals gesessen hatte, und Athib schien nicht zu merken, daß Zeit verstrichen war. Dann ruderten die beiden zu einer Galeere im Hafen, gaben der Mannschaft Befehle und segelten langsam in die wogende Cerenäische See hinaus, die in den Himmel führt. Mehrere Tage lang glitten sie schaukelnd über das Wasser, bis sie schließlich am Horizont anlangten, wo sich die See dem Himmel vermählt. Hier machte die Galeere nicht etwa halt, sondern trieb zwischen rosenfarbigen Schäfchenwolken mühelos in das Blau des Himmels. Und weit unter dem Kiel konnte Kuranes fremde Länder und Ströme und Städte von unübertrefflicher Schönheit sehen, die sich sorglos im Sonnenschein ausbreiteten, der nie nachzulassen oder zu vergehen schien. Zuletzt sagte ihm Athib, daß das Ende ihrer Reise nahe und daß sie bald in den Hafen von Serannian einlaufen würden, der nelkenfarbenen Marmorstadt der Wolken, erbaut an der ätherischen Küste, wo der Westwind in den Himmel fließt; doch als der luftigste der gemeißelten Türme der Stadt in Sicht kam, erklang irgendwo im Raum ein Geräusch, und Kuranes erwachte in seiner Londoner Mansarde.

Viele Monate lang suchte Kuranes anschließend vergeblich die wunderbare Stadt Celephais und ihre himmelwärts segelnden Galeeren, und obwohl ihn seine Träume an viele prachtvolle und unerhörte Stätten trugen, konnte ihm niemand, dem er begegnete, sagen, wie Ooth-Nargai hinter den Tanarischen Bergen zu finden sei. Eines Nachts flog er über dunklen Gebirgen dahin, wo er fahle, einsame und weitverstreute Lagerfeuer sah und seltsam zottige Herden, deren Leittiere klingende Glöckchen trugen; und in den wildesten Regionen dieses bergigen Landes, so abgelegen, daß es nur wenige Menschen jemals gesehen haben können, fand er einen gräßlichen uralten Wall oder Steindamm, der sich im Zickzack über die Kämme und Täler wand; er war zu gigantisch, um von Menschenhand errichtet zu sein, und von solcher Länge, daß man weder Anfang noch Ende entdeckte. Jenseits der Mauer gelangte er im grauen Dämmerlicht in ein Land schmucker Gärten und Kirschbäume, und als die Sonne aufging, offenbarte sich ihm eine solche Schönheit roter und weißer Blumen, grüner Laubdächer und Rasenflächen, weißer Pfade, diamantener Bäche, blauer Teiche, gemeißelter Brücken und rotgedeckter Pagoden, daß er in hellem Entzücken die Stadt Celephais für einen Augenblick vergaß. Doch er entsann sich ihrer wieder, als er einen weißen Pfad hinunter auf eine rotgedeckte Pagode zuschritt, und würde die Menschen dieses Landes nach ihr befragt haben, hätte er nicht herausgefunden, daß es dort keine Menschen gab, sondern nur Vögel und Bienen und Schmetterlinge. In einer anderen Nacht stieg Kuranes eine feuchte, steinerne Wendeltreppe endlos empor und kam zu einem Turmfenster, das eine gewaltige Ebene und einen mächtigen Strom im Licht des Vollmonds überschaute; und im Aussehen und der Anlage der stillen Stadt, die sich vom Flußufer fortzog, glaubte er etwas ihm bereits Bekanntes zu entdecken. Er wäre hinabgestiegen und hätte sich nach dem Weg nach Ooth-Nargai erkundigt, wäre nicht von einem entlegenen Ort jenseits des Horizontes eine fürchterliche Morgenröte hochgesprüht, die den Zerfall und die Altertümlichkeit der Stadt, den stockenden, verschilften Strom und den Tod enthüllt hätte, der über diesem Land lag, so wie er dort gelegen hat, seit König Kynaratholis von seinen Eroberungszügen nach Hause kehrte, um von der Rache der Götter ereilt zu werden.

So forschte Kuranes vergebens nach der wunderbaren Stadt Celephais und ihren Galeeren, die gen Serannian in den Himmel segeln, lernte unterdessen viele Wunder kennen und entkam einmal mit knapper Not dem unbeschreibbaren Hohepriester, der eine gelbe Seidenmaske vor dem Gesicht trägt und gefährtenlos in einem prähistorischen Steinmonasterium auf dem Eiswüstenplateau von Leng haust. Mit der Zeit wurde er über die öden Tagesintervalle so ungehalten, daß er begann, Drogen zu erstehen, um seine Schlafperioden zu verlängern. Haschisch leistete ihm gute Dienste und sandte ihn einmal in einen Teil des Alls, wo keine Formen existieren und wo glühende Gase die Geheimnisse des Seins ergründen. Und ein violettes Gas erklärte ihm, daß dieser Teil des Alls außerhalb dessen läge, was er Unendlichkeit nenne. Das Gas hatte vorher nie von Planeten und Organismen gehört und identifizierte Kuranes bloß als etwas aus der Unendlichkeit, wo Materie, Energie und Gravitation existieren. Kuranes bemühte sich jetzt sehr intensiv darum, ins minarettbesetzte Celephais zurückzukehren und erhöhte die Dosis der Drogen; doch schließlich besaß er kein Geld mehr, um sich Drogen zu kaufen. Eines Sommertages dann wurde er aus seinem Mansardenzimmer geworfen, und er streifte ziellos durch die Straßen und trieb über eine Brücke in eine Gegend, wo die Häuser vereinzelter standen. Und hier vollzog sich die Erfüllung, und er begegnete dem Ehrengeleit der Ritter, die aus Celephais gekommen waren, ihn auf immer dorthin zu tragen.

Stattliche Ritter waren es, auf Rotschimmeln und in glänzenden Rüstungen mit wunderlich blassonierten Wappenröcken aus goldgemustertem Zeug. So zahlreich waren sie, daß Kuranes sie beinahe mit einer Armee verwechselte, doch sie waren ihm zu Ehren gesandt; denn er hatte Ooth-Nargai in seinen Träumen erschaffen, und dafür sollte er nun für alle Zeit zu seinem obersten Gott ernannt werden. Dann gaben sie Kuranes ein Pferd und stellten ihn an die Spitze der Kavalkade, und alle ritten majestätisch durch die Niederungen von Surrey und weiter in jene Gegend, wo Kuranes und seine Vorfahren geboren wurden. Es wirkte eigentümlich, doch als die Reiter weiterstürmten, schienen sie rückwärts durch die Zeit zu galoppieren; denn jedesmal, wenn sie im Zwielicht durch ein Dorf ritten, sahen sie nur solche Häuser und Bewohner, wie sie Chaucer oder Menschen vor ihm gesehen haben mochten, und manchmal trafen sie Ritter zu Pferd, die kleine Vasallenhaufen anführten. Als es dunkelte, reisten sie geschwinder, bis sie bald wie durch die Lüfte flogen. Im trüben Morgendämmer erreichten sie jenes Dorf, das Kuranes in seiner Kindheit voller Leben gesehen hatte und schlafend oder tot in seinen Träumen. Jetzt lebte es, und frühaufgestandene Dorfbewohner verneigten sich, als die Reiter die Straße hinabklapperten und in die Gasse abbogen, die im Abgrund der Träume endet. Kuranes hatte den Abgrund bislang nur nachts aufgesucht und fragte sich, wie er wohl bei Tage aussähe; deshalb blickte er voller Neugier, als sich die Kolonne dem Rand näherte. Gerade als sie das zum Absturz hin ansteigende Land hinaufgaloppierten, stieg irgendwo aus dem Westen ein goldener Glanz und verbarg die ganze Landschaft hinter strahlenden Draperien. Der Abgrund glich einem siedenden Chaos rosenfarbener und himmelblauer Pracht, und unsichtbare Stimmen sangen frohlockend, als die ritterliche Entourage über den Rand setzte und anmutig hinabschwebte, vorbei an glitzernden Wolken und silbrigen Blitzen. Endlos hinab trieben die Reiter, und ihre Rosse trommelten im Äther, als galoppierten sie über goldene Dünen; und dann teilten sich die luminösen Dämpfe, um eine größere Herrlichkeit zu entdecken, die Herrlichkeit der Stadt Celephais und der Meeresküste dahinter und des schneeigen Gipfels, der die See überschaut, und der buntbemalten Galeeren, die aus dem Hafen nach fernen Gefilden segeln, wo sich die See dem Himmel vermählt.

Und danach regierte Kuranes über Ooth-Nargai und alle benachbarten Regionen des Traums und hielt abwechselnd Hof in Celephais und dem wolkengestaltigen Serannian. Er regiert noch immer dort und wird auf ewig glücklich regieren, obwohl am Fuße der Klippen bei Innsmouth die Kanalfluten spöttisch mit dem Körper eines Landstreichers spielten, der in der Morgendämmerung durch das halbverlassene Dorf gestolpert war; spöttisch damit spielten und ihn auf die Felsen beim efeubewachsenen Trevor Towers warfen, wo ein bemerkenswert fetter und besonders anstößiger Brauereimillionär die erkaufte Atmosphäre erloschenen Adels genießt.

Die Traumsuche nach dem unbekannten Kadath

Dreimal träumte Randolph Carter von der wunderbaren Stadt, und dreimal wurde er fortgerissen, als er noch auf der hohen Terrasse über ihr verweilte. Ganz golden und lieblich glänzte sie im Sonnenuntergang, mit Mauern, Tempeln, Kolonnaden und Bogenbrücken aus geädertem Marmor, Fontänen prismatischen Sprühregens in silbernen Bassins auf weiten Plätzen und inmitten duftender Gärten und breiter Straßen, die zwischen köstlichen Bäumen, blütenüberladenen Urnen und glühenden Reihen elfenbeinerner Statuen verliefen, während an schroffen Nordhängen Zeilen roter Dächer und alter, spitzer Giebel emporklommen und kleine grasüberwucherte Pflastersträßchen beherbergten. Sie war ein Fieber der Götter, eine Fanfare himmlischer Trompeten und ein Geschmetter unvergänglicher Zimbeln. Geheimnis umlagerte sie wie Wolken einen sagenhaften unbestiegenen Berg, und als Carter atemlos und erwartungsvoll auf jener Brustwehr mit dem steinernen Geländer ringsum stand, da schwemmten zu ihm herauf Bitternis und Zweifel fast versunkener Erinnerung, der Schmerz über verlorene Dinge und das rasende Bedürfnis, sich wieder dessen zu entsinnen, was einst eine ehrfurchtgebietende und wichtige Stätte gewesen war.

Er wußte, daß sie für ihn einst von höchster Bedeutung gewesen sein mußte; doch in welchem Zyklus oder welcher Inkarnation er sie gekannt hatte, und ob im Traum oder im Wachen konnte er nicht sagen. Vage rief sie schwache Erinnerungen an eine längst vergessene, früheste Jugend herauf, als das Mysterium der Tage Staunen und Wonne barg, und Morgengrauen und Abenddämmer zum lebhaften Klang von Lauten und Liedern gleichermaßen prophetisch voranschritten und feurige Tore zu weiteren, überraschenden Wundern eröffneten. Doch jede Nacht, wenn er auf dieser hohen Marmorterrasse mit den seltsamen Urnen und dem gemeißelten Geländer stand und über die stille, abendliche Stadt der Schönheit und überirdischen Immanenz hinblickte, fühlte er die Knechtschaft der tyrannischen Traumgötter; denn auf keine Weise vermochte er diesen luftigen Ort zu verlassen, oder die breiten, marmornen Treppenfluchten hinabzusteigen, die endlos nach unten eilten, wo jene Straßen früherer Bezauberung weit und auffordernd lagen.

Als er zum drittenmal erwachte, ohne diese Treppenfluchten hinabgestiegen zu sein und ohne diese Straßen überquert zu haben, betete er lange und ernsthaft zu den verborgenen Göttern des Traums, die launisch über den Wolken auf dem unbekannten Kadath brüten, in der kalten Öde, die keines Menschen Fuß betritt. Aber die Götter gaben keine Antwort und zeigten weder Nachsicht, noch gewährten sie ein günstiges Zeichen, als er im Traum zu ihnen betete und sie durch Opfergaben der bärtigen Priester von Nasht und Kaman-Thah anrief, deren Höhlentempel mit seiner Flammensäule nicht weit von den Toren der wachen Welt liegt. Es schien indes, daß seine Gebete ungünstig aufgenommen worden sein mußten, denn bereits nach der ersten Anrufung hörte er gänzlich auf, die wunderbare Stadt zu schauen; als wären seine drei flüchtigen Blicke aus der Ferne nichts als reine Zufälle oder Versehen gewesen; und entgegen einem verborgenen Plan oder Wunsch der Götter.

Krank vor Sehnsucht nach diesen im Sonnenuntergang glitzernden Straßen und den kryptischen Hügelgassen zwischen alten Ziegeldächern, und unfähig, sie im Schlafen oder Wachen aus seinem Geist zu bannen, beschloß Carter, mit seinem dreisten Gesuch dorthin zu gehen, wo noch kein Mensch zuvor gewesen war, und sich durch die Eiswüsten im Dunkel zu wagen, dorthin, wo der unbekannte Kadath, wolkenverhüllt und von ungeahnten Sternen gekrönt, das Onyxschloß der Großen geheim und nocturn bewacht.

Im leichten Schlummer stieg er die siebzig Stufen zur Kaverne der Flamme hinab und sprach den bärtigen Priestern von Nasht und Kaman-Thah von diesem Vorhaben. Und die Priester schüttelten ihre pshent-tragenden Häupter und erklärten feierlich, dies bedeute den Tod seiner Seele. Sie wiesen darauf hin, daß die Großen ihren Willen bereits kundgetan hätten, und daß es ihnen nicht angenehm sei, durch beharrliches Bitten belästigt zu werden. Sie erinnerten ihn auch daran, daß nicht nur kein Mensch jemals am Kadath gewesen wäre, sondern daß auch nie ein Mensch geahnt hätte, in welchem Teil des Raumes er liegen könnte; ob in den Traumländern um unsere eigene Welt herum oder in jenen, die irgendeinen unvermuteten Begleiter von Formalhaut oder Aldebaran umgeben. Falls in unserem Traumland, ließe er sich möglicherweise erreichen, doch hätten seit Anbeginn der Zeiten nur drei menschliche Seelen die schwarzen, gottvergessenen Abgründe zu anderen Traumländern hin und zurück überquert, und von diesen drei wären zwei total wahnsinnig wiedergekehrt. Es bärgen solche Reisen unberechenbare lokale Gefahren; sowie jenes abstoßende, endgültige Verderben, das außerhalb des geordneten Universums, wohin keine Träume reichen, unnennbar schnattert; dieser letzte amorphe Pesthauch heillosester Verwirrung, der im Zentrum aller Unendlichkeit lästert und brodelt – der grenzenlose Dämonen-Sultan Azathoth, dessen Namen laut zu nennen kein Mund wagt, und der in unfaßbaren, lichtlosen Kammern jenseits der Zeit hungrig nagt, inmitten des gedämpften, rasendmachenden Schlags nichtswürdiger Trommeln und des dünnen, monotonen Gewinsels verwünschter Flöten; und zu diesem abscheulichen Stampfen und Pfeifen tanzen langsam, plump und absurd die gigantischen Ultimaten Götter, die blinden, stummen, finsteren, irrsinnigen Anderen Götter, deren Seele und Bote das kriechende Chaos Nyarlathotep ist.

Vor diesen Dingen wurde Carter von den Priestern von Nasht und Kaman-Thah in der Kaverne der Flamme gewarnt, aber dennoch blieb er bei seinem Entschluß, die Götter auf dem unbekannten Kadath in der kalten Öde, wo immer das sein mochte, zu finden, und ihnen den Anblick, die Erinnerung und den Schutz der wunderbaren Stadt im Sonnenuntergang abzugewinnen. Er wußte, daß seine Reise seltsam und lange sein würde, und daß die Großen dagegen wären; aber da er im Land der Träume erfahren war, verfügte er über viele nützliche Erinnerungen und Listen, um sich fortzuhelfen. Nachdem er also die Priester um einen förmlichen Segen gebeten und sein weiteres Vorgehen genau bedacht hatte, schritt er kühn die siebenhundert Stufen zum Tor des Tieferen Schlummers hinunter, und begab sich auf den Weg durch den Verwunschenen Wald.

In den unterirdischen Tunnels dieses verschlungenen Waldes, dessen ungeheure Eichen ihr tastendes Astwerk ineinander verflechten und in der Phosphoreszenz sonderbarer Schwämme trübe leuchten, hausen die verstohlenen und heimlichen Zoogs; sie wissen um viele obskure Geheimnisse der Traumwelt und um einige der wachen Welt, denn an zwei Stellen rührt der Wald an die Länder der Menschen, doch zu sagen wo, wäre verheerend. Gewisse ungeklärte Geräusche, Vorkommnisse und Fälle von Verschwinden ereignen sich unter den Menschen dort, wo die

Zoogs Zugang haben, und es ist gut, daß sie außerhalb der Welt des Traums nicht allzuweit reisen können. Doch in den Teilen, die der Traumwelt naheliegen, bewegen sie sich ungehindert, huschen klein und braun und ungesehen umher und bringen pikante Geschichten mit zurück, um sich damit an ihren Feuerstellen in dem Wald, den sie lieben, die Zeit zu kürzen. Die Mehrzahl von ihnen lebt in Erdhöhlen, obschon einige auch die Stämme der großen Bäume bewohnen; trotzdem sie sich in der Hauptsache von Pilzschwämmen ernähren, munkelt man doch davon, daß sie auch an Fleisch ein wenig Geschmack finden, entweder körperlich oder geistig, denn gewiß haben zahlreiche Träumer diesen Wald betreten, die nicht wieder herausgekommen sind. Carter jedoch empfand keine Angst; schließlich war er ein erfahrener Träumer, der ihre flatternde Sprache erlernt und so manche Verhandlung mit ihnen geführt hatte; durch ihre Hilfe hatte er die prächtige Stadt Celephais in Ooth-Nargai hinter den Tanarischen Bergen gefunden, wo das halbe Jahr über der große König Kuranes regiert, ein Mann, den er im Leben unter einem anderen Namen gekannt hatte. Kuranes war der Eine, der an den Sternenschlünden gestanden hatte und frei von Wahnsinn zurückgekehrt war.

Als er sich jetzt durch die fahl phosphoreszierenden Gänge zwischen den gigantischen Stämmen wand, gab Carter die flatternden Geräusche der Zoogs von sich und horchte dann und wann auf eine Antwort. Er erinnerte sich, daß ein besonderes Dorf dieser Geschöpfe im Zentrum des Waldes lag, wo auf einer ehemaligen Lichtung ein Zirkel großer moosiger Steine von älteren und schlimmeren, längst vergessenen Bewohnern zeugt, und diesem Ort eilte er zu. Er folgte auf seinem Weg den grotesken Schwämmen, die immer wohlgenährter scheinen, je dichter man dem furchtbaren Zirkel kommt, wo ältere Wesenheiten tanzten und opferten. Endlich enthüllte der starke Schein jener feisteren Schwämme eine sinister grüngraue Ungeheuerlichkeit, die das Dach des Waldes durchbrach und dem Blick entschwand. Es war der nahegelegenste Stein aus dem großen Ring, und Carter wußte, daß das Zoog-Dorf nicht mehr weit entfernt lag. Er wiederholte seine flatternden Geräusche und wartete dann geduldig ab; schließlich wurde er durch den Eindruck belohnt, daß ihn viele Augen beobachteten. Es waren die Zoogs, denn ihre unheimlichen Augen sieht man lange bevor man ihre kleinen, schlüpfrigen, braunen Umrisse ausmachen kann. Aus verborgener Grube und hohlem Baum schwärmten sie, bis die ganze matterleuchtete Gegend von ihnen wimmelte. Einige der wilderen streiften Carter unsanft, und einer knabberte sogar ekelerregend an seinem Ohr; doch diese zügellosen Gesellen wurden rasch von den Älteren in ihre Schranken verwiesen. Der Rat der Weisen, der den Besucher erkannte, offerierte eine Kürbisflasche mit dem fermentierten Saft eines verwunschenen Baumes, der anders aussah als die übrigen, und aus einem Samen gewachsen war, den jemand auf dem Mond fallengelassen hatte; und als Carter zeremoniell davon trank, begann ein wunderliches Gespräch. Die Zoogs wußten bedauerlicherweise nicht, wo der Gipfel des Kadath liegt, ja, sie vermochten nicht einmal zu sagen, ob die kalte Öde zu unserer Traumwelt oder einer anderen gehört. Gerüchte über die Großen kämen von überall gleichermaßen; und es ließe sich nur feststellen, daß es wahrscheinlicher sei, sie auf hohen Berggipfeln als in Tälern zu sehen, denn auf solchen Gipfeln tanzen sie erinnerungsvoll, wenn oben der Mond steht und unten die Wolken ziehen.

Dann erinnerte sich ein sehr alter Zoog an etwas, von dem die anderen nichts wußten; und sagte, in Ulthar, jenseits des Flusses Skai, vergilbe noch immer die letzte Abschrift jener unvorstellbar alten Pnakotischen Manuskripte, die von wachen Menschen in vergessenen borealen Königreichen angefertigt und ins Land der Träume verbracht worden seien, als der haarige Kannibale Gnophkehs das vieltemplige Olathoe überwand und alle Helden des Landes Lomar erschlug. Diese Manuskripte, sagte er, erzählten viel von den Göttern, und außerdem gäbe es in Ulthar Leute, die die Zeichen der Götter gesehen hätten und sogar einen alten Priester, der auf einen hohen Berg gestiegen sei, um sie im Mondschein tanzen zu sehen. Er selbst wäre gescheitert, aber sein Gefährte hätte es geschafft und wäre namenlos umgekommen.

Randolph Carter dankte den Zoogs, die liebenswürdig flatterten und ihm noch eine Kürbisflasche voll Mondwein mitgaben, und setzte sich durch den phosphoreszierenden Wald zur anderen Seite hin in Marsch, wo der rasende Skai die Hänge Lerions herabströmt und Hatheg und Nir und Ulthar in der Ebene verstreut liegen. Hinter ihm krochen, verstohlen und unsichtbar, mehrere neugierige Zoogs; denn sie wollten in Erfahrung bringen, wie es ihm ergehen würde, um die Legende dann heim zu ihrem Volk zu tragen. Die gewaltigen Eichen drängten sich dichter, als das Dorf hinter ihm zurückblieb, und er hielt scharf nach einer bestimmten Stelle Ausschau, an der sie etwas aufgelockerter wuchsen, und schon völlig abgestorben oder noch absterbend inmitten der unnatürlich dichten Schwämme, der modernden Erde und der teigigen Stämme ihrer gestürzten Brüder standen. Dort würde er dann scharf abbiegen, denn an diesem Ort ruht eine mächtige Steinplatte auf dem Waldboden; und diejenigen, die es gewagt haben näherzutreten, sagen, daß in sie ein Eisenring eingelassen ist, mit einem Durchmesser von drei Fuß. Eingedenk des archaischen Zirkels aus riesenhaften, bemoosten Felsen und des Zwecks, zu dem er möglicherweise errichtet worden war, halten die Zoogs in der Umgebung jener umfangreichen Platte mit dem gewaltigen Ring nicht inne; denn sie sind sich bewußt, daß nicht alles, was vergessen ist, notwendigerweise auch tot sein muß, und es wäre ihnen nicht angenehm, mitanzusehen, wie sich die Platte langsam und bedächtig hebt.

Carter wich an der richtigen Stelle aus und hörte hinter sich das ängstliche Geflatter einiger mehr furchtsamer Zoogs. Er hatte gewußt, sie würden ihm folgen und war deswegen nicht beunruhigt; denn man gewöhnt sich an die Anomalien dieser neugierigen Geschöpfe. Dämmerung herrschte, als er den Waldsaum erreichte, und der zunehmende Glanz verriet ihm, daß es die Morgendämmerung war. Über fruchtbaren Ebenen, die sich bis hinab zum Skai entrollten, sah er den Rauch aus den Kaminen von Cottages aufsteigen, und überall gab es die Hecken und gepflügten Felder und Strohdächer eines friedvollen Landes. Einmal rastete er an einem Farmhausbrunnen, um einen Becher Wasser zu trinken, und alle Hunde bellten verschreckt die unbemerkbaren Zoogs aus, die hinter ihm durchs Gras krochen. Bei einem anderen Haus, wo sich Leute regten, stellte er Fragen über die Götter und ob sie oft auf dem Lerion tanzten, doch der Farmer und seine Frau machten nur das Zeichen der Alten und wiesen ihm den Weg nach Nir und Ulthar.

Mittags schritt er auf der einzigen breiten Hauptstraße Nirs; er kannte sie von einem früheren Besuch, und sie markierte die vorgeschobendste Grenze seiner vormaligen Reisen in dieser Richtung; und bald darauf gelangte er an die große Steinbrücke über den Skai, in deren Mittelpfeiler die Maurer ein lebendiges

Menschenopfer eingegossen hatten, als sie sie vor dreizehnhundert Jahren erbauten. Einmal auf der anderen Seite, enthüllte die häufige Gegenwart von Katzen (die vor den dahinkriechenden Zoogs alle den Buckel krümmten) die nahe Nachbarschaft Ulthars; denn in Ulthar darf, nach einem alten und ausdrücklichen Gesetz, niemand eine Katze töten. Sehr hübsch war sie, die Umgebung von Ulthar mit ihren kleinen, grünen Cottages und den ordentlich eingezäunten Farmen; und noch hübscher war die schmucke Stadt selbst mit ihren altmodisch spitzen Dächern, den vorkragenden Obergeschossen, den unzähligen Kaminkappen und den engen Hügelsträßchen, auf denen alte Pflastersteine zum Vorschein kommen, wann immer die grazilen Katzen Platz genug dafür lassen. Die Katzen hatten sich wegen der halbwahrgenommenen Zoogs zerstreut, und Carter fand seinen Weg direkt zum bescheidenen Tempel der Alten, wo die Priester und alten Papiere angeblich zu finden waren; und nachdem er den ehrwürdigen, kreisrunden, efeuüberrankten Felsturm – der Ulthars höchsten Hügel krönt – betreten hatte, suchte er den Patriarchen Atal auf, der den verbotenen Gipfel Hatheg-Kla in der Steinwüste erstiegen hatte und lebendig wieder heruntergekommen war.

Atal, der auf einer Elfenbeinestrade in einem bekränzten Schrein in der Spitze des Tempels thronte, zählte volle drei Jahrhunderte, gebot aber noch immer über einen scharfen Verstand und ein ebensolches Gedächtnis. Von ihm erfuhr Carter vieles über die Götter, hauptsächlich jedoch, daß sie wahrhaftig nur Götter der Erde sind, die unser eigenes Traumland schwach regieren und anderswo weder Macht noch Wohnung haben. Bei guter Laune, so sagte Atal, könnten sie das Gebet eines Menschen durchaus erhören; aber man sollte es sich nicht einfallen lassen, zu ihrer Onyxfeste oben auf dem Kadath in der kalten Öde hinaufsteigen zu wollen. Zum Glück wüßte niemand, wo sich der Kadath auftürme, denn die Folgen seiner Besteigung wären sehr ernst. Atals Gefährte, Barzai der Weise, wäre schon schreiend in den Himmel gezogen worden, nur weil er den bekannten Gipfel des Hatheg-Kla erstiegen habe. Bei dem unbekannten Kadath, sollte er jemals gefunden werden, müßte man sich auf noch bedeutend Schlimmeres gefaßt halten; denn obwohl es einem klugen Sterblichen manchmal gelänge, die Erdgötter zu überwinden, stünden sie doch unter dem Schutz der

Anderen Götter des Außenraumes, von denen man besser nicht spräche. Wenigstens zweimal in der Geschichte der Welt hätten die Anderen Götter dem Urgranit der Erde ihr Siegel aufgedrückt; einmal in vorsintflutlichen Zeiten, wie sich einer Zeichnung in jenen Partien der Pnakotischen Manuskripte entnehmen lasse, die zu alt seien, um sie entziffern zu können, und dann auf Hatheg-Kla, als Barzai der Weise versuchte, die Götter der Erde im Mondschein tanzen zu sehen. Deshalb, sagte Atal, wäre es auch viel klüger, man ließe alle Götter bis auf taktvolle Gebete unbehelligt.

Obgleich Carter von Atals entmutigendem Ratschlag und der mageren Hilfe, die ihm aus den Pnakotischen Manuskripten und den Sieben Kryptischen Büchern von Hsan zuwuchs, enttäuscht war, verzweifelte er doch nicht völlig. Zuerst befragte er den alten Priester über jene wunderbare Stadt im Sonnenuntergang, die er von der Terrasse mit der Balustrade aus geschaut hatte, in dem Glauben, er könne sie vielleicht auch ohne die Unterstützung der Götter finden; aber darüber wußte Atal nichts. Womöglich, meinte Atal, gehöre der Ort zu seiner speziellen Traumwelt und nicht zum allgemeinen Reich der Vision, das vielen bekannt sei; und ebensogut könnte er auf einem anderen Planeten liegen. In diesem Fall vermöchten ihn die Erdgötter nicht zu leiten, selbst wenn sie dies wollten. Doch letzteres schien nicht wahrscheinlich, denn das Aufhören der Träume zeige recht deutlich, daß es sich um etwas handele, was die Großen vor ihm zu verbergen wünschten.

Und dann verfiel Carter auf eine Gemeinheit: Er nötigte seinen arglosen Gastgeber zu so vielen Schlucken vom Mondwein der Zoogs, daß der alte Mann davon unverantwortlich geschwätzig wurde. Seiner Zurückhaltung beraubt, plauderte der arme Atal nun ganz freimütig von verbotenen Dingen; er erzählte von einem großen Bildnis, das nach Berichten von Reisenden in den soliden Fels des Berges Ngranek auf der Insel Oriab im Süd-Meer eingemeißelt sein soll, und deutete an, es könnte sich um ein Ebenbild handeln, das die Erdgötter einst nach ihren eigenen Zügen modellierten, in jenen Tagen, da sie bei Mondschein auf diesem Berge tanzten. Und er lallte weiterhin, daß die Züge dieses Bildnisses sehr fremdartig seien, so daß man sie leicht erkennen könnte, und daß sie sichere Merkmale der authentischen Rasse der Götter wären.

Der Nutzen, der sich aus all dem für seine Suche nach den Göttern ziehen ließ, wurde Carter augenblicklich klar. Es ist bekannt, daß sich die jüngeren von den Großen oft unter der Maske einer Verkleidung mit den Menschentöchtern vermählen, deshalb mußten alle Bauern, entlang der Grenzen zur kalten Öde, in der der Kadath steht, ihr Blut in sich tragen. Dies vorausgesetzt, galt es nun zur Auffindung besagter Wüste folgendermaßen vorzugehen: das Steingesicht auf dem Ngranek ansehen und sich die Züge einprägen; sodann diese Züge, nachdem man sie sich sorgfältig gemerkt hatte, bei lebenden Menschen zu suchen. Wo sie am ausgeprägtesten und häufigsten hervortraten, da mußten die Götter am nächsten wohnen; und welche Steinöde auch immer hinter den Dörfern dort lag, mußte diejenige sein, in der der Kadath sich erhob.

In solchen Gegenden ließe sich viel über die Großen erfahren, und jene, die ihr Blut trugen, mochten kleine Erinnerungen bewahren, die einem Suchenden sehr nützlich wären. Sie ahnten vielleicht nichts von ihrer Herkunft, denn so sehr verabscheuen es die Götter, von den Menschen erkannt zu werden, daß sich niemand finden läßt, der ihre Gesichter wissentlich geschaut hat; und obwohl sich Carter dieser Tatsache bewußt war, trachtete er danach, den Kadath zu erklimmen. Doch sie würden wunderliche, hochfahrende Gedanken haben, die ihre Kameraden mißverstanden, und sie würden von fernen Stätten und Gärten singen, die sogar im Traumland ihresgleichen suchten, so daß das gewöhnliche Volk sie Narren heißen würde; und aus alledem ließen sich vielleicht alte Geheimnisse über den Kadath erfahren, oder Hinweise auf die wunderbare Stadt im Sonnenuntergang gewinnen, die die Götter verborgen hielten. Und überdies könnte man in bestimmten Fällen das inniggeliebte Kind eines Gottes als Geisel nehmen, oder gar einen jungen Gott selbst gefangen setzen, der verkleidet und mit einem hübschen Bauernmädchen zur Braut unter den Menschen wohnte.

Atal jedoch wußte nicht, wie der Ngranek auf seiner Insel Oriab zu finden war, und er empfahl Carter, dem singenden Skai unter den Brücken hindurch zum Süd-Meer hinab zu folgen, wo noch kein Bürger Ulthars jemals gewesen ist, von woher aber die Händler mit Booten oder langen Maultierkarawanen und zweirädrigen Karren kommen. Es gibt dort eine große Stadt, Dylath-Leen, doch wegen der schwarzen, dreiruderigen Galeeren, die mit Rubinen einer nicht genau benannten Küste zu ihr segeln, genießt sie in Ulthar einen schlechten Ruf. Die Händler, die von diesen Galeeren kommen, um mit den Juwelieren Geschäfte zu schließen, sind menschlich, oder doch beinahe, die Ruderer hingegen bekommt man nie zu Gesicht; und in Ulthar hält man es nicht für heilsam, wenn Kaufleute mit schwarzen Schiffen Handel treiben, deren Herkunft unbekannt ist und deren Ruderer nicht vorgezeigt werden können.

Nachdem er diese Information preisgegeben hatte, wurde Atal sehr schläfrig, und Carter bettete ihn behutsam auf eine getäfelte Ebenholzcouch und drapierte den wallenden Bart dekorativ auf der Brust. Als er sich zum Gehen wandte, stellte er fest, daß ihm kein unterdrücktes Geflattere folgte, und er wunderte sich, warum die Zoogs in ihrer neugierigen Verfolung so nachlässig geworden waren. Dann bemerkte er all die geschmeidigen, selbstzufriedenen Katzen von Ulthar, die sich mit ungewöhnlichem Gusto die Mäuler leckten, und er entsann sich des Fauchens und Miauens, das aus den unteren Geschossen des Tempels schwach heraufgeklungen war, während er von der Erzählung des alten Priesters ganz in Anspruch genommen wurde. Und er entsann sich ebenfalls der boshaften, hungrigen Art, mit der ein besonders unverschämter junger Zoog ein kleines schwarzes Kätzchen auf der gepflasterten Straße draußen betrachtet hatte. Und weil er auf Erden nichts so sehr liebte wie kleine schwarze Kätzchen, beugte er sich nieder und streichelte die geschmeidigen Katzen von Ulthar, wie sie ihre Mäuler leckten und grämte sich nicht, daß ihn die wißbegierigen Zoogs nun nicht weiter eskortieren würden.

Eben ging die Sonne unter, und so nahm Carter bei einem alten Gasthof Quartier, der in einem steilen Gäßchen lag, das die untere Stadt überblickte. Und als er auf den Balkon seines Zimmers trat und unter sich das Meer von roten Ziegeldächern und Pflasterwegen und die anmutigen Felder dahinter schaute, alles mild und magisch im sinkenden Licht, da schwor er, daß Ulthar ein sehr angenehmer Ort wäre, um für immer darin zu wohnen, triebe einen nicht die Erinnerung an eine noch großartigere Stadt im Sonnenuntergang immerfort unbekannten Gefahren zu. Dann brach die Dämmerung herein, und die blaßroten Wände der getünchten Giebel färbten sich violett und mystisch, und kleine gelbe Lichter schienen eines nach dem anderen in alten Gitterfenstern auf. Und liebliche Glocken läuteten im Tempel oben, und der erste Stern blinkte sanft über den Wiesen jenseits des Skai. Mit der Nacht kamen die Lieder, und Carter nickte, als die Lautenspieler auf den filigranverzierten Balkonen und in den mosaikgeschmückten Höfen des bescheidenen Ulthar die alten Zeiten priesen. Und vielleicht hätten sogar die Stimmen von Ulthars zahlreichen Katzen süß geklungen, wären sie nicht zum Großteil träge und still von einem sonderbaren Schmaus gewesen. Einige stahlen sich in jene kryptischen Bereiche davon, um die nur die Katzen wissen und die, wie die Bewohner behaupten, auf der Rückseite des Mondes liegen, wohin die Katzen von hohen Hausdächern springen; aber ein kleines schwarzes Kätzchen schlich die Treppe hoch und sprang auf Carters Schoß, um zu schnurren und zu spielen, und es rollte sich an seinen Füßen zusammen, als er sich schließlich auf das kleine Lager streckte, dessen Kissen mit duftenden, einschläfernden Kräutern gefüllt waren.

Am Morgen schloß sich Carter einer Karawane von Kaufleuten an, die mit Ulthars gesponnener Wolle und dem Kohl seiner geschäftigen Farmen nach Dylath-Leen unterwegs war. Und sechs Tage lang ritten sie mit klingenden Glöckchen auf der ebenen Straße neben dem Skai; manche Nächte schliefen sie in den Wirtshäusern kleiner, schmucker Fischerstädtchen, und andere wieder kampierten sie unter den Sternen, während vom glatten Fluß bruchstückhaft die Lieder der Schiffer erklangen. Die Landschaft war überaus reizvoll, mit grünen Hecken und Hainen und malerisch spitzzulaufenden Cottages und achteckigen Windmühlen.

Am siebten Tag erhoben sich voraus am Horizont Dampfschwaden, und dann die hohen, schwarzen Türme von Dylath-Leen, das überwiegend aus Basalt erbaut ist. Von der Ferne wirkt die Stadt Dylath-Leen mit ihren dünnen, kantigen Türmen wie ein Teil des Giant's Causeway*, und ihre Straßen sind dunkel und wenig einladend. Zahllose verkommene Hafentavernen liegen in der Nähe der myriadenfachen Kais, und in der ganzen Stadt drängen sich sonderbare Seeleute aus allen Ländern der Erde und aus einigen, von denen es heißt, daß sie nicht zur Erde

---

* A.d.Ü. Eine Felsstrandbildung an der Nordspitze Irlands, aus von der Brandung abgeschliffenen Basaltsäulen gebildet, 30–60 m breit, fast 5 km lang.

gehören. Carter fragte die in wunderliche Roben gekleideten Männer dieser Stadt nach dem Gipfel Ngranek auf der Insel Oriab und erfuhr, daß sie sehr wohl davon wußten. Aus Baharna, das auf besagter Insel liegt, kämen Schiffe, und eines sollte binnen Monatsfrist dorthin zurücksegeln, und der Ngranek erhöbe sich nur zwei Zebra-Tagesritte von diesem Hafen entfernt. Aber das Steingesicht des Gottes hätten nur wenige gesehen, denn es befände sich auf einer sehr schwer zugänglichen Seite des Ngranek, die nichts anderes als Klippen und ein finsteres Lavatal überschaue. Einstmals hätten sich die Götter über die Menschen auf dieser Seite erzürnt und den Anderen Göttern davon gesprochen.

Es war schwierig, diese Informationen von den Händlern und Seeleuten in den Hafenkaschemmen von Dylath-Leen zu erhalten, denn zumeist zogen sie es vor, über die schwarzen Galeeren zu flüstern. Eine wurde nächste Woche mit Rubinen von der unbekannten Küste erwartet, und die Stadtbewohner fürchteten ihren Anblick am Dock. Die Münder der Männer, die von Bord gingen, um Handel zu treiben, seien zu breit, und die Art wie sich ihre Turbane über der Stirn zu zwei Höckern aufwölbten, besonders geschmacklos. Und ihre Schuhe wären die kürzesten und fragwürdigsten, die die Sechs Königreiche je gesehen hätten. Doch am allerschlimmsten sei die Angelegenheit mit den unsichtbaren Ruderern. Die drei Ruderbänke bewegten sich zu flink und akkurat und kraftvoll, um sich dabei wohlzubefinden, und es schicke sich auch nicht für ein Schiff, wochenlang im Hafen vor Anker zu gehen, während die Kaufleute Geschäfte machten, von seiner Mannschaft aber nicht das geringste sehen zu lassen. Das sei weder den Tavernenbesitzern von Dylath-Leen, noch den Krämern und Fleischern gegenüber fair; denn nie würde auch nur ein Krümelchen Proviant an Bord geschickt. Die Kaufleute nähmen nur Gold und gedrungene, schwarze Sklaven aus Parg jenseits des Flusses. Das wäre alles, was sie wollten, diese unerfreulich anzusehenden Kaufleute und ihre unsichtbaren Ruderer; niemals etwas von den Fleischern und Krämern, sondern nur Gold und die fetten, schwarzen Männer aus Parg, die sie pfundweise kauften. Und die Ausdünstungen dieser Galeeren, die der Südwind von den Kais herüberwehe, seien nicht zu beschreiben. Selbst der hartgesottenste Bewohner der alten Hafentavernen vermöchte sie nur durch das ständige Rauchen des starken Thag-Tabaks zu ertragen. Dylath-Leen würde die schwarzen Galeeren nie geduldet haben, wären solche Rubine anderswo zu bekommen gewesen, aber nirgends im ganzen Traumland der Erde sei eine Mine bekannt, die ihresgleichen hervorbrächte.

Von solcherlei Dingen schwatzte die kosmopolitische Bevölkerung Dylath-Leens, während Carter geduldig auf das Schiff von Baharna wartete, das ihn vielleicht zu der Insel tragen würde, wo der behauene Ngranek erhaben und kahl ragt. Inzwischen versäumte er es nicht, die Treffpunkte weitgereister Leute aufzusuchen, um sich bei ihnen nach Geschichten umzuhören, die möglicherweise den Kadath in der kalten Öde beträfen oder eine wunderbare Stadt mit Marmormauern und Silberfontänen, die man von Terrassen aus im Sonnenuntergang liegen sieht. Von diesen Dingen jedoch erfuhr er nichts; obwohl es ihm einmal so schien, daß ein bestimmter alter, schieläugiger Kaufmann ein merkwürdig wissendes Gesicht aufsetzte, als von der kalten Öde die Rede war. Dieser Mann stand in dem Ruf, mit den schrecklichen Steindörfern auf dem Eiswüstenplateau von Leng Handel zu treiben, welche kein getroster Mensch besucht, und deren schlimme Feuer man nachts von ferne sieht. Es kursierten sogar Gerüchte, er habe mit jenem unsäglichen Hohepriester Geschäfte gemacht, der eine gelbe Seidenmaske vor dem Gesicht trägt und ganz allein in einem prähistorischen Steinkloster lebt. Daß eine derartige Person sehr wohl zaghaften Handel mit solchen Wesenheiten getrieben haben mochte, die unter Umständen in der kalten Öde hausten, stand außer Zweifel, aber Carter stellte bald fest, daß es sinnlos war, ihn danach zu fragen.

Dann glitt die schwarze Galeere in den Hafen, vorbei an dem Basaltwall und dem hohen Leuchtturm, still und fremd, und mit einem seltsamen Gestank, den der Südwind in die Stadt brachte. Unbehagen breitete sich in den Tavernen entlang dieses Uferbezirks aus, und nach einer Weile tappten die dunklen, breitmundigen Kaufleute mit den gebuckelten Turbanen und den kurzen Füßen schwerfällig an Land, um die Basare der Juweliere zu besuchen. Carter beobachtete sie eingehend, und je länger er sie betrachtete, desto weniger gefielen sie ihm. Dann sah er, wie sie die gedrungenen, schwarzen Männer aus Parg grunzend und schwitzend die Laufplanke hinauf in jene eigentümliche Galeere trieben, und er wunderte sich, in welchen Ländern – oder ob überhaupt in irgendwelchen Ländern – es diesen fetten, pathetischen Kreaturen wohl bestimmt war, zu dienen.

Und am Abend des dritten Ankertages jener Galeere, sprach ihn einer der unerfreulichen Kaufleute an, grinste anzüglich und erging sich in Andeutungen über das, was er in den Kaschemmen von Carters Suche gehört hatte. Er schien Kunde von Dingen zu besitzen, die zu geheim waren, um sie öffentlich preiszugeben; und obgleich seine Stimme unerträglich haßerfüllt klang, meinte Carter doch, daß die Kenntnisse eines so weitgereisten Mannes keinesfalls ignoriert werden dürften. Er lud ihn daher ein, oben hinter verschlossenen Türen sein Gast zu sein und holte den Rest vom Mondwein der Zoogs, um ihm die Zunge zu lösen. Der fremdartige Kaufmann trank sehr viel, grinste aber trotzdem unverwandt weiter. Dann zog er eine merkwürdige Flasche mit seinem eigenen Wein hervor, und Carter stellte fest, daß die Flasche aus einem einzigen ausgehöhlten Rubin bestand, grotesk mit Mustern verziert, die zu unglaublich waren, um sie begreifen zu können. Er bot seinem Gastgeber von dem Wein an, und obwohl Carter nur einen winzigen Schluck nahm, fühlte er den Schwindel des Alls und das Fieber ungeahnter Dschungel. Indessen hatte der Gast immer breiter gelächelt, und als Carter in die Leere entglitt, sah er zuletzt noch, wie sich das dunkle, widerliche Gesicht zu einem bösartigen Lachen verzerrte und noch etwas ganz und gar Unaussprechliches dort, wo sich der eine der beiden Stirnhöcker des orangenen Turbans durch die Zuckungen dieser epileptischen Heiterkeit verschoben hatte.

In fürchterlichen Gerüchen erlangte Carter unter einer zeltartigen Plane auf Deck eines Schiffes sein Bewußtsein zurück; und an ihm vorüber flogen, mit unnatürlicher Geschwindigkeit, die wundervollen Küsten des Süd-Meers. Er lag nicht in Ketten, aber drei der dunklen, sardonischen Kaufleute standen grinsend in der Nähe, und der Anblick jener Höcker auf ihren Turbanen raubte ihm fast ebenso die Kraft wie der Gestank, der aus den finsteren Luken heraufdrang. Er sah die glorreichen Länder und Städte an sich vorübergleiten, über die ein Traumgefährte von der Erde, ein Leuchtturmwärter im alten Kingsport, in vergangenen Tagen oft gesprochen hatte, und er erkannte die Tempelterrassen von Zar, dem Aufenthaltsort vergessener Träume; die Spitztürme des schändlichen Thalarion, jener Dämonenstadt der Tausend Wunder, in der das Eidolon Lathi regiert; die Begräbnisgärten von Xura, dem Land Unerreichter Wonnen, und die kristallenen Zwillingsvorgebirge, die sich am Himmel zu einem funkelnden Bogen vereinigen und den Hafen von Sona-Nyl, dem gesegneten Land der Phantasie, bewachen.

An all diesen prächtigen Ländern flog das stinkende Schiff verderblich vorbei, getrieben von den abnormen Ruderschlägen der unsichtbaren Ruderer in seinem Bauch. Und ehe der Tag zu Ende ging, wußte Carter, daß der Steuermann kein anderes Ziel haben konnte, als die Basaltsäulen des Westens, hinter denen das glänzende Cathuria liegt, wie die einfachen Leute behaupten; doch weise Träumer wissen sehr gut, daß es die Tore eines monströsen Kataraktes sind, in dem die Ozeane des Traumlandes der Erde ins bodenlose Nichts stürzten und durch die Räume zu anderen Welten und anderen Sternen und zu den schrecklichen Leeren außerhalb des geordneten Universums schießen, wo der Dämonen-Sultan Azathoth hungrig im Chaos nagt inmitten von Getrommel und Gepfeif und dem höllischen Tanz der Anderen Götter, blind, stumm, finster und irrsinnig, mit ihrer Seele und ihrem Boten Nyarlathotep.

Währenddem verrieten die drei sardonischen Kaufleute mit keinem Wort ihre Absichten, obwohl Carter sicher war, daß sie mit jenen im Bunde sein mußten, die ihn von seiner Suche abhalten wollten. Im Land der Träume ist es eine unausgesprochene Tatsache, daß die Anderen Götter viele Handlanger unter den Menschen haben; und alle diese Handlanger, seien sie nun völlig menschlich oder nicht mehr so ganz, sind eifrig darum bemüht, den Willen dieser blinden und irrsinnigen Wesen zu erfüllen, als Dank für die Gunst ihrer gräßlichen Seele und ihres Boten, des kriechenden Chaos Nyarlathotep. Hieraus folgerte Carter, daß die Kaufleute mit den Höckerturbanen, als sie von seiner dreisten Suche nach den Großen in ihrem Schloß auf dem Kadath erfuhren, beschlossen hatten, ihn gefangen zu nehmen und an Nyarlathotep auszuliefern, gleichgültig für welch namenlose Prämie, die auf eine solche Prise ausgesetzt sein mochte. Aus welchem Land unseres bekannten Universums oder der schauerlichen Räume draußen diese Kaufleute stammten, vermochte Carter nicht zu erraten; er konnte sich auch nicht vorstellen, an was für einem höllischen Zusammenkunftsort sie das kriechende Chaos treffen würden, um ihn zu übergeben und ihre Belohnung zu fordern.

Er wußte indes, daß so fast menschliche Wesen wie diese hier es nicht wagen würden, sich dem ultimaten, umnachteten Thron des Dämons Azathoth in der formlosen Zentralleere zu nähern.

Bei Sonnenuntergang leckten sich die Kaufleute ihre ungeheuer breiten Lippen und glotzten hungrig, und einer von ihnen verschwand nach unten und kam aus irgendeiner verborgenen und ekelhaften Kabine mit einem Topf und einem Korb voller Teller zurück. Dann kauerten sie sich dicht nebeneinander unter die Plane und aßen das dampfende Fleisch, das herumging. Doch als sie Carter einen Brocken reichten, da entdeckte er in der Größe und Form davon etwas sehr Schreckliches; und er erbleichte noch mehr als zuvor und schleuderte den Brocken in einem unbeobachteten Moment ins Meer. Und wieder dachte er an jene unsichtbaren Ruderer in den Eingeweiden des Schiffes und an die verdächtige Nahrung, aus der sie ihre allzu mechanischen Kräfte bezogen.

Es war dunkel, als die Galeere die Basaltsäulen des Westens passierte, und das Geräusch des ultimaten Kataraktes schwoll unheilverkündend an. Die Gischt dieses Kataraktes spritzte auf und verdunkelte die Sterne, das Deck wurde feucht, und das Schiff taumelte im wogenden Sog des Abgrunds. Dann erfolgte unter eigentümlichem Pfeifen und mit einem jähen Fall der Sprung, und Carter fühlte die Schrecken des Alptraums, als die Erde wegstürzte und das große Boot stumm und kometenhaft in den planetaren Raum schoß. Er hatte vorher nie geahnt, was für gestaltlose, schwarze Dinge überall im Äther lauern und torkeln und zappeln, nach eventuellen Reisenden schielen und sie angrinsen und manchmal mit schleimigen Pfoten umhertasten, wenn irgendein sich bewegendes Objekt ihre Neugier erregt. Dies sind die namenlosen Larven der Anderen Götter, und genau wie jene, sind auch sie blind und ohne Hirn und von wunderlichen Hunger- und Durstgelüsten besessen.

Aber das Ziel dieser abstoßenden Galeere lag nicht so fern, wie Carter befürchtet hatte, denn bald sah er, daß der Rudergänger direkten Kurs auf den Mond nahm. Der Mond glich einer leuchtenden Sichel, die beim Näherkommen immer größer wurde und ihre sonderbaren Krater und Gipfel unangenehm deutlich zeigte. Das Schiff steuerte auf den Rand zu, und bald wurde klar, daß sein Bestimmungsort auf der verborgenen und mysteriösen Seite lag, die der Erde immerzu abgewandt ist, und die kein rein menschliches Wesen, den Träumer Snireth-Ko vielleicht ausgenommen, je geschaut hat. Der nahe Anblick des Mondes wirkte auf Carter beunruhigend, und es behagten ihm weder Form noch Größe der Ruinen, die hier und dort zerfielen. Die toten Tempel auf den Bergen waren so plaziert, daß sie keine ziemlichen oder heilsamen Götter verherrlicht haben konnten, und den Symmetrien der geborstenen Säulen schien eine dunkle und verborgene Bedeutung innezuwohnen, die wenig zur Entdeckung einlud. Und wie die Beschaffenheit und das Aussehen dieser früheren Anbeter gewesen sein mochte, darüber weigerte sich Carter beharrlich, Vermutungen anzustellen.

Als das Schiff um den Mondrand gebogen war und über die von Menschen nie gesehenen Länder segelte, offenbarte die lunare Landschaft gewisse Anzeichen von Leben, und Carter erspähte viele niedrige, breite, runde Behausungen inmitten von Feldern grotesk weißlicher Pilze. Er bemerkte, daß diese Behausungen fensterlos waren, und dachte, daß ihre Form an die Iglos der Eskimos erinnerte. Dann sah er auf einmal die öligen Wellen einer trägen See, und wußte, daß die Reise erneut durch Wasser gehen würde – oder zumindest doch durch eine Flüssigkeit. Die Galeere schlug mit einem absonderlichen Geräusch auf die Oberfläche, und die merkwürdige Elastizität, mit der sie die Wellen aufnahmen, verwirrte Carter beträchtlich. Sie glitten nun mit hoher Geschwindigkeit dahin, passierten einmal eine andere Galeere ähnlichen Aussehens, die sie anriefen, sahen aber ansonsten nur jenes seltsame Meer und einen schwarzen und sternübersäten Himmel, obwohl die Sonne sengend darin brannte.

Gleich erhoben sich voraus die Bergzacken einer leprösen Küste, und Carter machte die dicken, unschön grauen Türme einer Stadt aus. Die Art, wie sie sich neigten und bogen, und die Weise, wie sie in Gruppen zusammenstanden, sowie die Tatsache, daß sie überhaupt keine Fenster aufwiesen, verstörte den Gefangenen sehr; und bitter bereute er den Leichtsinn, der ihn vom wunderlichen Wein jenes Kaufmanns mit dem höckerigen Turban hatte kosten lassen.

Carter konnte jetzt auf den vorausliegenden, ekelhaften Kais sich bewegende Gestalten erkennen, und je deutlicher er sie wahrnahm, um so mehr begann er sie zu fürchten und zu verabscheuen. Denn das waren keine Menschen mehr, nicht einmal annähernd, sondern große, grauweiße, schlüpfrige Dinger, die sich nach Belieben ausdehnen und zusammenziehen konnten. Ihre eigentliche Gestalt glich – obschon sie häufig wechselte – einer Art Kröte, die keine Augen, dafür aber eine sonderbar vibrierende Masse blaßroter Tentakel am Ende ihres stumpfen, vagen Mauls besaß. Diese Objekte watschelten geschäftig die Kais entlang, verluden mit übernatürlicher Kraft Ballen, Lattenkisten und Behälter und sprangen gelegentlich mit langen Rudern in den Vorderpfoten an oder von Bord einer ankernden Galeere. Und hin und wieder tauchte eines auf, das eine Schar zusammengepferchter Sklaven trieb, die eigentlich beinahe menschliche Wesen mit breiten Mündern waren, wie jene Kaufleute, die in Dylath-Leen Handel trieben; nur wirkten die Sklaven ohne Turbane, Schuhe und Kleidung nicht mehr ganz so menschlich. Einige der Sklaven – die fetteren, die eine Art Aufseher prüfend kniff – wurden aus Schiffen entladen, in Lattenkisten genagelt, und dann von Arbeitern entweder in die flachen Lagerhallen geschoben oder auf große rumpelnde Wagen verfrachtet.

 Einmal wurde ein Wagen angespannt und weggefahren, und das Ding, das ihn zog, war so unglaublich, daß Carter nach Luft rang, obwohl er die anderen Monstrositäten dieses verhaßten Ortes bereits gesehen hatte. Dann und wann wurde eine kleine Schar Sklaven, bekleidet und beturbant wie die dunklen Händler, an Bord einer Galeere getrieben; ihr folgte eine große Gruppe der glitschigen Krötenwesen als Offiziere, Navigatoren und Ruderer. Und Carter fand heraus, daß die fastmenschlichen Kreaturen dazu ausersehen waren, die gemeineren, weniger Kraft erfordernden Arbeiten zu tun, z. B. das Steuern und Kochen, die Zuträgerdienste und den Handel mit den Menschen auf der Erde oder auf anderen Planeten, wo sie Geschäfte machten. Diese Geschöpfe mußten auf der Erde von Nutzen gewesen sein, denn wenn sie angezogen und sorgfältig beschuht und beturbant waren, sahen sie den Menschen wahrhaftig nicht unähnlich und konnten in den Läden der Händler ungehindert und ohne sonderliche Erklärungen feilschen. Doch die meisten von ihnen wurden, wenn sie nicht mager oder mißgebildet waren, entkleidet, in Lattenkisten gezwängt und auf holpernden Wagen von ungeheuren Wesen davongezogen. Manchmal lud man auch andere Geschöpfe aus und steckte sie in Kisten; einige davon sahen jenen halbmenschlichen sehr ähnlich, andere schon wieder weniger und manche überhaupt nicht. Und Carter fragte sich, ob wohl noch einige der armen, gedrungenen, schwarzen Männer aus Parg übriggeblieben waren, um entladen, verstaut und auf diesen abscheulichen Karren ins Landesinnere verbracht zu werden.

Als die Galeere an einem schmierigen Kai aus porösem Fels anlegte, quoll eine alptraumhafte Horde der Krötenwesen aus den Luken, und zwei von ihnen packten Carter und schleppten ihn an Land. Der Geruch und der Anblick der Stadt waren über alle Beschreibung, und Carter behielt nur fragmentarische Eindrücke von geziegelten Straßen, schwarzen Torwegen und endlosen Klippen vertikaler, grauer Mauern ohne Fenster. Zuletzt wurde er in einen niedrigen Toreingang gezerrt und gezwungen, im Stockdunkel unendliche Treppen hinaufzusteigen. Offenbar war es den Krötenwesen ganz einerlei, ob Licht oder Finsternis herrschte. Der Ort stank unerträglich, und als man Carter in eine Kammer sperrte und allein ließ, besaß er kaum die Kraft, herumzukriechen, um sich über ihre Form und Ausmaße klar zu werden. Sie war rund, und ihr Durchmesser lag bei etwa zwanzig Fuß.

Von da an hörte die Zeit auf zu existieren. In Abständen wurde Essen hereingeschoben, aber Carter rührte es nicht an. Was sein Schicksal sein würde, wußte er nicht; doch er fühlte, daß er für das Kommen der gräßlichen Seele und des Boten der Anderen Götter der Unendlichkeit, das kriechende Chaos Nyarlathotep, gefangen gehalten wurde. Endlich, nach einer unbemessenen Spanne von Stunden oder Tagen, schwang die große Steintür wieder auf, und Carter wurde die Treppe hinunter und hinaus auf die roterleuchteten Straßen dieser furchtbaren Stadt gestoßen. Nacht regierte auf dem Mond, und überall in der Stadt waren fackeltragende Sklaven postiert.

Auf einem abscheulichen Platz formierte sich so etwas wie eine Prozession; zehn Krötenwesen und vierundzwanzig fastmenschliche Fackelträger, zu jeder Seite elf und jeweils einer an der Spitze und am Schluß. Sie nahmen Carter in die Mitte; fünf Krötenwesen vor, und fünf hinter ihm, und links und rechts ein fastmenschlicher Fackelträger. Manche der Krötenwesen brachten widerliche geschnitzte Flöten aus Elfenbein zum Vorschein und erzeugten ekelhafte Töne darauf. Zu diesem höllischen

Gepfeif bewegte sich die Kolonne durch die geziegelten Straßen, hinaus in nachtschwarze Ebenen obszöner Pilze, und begann bald einen der flacheren und weniger steilen Berge zu ersteigen, die sich hinter der Stadt erhoben. Daß auf irgendeinem entsetzlichen Abhang oder gottlosen Plateau das kriechende Chaos wartete, daran durfte Carter nicht zweifeln; und er hoffte nur, daß die Ungewißheit bald vorüber sein würde. Das Winseln dieser blasphemischen Flöten war schockierend, und er hätte Welten für ein halbwegs normales Geräusch gegeben; doch die Krötenwesen besaßen keine Stimmen, und die Sklaven sprachen nicht.

Dann drang ein normales Geräusch durch die sternfleckige Dunkelheit. Es rollte die höheren Berge hinab, wurde von allen schrundigen Gipfeln ringsum aufgenommen und in einem anschwellenden, pandämonischen Chor zurückgeworfen. Es war der mitternächtliche Schrei der Katze, und nun wußte Carter, daß die alten Stadtbewohner zu Recht ihre leisen Mutmaßungen über jene kryptischen Bereiche anstellten, die nur den Katzen bekannt sind, und in die sich des Nachts die älteren Katzen heimlich begeben, indem sie von hohen Hausgiebeln springen. Es ist tatsächlich die Rückseite des Mondes, die sie aufsuchen, um dort auf den Bergen zu hüpfen und zu tollen und mit alten Schatten zu verkehren; und hier, inmitten dieser Kolonne fötaler Wesen, vernahm Carter ihren vertrauten, freundlichen Ruf, und er dachte an die steilen Dächer, die warmen Herdstellen und die kleinen, erleuchteten Fenster zu Hause.

Carter verstand viel von der Katzensprache, und an diesem fernen und schrecklichen Ort stieß er den entsprechenden Schrei aus. Doch das hätte er gar nicht zu tun brauchen, denn gerade als sich seine Lippen öffneten, hörte er den Chor anwachsen und näherkommen und sah flinke Schatten gegen die Sterne, als kleine anmutige Gestalten von Berg zu Berg sprangen. Der Ruf des Clans war ergangen, und ehe die widerwärtige Prozession noch Zeit zur Furcht fand, brach auch schon eine erstickende Fellwolke und eine Phalanx mörderischer Klauen wie eine Sturzflut und ein Sturm über sie herein. Die Flöten verstummten, und Schreie hallten durch die Nacht. Sterbende Fastmenschliche kreischten, und Katzen fauchten und jaulten und brüllten, nur die Krötenwesen gaben keinen Laut von sich, als ihr stinkendes, grünes Blutwasser fatal auf den porösen Boden mit den obszönen Pilzen niedertropfte.

Solange die Fackeln brannten, bot sich ein erstaunliches Bild, und nie zuvor hatte Carter so viele Katzen gesehen. Schwarze, graue und weiße; gelbe, getigerte und bunte; gewöhnliche Hauskatzen, Perser- und Manx-, Tibet-, Angora- und Ägypterkatzen, alle waren sie da in der Raserei der Schlacht, und über ihnen schwebte ein Hauch jener profunden und unentweihten Heiligkeit, die ihre Gottheit in den Tempeln von Bubastis groß machte. Zu siebt fuhren sie einem Fastmenschlichen an die Kehle oder sprangen einem Krötenwesen ans blaßrote Tentakelmaul und zerrten es reißend zu Boden, wo eine Myriade ihrer Gefährten mit den wahnsinnigen Zähnen und Krallen einer göttlichen Schlachtenfurie darüber herfiel. Carter hatte einem niedergestreckten Sklaven die Fackel abgenommen, wurde jedoch bald von den wogenden Wellen seiner getreuen Verteidiger überwältigt. Dann lag er in völliger Finsternis und hörte den Kriegslärm und die Rufe der Sieger, und spürte die sanften Pfoten seiner Freunde, als sie im Kampfgetümmel kreuz und quer über ihn hineilten.

Zuletzt verschlossen ihm Scheu und Erschöpfung die Augen, und als er sie wieder aufschlug, erblickte er eine wunderliche Szenerie. Der gewaltige, leuchtende Diskus der Erde, dreizehnfach größer als sich uns Menschen die Scheibe des Mondes darbietet, war mit geisterhaften Lichtfluten über der lunaren Landschaft aufgegangen; und auf den meilenweiten, öden Plateaus und zerklüfteten Bergkämmen kauerte ein endloses Meer von Katzen in wohlgeordneter Schlachtreihe. Ring schloß sich an Ring, und zwei oder drei der Heerführer leckten sein Gesicht und schnurrten ihm tröstend zu. Von den toten Sklaven und den Krötenwesen fehlte beinahe jede Spur, aber Carter glaubte ein wenig abseits, in dem freien Raum zwischen sich und den Kriegern, einen Knochen zu sehen.

Carter redete jetzt mit den Anführern in der weichen Sprache der Katzen und erfuhr, daß seine alte Freundschaft mit der Rasse wohlbekannt war und an den Versammlungsplätzen der Katzen oft erwähnt wurde. Er war nicht unbemerkt geblieben, als er durch Ulthar ging, und die geschmeidigen alten Katzen hatten sich erinnert, wie er sie streichelte, nachdem sie sich der hungrigen Zoogs angenommen hatten, die ein kleines schwarzes Kätzchen boshaft ansahen. Und sie entsannen sich auch daran, wie er eben dies kleine Kätzchen, das ihn im Gasthof besuchen kam, aufgenommen und ihm morgens, bevor er aufbrach, ein Schälchen fetter Sahne hingestellt hatte. Der Großvater besagten ganz winzigen Kätzchens war der Anführer der jetzt versammelten Armee, denn er hatte die schlimme Prozession von einem fernen Berg aus entdeckt und in dem Gefangenen den eingeschworenen Freund seiner Rasse auf der Erde und im Land des Traums erkannt.

Von einem entfernten Gipfel ertönte jetzt ein Geheul, und der alte Anführer hielt abrupt in seiner Rede inne. Es war einer der Vorposten der Armee, auf dem höchsten Berg stationiert, um nach dem einzigen Feind Ausschau zu halten, den die Katzen der Erde fürchten: die sehr großen und sonderbaren Katzen vom Saturn, die aus irgendeinem Grund den Zauber der Nachtseite unseres Mondes nicht vergessen haben. Sie sind durch einen Vertrag mit den bösen Krötenwesen verbündet und unseren Erdenkatzen notorisch feindlich gesinnt; sodaß zu diesem kritischen Zeitpunkt ein Treffen eine sehr ernste Angelegenheit gewesen wäre.

Nach einer knappen Beratung der Generäle erhoben sich die Katzen und bildeten eine dichtere Formation, indem sie sich schützend um Carter sammelten und sich auf den weiten Sprung durch das All, zurück auf die Hausdächer unserer Erde und ihres Traumlandes, vorbereiteten. Der alte Feldmarschall riet Carter, sich von den massierten Reihen pelziger Springer sanft und passiv mittragen zu lassen und erklärte ihm, wie er mit den übrigen abspringen und mit ihnen zusammen wieder landen sollte. Er bot ihm auch an, ihn an jedem gewünschten Ort abzusetzen, und Carter entschied sich für die Stadt Dylath-Leen, von wo die schwarze Galeere ausgelaufen war; denn von dort wollte er nach Oriab und dem behauenen Gipfel des Ngranek segeln, und zudem die Leute der Stadt vor weiterem Handel mit den schwarzen Galeeren warnen, falls es überhaupt möglich sein sollte, diese Geschäfte taktvoll und besonnen abzubrechen. Dann sprangen auf ein Signal hin alle Katzen, den Freund in ihrer Mitte sicher geborgen, los; während in einer schwarzen Höhle auf einem ruchlosen Gipfel der Mondberge das kriechende Chaos Nyarlathotep immer noch vergeblich wartete.

Der Sprung der Katzen durch das All verlief sehr rasch; und da ihn seine Gefährten umgaben, sah Carter diesmal die riesigen schwarzen Unförmlichkeiten nicht, die in dem Abgrund lauern und torkeln und zappeln. Ehe er noch ganz begriff, was geschehen war, befand er sich wieder in seinem vertrauten Zimmer im Gasthof zu Dylath-Leen, und die heimlichen, freundlichen Katzen ergossen sich in Strömen aus dem Fenster. Der alte Anführer aus Ulthar ging als letzter, und als ihm Carter die Pfote drückte, meinte er, er könne mit dem Hahnenschrei wieder zu Hause sein. Als die Morgendämmerung anbrach, begab Carter sich nach unten und erfuhr, daß seit seiner Gefangennahme und seinem Verschwinden eine Woche verstrichen war. Es galt also noch beinahe zwei Wochen auf das Schiff nach Oriab zu warten, und in dieser Zeit sagte Carter gegen die schwarzen Galeeren und ihre fürchterlichen Reisen was er nur konnte. Die meisten Bürger glaubten ihm; und doch schätzten die Juweliere große Rubine so sehr, daß keiner von ihnen endgültig versprechen wollte, den Handel mit den breitmundigen Kaufleuten einzustellen. Sollte Dylath-Leen jemals ein Übel aus solchem Handel erwachsen, wird er keine Schuld daran tragen.

Nach einer Woche etwa passierte das ersehnte Schiff den schwarzen Wall und den hohen Leuchtturm, und Carter sah erleichtert, daß es ein Boot mit gesunder Besatzung, bemalten Flanken, gelben Lateinsegeln und einem grauhaarigen, in seidene Roben gehüllten Kapitän war. Als Fracht führte es das duftende Harz aus Oriabs verborgenen Hainen, die delikaten Töpferwaren, die die Künstler von Baharna gebrannt hatten und die seltsamen kleinen Figuren, die aus der alten Lava des Ngranek gemeißelt waren. Sie bekamen dafür Wolle aus Ulthar, schillernde Stoffe aus Hatheg und das Elfenbein, das die schwarzen Menschen in Parg jenseits des Flusses schnitzten. Carter vereinbarte mit dem Kapitän eine Passage nach Baharna, und man unterrichtete ihn davon, daß die Reise zehn Tage dauern würde. Und während der Woche, die er wartete, sprach er viel mit diesem Kapitän über den Ngranek und erfuhr, daß nur sehr wenige das dort in den Fels gehauene Gesicht gesehen hätten; die meisten Reisenden gäben sich damit zufrieden, den Legenden der alten Leute, der Lavasammler und der Steinbildner in Baharna zu lauschen und behaupteten dann später in ihrer weitentfernten Heimat, sie hätten es mit eigenen Augen geschaut. Der Kapitän war sich nicht einmal sicher, ob überhaupt irgendein jetzt Lebender das steinerne Gesicht erblickt hatte, denn diese Seite des Ngranek sei sehr schwer zugänglich, kahl und finster, und außerdem gäbe es Gerüchte über gipfelnahe Höhlen, worin die Dunkel-Dürren hausten. Doch beschreiben wollte der Kapitän das mögliche Aussehen eines Dunkel-Dürren nicht, denn von diesem Geschmeiß wisse man, daß es ganz hartnäckig die Träume jener verfolge, die zu oft daran dachten. Dann fragte Carter den Kapitän nach dem unbekannten Kadath in der kalten Öde und nach der wunderbaren Stadt im Sonnenuntergang, aber hierüber wußte der gute Mann wirklich nichts zu berichten.

Eines Frühmorgens segelte Carter mit Wechsel der Flut aus dem Hafen von Dylath-Leen und beobachtete die ersten Strahlen des Sonnenaufgangs auf den dünnen, kantigen Türmen jener dunklen Basaltstadt. Zwei Tage segelten sie ostwärts entlang der grünen Küsten und entdeckten oftmals hübsche Fischerstädtchen, deren rote Dächer und Kaminkappen sich steil über alten, verträumten Kaianlagen und Stränden erhoben, auf denen Netze zum Trocknen auslagen. Doch am dritten Tag steuerten sie hart nach Süden, wo die See schwerer rollte, und schon bald sahen sie gar kein Land mehr. Am fünften Tag breitete sich Unruhe unter den Matrosen aus, doch der Kapitän entschuldigte ihre Furcht, indem er erklärte, das Schiff werde bald über den tangbewachsenen Mauern und zerbrochenen Säulen einer versunkenen Stadt, älter als jede Erinnerung, hinfahren, und bei klarem Wasser könne man an diesem Ort so viele schwebende Schatten ausmachen, daß schlichte Gemüter Anstoß daran nähmen. Er gestand überdies, daß in diesem Teil der See viele Schiffe verschollen wären; ganz in der Nähe der versunkenen Stadt seien sie noch angerufen worden, aber dann hätte man nie wieder etwas von ihnen gesehen.

In jener Nacht schien der Mond hell, und man konnte eine weite Strecke ins Wasser hinabschauen. Es kam so wenig Wind auf, daß das Schiff sich kaum bewegte und der Ozean ganz still lag. Carter beugte sich über die Reling und erblickte viele Faden tief den Dom des großen Tempels und davor eine von unnatürlichen Sphinxen gesäumte Allee, die auf einen ehemaligen öffentlichen Platz zuführte. Delphine spielten ausgelassen zwischen den Ruinen; hier und da tollten plumpe Tümmler, die manchmal an die Oberfläche schwammen und sich hoch aus dem Meer schnellten. Als das Schiff ein wenig weiterdriftete, stieg der Meeresboden in Hügeln an, und deutlich ließen sich die Linien alter, steiler Straßen und die niedergewaschenen Mauern von Myriaden kleiner Häuser erkennen.

Dann glitten die Vororte in den Blick und schließlich auf einem Berg ein großes, einsames Bauwerk von einfacherer Architektur und in wesentlich besser erhaltenem Zustand. Es war dunkel und flach und nahm die vier Seiten eines Quadrats ein, mit je einem Turm in den Ecken, einem Pflasterhof im Zentrum und kleinen, merkwürdig runden Fenstern. Möglicherweise bestand es aus Basalt, doch jetzt deckte es der Seetang fast völlig zu; und nach seinem einsamen und impressiven Standort auf jenem abgelegenen Hügel zu urteilen, hätte es ein Tempel oder Kloster sein können. Ein Schwarm phosphoreszierender Fische im Innern verlieh den kleinen runden Fenstern den Anschein, erleuchtet zu sein, und Carter nahm den Seeleuten ihre Angst nicht weiter übel. Dann bemerkte er im wässerigen Mondlicht einen sonderbar hohen Monolithen in der Mitte des Zentralhofes und sah, daß irgend etwas daran festgebunden war. Und als er, nachdem er sich aus der Kajüte des Kapitäns ein Teleskop besorgt hatte, entdeckte, daß es sich bei dem angebundenen Ding um einen in die Seidenroben Oriabs gekleideten Seemann handelte, den augenlosen Kopf nach unten, war er froh, daß eine schwellende Brise das Schiff bald in gesündere Meeresbreiten vorantrieb.

Den nächsten Tag trafen sie ein Schiff unter violetten Segeln, das mit einer Ladung wunderlich gefärbter Lilienknollen nach Zar im Land der vergessenen Träume unterwegs war. Und am Abend des elften Tages kam die Insel Oriab mit dem in der Ferne aufragenden, zerrissenen und schneegekrönten Ngranek in Sicht. Oriab ist eine sehr große Insel und ihr Hafen Baharna eine mächtige Stadt. Die Kais von Baharna sind aus Porphyr, und hinter ihnen erhebt sich in gewaltigen Steinterrassen die Stadt mit Stufenstraßen, die häufig von Gebäuden und den Brücken zwischen Gebäuden überwölbt werden. In einem Tunnel mit Granittoren fließt ein immenser Kanal unter der gesamten Stadt hindurch und mündet in den Binnensee Yath, an dessen entfernten Gestaden die ausgedehnten Lehmsteinruinen einer uranfänglichen Stadt liegen, deren Name vergessen ist. Als das Schiff am Abend in den Hafen lief, blinkten die Zwillingssignalfeuer Thon und Thal einen Willkommensgruß, und in der Million Fenster auf Baharnas Terrassen schienen milde Lampen auf, still und allmählich wie die Sterne am Dämmerhimmel, bis zuletzt der steile und ansteigende Seehafen als glitzerndes Sternbild zwischen den Himmelslichtern und den Spiegelungen ebendieser Lichter im stillen Hafenbecken hing.

Nach dem Anlegen lud der Kapitän Carter als Gast in sein eigenes kleines Haus an den Ufern des Yath-Sees, dort wo sich die Ausläufer der Stadt bis zu ihm hinunterziehen; und seine Frau und seine Diener tischten zum Entzücken des Reisenden fremdartige, schmackhafte Speisen auf. In den folgenden Tagen fragte Carter in allen Tavernen und auf den öffentlichen Plätzen, wo sich die Lavasammler und Steinbildner treffen, nach Gerüchten und Legenden über den Ngranek, aber es gelang ihm nicht, jemanden zu finden, der auf den höhergelegenen Hängen gewesen war oder das herausgemeißelte Gesicht gesehen hatte. Der Ngranek sei ein schwieriger Berg, hinter dem nur ein verfluchtes Tal liege, und außerdem könne man sich nie mit Gewißheit darauf verlassen, daß die Dunkel-Dürren ausschließlich in der Fabel existierten.

Als der Kapitän nach Dylath-Leen zurücksegelte, quartierte sich Carter in einem alten Wirtshof ein, der auf ein Treppengäßchen in der Altstadt hinausführte, die aus Ziegeln gebaut ist und den Ruinen am entfernten Ufer des Yath-Sees ähnelt. Hier schmiedete er Pläne für die Besteigung des Ngranek und trug alles zusammen, was er von den Lavasammlern über den Weg dorthin erfahren hatte. Der Besitzer der Taverne war ein sehr alter Mann und hatte so viele Legenden gehört, daß er eine große Hilfe bedeutete. Er führte Carter sogar in einen Raum im Obergeschoß des alten Hauses und zeigte ihm ein krudes Bild, das ein Reisender in jenen verflossenen Tagen in die Lehmwand geritzt hatte, als sich die Menschen noch kühner und weniger abgeneigt zeigten, die hochgelegenen Flanken des Ngranek aufzusuchen. Der Urgroßvater des alten Tavernenbesitzers hatte von seinem Urgroßvater erzählt bekommen, daß der Reisende, der besagtes Bild einritzte, den Ngranek bestiegen, das gemeißelte Gesicht gesehen und es anschließend hier aufgezeichnet hatte, damit andere es betrachten konnten; doch daran hegte Carter starke Zweifel, denn die großen, rohen Züge auf der Wand waren hastig und sorglos hingeworfen und zudem völlig mit einer Unmenge kleiner, äußerst geschmackloser Begleitfigürchen mit Hörnern, Flügeln, Klauen und Ringelschwänzchen bedeckt.

Nachdem er zuletzt alle Informationen eingesammelt hatte, die es in den Tavernen und auf den öffentlichen Plätzen von Baharna einzusammeln gab, mietete Carter ein Zebra und brach eines Morgens entlang der Straße am Ufer des Yath-Sees zu jenem Gebiet des Landesinnern auf, in dem sich der steinige Ngranek türmt. Zu seiner Rechten wellten sich Hügel, gefällige Obstgärten und blitzblanke, kleine Steinfarmhäuser, und dieser Anblick erinnerte ihn eindringlich an die fruchtbaren Felder, die den Skai flankieren. Gegen Abend befand er sich nahe der namenlosen, antiken Ruinen am jenseitigen Ufer des Yath-Sees, und obwohl ihn erfahrene Lavasammler davor gewarnt hatten, hier nachts zu kampieren, band er sein Zebra an einer merkwürdigen Säule vor einer zerbröckelnden Mauer an und breitete seine Decke in einem geschützten Winkel unter irgendwelchen Steingravuren aus, deren Bedeutung niemand entziffern konnte. Er wickelte sich in eine zweite Decke, denn die Nächte Oriabs sind kalt; und als er beim Aufwachen einmal glaubte, die Flügel eines Insektes zu spüren, das sein Gesicht streifte, zog er den Kopf ganz unter die Decke und schlief friedlich weiter, bis ihn die Magahvögel in den fernen Harzwäldchen weckten.

Die Sonne war eben erst über dem großen Abhang aufgegangen, von dem sich meilenweit uralte Ziegelfundamente, abgetragene Mauern und dazwischen geborstene Säulen und Piedestale desolat bis ans Ufer des Yath-Sees zogen, und Carter blickte sich nach seinem Zebra um. Groß war seine Bestürzung, als er das zahme Tier neben der merkwürdigen Säule, an der er es angeleint hatte, niedergestreckt fand, und seine Verwirrung wuchs noch, als er feststellte, daß das Reittier tot und bis auf den letzten Blutstropfen ausgesaugt war, und zwar durch eine einzige Wunde am Hals. Sein Gepäck hatte man durchwühlt und einigen glitzernden Schnickschnack mitgenommen, und ringsum auf der staubigen Erde entdeckte er die großen Abdrücke von Schwimmfüßen, für die er sich keine Erklärung wußte. Die Legenden und Warnungen der Lavasammler fielen ihm ein, und er dachte an das, was nachts sein Gesicht gestreift hatte. Dann schulterte er sein Gepäck und marschierte dem Ngranek zu, doch nicht ohne leises Schaudern, als dicht an der durch die Ruinen verlaufenden

Straße tief in der Mauer eines alten Tempels ein Gewölbe gähnte, dessen Stufen weiter in die Dunkelheit hinabführten, als er spähen konnte.

Sein Weg stieg jetzt bergan durch eine wildere und teilweise waldige Landschaft, und er traf nur auf Köhlerhütten und die Lager derjenigen, die in den Hainen das Harz sammelten. Die Luft duftete balsamisch, und alle Magahvögel zwitscherten vergnügt, als sie ihr siebenfarbiges Gefieder in der Sonne strahlen ließen. Kurz vor Sonnenuntergang erreichte er ein neuerrichtetes Lager der Lavasammler, die mit prallgefüllten Säcken von den unteren Hängen des Ngranek zurückkehrten; und hier kampierte auch er, vernahm die Lieder und Geschichten der Männer und belauschte, was sie über einen Gefährten flüsterten, den sie verloren hatten. Er war hoch hinaufgeklettert, um an einen Brocken feinster Lava heranzukommen, und bei Einbruch der Nacht nicht zu seinen Kameraden zurückgekommen. Als sie ihn am nächsten Tag suchten, fanden sie nur seinen Turban, und auch unten zwischen den Klippen fehlte jedes Anzeichen dafür, daß er abgestürzt war. Sie forschten nicht weiter nach ihm, denn ein alter Mann aus ihrer Mitte meinte, es wäre zwecklos. Keiner würde je das finden, was die Dunkel-Dürren holten, obwohl diese Bestien selbst so zweifelhaft seien, daß sie fast schon fabulös wären. Carter erkundigte sich bei ihnen, ob Dunkel-Dürre Blut saugten, glitzernde Sachen liebten und Abdrücke von Schwimmfüßen hinterließen, aber alle schüttelten verneinend die Köpfe und schienen von seiner Nachforschung erschreckt. Als er merkte, wie wortkarg sie geworden waren, gab er es auf, weitere Fragen zu stellen und legte sich unter seiner Decke schlafen.

Am nächsten Tag stand er mit den Lavasammlern auf und tauschte Abschiedswünsche mit ihnen, als sie nach Westen ritten, und er, auf einem Zebra, das er ihnen abkaufte, gen Osten. Die alten Männer erteilten ihm ihren Segen und ihre Ermahnungen und rieten ihm, besser nicht zu hoch auf den Ngranek zu klimmen, aber obwohl er sich herzlich bei ihnen bedankte, wurde er in seinem Entschluß doch kein bißchen wankelmütig. Denn er fühlte noch immer, daß er die Götter auf dem unbekannten Kadath finden und ihnen einen Weg zu jener bezaubernden und wunderbaren Stadt im Sonnenuntergang abgewinnen mußte.

Nach einem ausgedehnten Ritt bergan gelangte er mittags zu

mehreren verlassenen Ziegeldörfern der Hügelleute, die einst so dicht am Ngranek gelebt und aus seiner glatten Lava Figuren gebildet hatten. Bis in die Tage des Großvaters des alten Tavernenbesitzers hatten sie hier gewohnt, doch etwa um diese Zeit spürten sie, daß ihre Gegenwart unerwünscht war. Ihre Häuser waren sogar den Berghang hochgekrochen, und je höher hinauf sie bauten, desto mehr Leute vermißten sie wenn die Sonne aufging. Und endlich beschlossen sie, es wäre besser, überhaupt wegzuziehen, denn manchmal sah man im Dunkeln flüchtig Dinge, die keiner vorteilhaft auszulegen vermochte; deshalb zogen sie schließlich alle hinunter ans Meer und lebten in Baharna, wo sie ein sehr altes Viertel bewohnten und ihren Söhnen die überlieferte Kunst der Steinbildnerei lehrten, die sie bis auf den heutigen Tag ausüben. Von diesen Kindern der ausgewanderten Hügelleute hatte Carter bei seinen Streifzügen durch Baharnas alte Tavernen die besten Geschichten über den Ngranek gehört.

Inzwischen ragte die gewaltige, kahle Flanke des Ngranek immer höher auf, je mehr sich ihr Carter näherte. Die unteren Abhänge waren spärlich von Bäumen bestanden, darüber wuchsen dürre Büsche, und dann erhob sich das bare, gräßliche Gestein gespentisch in den Himmel, um sich mit Frost und Eis und ewigem Schnee zu mischen. Carter konnte die Ritzen und Schründe im düsteren Fels erkennen, und die Aussicht, dort hinaufzusteigen, behagte ihm nicht. Mancherorts traten solide Lavaströme hervor, und Schlackehaufen übersäten Hänge und Grate. Vor neunzig Äonen, ehe sogar die Götter noch auf seinem spitzen Gipfel tanzten, hatte dieser Berg mit Feuer gesprochen und mit den Stimmen des Erddonners geröhrt. Nun türmte er sich ganz stumm und sinister und trug auf seiner verborgenen Seite das geheime, titanische Bildnis, von dem Gerüchte erzählten. Und es gab in diesem Berg Höhlen, die leer und allein mit vorzeitlicher Finsternis sein mochten, oder vielleicht – wenn die Legenden der Wahrheit entsprachen – Schrecken von ungeahnten Ausmaßen bargen.

Das Gelände stieg schräg zum Fuße des Ngranek an, dünn mit Zwergeichen und Eschen bewachsen und bestreut mit Felsgeröll, Lava, und altem Zinder. Neben den verkohlten Ascheresten zahlreicher Lagerplätze, an denen die Lavasammler zu rasten pflegten, standen mehrere kunstlose Altäre, die sie entweder zur

Huldigung der Großen errichtet hatten, oder um das abzuwehren, was sie in den Hochpässen und Labyrinthhöhlen des Ngranek vermuteten. Abends erreichte Carter die vorgeschobenste Feuerstelle; hier schlug er sein Camp für die Nacht auf, band sein Zebra an einen jungen Baum und wickelte sich vor dem Einschlafen fest in seine Decken. Die ganze Nacht hindurch heulte ein ferner Voonith am Ufer eines versteckten Teichs, aber Carter fürchtete diesen amphibischen Schrecken nicht, denn man hatte ihm mit Bestimmtheit versichert, daß es kein Voonith wagen würde, sich den Hängen des Ngranek auch nur zu nähern.

Im klaren Sonnenlicht des Morgens begann Carter den langen Aufstieg; er führte sein Zebra so weit mit, wie das nützliche Tier gehen konnte, doch als der Boden des lichten Waldes zu steil wurde, leinte er es an einer verkrüppelten Esche fest. Danach kletterte er allein weiter; zuerst durch den Wald mit seinen Ruinen antiker Dörfer auf zugewucherten Lichtungen, und dann über das feste Gras, wo ab und zu anämische Büsche wuchsen. Er bedauerte es, den Wald verlassen zu müssen, denn die Berglehne stieg ziemlich jäh an, und das Ganze wirkte einigermaßen schwindelerregend. Nach und nach begann er immer mehr Einzelheiten der unter ihm ausgebreiteten Landschaft zu erkennen, wenn er sich einmal umdrehte; die verlassenen Hütten der Steinbildner, die Haine mit den Harzbäumen und die Lagerstätten derer, die darin sammelten, die Wälder wo die prismatischen Magahs nisten und singen, und ganz weit entfernt sogar eine Andeutung der Ufer des Yath-Sees und jener abstoßenden, uralten Ruinen, deren Name vergessen ist. Er erachtete es für ratsamer, sich nicht umzuschauen und kletterte solange weiter, bis die Büsche nur noch sehr vereinzelt gediehen und oft bloß das feste Gras Halt gewährte.

Dann wurde die Humusschicht kärglich, und große Flächen schieren Felsgesteins brachen durch, hier und da klebte in einer Spalte der Horst eines Kondors. Zuletzt gab es nur noch den blanken Fels, und wäre er nicht so rissig und verwittert gewesen, hätte Carter kaum höher klimmen können. Buckel, Simse und Vorsprünge halfen ihm indes weiter; und es war ermutigend für ihn, hin und wieder das Zeichen eines Lavasammlers unbeholfen in den bröckeligen Stein eingekratzt zu finden und zu wissen, daß gesunde, menschliche Wesen vor ihm hier gewesen waren. Ab einer gewissen Höhe zeugten nach Bedarf eingeschlagene Hand-

und Fußlöcher ebenso von menschlicher Gegenwart wie kleinere Steinbrüche und Ausgrabungen dort, wo man auf eine reiche Lavaader oder gar einen Strom gestoßen war. An einer Stelle hatte man kunstvoll einen schmalen Sims ausgehauen, über den man zu einem besonders reichen Vorkommen rechts der Hauptaufstiegsroute gelangte. Ein- oder zweimal wagte es Carter, sich umzuschauen und wurde fast von der ausgebreiteten Landschaft überwältigt. Der gesamte Inselstreifen zwischen ihm und der Küste lag offen vor seinem Blick, mit Baharnas Steinterrassen und dem Rauch seiner Schornsteine mystisch im Hintergrund. Und jenseits davon das grenzenlose Süd-Meer mit all seinen wunderlichen Geheimnissen.

Bis jetzt hatte sich der Weg dicht am Berg entlanggewunden, sodaß die abgelegene und behauene Flanke noch immer verborgen blieb. Carter entdeckte nun einen nach links aufsteigenden Sims, der in die gewünschte Richtung zu führen schien, und diesen Pfad schlug er in der Hoffnung ein, daß er sich als kontinuierlich erwies. Nach zehn Minuten erkannte er, daß er wirklich keine Sackgasse gewählt hatte, sondern daß der Weg in einem steilen Bogen weiterlief und ihn – endete er nicht unvermittelt oder wechselte seinen bisherigen Verlauf – nach einer Stunde Kletterei zu jenem unbekannten Südhang bringen mußte, der nur die desolaten Klippen und das verfluchte Lavatal überschaute. Als unter ihm neues Land auftauchte, sah er, daß es kahler und wilder war, als die seewärts liegenden Landstriche, die er durchquert hatte. Auch die Berghalde bot ein etwas anderes Bild; sie war hier von merkwürdigen Höhlen und Spalten durchsetzt, die auf dem direkten Weg, den er verlassen hatte, fehlten. Einige lagen über und einige unter ihm, alle öffneten sich auf schiere, lotrechte Kliffe und waren für Menschen unerreichbar. Die eiskalte Luft störte Carter nicht, denn das Klettern strengte sehr an. Nur daß sie immer dünner wurde, bereitete ihm Sorge, und er überlegte, ob hierin nicht vielleicht die Ursache für die Schwindelanfälle anderer Reisender und die daraus erwachsenden, absurden Geschichten über die Dunkel-Dürren zu sehen war, mit denen sie das Verschwinden jener Kletterer erklärten, die von diesen gefahrvollen Pfaden abstürzten. Die Erzählungen der Reisenden beeindruckten ihn nicht sonderlich, und für den Fall, daß es Schwierigkeiten geben sollte, trug er einen guten Krummsäbel bei sich. Alle nebensächlichen Gedanken verloren sich in dem Wunsch, jenes gemeißelte Gesicht zu sehen, das ihn möglicherweise auf die Spur der Götter oben auf dem unbekannten Kadath setzte.

In der furchtbaren Kälte der oberen Bergregion schließlich fand er sich der geheimnisumwitterten Seite des Ngranek gegenüber, und sah in unendlichen Abgründen unter sich die kleinen Klippen und sterilen Lavaschlünde, die vom alten Zorn der Großen kündeten. Nach Süden zu dehnte sich eine gewaltige Landfläche; aber die Gegend war wüst und ohne freundliche Felder oder Cottagekamine, und sie schien kein Ende nehmen zu wollen. In dieser Richtung fehlte jede Spur vom Meer, denn Oriab ist eine große Insel. In den fast vertikalen Abstürzen gähnten weiterhin zahllose schwarze Kavernen und unheimliche Spalten, aber für einen Kletterer waren sie unerreichbar. Oben ragte jetzt ein mächtiger Felsüberhang, der den Blick versperrte, und Carter wurde einen Moment lang von der Furcht befallen, daß er unüberwindlich sei. In dieser windgepeitschten Ungewißheit, Meilen über der Erde, mit nichts als leerem Raum und Tod auf einer und glatten Felswänden auf der anderen Seite, durchlebte er für Augenblicke die Angst, die die Menschen die verborgene Seite des Ngranek meiden läßt. Umkehren konnte er nicht, denn die Sonne stand bereits tief am Horizont. Führte kein Weg hinauf, würde ihn die Nacht noch immer hier kauern finden und die Morgenfrühe gar nicht mehr.

Aber es gab einen Weg, und er entdeckte ihn rechtzeitig. Nur ein äußerst erfahrener Träumer hätte diese unmerklichen Felsvorsprünge zu nutzen verstanden, doch für Carter reichten sie aus. Nachdem er den überhängenden Felsen bezwungen hatte, stellte er fest, daß der darüberliegende Hang wesentlich leichter war, als der untere, denn das Abschmelzen eines großen Gletschers hatte einen großzügig bemessenen, von Simsen überzogenen Lehmbodenstreifen zurückgelassen. Linkerhand fiel eine Steilklippe aus unabsehbaren Höhen senkrecht in unabsehbare Tiefen; der schwarze Mund ihrer Höhle lag über ihm und außer Reichweite. An anderen Stellen jedoch wich der Berg stark zurück und ließ Carter sogar Platz, um sich anzulehnen und auszuruhen.

Der Frost bewies ihm, daß er sich dicht unterhalb der Schneegrenze befinden mußte, und er blickte nach oben, um zu sehen, welche glitzernden Gipfelzinnen im späten, rotgoldenen Sonnenlicht leuchten würden. Richtig, dort oben erstreckten sich die Schneefelder unzählige tausend Fuß weit, und unter ihnen klebte eine ebensolche große, vorspringende Klippe, wie er sie gerade überstiegen hatte; mit kühn geschwungenen Umrissen hing sie dort für alle Zeiten. Und als er die Klippe sah, keuchte er und schrie laut auf und klammerte sich in Schrecken an den zerklüfteten Felsen; denn die titanische Ausbuchtung hatte nicht die Form bewahrt, die sie im Anfang der Erde erhalten hatte, sondern glühte im Sonnenuntergang rot und bestürzend mit den gemeißelten und polierten Zügen eines Gottes.

Streng und entsetzlich leuchtete das Gesicht, über das der Sonnenuntergang sein Feuer goß. Wie riesig es war, wird nie jemand ermessen können, doch Carter wußte sofort, daß es niemals von Menschenhand geformt sein konnte. Es war ein Gott, von den Händen der Götter gemeißelt, und er blickte erhaben und majestätisch auf den Sucher herab. Die Gerüchte hatten es als fremdartig und unverwechselbar beschrieben, und Carter erkannte, daß dies tatsächlich stimmte; denn die engen Augen, die großen Ohrläppchen, die schmalrückige Nase und das spitze Kinn, all dies deutete nicht auf eine Rasse von Menschen, sondern von Göttern hin.

Furchtgepackt hing er nun in dieser luftigen und gefahrvollen Höhe, obwohl ihm nur das begegnete, was er erwartet hatte und zu finden gekommen war; denn das Gesicht eines Gottes birgt mehr Wunder als sich prophezeien läßt, und ist dies Gesicht gewaltiger als ein Tempel und blickt bei Sonnenuntergang in der scyptischen Stille der Hochregion, aus deren schwarzer Lava es ehedem divin gemeißelt wurde, auf einen hernieder, dann ist das Wunder so mächtig, daß sich ihm niemand entziehen kann.

Hinzu trat noch das Wunder des Wiedererkennens; denn obwohl er geplant hatte, das ganze Traumland nach jenen zu durchforschen, deren Ähnlichkeit mit diesem Gesicht sie vielleicht als die Kinder der Götter auswies, wußte er doch, daß das unnötig geworden war. Das große, in den Berg gehauene Gesicht war ihm nämlich nicht unbekannt, sondern ähnelte solchen Gesichtern, wie er sie oft in den Tavernen des Seehafens Celephais gesehen hatte, der in Ooth-Nargai hinter den Tanarischen Bergen liegt und von jenem König Kuranes regiert wird, den Carter früher einmal im wachen Leben kannte. Jedes Jahr kamen Seeleute mit solchen Gesichtern in dunklen Schiffen aus dem Norden, um ihr Onyx gegen die bearbeitete Jade, das gesponnene Gold und die kleinen roten Singvögel von Celephais einzutauschen, und es lag auf der Hand, daß nur sie die Halbgötter sein konnten, die er suchte. Wo sie wohnten, mußte die kalte Öde nahe sein und in ihr der unbekannte Kadath und sein Onyxschloß für die Großen. Also nach dem soweit von der Insel Oriab entfernten Celephais mußte er, und zwar auf einer Route, die ihn nach Dylath-Leen zurück, den Skai aufwärts bis zur Brücke bei Nir und wieder in den verwunschenen Wald der Zoogs brachte, dort würde der Weg dann nach Norden schwenken, durch die Gartenlandschaften beim Oukranos, hin zu den vergoldeten Spitztürmen von Thran, wo er vielleicht eine Galione fand, die über die Cerenäische See segelte.

Doch jetzt herrschte tiefstes Zwielicht, und im Schattenriß blickte das große, gemeißelte Gesicht noch strenger herab. Auf diesen Sims gekauert traf die Nacht den Suchenden an; und in der Schwärze konnte er weder auf- noch absteigen, nur stehen bleiben, sich anklammern, vor Kälte zittern bis der Tag anbrach und darum beten wachzubleiben, damit der Schlaf nicht seinen Griff lockerte, und ihn die schwindelnden Meilen hinunter auf die Klippen und Felsnadeln des verfluchten Tales sandte. Die Sterne erschienen am Himmel, doch außer ihnen spiegelte sich nur das schwarze Nichts in seinen Augen; Nichts im Bund mit dem Tod, dessen Ruf er sich einzig dadurch widersetzen konnte, daß er sich am Felsen festkrallte und nach hinten lehnte, weg von einer unsichtbaren Kante. Das letzte, was er in der Dämmerung von der Erde sah, war ein Kondor, der dicht an dem westlichen Absturz neben ihm entlangsegelte und schreiend davonschoß, als er in die Nähe der Höhle kam, deren Maul unerreichbar gähnte.

Plötzlich, ohne Warngeräusch im Dunkeln, fühlte Carter, wie ihm sein Krummsäbel heimlich von unsichtbarer Hand aus dem Gürtel gezogen wurde. Dann hörte er ihn die Felsen hinabklappern. Und zwischen sich und der Milchstraße glaubte er das ganz entsetzliche Schemen eines verderblich dürren, gehörnten, geschwänzten und fledermausgeflügelten Etwas zu erkennen. Noch mehr Gestalten hatten begonnen, die Sternflecken zu verfinstern, und es schien, als flattere eine Herde vager Wesenheiten dichtgedrängt und stumm aus der unerreichbaren Höhle in der Felswand. Dann packte ein kalter, gummiartiger Arm sein Genick und irgend etwas anderes seine Füße, und er wurde rücksichtslos hochgerissen und herumgewirbelt. Noch eine Minute, und die Sterne waren verschwunden, und Carter wußte, daß ihn die Dunkel-Dürren geholt hatten.

In atemloser Stille trugen sie ihn in die Felsenhöhle und durch monströse Labyrinthe dahinter. Als er versuchte sich loszumachen, was er instinktiv gleich zu Anfang probiert hatte, kitzelten sie ihn mit Bedacht. Sie selbst verursachten keinerlei Geräusch, sogar ihre Membranflügel blieben stumm. Sie fühlten sich gräßlich kalt, feucht und glitschig an, und mit ihren Klauen kneteten sie einen abscheulich. Bald stürzten sie in einem wirbelnden, schwindelerregenden, krankmachenden Rausch klammer Grabesluft durch unabsehbare Schlünde hinab; und Carter spürte, daß sie in den ultimaten Strudel des Gekreisches und dämonischen Irrsinns hineinschossen. Er schrie immer wieder, doch jedesmal kitzelten ihn die schwarzen Klauen nur noch subtiler. Dann nahm er eine graue Phosphoreszenz um sich herum wahr und vermutete, daß sie nun sogar zu jener inneren Welt subterranen Horrors gelangten, von der trübe Legenden erzählen, und die einzig von dem fahlen Irrlicht erleuchtet wird, das die ghoulische Luft und die uranfänglichen Nebel der Gruben in den Eingeweiden der Erde durchsetzt.

Zuletzt sah er tief unter sich die schwachen Umrisse grauer und ominöser Gipfel, die, wie er wußte, nur die sagenumwobenen Hörner von Throk sein konnten. Furchtbar und sinister stehen sie auf der heimgesuchten Rundebene sonnloser und ewiger Tiefen; ihre Höhe übersteigt die menschliche Vorstellungskraft, und sie bewachen schreckliche Täler, wo die Dhole kriechen und schändlich wühlen. Doch Carter blickte lieber auf die gewaltigen Bergspitzen als auf seine Überwältiger, diese wahrhaft schockierenden und unheimlichen schwarzen Wesen mit glatter, öliger, Walfischhaut, widerlich nach innen aufeinanderzugekrümmten Hörnern, Fledermausflügeln, deren Schlag kein Geräusch machte, häßlichen Greifklauen und stachelbewehrten Schwänzen, die grundlos und beunruhigend peitschten. Am schlimmsten war, daß sie nie sprachen oder lachten und nie lächelten, weil sie überhaupt kein Gesicht besaßen, um damit zu lächeln, nur eine suggestive Leere dort wo ein Gesicht sein sollte. Außer festkrallen, fliegen und kitzeln taten sie nichts; das war die Art der Dunkel-Dürren.

Als die Schar tiefer flog, türmten sich die Hörner von Throk grau und gewaltig zu allen Seiten, und man konnte deutlich sehen, daß auf diesem rauhen und eindrucksvollen Granit des endlosen Zwielichts nichts gedieh. Noch weiter unten erloschen die Irrlichter in der Luft, und außer den dünnen Gipfeln, die sich oben gnomenhaft abzeichneten, umfing ihn nur die vorzeitliche Schwärze der Leere. Bald lagen die Gipfel sehr weit zurück, und es gab nichts als mächtig rauschende Winde, die die Klammheit der allerunterstern Grotten mit sich führten. Schließlich landeten die Dunkel-Dürren auf einem Boden voller unsichtbarer Dinge, der sich wie eine Knochenschicht anfühlte, und ließen Carter in dem schwarzen Tal allein. Ihn hierher zu bringen, darin bestand die Aufgabe der Dunkel-Dürren, die den Ngranek bewachen; und als dies getan war, flatterten sie stumm davon. Carter versuchte ihrem Flug zu folgen, doch es gelang ihm nicht, denn selbst die Hörner von Throk ließen sich nicht mehr ausmachen. Ringsum existierten nur Schwärze, Entsetzen, Stille und Gebeine.

Nun wußte Carter zwar aus einer gewissen Quelle, daß er sich im Tal von Pnoth befand, wo die enormen Dhole kriechen und wühlen; aber was ihn erwartete ahnte er nicht, denn keiner hat je einen Dhole gesehen oder sich vorzustellen versucht, wie so ein Wesen wohl aussehen mochte. Dhole verraten ihre Gegenwart einzig durch gedämpfte Geräusche, durch das Geraschel, das sie zwischen den Knochenbergen anrichten und durch die schleimige Berührung, wenn sie sich an einem entlangwinden. Sehen kann man sie nicht, denn sie kriechen nur im Dunkel. Carter wollte keinem Dhole begegnen und horchte deshalb auf jedes Geräusch in den unbekannten Tiefen der Gebeine ringsum. Selbst an diesem furchterregenden Ort fehlte ihm weder Plan noch Ziel, denn Zuraunungen über Pnoth waren einer bestimmten Person, mit der er in vergangenen Tagen viel geredet hatte, nicht unbekannt. Kurzgesagt, es schien ihm mehr als wahrscheinlich, daß dies hier der Ort war, wohin alle Ghoule der wachen Welt die Abfälle ihrer Festgelage warfen; und daß er mit ein wenig Glück auf jenen mächtigen Felsen stoßen würde, der sogar die Zinnen Throks noch überragte und die Grenze ihres Gebietes markierte; Sturzbäche von Knochen würden ihm den Weg weisen, und hatte er die Stelle erst einmal gefunden, konnte er einen Ghoul rufen und ihn bitten, eine Leiter hinabzulassen; denn, so seltsam es auch klingt, Carter besaß eine höchst eigentümliche Verbindung zu diesen schrecklichen Kreaturen.

Ein Bekannter in Boston – ein Maler seltsamer Bilder mit einem geheimen Studio in einer alten und unheiligen Allee nahe eines Friedhofs – hatte sich tatsächlich mit den Ghoulen angefreundet und ihm beigebracht, die einfacheren Passagen ihres abstoßenden Gefiepes und Geplappers zu verstehen. Dieser Mann war zu guter Letzt verschwunden, und Carter war sich nicht so ganz sicher, ob er ihn nicht jetzt vielleicht wiederfinden und sich zum erstenmal im Traumland des so fernen Englisch seines undeutlich wachen Lebens bedienen würde. Auf jeden Fall glaubte er, einen Ghoul überreden zu können, ihn aus Pnoth hinauszuführen; und die Begegnung mit einem Ghoul, den man sehen kann, war derjenigen mit einem Dhole, den man nicht sehen kann, allemal vorzuziehen.

So schritt Carter durch das Dunkel und rannte los, wenn sich etwas zwischen den Knochen unter ihm regte. Einmal versperrte ein steiniger Hang den Weg, und er wußte, dies mußte der Fuß von einem der Gipfel Throks sein. Schließlich hörte er hoch oben in der Luft ein monströses Rasseln und Klappern, und dies verschaffte ihm die Gewißheit, daß er die Nähe des Ghoul-Felsens erreicht hatte. Anfangs bezweifelte er, ob man ihn aus diesem meilentiefen Tal hören würde, doch dann entsann er sich der eigentümlichen Gesetze der inneren Welt. Als er noch überlegte, traf ihn ein fallender Knochen mit solcher Wucht, daß es nur ein Schädel gewesen sein konnte, und weil ihm dies seine Nähe zu dem verhängnisvollen Felsen anzeigte, sandte er nach besten Kräften jenen fiependen Schrei hinauf, den man den Ruf des Ghouls nennt.

Der Schall reist langsam, deshalb dauerte es geraume Zeit, bis Carter eine geplapperte Antwort erhielt. Doch endlich kam sie, und bald schon sagte man ihm, daß eine Strickleiter herabgelassen werde. Das Warten zerrte an den Nerven, denn mit seinem Rufen konnte er zwischen all diesen Knochen alles mögliche aufgeschreckt haben. Und wirklich dauerte es nicht lange, da hörte er in einiger Entfernung ein vages Rascheln. Als es zielstrebig näherkam, wurde ihm immer unbehaglicher; denn keinesfalls wollte er die Stelle verlassen, an der die Strickleiter herabkäme. Schließlich wuchs die Spannung ins Unerträgliche, und er wollte eben schon in Panik fliehen, als ihn der dumpfe Aufprall eines Gegenstandes auf die jüngst übereinandergetürmten Knochen von dem anderen Geräusch ablenkte. Es war die Leiter, und nachdem er eine Minute umhergetastet hatte, hielt er sie fest in den Händen. Aber das andere Geräusch verstummte nicht und folgte ihm sogar beim Hinaufsteigen. Er befand sich ganze fünf Fuß hoch über dem Boden, als sich das Rascheln zunehmend verstärkte, und gute zehn Fuß hoch, als irgend etwas unter ihm die Strickleiter hin und her schwang. In einer Höhe von fünfzehn oder zwanzig Fuß fühlte er, wie sein ganzer Körper von einem langen, schlüpfrigen Etwas gestreift wurde, das durch seine Schlängelbewegungen abwechselnd konvexe und konkave Form annahm; und nach diesem Zwischenfall kletterte er verweifelt weiter, um der unerträglichen Beschnüffelung dieses ekelhaften und vollgefressenen Dholes zu entkommen, dessen Gestalt kein Mensch sehen kann.

Er kletterte stundenlang mit schmerzenden und blasigen Händen und begegnete erneut dem grauen Irrlicht und Throks unerfreulichen Gipfeln. Endlich erkannte er über sich die vorspringende Kante des großen Felsens der Ghoule, dessen vertikale Seite jedoch verborgen blieb; und Stunden später sah er ein merkwürdiges Gesicht, das so über den Rand zu ihm herablugte, wie ein fratzenhafter Wasserspeier über die Brustwehr von Notre Dame. Der Ohnmachtsanfall, den dieser Anblick auslöste, hätte ihn beinahe den Halt verlieren lassen, doch bereits nach einer Minute hatte er sich wieder gefangen; denn sein verschwundener Freund Richard Pickman hatte ihn einst einem Ghoul vorgestellt, und er kannte ihre hundeartigen Gesichter, vornübergebeugten Gestalten und unnennbaren Idiosynkrasien nur zu gut. Deshalb hielt er sich auch fest in der Gewalt, als ihn dies gräßliche Wesen aus der schwindelnden Leere über den Felsrand hievte, und weder die halbverzehrten Überbleibsel, die sich auf einer Seite häuften, noch der kauernde Kreis von Ghoulen, die nagten und neugierig schauten, ließen ihn aufschreien.

Er stand jetzt auf einer düster erleuchteten Ebene, die als einzige topographische Merkmale große Steinbrocken und Grubeneingänge aufwies. Die Ghoule verhielten sich überwiegend respektvoll, obwohl einer ihn zu zwicken versuchte, während mehrere andere seine Magerkeit prüfend beäugten. Mit geduldigem Plappern stellte er Nachforschungen über seinen verschwundenen Freund an und fand heraus, daß dieser ein recht prominenter Ghoul in jenen Abgründen geworden war, die näher an der wachen Welt lagen. Ein alter, grünlicher Ghoul erbot sich, ihn an Pickmans derzeitigen Aufenthaltsort zu führen, und so folgte er der Kreatur trotz eines natürlichen Widerwillens in eine geräumige Grube und kroch ihr stundenlang in der Schwärze modriger Erde hinterher. Sie kamen auf einer trüben Ebene heraus, die mit sonderbaren Relikten von der Erde übersät war – alte Grabsteine, geborstene Urnen und groteske Fragmente von Denkmälern – und Carter fühlte mit innerer Bewegung, daß er sich vermutlich näher an der wachen Welt befand als jemals zuvor, seit er die siebenhundert Stufen von der Kaverne der Flamme zum Tor des Tieferen Schlummers hinabgestiegen war.

Dort hockte, auf einem Grabstein des Jahres 1768, den man vom Granary-Kirchhof in Boston gestohlen hatte, ein Ghoul, der einstmals der Künstler Richard Upton Pickman war. Er war nackt und gummiartig und hatte so sehr die ghoulische Physionogmie angenommen, daß es seine menschliche Abkunft schon verdunkelte. Aber er sprach noch immer ein wenig Englisch und konnte sich durch Grunzen und einsilbige Worte mit Carter verständigen, wobei er sich manchmal auch mit der Plappersprache der Ghoule aushalf. Als er erfuhr, daß Carter zum Verwunschenen Wald wollte und von dort weiter zu der Stadt Celephaïs in Ooth-Nargai hinter den Tanarischen Bergen, schien er ziemlich besorgt; denn die Ghoule der wachen Welt machen sich auf den Friedhöfen des oberen Traumlandes nicht zu schaffen, (das überlassen sie den rotfüßigen Wamps, deren Brutplätze in toten Städten liegen) und vielerlei trennt ihren Abgrund vom Verwunschenen Wald, nicht zuletzt das schreckliche Königreich der Gugs.

Die gigantischen und haarigen Gugs hatten in diesem Wald früher Steinzirkel errichtet und den Anderen Göttern und dem kriechenden Chaos Nyarlathotep solange seltsame Opfer dargebracht, bis den Erdgöttern eines Nachts eine ihrer Greueltaten zu Ohren kam und sie in tiefergelegene Kavernen verbannt wurden. Den Abgrund der Erden-Ghoule und den Verwunschenen Wald verbindet nur eine große, steinerne Falltür mit einem eingelassenen Eisenring, und diese wagen es die Gugs wegen eines Fluches nicht zu öffnen. Daß ein sterblicher Träumer ihr Höhlenreich durchqueren und durch diese Tür verlassen könnte, ist undenkbar; denn vormals haben sie sich von sterblichen Träumern ernährt, und noch sind bei ihnen Legenden über die Schmackhaftigkeit solcher Träumer in Umlauf, obwohl ihre Kost durch die Verbannung auf die Ghasts beschränkt wurde, jene widerwärtigen Wesen, die im Licht sterben, in den Gewölben von Zin hausen und wie Känguruhs auf langen Hinterbeinen springen.

Deshalb riet der Ghoul, der Pickman war, Carter, den Abgrund entweder bei Sarkomand zu verlassen, der Ruinenstadt im Tal unterhalb von Leng, wo schwarze, salpetrige Treppenfluchten, von geflügelten dioritenen Löwen bewacht, vom Traumland hinunter zu den tiefen Schlünden führen, oder über einen Kirchhof die wache Welt wiederzugewinnen, und die Suche aufs neue zu beginnen, die siebzig Stufen des leichten Schlummers hinab zur Kaverne der Flamme und die siebenhundert Stufen hinunter zum Tor des Tieferen Schlummers und zum Verwunschenen Wald. Davon jedoch hielt der Sucher nichts; denn einerseits war ihm über den Weg von Leng nach Ooth-Nargai nicht das geringste bekannt, und andererseits widerstrebte es ihm, aufzuwachen, weil er dann befürchten mußte, alles zu vergessen, was er bis jetzt in diesem Traum erreicht hatte. Es hätte verheerende Wirkungen für seine Suche, vergäße er die erhabenen und göttlichen Gesichter jener Seeleute aus dem Norden, die in Celephais mit Onyx handelten und die, als Söhne der Götter, den Weg zur kalten Öde weisen mußten und damit auch zum Kadath, wo die Großen Wohnung haben.

Nach langen Überredungsversuchen willigte der Ghoul ein, seinen Gast in die mächtigen Mauern des Königreiches der Gugs zu führen. Es bestand die Chance, daß sich Carter durch die Zwielichtzone der runden Steintürme zu einer Zeit würde stehlen können, da die Riesen übersättigt in ihren Häusern schnarchten, um dann den zentralen Turm zu erreichen, der das Zeichen von Koth trägt und die Treppen birgt, die hinauf zur steinernen Falltür im Verwunschenen Wald führen. Pickman stimmte sogar zu, drei Ghoule abzustellen, die mit einem Grabstein als Hebel helfen sollten, die Steintür aufzudrücken; denn vor Ghoulen fürchten sich die Gugs ein wenig, und oft fliehen sie von ihren eigenen kolossalen Friedhöfen, wenn sie sie dort beim Schmaus antreffen.

Er riet Carter weiterhin, sich als Ghoul zu verkleiden; den Bart abzurasieren, den er sich hatte wachsen lassen (denn Ghoule haben keinen), sich nackt im Schlamm zu wälzen, um das richtige Äußere zu bekommen, in der typischen, vornübergebeugten

Gangart dahinzutrotten und sein Kleiderbündel wie einen Lekkerbissen aus einem Grab zu tragen. Durch die entsprechenden Grubengänge würden sie in die Stadt der Gugs – die gleichzeitig das ganze Königreich umfaßt – gelangen und auf einem Friedhof unweit des treppenbergenden Turmes von Koth herauskommen. Sie mußten sich allerdings vor einer großen Höhle nahe des Friedhofs hüten; denn dies ist der Eingang zu den Gewölben von Zin, und die rachelüsternen Ghasts lauern immer blutgierig jenen Bewohnern des oberen Abgrundes auf, von denen sie gejagt und verspeist werden. Wenn die Gugs schlafen, wagen sich die Ghasts hervor und greifen gleichermaßen Ghoule und Gugs an, denn sie können sie nicht von einander unterscheiden. Sie sind äußerst primitiv und fressen sich gegenseitig. An einer Engstelle in den Gewölben von Zin hält ein Gug Wache, doch er ist oft sehr schläfrig und wird daher manchmal von einer Horde Ghasts überrumpelt. Können die Ghasts im richtigen Licht auch nicht existieren, so ertragen sie doch das graue Zwielicht des Abgrunds für einige Stunden.

Zuletzt kroch Carter also durch endlose Gruben, zusammen mit drei hilfreichen Ghoulen, die den flachen Grabstein des Col. Nepemiah Derby, gest. 1719, vom Charter Street Kirchhof in Salem trugen. Als sie wieder ans Zwielicht drangen, befanden sie sich in einem Wald aus riesigen, flechtenbedeckten Monolithen, die fast so hoch aufragten wie der Blick reichte und die nichts anderes darstellten als die bescheidenen Grabsteine der Gugs. Rechts des Loches, aus dem sie krabbelten, gewährten Monolithenhallen eine bestürzende Durchsicht auf zyklopische Rundtürme, die grenzenlos in die graue Luft der inneren Erde stiegen. Dies war die große Stadt der Gugs, deren Torwege dreißig Fuß hoch sind. Die Ghoule kommen oft hierher, denn von einem beerdigten Gug kann sich eine Gemeinde beinahe ein Jahr lang ernähren, und trotz der erhöhten Gefahr ist es besser nach Gugs zu graben, als sich mit den Gräbern der Menschen abzugeben. Carter begriff jetzt, wie es sich mit den titanischen Knochen verhielt, die er im Tal von Pnoth manchmal unter sich gespürt hatte.

Geradeaus, genau vor dem Friedhof, erhob sich ein steiles, senkrechtes Kliff, an dessen Basis eine immense und abstoßende Höhle gähnte. Diese empfahlen die Ghoule Carter weitgehend zu meiden, denn es handele sich um den Eingang zu den ruchlosen Gewölben von Zin, wo Gugs im Finstern Ghasts jagten. Und tatsächlich erwies sich diese Warnung schon bald als sehr berechtigt; denn in dem Moment, als sich ein Ghoul anschickte, zu den Türmen hinüberzukriechen, um herauszufinden, ob man die Stunde der Ruhezeit der Gugs richtig berechnet hatte, da glühte in dem großen Höhlenmaul zuerst ein gelblichrotes Augenpaar auf und dann ein zweites, und dies bedeutete, daß die Gugs um eine Wache ärmer waren und die Ghasts wirklich über einen ausgezeichneten Geruchssinn verfügten. Deshalb schlich der Ghoul zur Grube zurück und ermahnte seine Gefährten, still zu bleiben. Man überließe die Ghasts am besten sich selbst, und außerdem bestehe die Möglichkeit, daß sie sich vielleicht bald zurückzogen, denn der Kampf mit einem Gug in den schwarzen Gewölben von Zin mußte sie natürlich ziemlich erschöpft haben. Kurz darauf hüpfte etwas von der Größe eines kleinen Pferdes in das graue Zwielicht; und bei dem Anblick dieses geschuppten, widerlichen Biestes, dessen Gesicht trotz des Fehlens von Nase, Stirn und anderer wichtiger Einzelheiten so sonderbar menschlich wirkte, wurde Carter übel.

Gleich hüpften noch drei Ghasts heraus, um sich ihren Kameraden anzuschließen, und ein Ghoul plapperte Carter leise zu, die nicht vorhandenen Narben seien ein schlechtes Zeichen. Das beweise, daß sie mit der Gug-Wache gar nicht gekämpft hatten, sondern nur an ihr vorbeigeschlüpft waren, als sie schlief, sodaß ihre Kraft und Wildheit noch ungebrochen sei und dies auch bleibe, bis sie ein Opfer gefunden und zur Strecke gebracht hätten. Es war sehr unerquicklich, diese gemeinen und mißgebildeten Tiere, deren Zahl sich binnen kurzem auf etwa fünfzehn belief, dabei zu beobachten, wie sie herumstöberten und ihre Känguruhsprünge vollführten, wo titanische Türme und Monolithen aufstrebten, aber weit unangenehmer war es, wenn sie sich in der keuchenden Gutturalsprache der Ghasts unterhielten. Und dennoch wirkten sie bei all ihrer Schrecklichkeit doch nicht so schrecklich wie das, was mit überraschender Plötzlichkeit unmittelbar nach ihnen aus der Höhle kam.

Es war eine Pranke, volle zweieinhalb Fuß breit, und mit formidablen Krallen bewehrt. Auf sie folgte eine zweite Pranke und dann ein großer, schwarzbepelzter Arm, mit dem beide Pranken durch kurze Vorderarme verbunden waren. Nun leuchteten zwei rosa Augen, und der Schädel des erwachten Gug-

Posten wackelte ins Blickfeld. Von struppigen Haaren bewachsene Knochenwülste überschatteten die beiderseits zwei Zoll herausquellenden Augen. Doch das eigentlich Entsetzliche des Schädels blieb das Maul. Dies Maul zeigte lange, gelbe Fangzähne und verlief der Länge des Schädels nach, öffnete sich also vertikal statt horizontal.

Aber bevor sich der bedauernswerte Gug aus der Höhle gezwängt und zu seiner vollen Größe von zwanzig Fuß aufgerichtet hatte, waren die rachgierigen Ghasts über ihm. Carter befürchtete sekundenlang, er würde Alarm geben und sein ganzes Volk hochschrecken, bis ihm ein Ghoul gedämpft zuplapperte, daß Gugs keine Stimme besäßen und sich nur durch Mienenspiel verständigten. Die nun folgende Schlacht tobte wahrhaft fürchterlich. Die boshaften Ghasts stürmten von allen Seiten heftig auf den kriechenden Gug ein, bissen und rissen mit ihren Schnauzen und keilten mörderisch mit den harten, spitzen Hufen. Sie keuchten die ganze Zeit aufgeregt und schrien, wenn das große vertikale Maul des Gug einmal in einer der ihren fuhr, und der Kampfeslärm würde bestimmt die schlafende Stadt geweckt haben, hätte sich das Geschehen durch den nachlassenden Widerstand des Wachpostens nicht immer tiefer ins Höhleninnere verlagert. So kam es, daß sich der Tumult in der Schwärze der Beobachtung bald völlig entzog, und nur noch gelegentlich schlimme Echos seine Fortdauer bezeugten.

Dann gab der flinkste Ghoul das Zeichen zum allgemeinen Aufbruch, und Carter folgte den drei trottenden Gestalten aus dem Monolithenwald heraus und hinein in die dunklen, stinkenden Straßen der entsetzlichen Stadt, deren runde Türme aus zyklopischem Stein höher aufschossen, als das Auge sah. Verschwiegen watschelten sie über das rauhe Felspflaster und vernahmen voll Ekel aus großen, schwarzen Torwegen ein abscheuliches, unterdrücktes Geschnarche, das vom Schlummer der Gugs kündete. Weil sie das Ende der Ruhezeit fürchteten, schlugen die Ghoule ein etwas rascheres Tempo an; trotzdem wurde es keine kurze Reise, denn in jener Stadt der Riesen haben Entfernungen einen großen Maßstab. Endlich jedoch betraten sie einen freien Platz vor einem Turm, der noch gewaltiger aussah als die übrigen. Es war der zentrale Turm mit dem Zeichen von Koth, und die hohen Steinstufen, die man eben noch im Dämmerschein innen erkannte, bildeten den Anfang der großen

Treppenflucht, die zum oberen Traumland und dem Verwunschenen Wald führte.

 Jetzt begann ein unermeßlicher langer Aufstieg in Pechschwärze: die monströsen Abmessungen der für Gugs angelegten und deshalb fast yardhohen Stufen machte ihn schier unmöglich. Ihre Anzahl vermochte Carter nicht genau zu schätzen, denn binnen kurzem fühlte er sich so stark ermattet, daß die unermüdlichen und elastischen Ghoule gezwungen waren, ihm zu helfen. Während des ganzen endlosen Anstiegs lauerte die Gefahr der Entdeckung und Verfolgung; denn obwohl es wegen des Fluches der Großen kein Gug wagt, die Steintür zum Wald zu öffnen, unterliegt der Turm mit seinen Treppen keiner solchen Beschränkung, und flüchtige Ghasts werden oft bis zur Spitze verfolgt. Die Ohren der Gugs sind so scharf, daß das Geräusch von den bloßen Händen und Füßen der Kletterer womöglich gleich mit dem Erwachen der Stadt gehört wurde; und die mächtig ausschreitenden Riesen, durch ihre Ghastjagden in den Gewölben von Zin an das Sehen im Dunkeln gewöhnt, würden natürlich nicht lange brauchen, um ihre kleinere und langsamere Beute auf diesen Zyklopenstufen einzuholen. Der Gedanke, daß man die stumm verfolgenden Gugs überhaupt nicht hören könnte, daß sie vielmehr urplötzlich und schockierend im Finstern über die Kletterer herfallen würden, war niederschmetternd. Auch auf die traditionelle Furcht der Gugs vor Ghoulen durfte man an diesem besonderen Ort, wo alle Vorteile bei den Gugs lagen, nicht bauen. Gefahr drohte ebenfalls von den verstohlenen und bösartigen Ghasts, die in der Ruhezeit der Gugs häufig den Turm hinaufhüpften. Schliefen die Gugs lange, und kehrten die Ghasts bald von ihrem Treiben in der Kaverne zurück, konnten diese widerwärtigen und übelgesinnten Wesen leicht die Witterung der Kletterer aufnehmen; in welchem Falle es fast noch besser wäre, von einem Gug gefressen zu werden.

 Dann, nach äonenlangem Steigen, drang ein Keuchen aus dem Dunkel oben; und die Dinge nahmen eine sehr ernste und unvermutete Wendung. Es war klar, daß sich ein Ghast, wenn nicht gar mehrere, vor der Ankunft Carters und seiner Führer in diesem Turm verirrt hatte, und genauso klar war, daß diese Gefahr greifbar vor ihnen lag. Nach einer atemlosen Sekunde stieß der führende Ghoul Carter an die Wand und postierte seine Gefährten so gut als möglich, den Grabstein zum zermalmenden

Hieb bereit, wann immer sich der Feind würde blicken lassen. Ghoule können im Finstern sehen, deswegen war die Gruppe nicht so übel dran als es Carter allein gewesen wäre. Im nächsten Moment verriet Hufgeklapper, daß zumindest ein Ghast heruntergehüpft kam, und die grabsteintragenden Ghoule hoben ihre Waffe zu einem verzweifelten Schlag. Jetzt blitzten zwei gelblichrote Augen auf, und das Keuchen des Ghasts übertönte seinen Hufschlag. Als er auf die Stufe direkt über den Ghoulen hinabsprang, schwangen sie den alten Grabstein mit solch ungeheurer Wucht, daß nur noch ein Schnauben und Röcheln erfolgte, ehe das Opfer in einen verderblichen Haufen zusammenbrach. Es schien nur dies eine Tier gewesen zu sein, und nach einem Augenblick des Lauschens tippten die Ghoule Carter zum Zeichen an, daß es weitergehe. Wie zuvor mußten sie ihm helfen; und er war froh, diesen Schlachtplatz zu verlassen, wo die unheimlichen Überreste des Ghasts unsichtbar in der Schwärze zuckten.

Schließlich geboten die Ghoule ihrem Begleiter Halt; und als er den Raum über sich abtastete, wußte Carter, daß sie die große Steintür endlich erreicht hatten. An das vollständige Öffnen eines so gewaltigen Dinges war nicht zu denken, doch die Ghoule hofften, die Steintür weit genug hochdrücken zu können, um den Grabstein als Keil darunterzuschieben, und es Carter auf diese Art zu ermöglichen, durch den Spalt zu schlüpfen. Sie selbst planten wieder hinabzusteigen und durch die Stadt der Gugs zurückzukehren, denn zum einen verstanden sie sich sehr gut aufs Ausweichen, und zum anderen kannten sie den Überlandweg nach dem gespenstischen Sarkomand mit seinem löwenbewachten Tor zum Abgrund nicht.

Mächtig stemmten sich die drei Ghoule gegen die Steintür über ihnen, und Carter unterstützte sie dabei so gut er konnte. Die Ecke, die dem Treppenende am nächsten lag, schien ihnen die richtige zu sein, und dorthin lenkten sie ihre ganze, so schändlich zustande kommende Muskelkraft. Nach wenigen Augenblicken zeigte sich ein Lichtspalt; und Carter, der mit dieser Aufgabe betraut worden war, schob die Spitze des alten Grabsteins in den Schlitz. Nun folgte ein gewaltiges Hebeln; doch sie kamen nur langsam voran und mußten natürlich jedesmal auf ihre ursprüngliche Position zurück, wenn es ihnen mißlang, die Platte zu drehen und das Portal aufzudrücken.

Plötzlich wurde ihre Verzweiflung durch ein Geräusch auf den tiefergelegenen Treppen tausendfach gesteigert. Es war nur das Poltern und Klappern des Ghastkadavers, der weiter hinabrollte; doch keiner der möglichen Gründe für das in-Bewegung-Geraten und Hinunterrumpeln des Körpers war im geringsten beruhigend. Und weil sie das Vorgehen der Gugs kannten, gingen die Ghoule wie rasend ans Werk; und in verblüffend kurzer Zeit hatten sie die Tür so weit aufgestemmt, daß sie sie festhalten konnten, während Carter die Grabplatte drehte und eine großzügige Öffnung schuf. Sie halfen Carter nun hindurch, ließen ihn auf ihre gummiartigen Schultern steigen und stützten anschließend seine Füße, als er sich draußen in der gesegneten Erde des oberen Traumlandes festkrallte. Noch eine Sekunde, und sie selbst waren hinausgeschlüpft, stießen den Grabstein weg und verschlossen die große Falltür, während darunter ein Schnaufen erklang. Wegen des Fluches der Großen darf kein Gug jemals dieses Portal benutzen, und deshalb streckte sich Carter mit ziemlicher Erleichterung und einem Gefühl der Ruhe still auf den dicken, grotesken Schwämmen des Verwunschenen Waldes aus, während sich seine Führer nahebei in der Stellung hinkauerten in der Ghoule ausruhen.

Unheimlich wie dieser Verwunschene Wald war, den er vor so langem durchstreift hatte, bedeutete er doch nach jenen Schlünden, die nun hinter ihm lagen, einen echten Zufluchtsort und eine Wonne. Es ließ sich kein lebender Bewohner blicken, denn die Zoogs meiden die mysteriöse Tür furchtsam, und Carter beriet mit seinen Ghoulen sogleich ihr weiteres Vorgehen. Die Rückkehr durch den Turm wagten sie nicht länger, und die wache Welt behagte ihnen nicht, als sie erfuhren, daß sie die Priester von Nasht und Kaman-Thah in der Kaverne der Flamme passieren mußten. So entschieden sie sich zu guter Letzt dafür, den Rückweg durch Sarkomand und sein Tor zum Abgrund zu nehmen, obwohl sie nicht wußten, wie man dorthin gelangte. Carter erinnerte sich, daß es im Tal unter Leng lag, und er entsann sich weiterhin, daß er in Dylath-Leen einen sinistren, schlitzäugigen, alten Kaufmann gesehen hatte, dem nachgesagt wurde, er treibe Handel auf dem Plateau von Leng, deshalb empfahl er den Ghoulen, gen Dylath-Leen aufzubrechen, quer durch die Felder nach Nir und zum Skai, und dann den Strom entlang bis zur Mündung. Dies beschlossen sie gleich zu tun und sie beeilten sich loszutrotten, denn die wachsende Dämmerung verhieß eine ganze Nacht zum Reisen. Und Carter schüttelte den abstoßenden Bestien die Pfoten, bedankte sich für ihre Hilfe und ließ seine Verbundenheit der Bestie übermitteln, die einst Pickman war; doch als sie aufbrachen seufzte er nichtsdestoweniger befreit auf. Denn ein Ghoul ist ein Ghoul und bestenfalls ein unangenehmer Gefährte für einen Menschen. Danach suchte Carter einen Waldsee auf, reinigte sich vom Schlamm der unteren Erde und legte anschließend die Kleider wieder an, die er so sorgsam transportiert hatte.

Nacht regierte jetzt diesen furchtbaren Wald monströser Bäume, doch die Phosphoreszenz erlaubte es so gut wie bei Tage zu reisen; deshalb schlug Carter die wohlbekannte Route nach Celephais in Ooth-Nargai hinter den Tanarischen Bergen ein. Und unterwegs dachte er an das Zebra, das er vor so langen Äonen im weitentfernten Oriab auf dem Ngranek an einer Esche angeleint zurückgelassen hatte, und er fragte sich, ob es wohl von Lavasammlern gefüttert und befreit worden war. Und er fragte sich auch, ob er jemals nach Baharna zurückkehren würde, um das Zebra zu bezahlen, das in jener Nacht zwischen den antiken Ruinen am Ufer des Yath-Sees erschlagen worden war, und ob sich der alte Tavernenwirt seiner erinnern würde. Diese Gedanken beschäftigten ihn in der Luft des wiedergewonnenen oberen Traumlandes.

Doch bald geriet sein Weitermarsch durch ein Geräusch ins Stocken, das aus einem mächtigen, hohlen Baum drang. Er hatte den gewaltigen Kreis aus Steinen umgangen, weil ihm im Augenblick an einer Unterhaltung mit den Zoogs nichts lag; aber wie das wunderliche Geflatter in dem dicken Baum bewies, wurden anderswo wichtige Beratungen abgehalten. Beim Näherkommen vernahm er die Laute einer erbitterten und hitzigen Diskussion; und nicht lange, da kamen ihm Dinge zu Ohren, die ihn zutiefst betroffen machten. Denn in dieser vornehmen Versammlung der Zoogs stand ein Feldzug gegen die Katzen zur Debatte. Alles rührte vom Verlust jenes Trupps her, der Carter bis nach Ulthar nachgeschlichen war, und von den Katzen wegen seiner ungebührlichen Absichten die gerechte Strafe empfangen hatte. Die Sache hatte lange geschwelt, und jetzt, oder wenigstens binnen Monatsfrist, wollten die gerüsteten Zoogs die ganze Katzensippe mit einer Serie von Überraschungsangriffen treffen, einzelne

Katzen oder Gruppen im Handstreich erledigen und nicht einmal den Myriaden Katzen von Ulthar eine echte Chance zum Exerzieren und Mobilisieren lassen. So lautete der Plan der Zoogs, und Carter begriff, daß er ihn vereiteln mußte, ehe er sich auf seine ungeheure Suche begab.

Ganz leise stahl sich Carter deswegen zum Waldrand und schickte den Schrei der Katze über die sternhellen Felder. Und eine große, alte Kätzin in einem nahegelegenen Cottage nahm die Botschaft auf und leitete sie über Meilen welliger Wiesen weiter an große und kleine, schwarze, graue, getigerte, weiße und bunte Krieger; und sie hallte durch Nir und über den Skai, ja sogar bis nach Ulthar hinein, und Ulthars zahllose Katzen fielen im Chor ein und formierten sich in Marschlinie. Es war ein Glück, daß der Mond nicht am Himmel stand, denn so weilten alle Katzen auf der Erde. In geschwinden und stillen Sätzen sprangen sie von jedem Herd und Dach und ergoßen sich in einem riesigen, pelzigen Meer über die Ebenen bis zum Waldrand. Dort hieß sie Carter willkommen, und der Anblick wohlgestalteter, gesunder Katzen tat seinen Augen wirklich wohl nach jenen Wesen, die ihm begegnet waren und mit denen er den Abgrund durchwandert hatte. Erfreut bemerkte er, daß sein venerabler Freund und vormaliger Retter die Abteilung Ulthars anführte, ein Rangabzeichen um den Hals und mit martialisch gesträubten Schnurrhaaren. Es kam noch besser, denn als Unterleutnant diente in dieser Armee ein lebhafter junger Bursche, der sich als niemand anders entpuppte, als das winzig kleine Kätzchen aus dem Gasthof, dem Carter an jenem lang entschwundenen Morgen in Ulthar ein Schälchen mit fetter Sahne hingestellt hatte. Jetzt war es ein stämmiger und vielversprechender Kater, und als er seinem Freund die Hand schüttelte, schnurrte er. Sein Großvater sagte, er mache sich in der Armee ausgezeichnet und dürfe nach dem nächsten Feldzug wohl auf den Kapitänsrang hoffen.

Carter umriß jetzt die Gefahr, in der der Katzenstamm schwebte, und wurde dafür durch ein tiefkehliges, dankbares Geschnurr belohnt. Er beriet mit den Generälen einen sofortigen Aktionsplan, der vorsah, unverzüglich auf den Versammlungsplatz der Zoogs und andere bekannte Zoogfestungen loszumarschieren, ihren Überraschungsattacken zuvorzukommen und ihnen Bedingungen aufzuzwingen, ehe sie ihre Invasionsarmee mobilisierten. Daraufhin überflutete das große Katzenmeer im Nu den Verwunschenen Wald und brandete um den Ratsbaum und den gewaltigen Steinzirkel. Flatterlaute steigerten sich ins Panische, als der Feind die Neuankömmlinge bemerkte, und die verstohlenen und neugierigen, braunen Zoogs leisteten wenig Widerstand. Sie sahen, daß sie im voraus geschlagen waren und gaben die Rachegedanken zugunsten von Überlegungen zur augenblicklichen Selbsterhaltung auf.

Die Hälfte der Katzen setzte sich nun in Kreisformation um die gefangenen Zoogs, wobei sie einen Gang für die zusätzlichen Gefangenen freiließen, die von anderen Katzen in anderen Teilen des Waldes aufgebracht wurden. Bei der langen Diskussion der Abmachungen wirkte Carter als Dolmetscher, und man beschloß, daß die Zoogs ein freier Stamm bleiben sollten unter der Bedingung, daß sie an die Katzen einen reichen Tribut von Waldhühnern, Wachteln und Fasanen aus den weniger fabulösen Gebieten des Waldes entrichteten. Zwölf junge Zoogs wollte man als Geiseln im Tempel der Katzen in Ulthar halten, und die Sieger ließen keinen Zweifel daran, daß jedes Verschwinden von Katzen entlang der Grenzen der Zoogdomäne äußerst verheerende Folgen für sie nach sich ziehen würde. Als diese Angelegenheiten geregelt waren, lösten die versammelten Katzen ihre Reihen auf und erlaubten es den Zoogs, sich in ihre jeweiligen Behausungen davonzumachen, was diese dann auch unter manch feindseligem, rückwärts gerichteten Blick eilends taten.

Der alte Katzengeneral bot Carter eine Eskorte durch den Wald an, egal zu welchem Saum, denn er hielt es für wahrscheinlich, daß die Zoogs einen bitteren Groll gegen Carter hegten, weil er ihr kriegerisches Vorhaben durchkreuzt hatte. Dies Angebot nahm er dankend an; nicht nur wegen der Sicherheit, die es ihm verschaffte, sondern weil er die grazile Gesellschaft der Katzen schätzte. So schritt Randolph Carter inmitten eines schmucken und ausgelassenen Regiments, entspannt nach erfolgreicher Pflichterfüllung, würdevoll durch jenen verwunschenen und phosphoreszierenden Wald aus titanischen Bäumen und sprach mit dem alten General und dessen Enkelsohn über seine Suche, während sich andere aus dem Zug in fantastischen Luftsprüngen ergingen oder gefallenen Blättern nachjagten, die der Wind über die Pilze dieses vorzeitlichen Bodens trieb. Und der alte General meinte, er habe viel über den unbekannten Kadath in der kalten

Öde gehört, wisse aber nicht, wo er zu finden sei. Was die wunderbare Stadt im Sonnenuntergang betreffe, so hätte er davon nicht einmal gehört, wolle aber gern alles übermitteln, was er in Zukunft vielleicht noch darüber erfahren würde.

Er vertraute dem Sucher ein sehr wertvolles Losungswort der Katzen vom Traumland an und verwies ihn ausdrücklich an den alten Führer der Katzen in Celephais, wohin sein Weg ja führe. Dieser alte Führer, den Carter schon flüchtig kannte, sei eine ehrwürdige Malteserkatze, die sich bei jeglicher Unternehmung als höchst einflußreich erweisen würde. Es dämmerte, als sie den Waldrand erreichten, und Carter verabschiedete sich widerstrebend von seinen Freunden. Der junge Unterleutnant, den er als kleines Kätzchen kennengelernt hatte, wäre ihm gern weiter gefolgt, hätte es der alte General nicht verboten; doch der gestrenge Patriarch beharrte darauf, daß seine Pflichten beim Stamm und der Armee lagen. Deshalb zog Carter allein über die goldenen Felder, die sich geheimnisvoll entlang eines weidengesäumten Flusses dehnten, und die Katzen kehrten in den Wald zurück.

Wohlbekannt waren dem Reisenden jene Gartenländer zwischen dem Wald und der Cerenäischen See, und vergnügt folgte er dem singenden Fluß Oukranos, der ihm den Weg wies. Die Sonne stieg höher über sanft gewellte Haine und Rasenflächen und kräftigte die Farben der abertausend Blumen, die jede Hügelkuppe und waldige Schlucht schmückten. Ein segensreicher Dunst deckt dies ganze Gebiet, worin die Sonne ein klein wenig mehr scheint als anderswo, und wo die schwirrende Sommermusik von Vögeln und Bienen ein klein wenig lauter erklingt; und deshalb schreiten die Menschen hier hindurch wie durch ein Feenreich und empfinden größere Freude und Verwunderung als sie sich später erinnern können.

Mittags gelangte Carter zu den Jaspisterrassen von Kiran, die zum Flußufer hin abfallen und jenen lieblichen Tempel tragen, zu dem der König von Ilek-Vad aus seinem fernen Reich am Dämmermeer einmal im Jahr in einem goldenen Palankin kommt, um zum Gott des Oukranos zu beten, der für ihn in seiner Jugend sang, als er in einem Landhaus an seinen Ufern lebte. Ganz aus Jaspis ist dieser Tempel, und er nimmt einen Morgen Land ein, mit seinen Mauern und Höfen und sieben Zinnentürmen und dem inneren Schrein, wo der Fluß durch verborgene Kanäle eintritt, und der Gott süß in der Nacht singt. Viele Male hört der Mond sonderbare Musik, wenn er auf jene Höfe und Terrassen und Zinnen scheint, doch ob diese Musik das Lied des Gottes ist oder der Gesang der kryptischen Priester, weiß nur der König von Ilek-Vad allein; denn nur er hat den Tempel betreten und die Priester gesehen. Jetzt, in der Trägheit des Tages, schwieg das gemeißelte und delikate Heiligtum, und Carter vernahm nur das Murmeln des großen Stromes und das Vogelgezwitscher und Bienengesumm, als er unter der verzauberten Sonne ausschritt.

Den Nachmittag hindurch wanderte der Pilger über duftende Auen und im Schutz lieblicher, flußwärts gelegener Hügel, auf denen friedvolle, strohgedeckte Cottages und die aus Jaspis oder Chrysoberyll gefertigten Schreine liebenswürdiger Götter standen. Manchmal lief er dicht am Ufer des Oukranos und pfiff den munteren und irisierenden Fischen des kristallenen Flusses zu, und andere Male blieb er inmitten der wispernden Binsen stehen und blickte zum großen, schwarzen Wald auf der anderen Seite hinüber, dessen Bäume bis ans Flußufer wuchsen. In früheren Träumen hatte er wunderliche, schwerfällige Buopoths scheu aus dem Wald treten sehen um zu trinken, aber jetzt entdeckte er nicht einen einzigen. Einmal hielt er inne, um einen fleischfressenden Fisch zu beobachten, der einen fischenden Vogel fing, indem er ihn mit seinen in der Sonne glänzenden Schuppen aufs Wasser hinaus lockte, und dann mit seinem enormen Maul am Schnabel packte, als der geflügelte Jäger auf ihn herabstoßen wollte.

Gegen Abend erklomm er eine flache, grasbewachsene Erhebung und sah vor sich, flammend im Sonnenuntergang, die tausend vergoldeten Turmspitzen von Thran. Unvorstellbar luftig streben die Alabasterwälle dieser unglaublichen Stadt auf; sie neigen sich gegen die Mauerkrone zu schräg nach innen und sind aus einem Guß geformt, doch wie weiß kein Mensch, denn sie sind älter als die Erinnerung. Aber so luftig sie mit ihren hundert Toren und zweihundert Türmchen auch sind, die Turmgruppen im Inneren, schneeweiß unter ihren goldenen Helmen, sind noch luftiger; und die Menschen in der umliegenden Ebene sehen sie gen Himmel schießen, manchmal leuchtend klar, manchmal die Spitzen in Wolken- und Nebelgewirr und manchmal weiter unten von Wolken umlagert, die höchsten Zinnen frei über dem Dunst strahlend. Und wo sich Thrans Tore zum Fluß öffnen, liegen große Marmorkais, an denen geschmückte Galionen aus Zedern- und Kalamanderholz ruhig vor Anker schaukeln und fremdartige, bärtige Seeleute auf Fässern und Ballen mit den Hieroglyphen ferner Länder sitzen. Landeinwärts, hinter den Mauern, erstreckt sich das Farmland, wo kleine weiße Cottages zwischen flachen Hügeln träumen und sich enge Straßen mit vielen Steinbrücken anmutig zwischen Flüssen und Gärten winden.

Durch dies grünende Land schritt Carter am Abend und sah wie das Zwielicht vom Strom zu den wundervollen, goldenen Turmspitzen Thrans hochflutete. Und genau zur Stunde der Dämmerung erreichte er das südliche Tor, und eine Wache in roter Robe hielt ihn so lange auf, bis er drei unglaubliche Träume erzählt hatte und sich somit als Träumer auswies, der würdig war, auf Thrans steilen, mysteriösen Straßen zu wandeln und die Bazare zu durchstreifen, wo die Waren der geschmückten Galeeren feilgeboten wurden. Dann betrat er diese unglaubliche Stadt; durch eine so dicke Mauer, daß das Tor ein Tunnel war, und danach über krumme und gewundene Wege, die sich tief und eng zwischen den himmelstürmenden Türmen schlängelten. Licht fiel aus vergitterten Balkonfenstern, und der Klang von Lauten und Pfeifen stahl sich zaghaft aus Innenhöfen, wo Marmorfontänen sprudelten. Carter kannte seinen Weg und steuerte durch dunklere Straßen zum Fluß hinunter, wo er in einer alten Hafentaverne die Kapitäne und Seemänner traf, die er aus Myriaden anderer Träume kannte. Hier buchte er seine Überfahrt nach Celephais auf einer großen, grünen Galione, und hier blieb er über die Nacht, nachdem er ernsthaft mit der ehrwürdigen Katze dieses Gasthofes gesprochen hatte, die vor einem enormen Herd verschlafen blinzelte und von alten Kriegen und vergessenen Göttern träumte.

Am Morgen begab sich Carter an Bord der Galione, die nach Celephais segelte und saß im Bug, als die Leinen losgemacht wurden und die lange Fahrt hinunter zur Cerenäischen See begann. Auf Meilen glichen die Ufer denen des Flußoberlaufs vor Thran; ab und zu erhob sich auf den ferneren Hügeln rechterhand ein merkwürdiger Tempel und dann lag wieder ein verträumtes Städtchen mit steilen, roten Dächern und in der Sonne ausgelegten Netzen am Ufer. Eingedenk seiner Suche, befragte Carter alle Matrosen ausführlich über diejenigen, denen sie in den Tavernen von Celephais begegnet waren und erkundigte sich nach den Namen und Gewohnheiten der seltsamen Männer mit engen Augen, großen Ohrläppchen, schmalrückigen Nasen und spitzen Kinnen, die in dunklen Schiffen aus dem Norden kamen und ihr Onyx gegen die bearbeitete Jade, das gesponnene Gold und die kleinen, roten Singvögel von Celephais tauschten. Von diesen Männern wußten die Seeleute kaum etwas, außer daß sie nur selten sprachen und anderen eine gewisse Scheu einflößten.

Ihre weitentfernte Heimat hieße Inquanok, und sie aufzusuchen seien nur wenige Leute gewillt, denn es wäre ein kaltes, dämmeriges Land, das dicht ans widrige Leng grenzen sollte, obwohl sich auf der Seite, wo Leng angeblich lag, hohe, unbezwingbare Berge türmten, so daß niemand sagen könne, ob das schlimme Plateau mit seinen entsetzlichen Steinsiedlungen und dem unnennbaren Kloster wirklich dort war, oder ob das Gerücht nur der Furcht entsprang, die ängstliche Leute nachts ergriff, wenn sich jene gräßlichen Grenzgipfel schwarz vor einem aufgehenden Mond abzeichneten. Gewiß, die Menschen erreichten Leng von den verschiedensten Ozeanen her. Über andere Grenzen Inquanoks war diesen Seeleuten nichts bekannt, und auch von der kalten Öde und dem unbekannten Kadath hatten sie nur in vagen, verworrenen Berichten gehört. Und von der wunderbaren Stadt im Sonnenuntergang, nach der Carter suchte, wußten sie überhaupt nichts. Deshalb fragte der Reisende nicht länger nach entlegenen Dingen, sondern wartete den Zeitpunkt ab, wo er mit jenen fremdartigen Männern aus dem kalten und zwielichtigen Inquanok selbst sprechen konnte, welche Nachkommen jener Götter sind, die ihre Züge am Ngranek einmeißelten.

Spät am Tag erreichte die Galione die Flußschleifen, die die duftenden Dschungel von Kled durchziehen. Hier wäre Carter gern an Land gegangen, denn in diesen tropischen Dickichten schlafen, einsam und unzerstört, wundersame Elfenbeinpaläste, in denen einstens die sagenhaften Monarchen eines Landes lebten, dessen Name vergessen ist. Zauberformeln der Älteren bewahren diese Stätten vor Schaden und Zerfall, denn es steht geschrieben, daß sie eines Tages vielleicht wieder gebraucht werden; und Elefantenkarawanen haben sie von fern im Mondlicht schimmern sehen, doch niemand wagt sich ihnen weiter zu nähern, wegen der Wächter, denen sie ihre Unversehrtheit verdanken. Aber das Schiff flog weiter, und der anbrechende Abend dämpfte die Laute des Tages, und die ersten Sterne am Himmel blinkten den frühen Leuchtkäfern an den Ufern Antwort zu, als jener Dschungel weit hinter ihnen blieb und nur seinen Duft zur Erinnerung zurückließ, daß es ihn gegeben hatte. Und die ganze Nacht hindurch trieb die Galione an unsichtbaren und ungeahnten Mysterien vorbei. Einmal meldete der Ausguck Feuer auf den Hügeln im Osten, doch der schläfrige Kapitän sagte, man sähe sie besser nicht zu lange an, denn es sei höchst ungewiß, wer oder was sie entzündet habe.

Morgens hatte sich der Fluß stark verbreitert, und die Häuser, die das Ufer säumten, zeigten Carter, daß sie kurz vor der mächtigen Handelsstadt Hlanith an der Cerenäischen See waren. Hier sind die Mauern aus rauhem Granit und die Häuser von phantastischen, verputzten Balkengiebeln gekrönt. Die Leute von Hlanith gleichen mehr den Menschen der wachen Welt als anderen des Traumlandes; man besucht die Stadt deshalb nur wegen des regen Tauschhandels, rühmt jedoch die solide Arbeit ihrer Kunsthandwerker. Die Kaianlagen von Hlanith bestehen aus Eiche, und dort ankerte die Galione, während der Kapitän in den Tavernen feilschte. Auch Carter ging an Land und besah sich neugierig die ausgefahrenen Straßen, wo hölzerne Ochsenkarren rumpelten und in Bazaren hitzige Kaufleute ihre Waren ausriefen. Die Hafentavernen standen alle dicht bei den Kais, an Pflasterstraßen, die die Gischt hoher Fluten mit einer Salzkruste überzogen hatte, und durch ihre niedrigen, schwarzen Balkendecken und die Fensterflügel mit grünen Butzenscheiben wirkten sie sehr altertümlich. Greise Seeleute redeten in diesen Tavernen viel von fernen Häfen und erzählten manche Geschichte über die merkwürdigen Männer aus dem zwielichtigen Inquanok, konnten jedoch dem, was die Matrosen der Galione schon berichtet hatten, nichts Neues hinzufügen. Dann endlich, nach langem Ent- und Beladen, setzte das Schiff erneut Segel über das abendliche Meer, und die hohen Mauern und Giebel von Hlanith versanken immer mehr, während ihnen das letzte, goldene Licht des Tages eine Pracht und Schönheit schenkte, die jene übertraf, die die Menschen ihnen verliehen hatten.

Zwei Nächte und zwei Tage segelte die Galione über die Cerenäische See, sah kein Land und passierte nur ein anderes Schiff. Gegen Sonnenuntergang des zweiten Tages ragte dann voraus der schneeige Gipfel des Aran, auf seinen unteren Hängen wiegten sich Gingkobäume, und Carter wußte, daß sie das Land Ooth-Nargai und die wundervolle Stadt Celephais erreicht hatten. Rasch kamen die glitzernden Minarette dieser sagenhaften Stadt in Sicht und die makellosen Marmorwälle mit ihren Bronzestatuen und die große Steinbrücke, wo der Naraxa ins Meer mündet. Jenseits der Stadt stiegen sanfte Hügel mit Wäldchen und Asphodelengärten, kleinen Schreinen und Cottages darauf an; und in weiter Ferne lag gewaltig und mystisch die Purpurkette der Tanarischen Berge, hinter der verbotene Wege in die wache Welt und in andere Traumregionen führen.

Im Hafen drängten sich bemalte Galionen, von denen einige aus der marmornen Wolkenstadt Serannian stammten, die in ätherischen Gefilden schwebt, wo sich die See dem Himmel vermählt, und andere aus greifbareren Gegenden des Traumlandes. Zwischen ihnen hindurch fand der Steuermann seinen mühsamen Kurs zu den spezereiduftenden Kais, an denen die Galione in der Dämmerung festmachte, als die Millionen Lichter der Stadt anfingen über das Wasser zu flimmern. Ewig neu schien diese unsterbliche Stadt der Vision, denn hier besitzt die Zeit keine Macht zu entstellen oder zu zerstören. Wie eh und je schimmert matt der Türkis von Nath-Horthath, und die achtzig orchideenbekränzten Priester sind dieselben, die ihn vor zehntausend Jahren erbauten. Beständig glänzt die Bronze der großen Tore, und auch die Onyxpflaster nutzen sich nicht ab oder zerbröckeln. Und von den Mauern blicken die hohen Bronzestandbilder auf Kaufherren und Kameltreiber herab, die älter als die Fabel sind, und doch findet sich nicht ein graues Haar in ihren geteilten Bärten.

Carter suchte kein einziges Mal den Tempel, den Palast oder die Zitadelle auf, sondern verweilte an der meernahen Mauer zwischen Seeleuten und Händlern. Und als es für Gerüchte und Legenden zu spät geworden war, begab er sich in eine ihm vertraute, alte Taverne und träumte im Schlaf von den Göttern auf dem unbekannten Kadath, nach denen er suchte. Am nächsten Tag durchforschte er sämtliche Kais nach den merkwürdigen Seefahrern aus Inquanok, erfuhr aber, daß sich augenblicklich keine im Hafen aufhielten, denn ihre Galione aus dem Norden wurde erst in zwei vollen Wochen erwartet. Er fand jedoch einen Seemann aus Thorabonien, der in Inquanok gewesen war und in den Onyxbrüchen jenes Dämmerlandes gearbeitet hatte; und dieser Seemann sagte, im Norden des bewohnten Gebietes gäbe es freilich eine Wüste, die jedermann zu fürchten und meiden schien. Der Thorabonier meinte, daß sich besagte Wüste um den äußersten Rand der unpassierbaren Gipfel herumziehe und in das schreckliche Plateau von Leng münde, und daß dies der Grund sei, warum sich die Leute vor ihr ängstigten; wiewohl er einräumte, daß noch andere, vage Geschichten über schlimme Erscheinungen und namenlose Schildwachen existierten. Ob dies die fabelhafte Öde sein konnte, wo der unbekannte Kadath ragte, wußte er nicht; doch schiene es abwegig, daß solche Erscheinungen und Schildwachen, falls es sie wirklich gab, grundlos stationiert wären.

Am folgenden Tag schritt Carter die Straße der Säulen zum Türkistempel hinauf und sprach mit dem Hohenpriester. Obwohl man in Celephais vorzüglich Nath-Horthath verehrt, werden doch auch alle Großen in täglichen Gebeten erwähnt; und der Priester verstand sich leidlich auf ihre Launen. Wie Atal im fernen Ulthar, riet auch er eindringlich von jedem Versuch ab, sie aufzusuchen; und erklärte, sie seien eigensinnig und kapriziös und unterstünden dem sonderbaren Schutz der Anderen Götter des Außenraumes, deren Seele und Bote das kriechende Chaos Nyarlathotep ist. Ihr eifersüchtiges Verbergen der wunderbaren Stadt im Sonnenuntergang zeige deutlich, daß sie nicht wünschten, daß Carter dorthin gelangte, und es sei ungewiß, wie sie einen Gast aufnehmen würden, der mit dem Ziel kam, sie zu sehen und ihnen eine Bitte vorzutragen. In der Vergangenheit hätte kein Mensch den Kadath gefunden, und es mochte sich als ebenso gut erweisen, wenn ihn auch in Zukunft keiner fand. Solche Gerüchte wie sie über das Onyxschloß der Großen erzählt würden, klängen in keinster Weise ermutigend.

Als er sich bei dem orchideengekrönten Hohenpriester bedankt hatte, verließ Carter den Tempel und begab sich zum Bazar der Schafschlachter, wo der alte Anführer von Celephais Katzen zufrieden lebte. Das graue und würdige Wesen sonnte sich auf dem Onyxpflaster und streckte entspannt eine Pfote aus, als sein Besucher näher trat. Doch indem Carter die Losungsworte und Empfehlungen wiederholte, die ihm der alte Katzengeneral in Ulthar mitgegeben hatte, wurde der pelzige Patriarch sehr herzlich und gesprächig und erzählte viel von den geheimen Kenntnissen, welche die Katzen auf den seewärts liegenden Hügeln Ooth-Nargais besaßen. Das beste war, daß er manches von dem wiederholte, was ihm die scheuen, am Wasser lebenden Katzen von Celephais heimlich über die Männer aus Inquanok anvertraut hatten, deren dunkle Schiffe keine Katze betreten will.

Es scheint, daß diese Männer eine Aura umgibt, die nicht von der Erde stammt, obgleich dies nicht der Grund ist, warum keine Katze auf ihren Schiffen segeln mag. Der Grund hierfür liegt darin, daß Inquanok Schatten beherbergt, die keine Katze ertragen kann, und deshalb erklingt in dem ganzen kalten, zwielichtigen Reich auch nie ein freundliches Schnurren oder vertrautes Miau. Ob es von Dingen herrührt, die über die unpassierbaren Gipfel vom hypothetischen Leng herübergeweht werden, oder von Dingen, die durch die eisige Wüste im Norden einsickern, vermag niemand zu sagen; aber es bleibt die Tatsache, daß über diesem fernen Land ein Hauch des äußeren Raumes schwebt, den Katzen nicht mögen, und für den sie empfänglicher sind als die Menschen. Deshalb wollen sie nicht an Bord der dunklen Schiffe, die nach den Basaltkais von Inquanok segeln.

Der alte Anführer der Katzen sagte ihm auch, wo sein Freund König Kuranes zu finden war, der in Carters letzten Träumen abwechselnd im rosenkristallenen Palast der siebzig Wonnen zu Celephais und im türmchenbesetzten Wolkenschloß des himmelschwebenden Serannian regiert hatte. Es schien, daß er an diesen Orten keine Zufriedenheit mehr zu finden vermochte, sondern eine tiefe Sehnsucht nach den englischen Klippen und Dünenländern seiner Kindheit empfand; wo in kleinen, verträumten Städtchen abends hinter Gitterfenstern Englands alte Lieder schweben, und wo graue Kirchtürme anmutig durch das Grün ferner Täler lugen. In der wachen Welt konnte er zu diesen Dingen nicht zurück, denn sein Körper war tot; aber er hatte das Zweitbeste getan, und sich einen schmalen Landstrich einer solchen Gegend erträumt, östlich der Stadt, wo sich von den Meeresklippen bis zum Fuß der Tanarischen Berge hübsche Wiesen entrollten. Dort lebte er in einem grauen, gotischen Herrenhaus aus Stein, das die See überschaute, und versuchte sich vorzustellen, es sei das alte Trevor Towers, wo er geboren wurde und wo dreizehn Generationen seiner Vorväter das Licht der Welt erblickt hatten. Und an der nahen Küste hatte er eines der kleinen Fischerdörfchen Cornwalls mit steilen Pflastergassen entstehen lassen, solche Leute hineingesetzt, die die englischsten Gesichter trugen und immer wieder versucht, ihnen den liebevoll erinnerten Akzent alter Cornwallfischer beizubringen. Und in einem nicht weit entfernten Tal hatte er eine große normannische Abtei errichtet, deren Turm er von seinem Fenster aus sehen konnte, und um ihn herum plazierte er im Kirchhof graue Steine mit den eingehauenen Namen seiner Vorfahren darauf und einem Moos, das ein wenig dem Moos des alten England glich. Denn obwohl Kuranes ein Monarch im Land des Traumes war, dem alles Erdenkliche an Pomp und Wunder, Pracht und Schönheit, Ekstase und Wonne, Neuheit und Aufregung zu Gebote stand, würde er doch glücklich all seiner Macht, seines Luxus und seiner Freiheit auf immer entsagt haben, für einen gesegneten Tag als einfacher Junge in diesem reinen und stillen England, diesem alten, geliebten England, das sein Wesen geformt hatte und von dem er auf ewig ein unwandelbarer Teil bleiben mußte.

Als sich Carter von dem alten, grauen Anführer der Katzen verabschiedet hatte, suchte er folglich nicht den Terrassenpalast aus Rosenkristall auf, sondern schritt zum Osttor hinaus und durch die mit Maßliebchen übersäten Felder auf einen spitzen Giebel zu, den er zwischen den Eichen eines Parks erspähte, der bis zu den Klippen am Meer reichte. Bald kam er zu einer großen Hecke und einem Tor mit Backsteinpförtnerhäuschen, und als er die Glocke zog, humpelte zum Öffnen kein befrackter und geschniegelter Lakai herzu, sondern ein kleiner, stämmiger alter Mann im Kittel, der sich so gut er konnte in den wunderlichen Lauten des fernen Cornwall versuchte. Und Carter ging den schattigen Pfad unter Bäumen hinauf, die so weit als möglich Englands Bäumen glichen, und erkletterte Terrassen zwischen Gärten, die wie zur Zeit Queen Annes angelegt waren. An der Tür, flankiert von Steinkatzen im alten Stil, wurde er von einem backenbärtigen Butler in gemäßer Livree empfangen und sogleich in die Bibliothek geleitet, wo Kuranes, Lord von Ooth-Nargai und dem Himmel um Serannian, schwermütig in einem Stuhl am Fenster saß, auf sein kleines Küstendörfchen schaute und sich wünschte, sein altes Kindermädchen würde hereinkommen und ihn ausschelten, weil er für dies verhaßte Rasenfest beim Vikar nicht fertig war, wo doch die Kutsche schon wartete und seine Mutter schier die Beherrschung verlor.

Kuranes, in einen Schlafrock solchen Zuschnitts gekleidet, wie ihn die Londoner Schneider in seiner Jugend favorisierten, erhob sich rasch, um seinen Gast zu begrüßen; denn der Anblick eines Angelsachsen aus der wachen Welt war ihm sehr lieb, selbst wenn dieser aus Boston, Massachusetts, anstatt aus Cornwall kam. Und lange sprachen sie von alten Zeiten und hatten sich viel zu sagen, denn beide waren alte Träumer und wohlvertraut mit den Wundern unglaublicher Orte. Kuranes war wirklich jenseits der Sterne, draußen in der Ultimaten Leere gewesen, und er galt für den einzigen, der jemals bei Verstand von einer solchen Reise zurückgekehrt war.

Schließlich brachte Carter das Thema auf seine Suche, und stellte seinem Gastgeber jene Fragen, die er schon so vielen anderen gestellt hatte. Kuranes wußte nicht, wo der Kadath oder die wunderbare Stadt im Sonnenuntergang lagen; aber er wußte, daß die Großen sehr gefährliche Kreaturen seien, wollte man sie aufsuchen, und daß die Anderen Götter merkwürdige Mittel besäßen, um sie vor aufdringlicher Neugier zu schützen. In fernen Regionen des Alls hatte er viel über die Anderen Götter erfahren, besonders in jener Region, wo keine Formen existieren, und farbige Gase die innersten Geheimnisse ergründen. Das violette Gas S'ngac hatte ihm entsetzliche Dinge über das kriechende Chaos Nyarlathotep erzählt und ihn davor gewarnt, sich jemals der Zentralleere zu nähern, wo der Dämonen-Sultan Azathoth im Finstern hungrig nagt. Alles in allem, sei es nicht gut, sich mit den Älteren einzulassen; und wenn sie beharrlich jeden Zugang zu der wunderbaren Stadt im Sonnenuntergang verwehrten, wäre es besser, diese Stadt nicht zu suchen.

Kuranes bezweifelte außerdem, ob seinem Gast irgendein Vorteil erwüchse, selbst wenn es ihm gelänge, diese Stadt zu erreichen. Er selbst habe lange Jahre vom schönen Celephais und dem Land Ooth-Nargai geträumt und sich danach gesehnt und nach der Freiheit und Farbigkeit und herrlichen Erfahrung eines Lebens ohne Fesseln, Konventionen und Stumpfsinn. Aber jetzt, da er in diese Stadt und in dieses Land gekommen wäre und König davon sei, erschienen ihm die Freiheit und Lebhaftigkeit nur allzu schnell stumpf und monoton, weil sie jeglicher Verbindung zu etwas Festbegründetem in seinen Gefühlen und Erinnerungen entbehrten. Er sei König von Ooth-Nargai, fände aber keinen Sinn darin und gräme sich immer um die altvertrauten

Dinge Englands, die seine Jugend geformt hatten. Sein ganzes Königreich würde er für den Klang von Kirchenglocken über Cornwalls Dünen geben, und all die tausend Minarette von Celephais für die steilen, heimischen Dächer des Städtchens bei seinem Geburtshaus. Deshalb sagte er seinem Gast, daß die unbekannte Stadt im Sonnenuntergang möglicherweise nicht ganz die Zufriedenheit barg, die er suchte, und daß sie vielleicht besser ein glorioser, halberinnerter Traum bliebe. Denn er hatte Carter in den alten, wachen Tagen oft besucht, und kannte die hübschen Hügel New Englands gut, die ihn geboren hatten.

Am Ende, davon sei er überzeugt, würde sich der Sucher doch nur nach den von früher her erinnerten Szenen sehnen; nach dem Glühen von Beacon Hill im Abendschein, den hohen Glockentürmen und krummen Bergstraßen des malerischen Kingsport, den altersgrauen Walmdächern des betagten und verhexten Arkham, und nach den gesegneten Auen und Tälern, wo sich Steinmauern kreuz und quer wanden und weiße Farmhausgiebel aus grünen Lauben lugten. Diese Dinge erzählte er Randolph Carter, doch der Sucher hielt noch immer an seinem Vorhaben fest. Und zuletzt trennten sie sich, jeder mit seiner eigenen Überzeugung, und Carter ging durch das bronzene Tor wieder nach Celephais hinein und die Straße der Säulen hinunter zur alten Seemauer, wo er sich weiter mit den Seeleuten aus fernen Häfen unterhielt, und auf das dunkle Schiff aus dem kalten und zwielichtigen Inquanok wartete, dessen Seeleute und Onyxhändler mit den fremdartigen Gesichtern das Blut der Großen in sich trugen.

Eines sternklaren Abends, als der Pharos blendend über den Hafen schien, lief das langerwartete Schiff ein, und Seeleute und Händler mit fremdartigen Gesichtern erschienen einer nach dem anderen und Gruppe auf Gruppe in den alten Tavernen an der Seemauer. Es war sehr erregend, diesen lebendigen Gesichtern wieder zu begegnen, die den göttlichen Zügen am Ngranek so stark glichen, aber Carter hatte es nicht eilig, mit den stillen Seemännern zu sprechen. Er wußte nicht, wieviel Stolz, Verschwiegenheit und vage, himmlische Erinnerung diese Kinder der Großen erfüllen mochte, und glaubte sicher, daß es unklug wäre, ihnen von seiner Suche zu erzählen oder sich zu eingehend nach jener kalten Wüste im Norden ihres Zwielichtlandes zu erkundigen. Sie redeten wenig mit den anderen Gästen der alten

Hafentaverne und zogen sich grüppchenweise in entlegene Ecken zurück, wo sie unter sich die bezaubernden Weisen unbekannter Stätten sangen oder einander lange Geschichten in einem Dialekt erzählten, der dem übrigen Traumland fremd ist. Und die Weisen und Geschichten klangen so ungewöhnlich und anrührend, daß man ihre Wunder von den Gesichtern der Lauschenden ablesen konnte, obwohl die Worte an normale Ohren nur als sonderbare Kadenzen und obskure Melodien drangen.

Eine Woche lang lungerten die seltsamen Seeleute in den Tavernen herum und handelten in den Bazaren von Celephais, und ehe sie lossegelten, hatte Carter Passage auf dem dunklen Schiff genommen, und ihnen gesagt, er sei erfahren im Onyxbergbau und wünsche sich sehnlichst, in ihren Brüchen zu arbeiten. Das Schiff war wunderschön und meisterhaft gezimmert; es bestand aus Teakholz mit Ebenholzbeschlägen und goldenem Maßwerk, und die Kabine, in der der Reisende logierte, besaß Wandbekleidungen aus Samt und Seide. Eines Morgens wurden mit dem Wechsel der Gezeiten die Segel gehißt und der Anker gelichtet, und als Carter auf dem hohen Heck stand, sah er die im Sonnenaufgang gleißenden Wälle und Bronzestatuen und goldenen Minarette des zeitlosen Celephais in der Ferne versinken und den schneeigen Gipfel des Aran kleiner und kleiner werden. Mittags gab es nur noch das sanfte Blau der Cerenäischen See und eine bemalte Galeere am Horizont, unterwegs zu den Gefilden von Serannian, wo sich die See dem Himmel vermählt.

Und die Nacht kam mit prächtigen Sternen, und das dunkle Schiff hielt Kurs auf den Himmelswagen und den Kleinen Bär, die langsam um den Pol schwangen. Und die Matrosen sangen sonderbare Lieder von unbekannten Orten, und sie stahlen sich einer nach dem anderen zum Vorderkastell davon, während die aufmerksamen Wachen alte Gesänge murmelten und über der Reling lehnten, um die Leuchtfische in Gärten unter dem Meer spielen zu sehen. Carter legte sich um Mitternacht zur Ruhe, und als er sich im Glühen eines jungen Morgens erhob, schien ihm die Sonne südlicher zu stehen als gewöhnlich. Und während des ganzen zweiten Tages lernte er die Männer des Schiffes besser kennen, und brachte sie nach und nach dazu, von ihrem kalten, zwielichtigen Land, der exquisiten Onyxstadt und ihrer Angst vor den hohen, unbezwingbaren Gipfeln, hinter denen Leng liegen sollte, zu erzählen. Sie sagten ihm, wie traurig sie wären, daß im Lande Inquanok keine Katzen bleiben mochten, und daß ihrer Ansicht nach die heimliche Nähe von Leng Schuld daran trüge. Nur über die steinige Wüste im Norden wollten sie nicht reden. Diese Wüste hätte etwas Beunruhigendes an sich und man hielte es für ratsam, ihre Existenz zu verleugnen.

An den folgenden Tagen sprachen sie über die Onyxbrüche, in denen Carter angeblich arbeiten wollte. Davon gäbe es viele, denn die ganze Stadt Inquanok sei aus Onyx erbaut, und außerdem tausche man in Rinar, Ogrothan und Celephais und im eigenen Land mit den Kaufleuten aus Thraa, Ilarnek und Kadatheron mächtige, polierte Onyxblöcke gegen die herrlichen Waren dieser sagenhaften Häfen. Und hoch im Norden, fast in der kalten Wüste, deren Existenz die Menschen aus Inquanok nicht zugeben mochten, läge ein unbenutzter Onyxbruch, größer als alle anderen, aus dem in vergessenen Zeiten so gewaltige Brocken und Blöcke herausgeschlagen worden waren, daß der Anblick der ausgemeißelten Löcher jeden mit Entsetzen erfülle. Wer diese unglaublichen Blöcke abgespalten hatte und wohin sie transportiert worden waren, könne kein Mensch sagen; doch erachte man es für das Klügste, diesen Onyxbruch, dem möglicherweise solch unmenschliche Erinnerungen anhafteten, in Ruhe zu lassen. Deshalb läge er ganz verlassen im Zwielicht, wo nur der Rabe und der geheimnisumwitterte Shantak-Vogel über seinen Ungeheuerlichkeiten brüteten. Als Carter von diesem Onyxbruch hörte, versank er in tiefe Nachdenklichkeit, denn er wußte aus alten Geschichten, daß das Schloß der Großen oben auf dem unbekannten Kadath aus Onyx ist.

Jeden Tag kreiste die Sonne nun tiefer am Himmel, und die Nebel oben verdichteten sich. Und nach zwei Wochen gab es gar kein Sonnenlicht mehr, nur noch ein unheimliches, graues Zwielicht, das bei Tage durch einen Dom ewiger Wolken schien, und eine kalte, sternlose Phosphoreszenz, die bei Nacht von der Unterseite dieser Wolken ausging. Am zwanzigsten Tag sichtete man aus der Ferne einen großen, zackigen Felsen, das erste Land, seit Arans schneeiger Gipfel hinter dem Schiff geschrumpft war. Carter fragte den Kapitän nach dem Namen des Felsens, bekam jedoch zur Antwort, daß er keinen besäße und niemals von einem Schiff angelaufen worden wäre, wegen der

Geräusche, die des Nachts von ihm kämen. Und als sich nach Einbruch der Dunkelheit ein dumpfes, nicht enden wollendes Geheul von diesem schrundigen Felsen erhob, da war der Reisende froh, daß man nicht Station gemacht hatte, und daß der Felsen keinen Namen trug. Die Seeleute beteten und sangen, bis der Lärm nicht mehr zu hören war, und in den frühen Morgenstunden träumte Carter schreckliche Schachtelträume.

Zwei Morgen darauf zeichnete sich weit voraus und östlich eine Linie grauer Gipfel ab, deren Spitzen sich in den unveränderlichen Wolken dieser trüben Zwielichtwelt verloren. Und bei ihrem Anblick stimmten die Seeleute frohe Lieder an, und einige knieten auf Deck nieder um zu beten; da wußte Carter, daß sie nach dem Lande Inquanok gekommen waren und bald an den Basaltkais der großen Stadt vertäut liegen würden, die den Namen des Landes trug. Gegen Mittag tauchte ein dunkler Küstenstrich auf, und noch vor drei Uhr traten im Norden die Zwiebelkuppeln und phantastischen Helmdächer der Onyxstadt hervor. Außerordentlich fremdartig erhob sich diese archaische Stadt über ihren Mauern und Kais, überall von einem delikaten Schwarz, mit Schnörkeln, Kannelüren und Arabesken aus eingelegtem Gold. Hoch und vielfenstrig waren die Häuser und auf jeder Seite mit Blumen und Mustern verziert, deren dunkle Symmetrien das Auge mit einer eher ergreifenden als sorglosen Schönheit verwirrten. Manche endeten in bombastischen Kuppeln, die in einer Spitze ausliefen, andere in Terrassenpyramiden von denen Minarettgruppen aufstrebten, die in jedem nur erdenklichen Stadium der Fremdartigkeit und Phantasie prangten. Die Mauern waren niedrig und häufig von Toren durchbrochen; über jedem spannte sich ein großer Bogen, der die Normalhöhe weit überragte und von dem Kopf eines Gottes gekrönt wurde, der mit demselben Geschick gemeißelt war, das sich auch in dem monströsen Gesicht auf dem fernen Ngranek aussprach. Auf einem Hügel im Zentrum ragte ein sechzehneckiger Tempel über alle anderen hinaus und trug einen hohen, zinnengeschmückten Glockenturm, der auf einem abgeflachten Dom ruhte. Dies, sagten die Seeleute, sei der Tempel der Älteren, der von einem alten Hohenpriester regiert werde, den verborgene Geheimnisse quälten.

In Intervallen zitterte der Klang einer befremdlichen Glocke über die Onyxstadt, ihm antwortete jedesmal ein Schall mystischer Musik aus Hörnern, Bratschen und Singstimmen. Und aus einer Reihe von Dreifüßen auf einer den hohen Dom des Tempels umlaufenden Galerie, leckten zu bestimmten Augenblicken Flammenzungen empor; denn die Priester und Menschen dieser Stadt waren in den uranfänglichen Mysterien erfahren und getreu im Bewahren des Rhythmus der Großen, so wie er in Schriftrollen angeordnet wird, die älter sind als die Pnakotischen Manuskripte. Als das Schiff an dem mächtigen, basaltenen Wellenbrecher vorbei in den Hafen schaukelte, vernahm man den Alltagslärm der Stadt, und Carter sah die Sklaven, Seemänner und Kaufleute auf den Docks. Die Seeleute und Kaufmänner gehörten der fremdgesichtigen Rasse der Götter an, doch die Sklaven waren vierschrötige, schieläugige Leute, die es Gerüchten zufolge irgendwie aus den Tälern hinter Leng über oder um die unwegsamen Gipfel herum hierher verschlagen hatte. Die Piers reichten weit über die Stadtmauer hinaus und trugen alle möglichen Handelswaren der dort ankernden Galeeren; während an einem Ende große Halden bearbeiteten und unbearbeiteten Onyx darauf warteten, nach den fernen Häfen von Rinar, Ograthan und Celephais verschifft zu werden.

Noch ehe der Abend richtig anbrach, warf das dunkle Schiff neben einem ausladenden Steinkai Anker, und alle Matrosen und Händler marschierten an Land und unter dem Bogentor hindurch in die Stadt. Die Straßen dieser Stadt waren mit Onyx gepflastert und manche breit und gerade, andere hingegen eng und krumm. Die Häuser dicht am Wasser waren niedriger als die übrigen und wiesen über ihren kurios gewölbten Torwegen gewisse goldene Zeichen auf, wie es hieß zu Ehren der jeweiligen kleinen Götter, die jeder für sich favorisierte. Der Kapitän des Schiffes brachte Carter in eine alte Hafentaverne, wo die Seefahrer wunderlicher Länder beisammenhockten, und versprach ihm am nächsten Tag die Wunder der Zwielichtstadt zu zeigen und ihn in die Tavernen der Onyxbergleute an der Nordmauer zu führen. Und der Abend senkte sich herab, und kleine Bronzelampen wurden entzündet, und die Seeleute in jener Taverne sangen Lieder von entfernten Stätten. Doch als die große Glocke von ihrem hohen Turm über die Stadt zitterte, und der Schall der Hörner und Bratschen und Stimmen ihr Antwort gab, unterbrachen alle ihre Lieder oder Geschichten und verneigten sich schweigend, bis das letzte Echo erstarb. Denn über der Dämmerstadt von Inquanok liegt ein Wunder und eine Sonderbarkeit, und die Menschen hüten sich, in ihren Riten nachlässig zu sein, aus Furcht vor einem Verhängnis und einer Strafe, die unvermutet nahe lauern könnten.

Tief in den Schatten dieser Taverne sah Carter eine untersetzte Gestalt, die ihm mißfiel, denn es war unverwechselbar die des alten, schieläugigen Kaufmannes, dem er vor so langer Zeit in den Tavernen von Dylath-Leen begegnet war, und der in dem Ruf stand, mit den schrecklichen Steindörfern von Leng Handel zu treiben, welche kein getroster Mensch besucht; ja, er sollte sogar mit jenem unsäglichen Hohenpriester Geschäfte gemacht haben, der eine gelbe Seidenmaske vor dem Gesicht trägt und ganz allein in einem prähistorischen Steinkloster lebt. Dieser Mann schien ein merkwürdig wissendes Gesicht gemacht zu haben, als Carter die Händler von Dylath-Leen nach der kalten Öde und dem Kadath fragte; und irgendwie wirkte seine Gegenwart im dunklen und verhexten Inquanok, so nahe der Wunder des Nordens, nicht eben beruhigend. Bevor Carter mit ihm sprechen konnte, war er völlig verschwunden, und die Seeleute erzählten später, er wäre aus einer nur ungenau bezeichneten Gegend mit einer Yak-Karawane gekommen, die als Fracht die kolossalen und besonders wohlschmeckenden Eier des sagenhaften Shantak-Vogels mitführte, um sie gegen die kunstvollen Jadepokale zu tauschen, die Händler aus Ilarnek brachten.

Am folgenden Morgen führte der Schiffskapitän Carter durch die Onyxstraßen von Inquanok, die schwarz unter dem zwielichtigen Himmel lagen. Die getäfelten Türen und figurengeschmückten Häuserfronten, die gemeißelten Balkone und kristallverglasten Erker, alles schimmerte mit einer düsteren und polierten Lieblichkeit; und dann und wann tat sich eine Plaza auf mit schwarzen Säulen, Kolonnaden und den Statuen wunderlicher, menschlicher wie fabulöser Wesen. Manche der Ausblicke auf lange und schnurgerade Straßen, in Nebengäßchen oder über Zwiebelkuppeln, Spitztürme und arabeskenverzierte Dächer waren über alle Beschreibung unirdisch und schön; und nichts war herrlicher als die eindrucksvolle Höhe des großen Zentraltempels der Älteren, mit den sechzehn behauenen Seiten, dem abgeflachten Dom und seinem zinnengeschmückten Glockenturm, alles andere überragend und bei jedem Vordergrund majestätisch anzuschauen. Und im Osten, weit jenseits der

Stadtmauern und den Meilen Weidelandes ragten immer die hageren, grauen Flanken jener unermeßlich hohen und ungangbaren Gipfel, hinter denen das gräßliche Leng liegen sollte.

Der Kapitän brachte Carter zu dem mächtigen Tempel, der mit seinem umwallten Garten auf einem weiten Rundplatz liegt, von dem die Straßen wie Speichen von einer Radnabe ausgehen. Die sieben Bogentore dieses Gartens, jedes trägt ein ebensolches gemeißeltes Gesicht wie die einzelnen Stadttore, stehen fortwährend offen, und die Leute durchstreifen ehrfürchtig nach Belieben die geziegelten Pfade und kleinen Sträßchen, die von grotesken Termen und den Schreinen einfacher Götter gesäumt sind. Und es gibt dort Fontänen, Teiche und Bassins, in denen sich die Flammenzungen aus den Dreifüßen auf dem Hochbalkon spiegeln; ganz aus Onyx sind sie und beherbergen kleine leuchtende Fische, die Taucher aus den tiefen Gründen des Ozeans mitgebracht haben. Wenn der tiefe Klang vom Glockenturm des Tempels über den Garten und die Stadt zittert und die Antwort der Hörner und Bratschen und Stimmen aus den sieben Häuschen bei den Gartentoren schallt, treten aus den sieben Toren des Tempels lange Reihen schwarzgekleideter, maskierter und kapuzenverhüllter Priester, die mit ausgestreckten Armen große goldene Becken vor sich hertragen, denen ein merkwürdiger Rauch entsteigt. Und alle sieben Reihen stolzieren in einem absonderlichen Gänsemarsch, mit gestreckten, weit nach vorn geworfenen Beinen, die Wege hinunter, die zu den sieben Häuschen führen, in denen sie verschwinden und nicht wieder zum Vorschein kommen. Es heißt, daß unterirdische Gänge die Häuschen mit dem Tempel verbinden, und daß die Züge der Priester durch sie zurückkehren; man munkelt auch, daß tiefe Onyxtreppenfluchten zu nie erwähnten Mysterien hinabführen. Aber es sind nur wenige die andeuten, daß die Priester in den maskierten und kapuzenverhüllten Reihen keine menschlichen Wesen sind.

Carter betrat den Tempel nicht, denn dies ist einzig dem Verschleierten König gestattet. Doch ehe er den Garten verließ, kam die Stunde der Glocke, und er hörte den zitternden Klang betäubend über sich und das Klagen der Hörner und Bratschen und Stimmen aus den sieben Häuschen bei den Toren. Und die sieben breiten Wege hinunter stakten in ihrer eigentümlichen Art die langen Reihen beckentragender Priester und flößten dem Reisenden eine Furcht ein, die menschliche Priester selten vermitteln. Als der letzte von ihnen verschwunden war, verließ er den Garten und bemerkte unterwegs einen Fleck auf dem Ziegelpflaster über das die Becken getragen worden waren. Selbst dem Schiffskapitän gefiel dieser Fleck nicht, und er drängte Carter zu dem Hügel, auf dem sich der Palast des Verschleierten Königs vielkuppelig und wunderbar erhebt.

Die Wege hinauf zum Onyxpalast sind steil und eng, ausgenommen der eine, breite, geschwungene über den der König und seine Gefährten auf Yaks reiten oder in yakgezogenen Triumphwagen fahren. Carter und sein Führer klommen eine Stufenallee empor, zwischen Mosaikwänden, die seltsame goldene Siglen trugen und unter Balkonen und Erkern hindurch, denen manchmal sanfte Musik oder ein Hauch exotischen Wohlgeruchs entströmte. Voraus ragten immer jene Titanenwälle, mächtigen Strebepfeiler und dichtgedrängten Zwiebelkuppeln für die der Palast des Verschleierten Königs berühmt ist; und schließlich schritten sie unter einem großen schwarzen Bogen weg und standen in den Lustgärten des Monarchen. Hier hielt Carter von soviel Schönheit betäubt inne; denn die Onyxterrassen und Kolonnadengänge, die geputzten Portieren und delikat blühenden, mit goldenen Spaliergittern versehenen Bäume, die ehernen Urnen und Dreifüße mit kunstvollen Basreliefs, die piedestalgetragenen, beinahe lebensechten Statuen aus geädertem schwarzen Marmor, die gekachelten, von Leuchtfischen bevölkerten Fontänen der basaltgrundigen Lagune, die winzigen Tempel irisierender Singvögel oben auf den gemeißelten Säulen, die wundervollen Schnörkelverzierungen der großen Bronzetore und das blühende Weinlaub, das sich über jeden Zoll der polierten Mauer rankte, alles verschmolz zu einem Anblick, dessen Lieblichkeit jenseits der Realität lag und der sogar im Land des Traumes halb fabulös wirkte. Dort schimmerte er wie eine Vision unter dem Dämmerhimmel mit der kuppeligen und ornamentalen Pracht des Palastes voraus und der phantastischen Silhouette der fernen, unbezwingbaren Gipfel zur Rechten. Und fortwährend sangen die kleinen Vögel und die Fontänen, während das Parfüm rarer Blüten sich wie ein Schleier über diesen unglaublichen Garten breitete. Andere menschliche Wesen ließen sich nicht sehen, und Carter freute sich, daß es so war. Dann kehrten sie um und stiegen die Allee aus Onyxstufen wieder hinab, denn den Palast selbst darf kein Besucher betreten; und es ist nicht gut, den großen Zentraldom zu lange und unverwandt anzuschauen, denn in ihm soll der archaische Vater aller sagenumwobenen Shantak-Vögel hausen und den Neugierigen eigentümliche Träume senden.

Anschließend geleitete der Kapitän Carter in das nördliche Stadtviertel nahe beim Tor der Karawanen, wo sich die Tavernen der Yak-Kaufleute und Onyxbergarbeiter befinden. Und dort, in einem niedrigen Gasthof der Steinbrecher, sagten sie einander Lebewohl; denn den Kapitän riefen Geschäfte, und Carter drängte es, mit den Bergarbeitern über den Norden zu sprechen. Der Gasthof war gut besucht, und es dauerte nicht lange, da kam der Reisende mit einigen Männern ins Gespräch; er sagte, er sei erfahren im Onyxabbau und gespannt darauf, etwas über die Brüche von Inquanok zu hören. Doch alles was er erfuhr ging kaum über das hinaus, was er vorher schon gewußt hatte, denn die Bergleute äußerten sich schüchtern und ausweichend über die kalte Wüste im Norden und den Steinbruch, den kein Mensch aufsucht. Sie fürchteten sich vor fabulösen Sendboten aus der Gegend der Berge, wo Leng liegen sollte und vor schlimmen Erscheinungen und namenlosen Schildwachen hoch im Norden im Felsengewirr. Und sie wisperten auch, daß die sagenumwobenen Shantak-Vögel keine heilsamen Wesen seien; es wäre wirklich nur zum Besten, daß kein Mensch jemals wahrhaftig einen gesehen habe (denn jener fabelhafte Vater der Shantaks im Dom des Königs würde im Dunkeln gefüttert).

Am nächsten Tag mietete sich Carter, unter dem Vorwand, er wolle die verschiedenen Minen und die verstreut umherliegenden Farmen und wunderlichen Onyxstädtchen alle selbst besichtigen, einen Yak und packte große, lederne Satteltaschen für eine Reise. Hinter dem Tor der Karawanen verlief die Straße gerade zwischen gepflügten Feldern und manch sonderbaren, von flachen Kuppeln gekrönten Farmhäusern. Bei einigen dieser Häuser machte der Reisende halt um Fragen zu stellen; einmal fand er dabei einen Wirt so ernst und schweigsam und so voll einer unverstellten Majestät, gleich jener, die das gewaltige Gesicht auf dem Ngranek ausstrahlte, daß er sicher glaubte, endlich einem der Großen selbst oder jemand zu neun Zehntel von ihrem Blut, begegnet zu sein, der unter den Menschen wohnte. Und diesem ernsten und schweigsamen Hüttenbewohner gegenüber war er äußerst bedacht darauf, sehr gut von den Göttern zu sprechen und alle die Segnungen zu preisen, die sie ihm je gewährt hatten.

 Diese Nacht schlief Carter in einer Wiese an der Straße unter einem großen Lygath-Baum, an den er seinen Yak festband, und morgens setzte er die Pilgerfahrt nach Norden fort. Gegen zehn Uhr erreichte er das kleinkuppelige Städtchen Urg, wo Händler ausruhen und Bergleute Geschichten erzählen, und rastete bis Mittag in seinen Tavernen. Hier biegt die große Karawanenstraße westlich nach Selarn ab, doch Carter schritt auf der Steinbruchstraße weiter dem Norden zu. Den ganzen Nachmittag folgte er der ansteigenden Straße, die etwas schmaler als die große Hauptstraße war und jetzt durch eine Region führte, wo es mehr Felsen als gepflügte Felder gab. Und am Abend hatten sich die niedrigen Hügel linker Hand zu ansehnlichen schwarzen Klippen aufgeworfen, und so wußte er, daß er sich nahe des Bergbaugebietes befand. Immerwährend türmten sich fernab zu seiner Rechten die großen, hageren Flanken der unbegehbaren Berge, und je weiter er ging, um so schlimmer wurden die Geschichten, die ihm die vereinzelten Farmer, Händler und Fahrer von rumpelnden Onyxkarren über sie erzählten.

 Die zweite Nacht kampierte er im Schatten einer großen, schwarzen Klippe, und zurrte seinen Yak an einer in den Boden gerammten Stange fest. Ihm fiel die größere Phosphoreszenz der Wolken an diesem nördlicheren Punkt auf, und mehr als einmal glaubte er, dunkle Formen zu sehen, die sich vor ihnen abzeichneten. Und am dritten Morgen gelangte der erste Onyxbruch in Sicht und er grüßte die Männer, die dort mit Picken und Meißeln arbeiteten. Vor dem Abend hatte er elf Steinbrüche passiert; das Land hier gehörte nur den Kliffs und Blöcken aus Onyx, es besaß überhaupt keine Vegetation, nur große, auf einem schwarzen Erdboden versprengt herumliegende Felsbrocken, und die grauen, unwegsamen Gipfel, die sich immer hager und sinister auf seiner rechten Seite erhoben. Die dritte Nacht verbrachte er in einem Lager von Steinbrucharbeitern, deren flackernde Feuer unheimliche Reflexe auf die glänzenden Klippen im Westen warfen. Und sie sangen viele Lieder und erzählten viele Geschichten, die ein so auffallendes Wissen um die früheren Zeiten und die Gewohnheiten von Göttern besprachen, daß Carter merkte, daß sie viele versteckte Erinnerungen an ihre Vorfahren, die Großen, bewahrten. Sie fragten ihn wohin er ginge, und warnten ihn davor, nicht zu weit in den Norden vorzudringen; doch er antwortete, er sei auf der Suche nach neuen Onyxklippen und würde keine größeren Risiken eingehen als unter Prospektoren üblich wäre. Am Morgen sagte er ihnen adieu und ritt in den sich verdunkelnden Norden, wo er, wie sie ihm angekündigt hatten, den gefürchteten und gemiedenen Onyxbruch finden würde, aus dem Hände, älter als die des Menschen, ungeheure Blöcke gebrochen hatten. Aber es behagte ihm nicht, daß er, als er sich zu einem letzten Abschiedswinken umdrehte, zu sehen glaubte, wie sich dem Lager jener untersetzte und schwerzufassende Kaufmann mit den Schielaugen näherte, dessen mutmaßlicher Handel mit Leng das Gerücht im fernen Dylath-Leen war.

Nach abermals zwei Onyxbrüchen schien der bewohnte Teil Inquanoks zu enden, und die Straße verengte sich zu einem steil ansteigenden Yakpfad zwischen widerwärtig schwarzen Klippen. Immer zur Rechten türmten sich die kahlen und fernen Gipfel, und als Carter weiter und weiter in dies unbekannte Reich hinaufkletterte wurde es dunkler und kälter. Bald stellte er fest, daß der schwarze Pfad unten weder Fuß- noch Hufabdrücke aufwies, und er begriff, daß er tatsächlich auf sonderbare und verlassene Wege der Vorzeit gestoßen war. Hin und wieder krächzte ein Rabe hoch in der Luft, und dann und wann ließ ihn ein Flappen hinter irgendeinem gewaltigen Felsen voll Unbehagen an den geheimnisumwitterten Shantak-Vogel denken. Doch ansonsten war er allein mit seinem zottigen Reittier, und es bedrückte ihn, daß dieser exzellente Yak immer widerstrebender vorwärts ging und auf das kleinste Geräusch längs des Weges zunehmend mit ängstlichem Schnauben reagierte.

Der Steig zwängte sich jetzt zwischen schwarzen und glitzernden Wänden und gewann noch mehr an Steilheit. Er gewährte schlechten Halt, und der Yak glitt häufig auf den dickgestreuten Steinsplittern aus. Nach zwei Stunden sah er voraus einen letzten Kamm liegen, hinter dem sich nur noch ein stumpfgrauer Himmel spannte, und er pries die Aussicht auf einen flachen oder abschüssigen Weg. Diesen Kamm jedoch zu erreichen erwies sich als nicht einfach, denn der Weg stieg fast lotrecht an, und schwarze, lose Kiesel und kleine Steine machten ihn gefährlich. Schließlich rutschte Carter aus dem Sattel und führte seinen unsicheren Yak am Zügel; bockte oder strauchelte das Tier, mußte er mit aller Kraft ziehen und dabei noch achtgeben, daß er nicht selbst den Halt verlor. Plötzlich stand er dann auf dem Bergkamm und wurde dessen gewahr was dahinter lag, und dieser Anblick raubte ihm den Atem.

Der Pfad verlief wahrhaftig in einer leicht geneigten Geraden und genauso von hohen natürlichen Wänden gesäumt wie bisher; aber linker Hand öffnete sich ein monströser Raum, unzählige Morgen weit, wo eine archaische Kraft die gewachsenen Onyxklippen zu einem Riesensteinbruch aufgebrochen und gespalten hatte. Weit hinein in die soliden Klippen grub sich diese titanische Höhlung, und ganz tief im Gedärm der Erde gähnten ihre untersten Löcher. Es war kein Steinbruch der Menschen, und die konkaven Seiten trugen yardbreit quadratisch klaffende Narben, die die Größe der hier von namenlosen Händen und Meißeln einst herausgehauenen Blöcke bezeugten. Hoch über dem Rand flatterten und krächzten gewaltige Raben, und ein vages Geschwirr in den unsichtbaren Tiefen kündete von Fledermäusen oder unnennbareren Erscheinungen, die die endlose Schwärze heimsuchten. Da stand Carter auf dem engen Weg im Zwielicht, vor sich den steinigen, abfallenden Pfad; rechter Hand hohe Onyxklippen so weit sein Blick reichte, und hohe Klippen zur Linken, die unmittelbar vor ihm zu jenem furchtbaren und nicht irdischen Steinbruch aufgerissen worden waren.

Ganz plötzlich brüllte der Yak, brach aus, drängte an Carter vorbei und stürmte panisch davon, bis er auf dem schmalen Weg nach Norden zu verschwand. Von seinen trommelnden Hufen hochgewirbelte Steine kollerten über die Kante des Steinbruchs und verloren sich ohne Aufschlaggeräusch in der Schwärze; aber Carter ignorierte die Gefahren des Engpfades, als er atemlos dem fliehenden Reittier hinterhereilte. Bald erhoben sich links wieder die gewohnten Klippen und preßten den Weg erneut zu einem schmalen Steig zusammen; und noch immer eilte der Reisende dem Yak hinterher, dessen große, tiefe Hufabdrücke Beweis für seine verzweifelte Flucht ablegten.

Einmal vermeinte er den Hufschlag des erschreckten Tieres zu hören, und diese Ermutigung verdoppelte seine Geschwindigkeit. Er legte ganze Meilen zurück, und allmählich verbreiterte sich der Weg vor ihm bis er wußte, daß er bald auf der kalten und gefürchteten Wüste im Norden herauskommen mußte. Die kahlen, grauen Flanken der fernen unbezwingbaren Gipfel traten jetzt über den Klippen rechter Hand wieder ins Blickfeld, und vor ihm lagen die Felsen und Blöcke eines offenen Areals, das fraglos einen Vorgeschmack auf die dunkle und grenzenlose Ebene gab. Und wieder dröhnte dieser Hufschlag in seinen Ohren, deutlicher als zuvor, doch diesmal merkte er, daß es sich nicht um das erschreckte Hufgetrommel seines fliehenden Yak handelte. Das Trommeln klang unbarmherzig und entschlossen, und es kam von hinten.

Carters Verfolgung des Yak schlug jetzt in eine Flucht vor etwas Unsichtbarem um, denn obwohl er es nicht wagte, über die Schulter zu blicken, spürte er doch, daß die Erscheinung hinter ihm nichts Heilsames oder Benennbares sein konnte. Der Yak mußte es zuerst gehört oder gefühlt haben, und Carter sträubte sich vor der Frage, ob dies Ding ihm aus dem Bereich der Menschen nachgefolgt oder jene schwarze Steinbruchgrube heraufgetaumelt war. Unterdessen waren die Klippen zurückgeblieben, so daß die aufziehende Nacht über eine große Wüste aus Sand und gespenstischen Felsen hereinbrach, in der sich alle Pfade verloren. Er vermochte die Hufabdrücke seines Yak nicht zu finden, doch hinter ihm ertönte unaufhörlich dies widerliche Klopfen; es vermischte sich ab und zu mit etwas, das er für ein titanisches Flappen und Schwirren hielt. Daß er an Boden verlor, schien ihm unheilvoll klar, und er wußte, er war in dieser zerrissenen und verdammten Wüste aus sinnlosen Felsen und unbetretenem Sand hoffnungslos verloren. Nur die entfernten und unwegsamen Gipfel vermittelten ihm ein vages Gefühl für Richtung, und auch sie verschwammen, als das graue Zwielicht schwand und die sieche Phosphoreszenz an seine Stelle trat.

Dann sprang ihm im dunkelnden Norden trübe und verwischt etwas Schreckliches ins Auge. Sekundenlang hatte er es für einen Zug schwarzer Berge gehalten, doch jetzt erkannte er, daß es noch etwas anderes war. Die Phosphoreszenz der brütenden Wolken enthüllte es deutlich, und jenseits aufglühende Dämpfe ließen sogar Teile davon im Schattenriß hervortreten. Wie weit entfernt es lag, konnte er nicht sagen, aber es muß sehr weit gewesen sein. Es ragte Tausende Fuß hoch, wand sich in einem großen, konkaven Bogen von den grauen, unbegehbaren Gipfeln bis zu den ungeahnten westlichen Räumen und war einstmals wirklich eine Kette mächtiger Onyxberge gewesen. Aber jetzt waren diese Berge keine Berge mehr, denn eine größere Hand als die des Menschen hatte an sie gerührt. Stumm kauerten sie dort hoch über der Welt, gleich Wölfen oder Ghoulen, von Wolken und Nebeln gekrönt und die Geheimnisse des Nordens auf ewig bewahrend. In einem weiten Halbkreis kauerten sie, diese hundeartigen, zu monströsen Wachstatuen behauenen Berge, und ihre rechten Arme erhoben sich drohend gegen das Menschengeschlecht.

Es lag nur am flackernden Licht der Wolken, daß sich ihre pockennarbigen Doppelköpfe zu bewegen schienen, aber als Carter weiterstolperte, sah er von ihren Schattenkappen große Gestalten aufsteigen, deren Bewegung keine Sinnestäuschung war. Geflügelt und schwirrend wuchsen diese Formen mit jedem Augenblick, und der Reisende ahnte, daß das Ende seiner strauchelnden Flucht nahte. Es waren nicht irgendwelche auf der übrigen Erde oder im Traumland bekannten Vögel oder Fledermäuse, denn ihre Größe übertraf die des Elefanten, und ihre Köpfe waren die von Pferden. Carter wußte, sie mußten die Shantak-Vögel der üblen Gerüchte sein, und er wunderte sich nicht länger, welch schlimme Wächter und namenlose Posten die Menschen die boreale Felswüste meiden ließen. Und als er in endgültiger Resignation stehenblieb, wagte er es schließlich, nach hinten zu sehen, wo tatsächlich der untersetzte, schieläugige Kaufmann mit dem schlechten Ruf grinsend auf einem ausgemergelten Yak trabte und eine verderbliche Horde boshaft äugender Shantaks anführte, deren Schwingen noch immer vom Reif und Salpeter der unterirdischen Gruben klebten.

Obwohl ihn fabulöse und hippocephalisch geflügelte Alpträume umringten, die sich in großen, gottlosen Kreisen drängten, verlor Carter nicht die Besinnung. Hoch und schrecklich türmten sich diese titanischen Drachen vor ihm auf, während der schieläugige Händler von seinem Yak sprang und sich grinsend vor seinen Gefangenen stellte. Dann zwang er Carter, einen der abstoßenden Shantaks zu besteigen und half ihm hinauf, als seine Vernunft mit seinem Ekel rang. Das Aufsitzen gestaltete sich sehr schwierig, denn der Shantak-Vogel besitzt Schuppen anstelle von Federn, und diese Schuppen sind äußerst schlüpfrig. Als er oben saß, hopste der Mann hinter ihn und überließ es einem der unglaublichen Vogelkolosse, den ausgezehrten Yak nach Norden zum Ring der gemeißelten Berge zu führen.

Nun erfolgte ein gräßlicher Wirbel durch eisige Räume, endlos aufwärts und nach Osten, den dürren, grauen Flanken jener unbegehbaren Berge zu, hinter denen Leng sein sollte. Hoch über den Wolken flogen sie dahin, bis zuletzt jene fabelhaften Gipfel unter ihnen lagen, welche die Menschen Inquanoks nie geschaut haben und die ewiger Nebel verbirgt. Carter machte sie sehr deutlich aus, als sie unter ihm vorbeizogen, und entdeckte auf ihren höchsten Gipfeln seltsame Höhlen, die ihn an jene auf dem Ngranek gemahnten; aber er befragte seinen Überwältiger nicht nach diesen Dingen, da er bemerkte, daß sowohl der Mann wie der pferdeköpfige Shantak eine sonderbare Furcht verrieten, nervös daran vorbeieilten und so lange Zeichen großer Anspannung preisgaben, bis die Höhlen hinter ihnen lagen.

Der Shantak verminderte jetzt die Flughöhe, so daß unter der Wolkendecke eine graue, unfruchtbare Ebene sichtbar wurde, auf der in weiten Abständen voneinander kleine, schwache Feuer glommen. Als sie tiefer flogen tauchten gelegentlich einsame Granithütten und bleiche Steindörfer auf, in deren winzigen Fenstern fahles Licht geisterte. Und diese Hütten und Dörfer entsandten ein schrilles Pfeifengekreisch und ein ekelhaftes Klapperngerassel, das sofort die geographischen Vermutungen der Leute von Inquanok bewies. Denn Reisende haben solche Töne schon früher vernommen und wissen, daß sie nur von jenem kalten, wüsten Plateau tönen, das getroste Leute nie aufsuchen, jenem verhexten Ort des Übels und Mysteriums mit Namen Leng.

Um die matten Feuer tanzten merkwürdige Gestalten, und Carter war gespannt, was für Wesen dies sein mochten; denn verständige Leute sind nie in Leng gewesen, und außer seinen von fern geschauten Feuern und Steinhütten war der Ort unbekannt. Schleppend und unbeholfen hüpften jene Gestalten und mit übelanzusehenden Verdrehungen und Verrenkungen; und Carter verwunderte sich weder über die monströse Bosheit, die ihnen vage Legenden zuschrieben noch über die Furcht, die das gesamte Traumland vor ihrem verabscheuungswürdigen, gefrorenen Plateau hegt. Als der Shantak noch tiefer ging, gewann die Widerwärtigkeit der Tänzer eine gewisse höllische Vertrautheit; und der Gefangene strengte die Augen an und zermarterte sein Gehirn nach Hinweisen, wo er solchen Kreaturen schon begegnet war.

Sie sprangen umher, als hätten sie Hufe anstelle von Füßen und schienen eine Art Perücke oder Kopfputz mit kleinen Hörnern zu tragen. Weitere Kleidungsstücke fehlten, dafür wuchs den meisten ein dichtes Fell. Hinten baumelten gnomische Schwänze, und als sie emporblickten, sah er ihre exzessiv breiten Münder. Da wußte er, wer sie waren, und daß sie keineswegs irgendwelche Perücken oder Kopfputze trugen. Denn die kryptischen Wesen von Leng gehörten derselben Rasse an, wie die unbehaglichen Kaufleute von den schwarzen Galeeren, die in Dylath-Leen mit Rubinen handelten; jene nicht ganz menschlichen Kaufleute, die die Sklaven der monströsen Mondwesen sind! Es handelte sich tatsächlich um die gleichen dunklen Wesen, die Carter vor so langem auf ihrer stinkenden Galeere verschleppt hatten, und deren Genossen er auf den schmutzigen Kais jener verdammten lunaren Stadt in hellen Scharen hatte umhergetrieben werden sehen; die dünneren wurden harter Arbeit zugeführt und die fetteren in Lattenkisten fortgeschafft, um andere Bedürfnisse ihrer polypenhaften und amorphen Herren zu befriedigen. Nun erkannte er, wo solch zweifelhafte Kreaturen herstammten und erschauerte bei dem Gedanken, daß Leng diesen formlosen Scheusalen vom Mond bekannt sein mußte.

Doch der Shantak flog vorüber an den Feuern, Steinhütten und den nicht mehr menschlich zu nennenden Tänzern und schwebte über sterile Berge aus grauem Granit und trübe Wüsteneien aus Gestein, Eis und Schnee. Der Tag zog herauf, und die Phosphoreszenz tiefhängender Wolken wich dem dunstigen Zwielicht dieser nördlichen Welt, und noch immer flog der nichtswürdige Vogel bedeutungsvoll durch die Kälte und Stille. Gelegentlich sprach der Schieläugige mit seinem Reittier in einer hassenswert gutturalen Sprache, und der Shantak antwortete mit kichernden Lauten, die in den Ohren schmerzten wie das Kratzen auf einer Mattglasscheibe. Die ganze Zeit über stieg das Land an, und schließlich gelangten sie zu einem windgepeitschten Tafelland, das das ultimate Dach einer verdammten und unbewohnten Welt zu sein schien. Dort, einsam in Schweigen, Dämmer und Kälte, erhoben sich die unkeuschen Steine eines hingekauerten, fensterlosen Bauwerks, um das ein Zirkel kruder Monolithen stand. Der gesamten Anlage fehlte alles Menschliche, und Carter schloß aus alten Legenden, daß er wahrhaftig zu der fürchterlichsten und sagenhaftesten aller Stätten gekommen war, dem abgelegenen und prähistorischen Monasterium, worin gefährtenlos der unbeschreibbare Hohepriester haust, der eine gelbe Seidenmaske vor dem Gesicht trägt und zu den Anderen Göttern und ihrem kriechenden Chaos Nyarlathotep betet.

 Der ekelhafte Vogel landete jetzt, und der Schieläugige hopste von seinem Rücken und half dem Gefangenen beim Absteigen. Das Ziel seiner Gefangennahme stand Carter jetzt unmißverständlich vor Augen; denn der schieläugige Kaufmann handelte eindeutig als Agent der finsteren Mächte, und es drängte ihn, einen Sterblichen vor seinen Meister hinzuschleppen, der in seiner Vermessenheit darauf ausgegangen war, den unbekannten Kadath zu finden und im Angesicht der Großen in ihrem Onyxschloß ein Gebet zu sprechen. Es schien wahrscheinlich, daß dieser Kaufmann seine frühere Gefangennahme durch die Sklaven der Mondwesen veranlaßt hatte, und daß er nunmehr beabsichtigte das durchzuführen, was die rettenden Katzen vereitelt hatten; nämlich das Opfer zu irgendeinem schrecklichen Stelldichein mit dem monströsen Nyarlathotep zu bringen, und darzutun, mit welcher Dreistigkeit die Suche nach dem unbekannten Kadath unternommen worden war. Leng und die kalte Wüste nördlich von Inquanok mußten sich in der Nähe der Großen befinden, und dort sind die Pässe zum Kadath wohl bewacht.

 Der Schieläugige war kleinwüchsig, aber der große hippocephalische Vogel sorgte dafür, daß er Gehorsam fand; so folgte ihm Carter wohin er vorausging, und betrat den Kreis aufgerichteter Steine und den niedriggewölbten Torweg jenes fensterlosen Steinmonasteriums. Im Innern brannte kein Licht, doch der schlimme Kaufmann entzündete eine kleine Tonlampe mit morbiden Basreliefs, und trieb seinen Gefangenen unsanft vorwärts, durch Irrgärten enger, sich windender Korridore. An die Wände waren fürchterliche Szenen gemalt, älter als die Geschichte und in einem den Archäologen der Erde unbekannten Stil. Nach ungezählten Äonen leuchteten ihre Pigmente noch immer, denn die Kälte und Trockenheit des gräßlichen Leng bewahrt viele vorzeitliche Dinge. Carter nahm sie flüchtig im schummerigen Licht der schwankenden Lampe wahr und erschauerte bei der Geschichte, die sie erzählten.

 Durch diese Fresken schritten Lengs Annalen; und die gehörnten, behuften und weitmäuligen Fastmenschlichen tanzten schädlich inmitten vergessener Städte. Es gab Szenen aus alten

Kriegen, in denen Lengs Fastmenschlichen gegen die aufgedunsenen Purpurspinnen der angrenzenden Täler fochten; und es gab Szenen von der Ankunft der schwarzen Galeeren vom Mond und der freiwilligen Unterwerfung von Lengs Bewohnern unter die polypenartigen und amorphen Blasphemien, die aus den Schiffsbäuchen hervorhoppsten und zappelten und krabbelten. Sie verehrten diese glitschigen, gräulich-weißen Blasphemien als Götter, und beklagten sich auch nie, wenn die besten und fettesten ihrer Männer in den schwarzen Galeeren fortgeschafft wurden. Die monströsen Mondbestien errichteten ihren Stützpunkt auf einer zerklüfteten Insel im Meer, und Carter konnte den Fresken entnehmen, daß es sich dabei um nichts anderes handelte, als das namenlose Felseneiland, das er auf seiner Überfahrt nach Inquanok gesehen hatte; jener graue, verfluchte Fels, den Inquanoks Seefahrer meiden, und von dem ein abscheuliches Geheul durch die Nacht hallt.

Und diese Fresken zeigten auch den großen Seehafen und die Hauptstadt der Fastmenschlichen stolz und pfeilergetragen zwischen Klippen und basaltenen Kaianlagen und wunderbar mit hohen geweihten Stätten und gemeißelten Plätzen. Große Gärten und säulenbegrenzte Straßen führten von den Klippen und von jedem der sechs sphinxgekrönten Tore auf eine gewaltige Zentralplaza, und auf dieser Plaza bewachte ein Paar geflügelter, kolossaler Löwen den Beginn einer subterranen Treppe. Immer wieder waren diese Löwen abgebildet, deren mächtige Flanken aus Diorit im grauen Zwielicht des Tages und in der wolkigen Phosphoreszenz der Nacht glitzerten. Und während Carter an ihren oft wiederholten Bildern vorüberstolperte, begriff er zuletzt, was sie in Wahrheit darstellten und um welche Stadt es sich handelte, in der die Fastmenschlichen so lange Zeiträume vor der Ankunft der schwarzen Galeeren regiert hatten. Ein Irrtum war ausgeschlossen, denn die Legenden des Traumlandes sind generös und verschwenderisch: Unzweifelhaft verkörperte diese vorzeitliche Stadt keinen geringeren Ort als das sagenreiche Sarkomand, dessen Ruinen bereits eine Million Jahre gebleicht hatten, ehe der erste echte Mensch das Licht erblickte, und dessen titanische Zwillingslöwen ewig die Stufen bewachen, die hinab vom Traumland in den Großen Abgrund führen.

Andere Ansichten präsentierten die hageren, grauen Bergkronen, die Leng von Inquanok abtrennen, sowie die monströsen Shantak-Vögel, die ihre Horste auf halbhoch gelegenen Simsen bauen: Und sie zeigten ebenfalls die merkwürdigen Höhlen. dicht unter den obersten Gipfelzinnen, und wie sogar die kühnsten der Shantaks kreischend vor ihnen davonfliegen. Carter hatte diese Höhlen im Überfliegen gesehen und ihre Ähnlichkeit mit den Höhlen am Ngranek festgestellt. Jetzt wußte er, daß mehr als nur eine rein zufällige Ähnlichkeit vorlag, denn auf jenen Bildern figurierten ihre fürchterlichen Bewohner; und diese Fledermausflügel, gekrümmten Hörner, stachelbewehrten Schwänze, Greifklauen und gummiartigen Leiber bedeuteten ihm nichts Unbekanntes. Er hatte diese stummen, flatternden und zupackenden Kreaturen schon getroffen; diese hirnlosen Wächter des Großen Abgrundes, vor denen sich selbst die Großen fürchten, und die nicht Nyarlathotep sondern den eisgrauen Nodens als ihren Herren anerkennen. Denn sie waren die gefürchteten Dunkel-Dürren, die niemals lachen oder lächeln, weil ihnen Gesichter fehlen und die unablässig in der Finsternis zwischen dem Tal von Pnoth und den Zugängen zur Außenwelt durch den Äther torkeln.

Der schieläugige Kaufmann hatte Carter jetzt in eine große Gruft gestoßen, deren Wände schockierende Basreliefs zierten, und deren Zentrum eine gähnende, kreisrunde Grube einnahm, die ein Ring aus sechs verderblich befleckten Steinaltären umschloß. Es brannte kein Licht in dieser gewaltigen übelriechenden Krypta, und die kleine Lampe des sinistren Kaufmannes leuchtete so matt, daß sich Einzelheiten nur allmählich aus dem Dunkel schälten. Am gegenüberliegenden Ende erhob sich eine hohe steinerne Estrade, zu der fünf Stufen hinaufführten, und dort saß auf goldenem Thron eine plumpe Gestalt in gelber, rotdurchwirkter Seidenrobe und mit einer gelben Seidenmaske vor dem Gesicht. Diesem Wesen gab der schieläugige Kaufmann gewisse Handzeichen, und der Laurer im Dunkel antwortete, indem er mit seidenumhüllten Pfoten eine abstoßend geschnitzte Elfenbeinflöte hob und gewisse ekelerregende Töne unter seiner fließenden Maske hervorblies. Dies Gespräch währte eine Zeit lang, und irgend etwas im Klang jener Flöte und in den Ausdünstungen des stinkenden Ortes empfand Carter als abscheulich vertraut. Er mußte an eine entsetzliche, roterleuchtete Stadt denken und an eine empörende Prozession, die einst durch ihre

Straßen zog; daran, und an einen schauderhaften Aufstieg durch die dahinterliegende lunare Landschaft, bevor der erlösende Ansturm der freundlichen Katzen von der Erde erfolgte. Er wußte, daß die Kreatur auf der Estrade ohne Zweifel der unbeschreibbare Hohepriester sein mußte, dem die Legende so teuflische und abnormale Möglichkeiten nachwispert, aber er schrak vor dem Gedanken zurück, was jener verabscheuungswürdige Hohepriester sein könnte.

Dann verschob sich die durchwirkte Seide geringfügig über einer der gräulich-weißen Pfoten, und Carter begriff, was der widerliche Hohepriester war. Und in dieser grausen Sekunde trieb ihn blinde Furcht zu etwas, was ihm seine Vernunft würde verweigert haben, denn sein angegriffenes Gemüt war nur von dem einen einzigen Gedanken erfüllt, dem zu entkommen, was auf jenem goldenen Thron hockte. Er wußte, daß sich zwischen ihm und dem Tafelland draußen hoffnungslose Steinlabyrinthe wanden, und daß selbst auf dem Tafelland noch immer der verderbliche Shantak wartete; trotz alledem beherrschte seinen Geist nur das eine drängende Bedürfnis, von dieser sich schlängelnden, in Seide gehüllten Monstrosität fortzukommen.

Der Schieläugige hatte die seltsame Lampe auf einem der hohen und lasterhaft befleckten Altarsteine an der Grube abgestellt, und sich ein wenig nach vorn begeben, um dem Hohepriester Handzeichen zu machen. Carter, bisher völlig passiv, versetzte jetzt dem Mann mit der ganzen, wilden Kraft der Angst einen so gewaltigen Stoß, daß das Opfer sofort in den gähnenden Schlund stürzte, der Gerüchten nach bis in die höllischen Gewölbe von Zin hinabreichen soll, wo Gugs im Finstern Ghasts jagen. Fast gleichzeitig riß er die Lampe vom Altar und schoß hinaus in das Freskenlabyrinth; er rannte bald hierhin, bald dorthin, wie es der Zufall bestimmte, und versuchte weder an das verstohlene Watscheln formloser Pfoten auf den Steinen hinter sich, noch an das Geringel und Gekrauche in zurückliegenden, lichtlosen Korridoren zu denken.

Schon nach wenigen Augenblicken bereute er seine unbedachte Hast, und wünschte, er hätte versucht, die Fresken zurückzuverfolgen, die er auf dem Hinweg passiert hatte. Gewiß, sie waren so konfus und derart häufig doppelt vorhanden gewesen, daß sie ihm keine große Hilfe bedeutet hätten, nichtsdestoweniger bedauerte er den verabsäumten Versuch. Diejenigen Fresken, die er jetzt erblickte, wirkten sogar noch entsetzlicher als jene, die er zuerst sah, und er wußte, daß er sich nicht in den Korridoren befand, die hinausführten. Mit der Zeit glaubte er sich vor Verfolgung ziemlich sicher und verlangsamte seinen Schritt; doch kaum hatte er halbwegs erleichtert aufgeatmet, da drohte ihm neuerliche Gefahr. Seine Lampe erlosch allmählich, und bald würde er im Pechschwarzen stehen, blind und orientierungslos.

Als das Licht vollends ausging, tastete er sich langsam durch die Finsternis und flehte die Großen um jede Hilfe an, die sie ihm nur gewähren mochten. Manchmal fühlte er den Steinboden ansteigen oder abfallen, und wann immer es ihm gelang, eine Abzweigung oder die Einmündung eines Seitenganges zu erfühlen, wählte er stets den Weg mit dem geringeren Gefälle. Er argwöhnte trotzdem, daß er sich im wesentlichen abwärts bewegte; und der gruftartige Geruch und die Verkrustungen auf den schmierigen Wänden und am Boden kündigten ihm gleichviel an, daß er sich tief in Lengs heilloses Tafelland eingrub. Doch eine Ankündigung der Sache, die zuletzt erfolgte, kam nicht; nur die Sache selbst, mit all ihrem Schrecken und Grausen und atemraubenden Chaos. Eben noch tastete er sich behutsam über den glitschigen Boden eines fast flachen Platzes, und im nächsten Augenblick raste er schon schwindelig im Dunkel eine Höhlung hinab, die schier senkrecht gewesen sein mußte.

Über die Dauer dieses gräßlichen Rutsches erlangte er nie Klarheit, er schien jedoch Stunden irrsinniger Übelkeit und ekstatischen Wahnsinns zu währen. Dann merkte er, daß er still ruhte und die phosphoreszierenden Wolken einer nördlichen Nacht ihren kränklichen Schein über ihn gossen. Ringsum verfielen bröckelige Mauern und geborstene Säulen, und das Pflaster, auf dem er lag, war mit vereinzelten Grashalmen durchsetzt und von zahlreichen Sträuchern und Wurzeln aufgebrochen. Hinter ihm ragte ein Basaltkliff unermeßlich hoch und lotrecht auf; seine Flanke wies außer abstoßenden, skulpturartigen Darstellungen noch einen bogenförmigen und gemeißelten Eingang in die innere Schwärze auf, aus der er gekommen war. Voraus erstreckten sich Doppelreihen aus Pfeilern und die Fragmente und Piedestale von Säulen, die von einer breiten und entschwundenen Straße zeugten; und die Urnen und Bassins entlang des Weges verrieten ihm, daß es eine prächtige Gartenstraße gewesen war. An ihrem weitentfernten Ende schwärmten die Säulen aus, um einen gewaltigen Rundplatz zu markieren, und in diesem offenen Zirkel trat unter den totenbleichen Nachtwolken gigantisch ein Paar monströser Wesen hervor. Riesige geflügelte Löwen aus Diorit waren es, mit Schwärze und Schatten zwischen sich. Volle zwanzig Fuß hoch reckten sie ihre grotesken und unversehrten Häupter und brummten verächtlich auf die sie umgebenden Ruinen herab. Und Carter wußte sehr wohl, was sie sein mußten, denn die Legende berichtet nur von einem solchen Paar. Sie waren die unwandelbaren Wächter des Großen Abgrundes, und diese dunklen Ruinen in Wahrheit das uranfängliche Sarkomand.

Carters erste Handlung bestand darin, den Torbogen im Kliff mit herabgestürzten Blöcken und befremdlichen Trümmerstükken zu schließen und zu verbarrikadieren. An einem Verfolger aus Lengs hassenswertem Monasterium war ihm nichts gelegen, denn am vorausliegenden Weg würden ohnehin genug neue Gefahren lauern. Wie man von Sarkomand in die bewohnten Gegenden des Traumlandes gelangte, darüber besaß er keine Kenntnis; auch würde ihm ein Abstieg in die Grotten der Ghoule nur wenig einbringen, denn er wußte ja, daß sie nicht besser informiert waren als er. Die drei Ghoule, die ihm durch die Stadt der Gugs zur Außenwelt geholfen hatten, hatten selber nicht gewußt, wie sie ihren Rückweg über Sarkomand nehmen sollten und geplant, sich bei erfahrenen Händlern in Dylath-Leen danach zu erkundigen. Er mochte nicht daran denken, das unterirdische Reich der Gugs erneut aufzusuchen und noch einmal das Risiko jenes höllischen Turmes von Koth mit seinen Zyklopenstufen zum Verwunschenen Wald auf sich zu nehmen; trotzdem spürte er, daß ihm dieser Weg nicht erspart bliebe, falls alles andere fehlschlug. Über Lengs Plateau, jenseits des einsamen Monasteriums, wagte er sich nicht ohne Unterstützung; denn die Sendboten des Hohepriesters mußten zahlreich sein, und am Ende der Reise stünden gewiß die Shantaks oder andere Dinge, mit denen es fertig zu werden galt. Fände er ein Boot, könnte er vorbei an dem zerklüfteten und gräßlichen Felsen im Meer nach Inquanok zurücksegeln, denn die vorzeitlichen Fresken im Labyrinth des Monasteriums hatten ihm gezeigt, daß dieser fürchterliche Ort nicht weit von Sarkomands Basaltkais liegt. Doch in dieser seit Äonen verödeten Stadt ein Boot zu finden, stand nicht zu erwarten und daß er sich je eines zimmern könnte, schien unwahrscheinlich.

Diese Gedanken bewegten Randolph Carter, als ein neuer Eindruck seine Sinne bestürmte. Die ganze Zeit über hatte sich vor ihm die mächtige, leichnamhafte Weite des sagenhaften Sarkomand hingestreckt, mit schwarzen, geknickten Pfeilern und zerfallenden sphinxgekrönten Toren und Titanenblöcken und monströsen, geflügelten Löwen im siechen Glühen der luminösen Nachtwolken. Nun fiel ihm rechterhand in großer Entfernung ein Glühen auf, das keine Wolken zu erklären vermochten, und er begriff, daß er im Schweigen dieser toten Stadt nicht allein war. Das Glühen pulsierte stärker und schwächer und flackerte in einer grünlichen Färbung, die nicht zur Beruhigung des Beobachters beitrug. Und als er näherkroch, die ruinenbedeckte Straße hinab und durch enge Spalten zwischen niedergebrochenen Mauern, stellte er fest, daß dicht bei den Kais ein Lagerfeuer brannte, um das sich zahlreiche vage Gestalten drängten, und über allem lastete ein lethaler Geruch. Dahinter schwappte das ölige Hafenwasser gegen ein ankerndes, großes Schiff, und Carter stockte in blankem Entsetzen, als er merkte, daß dies Schiff wahrhaftig eine der gefürchteten schwarzen Galeeren vom Mond war.

Dann, als er gerade von der abscheulichen Flamme wegkriechen wollte, beobachtete er unter den vagen, dunklen Formen eine Bewegung und vernahm einen absonderlichen und unverwechselbaren Laut. Es war das erschreckte Fiepen eines Ghouls, und im nächsten Moment schwoll es zu einem wahren Angstgeheul an. In der Sicherheit der Schatten monströser Ruinen ließ Carter seine Neugier über seine Furcht triumphieren und kroch vorwärts, anstatt sich zurückzuziehen. Einmal wand er sich bäuchlings wie ein Wurm über eine offene Straße, und ein andermal wieder mußte er aufstehen, um zwischen Bergen von Marmorsplittern jedes Geräusch zu vermeiden. Doch es gelang ihm immer unentdeckt zu bleiben, so daß er binnen kurzem hinter einem titanischen Pfeiler einen Platz gefunden hatte, von dem aus er den ganzen grünerleuchteten Schauplatz überblicken konnte. Um ein gräßliches, mit anstößigen Stämmen lunarer Pilze genährtes Feuer kauerte ein stinkender Kreis der krötenähnlichen Mondbestien und ihrer beinahe menschlichen Sklaven. Manche dieser Sklaven erhitzten in den leuchtenden Flammen merkwürdige Eisenspeere, mit deren weißglühenden Spitzen sie in Abständen drei straffgefesselte Gefangene peinigten, die sich vor den Anführern des Trupps auf dem Boden krümmten. Aus den Bewegungen ihrer Tentakel konnte Carter schließen, daß die stumpfschnauzigen Mondbestien das Spektakel mächtig genossen, und er erschrak zutiefst, als er mit einemmal das rasende Gefiepe wiedererkannte und wußte, daß es sich bei den gefolterten Ghoulen nur um die getreuen Drei handeln konnte, die ihn sicher aus dem Abgrund geführt hatten und anschließend vom Verwunschenen Wald aufgebrochen waren, um Sarkomand und das Tor zu ihren heimischen Tiefen zu finden.

Die übelriechenden Mondbestien hockten in großer Zahl um jenes grünliche Feuer, und Carter sah ein, daß er im Augenblick nichts zur Rettung seiner früheren Verbündeten unternehmen durfte. Wie die Ghoule in Gefangenschaft geraten sein mochten, dafür fehlte ihm jede Erklärung; doch stellte er sich vor, daß die grauen, krötenhaften Blasphemien erfahren hatten, wie sich die Ghoule in Dylath-Leen nach dem Weg nach Sarkomand erkundigten und es für nicht wünschenswert erachtet hatten, daß sie sich dem hassenswerten Plateau von Leng und dem unbeschreibbaren Hohepriester so weit näherten. Einen Moment lang überlegte er, was zu tun sei, und entsann sich daran, wie dicht am Tor zum schwarzen Königreich der Ghoule er sich aufhielt. Bestimmt war es das klügste, nach Osten zum Platz der Zwillingslöwen zu kriechen und geradewegs in den Schlund abzusteigen, wo ihn gewiß keine ärgeren Schrecken erwarteten als jene hier oben, und wo er schon bald auf Ghoule treffen könnte, die darauf brannten, ihre Brüder zu retten und vielleicht die Mondbestien von der schwarzen Galeere auszutilgen. Es fuhr ihm durch den Sinn, daß das Portal, ebenso wie auch andere Tore zum Abgrund, von einer Horde der Dunkel-Dürren bewacht sein könnte; aber jetzt fürchtete er diese gesichtslosen Kreaturen nicht. Er hatte nämlich in Erfahrung gebracht, daß sie durch heilige Verträge mit den Ghoulen verbündet sind, und der Ghoul, der Pickman war, hatte ihm beigebracht, ein Losungswort zu plappern, das sie verstanden.

So robbte Carter ein zweites Mal heimlich durch die Ruinen und kroch langsam dem großen Zentralplatz und den geflügelten Löwen zu. Es wurde eine kitzlige Angelegenheit, doch die Mondbestien zeigten sich angenehm beschäftigt, und sie überhörten die leisen Geräusche, die er zweimal zwischen den verstreuten Steinen verursachte. Endlich erreichte er den freien Platz und bahnte sich seinen Weg durch die verkrüppelten Bäume und Ranken, die dort gediehen waren. Über ihm drohten im kranken Glanz der phosphoreszierenden Nachtwolken schrecklich die gigantischen Löwen, aber er näherte sich ihnen mannhaft weiter und schlich sofort zu ihrer Vorderseite, weil er wußte, daß er hier die mächtige Finsternis finden würde, die sie bewachen. Zehn Fuß voneinander getrennt duckten sich die hohgesichtigen Bestien aus Diorit, brütend auf Zyklopenpiedestalen, deren Seiten zu furchterregenden Basreliefs ausgemeißelt waren. Zwischen ihnen lag ein Fliesenhof, dessen Zentrum einst Onyxbalustraden umfriedeten. In der Mitte dieses Areals öffnete sich eine schwarze Grube, und Carter entdeckte schnell, daß er tatsächlich an dem gähnenden Schlund stand, dessen verkrustete und modrige Steinstufen hinab zu den Krypten des Alptraums führen.

Entsetzlich ist die Erinnerung an diesen dunklen Abstieg, in dem sich Stunden verzehrten, während sich Carter blind eine bodenlose Spirale steiler und schlüpfriger Stufen hinunterschraubte. So abgewetzt und eng waren die Stufen und so schmierig vom Schlick der inneren Erde, daß der Hinabsteigende nie genau wußte, wann er einen atemlosen Fall und Wirbel hinunter in die ultimaten Grüfte zu gewärtigen hatte; und er fühlte sich ebenso unsicher darüber, wann und wo genau die Wachen der Dunkel-Dürren plötzlich ihre Klauen in ihn schlagen würden, sollten in dieser urzeitlichen Passage überhaupt welche stationiert sein. Die stickigen Dünste der unteren Schlünde hüllten ihn ein, und er spürte, daß die Luft dieser würgenden Tiefen nicht für den Menschen bestimmt war. Mit der Zeit stumpften seine Empfindungen ab, und Schlaftrunkenheit überkam ihn; er bewegte sich mehr von automatischen Impulsen getrieben als vom Willen gesteuert, und bemerkte auch dann keine Veränderung, als seine Bewegungen völlig aussetzten, weil ihn leise etwas von hinten packte. Zuerst flog er sehr rasch durch die Luft, und dann verriet ihm ein böswilliges Kitzeln, daß die gummiartigen Dunkel-Dürren ihrer Pflicht genügt hatten.

Wachgerüttelt durch die Tatsache, daß er dem feuchten, kalten Griff der gesichtslosen Flatterer ausgeliefert war, entsann sich Carter des Losungswortes der Ghoule und plapperte es so laut, wie es ihm Wind und Chaos des Fluges erlaubten. Trotz der den Dunkel-Dürren nachgesagten Geistlosigkeit zeitigte dies eine augenblickliche Wirkung; denn das Gekitzel hörte sofort auf, und die Kreaturen beeilten sich, ihren Gefangenen in eine bequemere Lage zu drehen. Dergestalt ermutigt, versuchte es Carter mit einigen Erklärungen; er erwähnte die Gefangennahme und Folterung von drei Ghoulen und wies auf die Notwendigkeit hin, einen Rettungstrupp für sie zusammenzustellen. Obwohl sie der Sprache nicht mächtig waren, schienen die Dunkel-Dürren zu verstehen, um was es ging, und sie machten ihren Flug schneller und zielgerichteter. Plötzlich wich die dichte Schwärze dem grauen Zwielicht der inneren Erde, und voraus öffnete sich eine jener flachen, sterilen Ebenen, auf denen die Ghoule bevorzugt hocken und nagen. Vereinzelte Grabsteine und knöcherne Überbleibsel sprachen von den Bewohnern dieses Ortes; und als Carter ein lautes Fiepen höchster Dringlichkeit ausstieß, entließen ein Dutzend Gruben ihre ledrigen, hundeähnlichen Insassen. Die Dunkel-Dürren flogen jetzt tiefer und stellten ihren Passagier auf die Füße, danach zogen sie sich etwas zurück und bildeten einen zusammengedrängten Halbkreis, während die Ghoule den Neuankömmling begrüßten.

Carter plapperte der grotesken Gesellschaft rasch und ausführlich seine Botschaft zu, und vier davon brachen sogleich durch verschiedene Grubengänge auf, um die Nachricht zu verbreiten und alle für eine Rettungsaktion verfügbaren Truppen zu sammeln. Nach einer ausgedehnten Wartezeit tauchte ein Ghoul von einiger Wichtigkeit auf und machte den Dunkel-Dürren bedeutungsvolle Zeichen, worauf zwei der letzteren in die Nacht davonflogen. Danach erfuhr die dichtgedrängte Schar der Dunkel-Dürren auf der Ebene einen ständigen Zustrom, bis schließlich der schleimige Boden völlig schwarz von ihnen war. Inzwischen krochen aus den Gruben neue Ghoule, einer nach dem anderen, alle aufgeregt plappernd und sich zu einer kruden Schlachtordnung unweit der Dunkel-Dürren formierend. Zur rechten Zeit erschien jener stolze und einflußreiche Ghoul, der einstige Künstler Richard Pickman aus Boston, und ihm erstattete Carter sehr eingehend über das Vorgefallene Bericht. Der ehemalige Pickman, entzückt seinen Freund wiederzutreffen, schien ungemein beeindruckt und konferierte, ein wenig abseits der wachsenden Menge, mit anderen Anführern. Endlich, nach sorgfältiger Durchmusterung der Reihen, fiepten alle versammelten Anführer unisono und begannen der Horde aus Ghoulen und Dunkel-Dürren Befehle zuzuplappern. Eine große Abteilung der gehörnten Flieger verschwand sofort, während sich die übrigen paarweise gruppierten und mit ausgestreckten Vorderbeinen hinknieten, um die Ankunft der Ghoule zu erwarten. Erreichte ein Ghoul das ihm zugewiesene Paar der Dunkel-Dürren, wurde er hochgehoben und in die Schwärze davongetragen; und zuletzt war die ganze Schar bis auf Carter, Pickman, einige andere Anführer und wenige Paare der Dunkel-Dürren verschwunden. Pickman legte dar, daß die Dunkel-Dürren den Ghoulen als Vorhut und Schlachtrösser dienten, und daß die Armee gen Süden zog, um sich der Mondbestien anzunehmen. Dann schritten Carter und die Ghoulanführer auf die wartenden Träger zu und wurden von den klammen, schlüpfrigen Pfoten in Empfang genommen. Noch ein Augenblick, dann wirbelten alle durch Wind und Dunkelheit; endlos hinauf, hinauf, hinauf zum Tor der geflügelten Löwen und den gespenstischen Ruinen des vorzeitlichen Sarkomand.

Als Carter nach einer langen Zeitspanne das sieche Licht von Sarkomands nokturnem Himmel wiedererblickte, wimmelte die weite Zentralplaza von kriegerischen Ghoulen und Dunkel-Dürren. Bald mußte der Tag anbrechen; doch die Armee war so stark, daß auf eine Überrumpelung des Gegners verzichtet werden konnte. Das grünliche Flackern bei den Kais glomm noch immer schwach, obwohl das Fehlen eines ghoulischen Gefiepes anzeigte, daß die Folterung der Gefangenen für den Augenblick vorüber war. Ihren Schlachtrössern und der Horde reiterloser Dunkel-Dürrer leise Anordnungen zuplappernd, schwärmten die Ghoule augenblicks in breiten, wirbelnden Reihen aus und überschwemmten die bleichen Ruinen in Richtung auf das schlimme Feuer. Carter stand jetzt an Pickmans Seite in der vordersten Linie der Ghoule und bemerkte bei ihrer Annäherung an das stinkende Lager den völlig unvorbereiteten Zustand der Mondbestien. Die drei Gefangenen lagen gebunden und reglos neben dem Feuer, während ihre krötenartigen Überwinder in einem ungeordneten Haufen schläfrig hingesunken ruhten. Die fastmenschlichen Sklaven schliefen, und sogar die Wachen drückten sich vor einer Pflicht, die ihnen in diesen Gefilden rein nebensächlich erschienen sein mußte.

Der endgültige Ansturm der Dunkel-Dürren und berittenen Ghoule erfolgte mit ungeheurer Wucht; alle grauen, krötenartigen Blasphemien und ihre fastmenschlichen Sklaven wurden von einer Schar Dunkel-Dürrer lautlos überwältigt. Die Mondbestien besaßen bekanntlich keine Stimme; und auch den Sklaven blieb kaum Zeit zum Schreien, ehe sie gummiartige Pfoten zum Schweigen brachten. Die großen, gallertähnlichen Abnormitäten wanden sich unter dem Zugriff der sardonischen Dunkel-Dürren fürchterlich, doch der Stärke dieser schwarzen Greifklauen widerstand nichts. Wehrte sich eine Mondbestie zu heftig, so packte sie ein Dunkel-Dürrer bei den zuckenden rosa Tentakeln und riß daran; dies schien so schmerzhaft, daß das Opfer seinen Widerstand aufgab. Carter hatte ein grausiges Gemetzel erwartet, mußte jedoch entdecken, daß die Ghoule weitaus abgefeimtere Pläne verfolgten. Sie plapperten den Dunkel-Dürren, die die Gefangenen bewachten, einfache Befehle zu und überließen alles übrige ihrem Instinkt; und bald wurden die unglückseligen Kreaturen stumm in den Großen Abgrund davongetragen, um dort gerecht unter Dhole, Gugs, Ghasts und andere Finsternisbewohner verteilt zu werden, deren Speisegewohnheiten für ihre auserwählten Opfer nicht schmerzlos sind. Inzwischen waren die drei gefesselten Ghoule befreit und von ihren siegreichen Artgenossen getröstet worden, während verschiedene Trupps die Umgebung nach eventuell verbliebenen Mondbestien durchkämmten und die übelriechende Galeere am Kai enterten, um sicherzugehen, daß niemand der allgemeinen Niederlage entronnen war. Die Gefangennahme durfte zweifelsfrei als gründlich geglückt gelten, denn die Sieger stießen auf keine weiteren Lebenszeichen. Carter, ängstlich darauf bedacht, sich eine Zutrittsmöglichkeit zum übrigen Traumland zu sichern, drängte sie, die ankernde Galeere nicht zu versenken; und diese Bitte wurde ihm bereitwillig gewährt, als Dank für seinen Bericht über die mißliche Lage des gefangengesetzten Trios. An Bord des Schiffes fanden sie einige höchst kuriose Objekte und Embleme, von denen Carter manche sogleich ins Meer schleuderte.

Ghoule und Dunkel-Dürre teilten sich nun in getrennte Gruppen, und die ersteren befragten die geretteten Kameraden über ihre Erlebnisse. Es ergab sich, daß die drei Carters Anweisung gefolgt waren und vom Verwunschenen Wald über Nir, den Skai hinab nach Dylath-Leen aufbrachen, wozu sie sich in einem abgelegenen Farmhaus noch Menschenkleider stahlen und so gut es ging in der menschlichen Gangart dahintrotteten. In Dylath-Leens Tavernen hatten ihre grotesken Gebärden und Gesichter ziemliches Aufsehen erregt; aber sie hatten die Erkundigungen über den Weg nach Sarkomand solange nicht eingestellt, bis ihnen ein alter Kaufmann endlich Auskunft zu erteilen vermochte. Dann wußten sie, daß für ihre Zwecke nur ein Schiff nach Lelag-Leng in Frage kam, und richteten sich ein, geduldig auf ein solches Boot zu warten.

Doch schändliche Spione hatten zweifellos alles weitergeleitet, denn bald lief eine schwarze Galeere in den Hafen, und die breitmundigen Kaufleute mit den Rubinen luden die Ghoule ein, in einer Taverne mit ihnen zu trinken. Aus einer sinistren, grotesk aus einem einzigen Rubin geschliffenen Flasche wurde Wein eingeschenkt, und danach fanden sich die Ghoule als Gefangene auf der schwarzen Galeere wieder, genauso wie sich Carter dort wiedergefunden hatte. Diesmal jedoch steuerten die unsichtbaren Ruderer nicht den Mond, sondern das antike Sarkomand an; offenbar dazu entschlossen, ihre Gefangenen dem unbeschreibbaren Hohepriester vorzuführen. Sie hatten bei jenem zerrissenen Felsen im Nord-Meer angelegt, den Inquanoks Seeleute meiden, und die Ghoule waren zum erstenmal der rötlichen Herren des Schiffes ansichtig geworden; bei aller Hartgesottenheit, erfüllten sie diese Ausgeburten an verderblicher Formlosigkeit und schrecklichem Gestank mit Übelkeit. Dort wurden sie auch Zeugen der namenlosen Vergnügungen der stationierten krötenhaften Besatzung – solche Vergnügungen, die das nächtliche Geheul gebären, das die Menschen fürchten. Daran hatte sich die Landung beim zerstörten Sarkomand und der Beginn der Folterungen angeschlossen, deren Fortgang durch die entschlossene Rettungsaktion verhindert wurde.

Zunächst diskutierte man nun die künftigen Pläne, wobei die drei geretteten Ghoule einen Überfall auf den zerklüfteten Felsen und die Ausrottung der dortigen krötenähnlichen Besatzung vorschlugen. Dagegen erhoben jedoch die Dunkel-Dürren Einwände; denn die Aussicht eines Fluges über das Wasser behagte ihnen nicht. Die Mehrzahl der Ghoule begünstigte den Plan, wußte aber nicht, wie er sich ohne die Hilfe der geflügelten

Dunkel-Dürren bewerkstelligen ließ. Als Carter merkte, daß sie sich auf die Navigation der Galeere nicht verstanden, unterbreitete er ihnen das Angebot, sie im Gebrauch der großen Ruderbänke zu unterweisen; dieses Anerbieten traf auf begeisterte Zustimmung. Der graue Tag war gekommen, und unter dem bleifarbenen nördlichen Himmel marschierte eine ausgesuchte Abteilung von Ghoulen in den Schiffsbauch und nahm auf den Ruderbänken Platz. Carter fand heraus, daß sie recht schnell Fortschritte machten, und noch vor der Nacht hatte er mehrere Versuchsfahrten riskiert. Trotzdem erschien es ihm erst drei Tage später geraten, die Eroberungsfahrt zu versuchen. Mit geübten Ruderern und im Vorderkastell verstauten Dunkel-Dürren setzte die Gesellschaft dann endlich Segel; und Pickman und die übrigen Anführer versammelten sich auf Deck und besprachen die Methode der Annäherung und des weiteren Vorgehens.

In der allerersten Nacht ertönte das Geheul von dem Felsen. Bei seinem Klang erbebte die gesamte Besatzung, aber am heftigsten zitterten die drei geretteten Ghoule, die um die Bedeutung dieses Geheuls nur allzugut wußten. Den Versuch einer nächtlichen Attacke hielt man nicht für tunlich, und so lag das Schiff unter den phosphoreszierenden Wolken und wartete auf die Dämmerung eines grauen Tages. Als genug Licht herrschte und das Geheul verstummt war, legten sich die Ruderer wieder in die Riemen, und die Galeere näherte sich mehr und mehr jenem zerrissenen Felsen, der seine granitenen Zinnen phantastisch in den stumpfen Himmel krallte. Die Flanken des Felsens waren überaus steil; aber hier und dort konnte man auf Simsen die bauchigen Mauern befremdlicher, fensterloser Behausungen und die niedrigen Geländer erkennen, die geschäftige, breite Wege sicherten. Kein Schiff der Menschen war diesem Ort jemals so nahe gewesen, wenigstens nicht, um ihn anschließend wieder zu verlassen; doch Carter und die Ghoule verspürten keine Angst und hielten stetig auf ihn zu; sie umrundeten die östliche Seite und suchten nach den Kais, deren Lage das gerettete Trio in einem von schroffen Vorgebirgen gebildeten Hafen auf der Südseite angab.

Besagte Vorgebirge stellten Ausläufer der eigentlichen Insel dar und stießen so dicht aneinander, daß jeweils nur ein Schiff zwischen ihnen passieren konnte. Hier draußen schienen keine

Wachen postiert, deshalb steuerte die Galeere dreist durch die klammähnliche Meerenge und in das träge, faulige Hafenbecken dahinter. Dort hingegen herrschte reges Treiben; mehrere Schiffe lagen an einem widerlichen Steinkai vor Anker, und am Pier hantierten Dutzende der fastmenschlichen Sklaven und Mondbestien mit Lattenkäfigen und Kisten oder trieben namenlose und fabelhafte Ungeheuerlichkeiten an, die sie vor rumpelnde Karren gespannt hatten. Von der kleinen, aus dem vertikalen Kliff über den Kaianlagen herausgehauenen Stadt schraubte sich eine kurvenreiche Straße zu den höhergelegenen Vorsprüngen des Felsens. Was im Inneren dieses unheilschwangeren Granitgipfels liegen mochte, konnte niemand ahnen, doch die Dinge, die man draußen antraf, waren alles andere als ermutigend.

Beim Anblick der einlaufenden Galeere verriet die Menge am Kai Anzeichen höchster Neugier; diejenigen, die Augen besaßen, schauten angestrengt, und die, die keine besaßen, ringelten erwartungsvoll ihre rosa Tentakeln. Sie merkten natürlich nicht, daß das Schiff in andere Hände übergegangen war; denn Ghoule sehen den gehörnten und behuften Fastmenschlichen sehr ähnlich, und die Dunkel-Dürren lauerten unsichtbar im Bauch des Schiffes. Zu diesem Zeitpunkt stand der Plan der Anführer bis ins Detail fest; er sah vor, die Dunkel-Dürren gleich bei der ersten Berührung mit der Kaimauer loszulassen, um dann direkt wieder abzusegeln und alles übrige dem Instinkt dieser beinahe geistlosen Kreaturen anheimzustellen. Auf dem Felsen ausgesetzt, würden die gehörnten Flieger zu allererst einmal jedes lebende Wesen packen, dessen sie dort habhaft werden konnten, und danach, einzig von dem Verlangen getrieben, nach Hause zurückzukehren, ihre Scheu vor dem Wasser vergessen und schnell zum Abgrund fliegen, um dort ihre stinkende Beute der entsprechenden Bestimmung in der Finsternis zuzuführen, der schwerlich irgend etwas lebend entkäme.

Der Ghoul, der Pickman war, begab sich jetzt unter Deck und erteilte den Dunkel-Dürren ihre simplen Instruktionen, währenddem das Schiff in unmittelbare Nähe der ominösen und übelriechenden Kaianlagen glitt. Plötzlich entstand am Pier eine neuerliche Unruhe, und Carter stellte fest, daß die Manöver der Galeere begonnen hatten, Mißtrauen zu erregen. Offenbar lief der Steuermann nicht das richtige Dock an, und mittlerweile war den Beobachtern der Unterschied zwischen den gräßlichen Ghoulen und den fastmenschlichen Sklaven, deren Plätze sie einnahmen, aufgefallen. Jemand mußte heimlich Alarm ausgelöst haben, denn urplötzlich quoll eine Horde der mephitischen Mondbestien aus den kleinen schwarzen Toreingängen der fensterlosen Häuser und drängte die krumme Straße rechter Hand hinab. Ein Hagel merkwürdiger Wurfspieße, der zwei Ghoule fällte und einen weiteren leicht verwundete, prasselte auf die Galeere nieder, als ihr Bug den Kai rammte; doch da flogen auch schon sämtliche Luken auf und entsandten eine schwarze Wolke wirbelnder Dunkel-Dürrer, die wie eine Rotte gehörnter Riesenfledermäuse über die Stadt herfielen.

Die gallertigen Mondbestien hatten einen mächtigen Bootshaken herbeigeschafft, mit dem sie versuchten, das angreifende Schiff vom Kai wegzustoßen, doch als die Dunkel-Dürren über sie herfielen, gaben sie jeden Gedanken daran auf. Es war ein schreckliches Schauspiel, diese gesichtslosen, gummiartigen Kitzler ihren Vergnügungen nachgehen zu sehen und ungeheuer eindrucksvoll, wie sich ihre dichte Wolke über die Stadt und die gewundene Straße hinauf zu den höhergelegenen Bereichen ausbreitete. Manchmal ließ eine Gruppe der schwarzen Flatterer einen krötenhaften Gefangenen versehentlich aus der Luft fallen, und die Art, wie das Opfer dann zerplatzte, beleidigte Auge und Ohr aufs höchste. Als der letzte Dunkel-Dürre von Bord der Galeere war, plapperten die ghoulischen Anführer einen Rückzugsbefehl, und die Ruderer zogen zwischen den grauen Vorgebirgen hindurch ruhig aus dem Hafen, während in der Stadt weiterhin das Chaos der Schlacht und Eroberung regierte.

Der Ghoul Pickman gewährte dem rudimentären Verstand der Dunkel-Dürren eine mehrstündige Frist, um die Angst vor dem Flug über das Meer zu überwinden, blieb mit der Galeere etwa eine Meile vor dem zerklüfteten Felsen abwartend liegen und verband die Wunden der Verletzten. Die Nacht fiel herein, und das graue Zwielicht wich der kränklichen Phosphoreszenz niedrighängender Wolken, und ununterbrochen suchten die Anführer die hohen Gipfel jenes verfluchten Felsens nach Anzeichen für den Flug der Dunkel-Dürren ab. Gegen Morgen schwebte ein schwarzer Fleck zaghaft über den höchsten Zinnen, und kurz darauf hatte sich der Fleck in einen Schwarm verwandelt. Knapp vor Tagesanbruch schien sich der Schwarm zerstreuen zu wollen und war innerhalb einer Viertelstunde in der Ferne gen Nordosten völlig verschwunden. Ein oder zweimal glaubte man aus dem lichter werdenden Schwarm etwas ins Meer fallen zu sehen; aber Carter machte sich deswegen keine Gedanken, denn er wußte aus eigener Anschauung, daß die krötenähnlichen Mondbestien nicht schwimmen konnten. Als die Ghoule zuletzt die Überzeugung gewonnen hatten, daß alle Dunkel-Dürren samt ihrer todgeweihten Last nach Sarkomand und zum Großen Abgrund aufgebrochen waren, glitt die Galeere zwischen den grauen Vorgebirgen hindurch zurück in den Hafen; und die ganze große Gesellschaft ging an Land und durchstöberte neugierig den kahlen Felsen mit seinen aus dem soliden Stein gehauenen Türmen und luftigen Unterkünften und Befestigungen.

Als geradezu fürchterlich entpuppten sich die in jenen schlimmen und fensterlosen Krypten entdeckten Geheimnisse; denn an Überresten abgebrochener Vergnügungen fand sich vieles und, was die Entfernung von seinem ursprünglichen Zustand anlangte, Unterschiedlichstes. Carter schaffte bestimmte Dinge beiseite, die auf gewisse Weise von Leben erfüllt waren, und floh Hals über Kopf vor einigen anderen, die mehr als zweifelhaft auf ihn wirkten. Die Einrichtung der von Gestank erfüllten Häuser erschöpfte sich zumeist in aus Mondbäumen geschnitzten Schemeln und Bänken, und ihr Inneres war mit namenlosen und wahnsinnigen Mustern ausgemalt. Zahllose Waffen, Utensilien und Embleme lagen umher, darunter auch ein paar große Idole ganz aus Rubin, die sonderbare Wesen darstellten, die nicht auf die Erde gehörten. Letztere luden trotz des Materials, aus dem sie gefertigt waren, weder zur Aneignung noch längeren Betrachtung ein; und Carter unterzog sich der Mühe, fünf davon in kleine Stücke zu zertrümmern. Die verstreuten Speere und Wurfspieße sammelte er ein und verteilte sie mit Pickmans Zustimmung unter die Ghoule. Solche Gerätschaften waren den hundeartigen Wesen neu, doch auf Grund ihrer relativ einfachen Beschaffenheit, genügten wenige knappe Hinweise, um den Ghoulen ihre Handhabung zu erklären.

Die oberen Felspartien bargen mehr Tempel als Privatunterkünfte, und in zahlreichen der in den Fels geschlagenen Zimmer fanden sich entsetzlich gemeißelte Altäre und bedenklich befleckte Weihbecken und Schreine zur Anbetung von monströseren Wesenheiten als der wilden Götter oben auf dem Kadath.

Im Hintergrund eines weitläufigen Tempels öffnete sich eine niedrige, schwarze Passage, der Carter bei Fackelschein tief in den Felsen hinein folgte, bis er in einer lichtlosen Kuppelhalle von gewaltigen Ausmaßen anlangte, deren Gewölbe dämonische Ritzzeichnungen bedeckten und in deren Zentrum ein fauliger und bodenloser Schacht gähnte, ähnlich demjenigen im gräßlichen Monasterium von Leng, wo einsam der unbeschreibbare Hohepriester brütet. Am entgegengesetzten, schattenreichen Ende jenseits des stinkenden Schachtes glaubte er eine schmale Tür aus eigenartig getriebener Bronze wahrzunehmen; doch irgendwie fürchtete er sich auf unerklärliche Weise davor, sie zu öffnen, ja sogar sich ihr zu nähern, und er hastete durch die Kaverne zu seinen unschönen Verbündeten zurück, die mit einer Behaglichkeit und Ungezwungenheit umherschlenderten, die er kaum zu teilen vermochte. Die Ghoule waren auf die liegengebliebenen Lustbarkeiten der Mondbestien gestoßen und hatten auf ihre Art davon profitiert. Sie hatten außerdem ein Oxhoftfaß starken Mondweins gefunden, das sie zum Zweck des Abtransportes und der späteren Verwendung bei diplomatischen Unterhandlungen zu den Kais rollten, obwohl das gerettete Trio eingedenk der von ihm in Dylath-Leen erfahrenen Wirkung, seine Gefährten eindringlich davor gewarnt hatte, etwas davon zu kosten. In einer der wassernahen Höhlen lagerte ein großer Vorrat sowohl roher wie auch bearbeiteter Rubine aus lunaren Bergwerken; aber als die Ghoule merkten, daß sie zum Essen nicht taugten, da verloren sie rasch alles Interesse daran. Und auch Carter versuchte nicht, einige Stücke mitzunehmen, denn dazu wußte er zuviel über diejenigen, die sie zu Tage gefördert hatten.

Plötzlich schrillte von den Wachen am Kai ein aufgeregtes Fiepen herüber, und all die widerlichen Plünderer vergaßen ihr Treiben und drängten sich am Uferbezirk, um aufs Meer hinauszustarren. Zwischen den grauen Vorgebirgen hindurch kam eine neue schwarze Galeere rasch näher, und es konnte sich nur um Augenblicke handeln, bis die auf Deck versammelten Fastmenschlichen die Invasion der Stadt entdecken und die monströsen Dinge im Schiffsbauch alarmieren würden. Glücklicherweise trugen die Ghoule noch immer die Speere und Wurfspieße bei sich, die Carter unter sie verteilt hatte; und auf seinen Befehl hin, den das Wesen, das Pickman war, unterstützte, formierten sie sich zu einer Schlachtreihe und hielten sich bereit, die Landung des Schiffes zu verhindern. Augenblicklich bezeugte ein erregter Tumult auf der Galeere, daß die Besatzung die veränderte Lage der Dinge entdeckt hatte, und wie der sofortige Stillstand des Schiffes bewies, war auch die zahlenmäßige Überlegenheit der Ghoule vermerkt und in Betracht gezogen worden. Nach kurzem Zögern wendeten die Neuankömmling ruhig und segelten zwischen den Vorgebirgen hindurch wieder davon; aber die Ghoule glaubten nicht eine Sekunde lang daran, daß der Konflikt damit vermieden war. Denn entweder würde das dunkle Schiff Verstärkung holen oder die Mannschaft würde anderswo auf der Insel eine Landung versuchen; deshalb schickte man unverzüglich einen Spähtrupp zum Gipfel los, der sich über die Absichten des Feindes ins Bild setzen sollte.

Bereits nach wenigen Minuten kehrte ein atemloser Ghoul mit der Meldung zurück, daß die Mondbestien und Fastmenschlichen auf der hafenabgewandten Flanke des mehr östlich gelegenen zackigen Vorgebirges landeten und geheime Pfade und Simse hochkletterten, die nicht einmal eine Ziege sicher begehen könnte. Beinahe unmittelbar darauf erschien die Galeere erneut zwischen der klammähnlichen Meerenge, wenn auch nur für Sekunden. Einen Augenblick später keuchte dann ein zweiter Bote vom Gipfel herunter und berichtete, daß ein weiterer Trupp auf dem anderen Vorgebirge an Land ginge und beide Abteilungen weitaus stärker seien, als die Größe der Galeere habe vermuten lassen. Das Schiff selbst, das mit nur einer spärlich bemannten Ruderbank langsam dahinglitt, geriet bald zwischen den Klippen in Sicht und drehte dann in dem stinkenden Hafen bei, so als wolle es den bevorstehenden Kampf verfolgen und sich für alle Fälle bereithalten.

Inzwischen hatten Carter und Pickman die Ghoule in drei Gruppen geteilt; zwei sollten den beiden herandringenden Kolonnen entgegentreten, und die dritte in der Stadt verbleiben. Die beiden ersten kletterten unverzüglich die Felsen in der entsprechenden Richtung hinauf, während die letzte in eine Land- und eine Seeabteilung gegliedert wurde. Die Seeabteilung, die Carter unterstand, begab sich an Bord der ankernden Galeere und ruderte hinaus, um der unterbesetzten Galeere der Neuankömmlinge zu begegnen, woraufhin sich diese durch die Meerenge aufs offene Meer zurückzog. Carter setzte ihr nicht gleich nach, da er wußte, daß er in der Nähe der Stadt womöglich dringender gebraucht wurde.

Unterdessen waren die furchtbaren Reihen der Mondbestien und Fastmenschlichen auf die Gipfel der Vorgebirge hinaufgestolpert und zeigten zu beiden Seiten ihre schockierenden Schattenrisse gegen den grauen Zwielichthimmel. Die dünnen, höllischen Flöten der Invasoren hatten jetzt zu winseln begonnen, und der generelle Effekt dieser hybriden, halbamorphen Prozessionen war genau so ekelerregend wie der abstoßende Gestank, den die krötenähnlichen, lunaren Blasphemien verströmten. Dann schwärmten die beiden Ghoulabteilungen ins Blickfeld und vervollständigten das Schattenrißpanorama. Wurfspieße flogen von beiden Seiten, und das anschwellende Gefiepe der Ghoule und bestialische Geheul der Fastmenschlichen vermischte sich allmählich mit dem höllischen Gewinsel der Flöten zu dem irrsinnigen und unbeschreiblichen Chaos einer dämonischen Kakophonie. Von den schmalen Kämmen der Vorgebirge stürzten ab und zu Körper ins offene Meer oder ins Hafenbecken, die im letztgenannten Fall schnell von gewissen submarinen Lauerern hinabgesaugt wurden, die ihre Gegenwart nur durch ungeheure burrbelnde Blasen anzeigten.

Eine halbe Stunde langt tobte diese Doppelschlacht am Himmel, dann waren die Invasoren auf dem westlichen Kliff völlig aufgerieben. Auf dem östlichen Kliff jedoch, wo anscheinend die Anführer der Mondbestien mitfochten, stand es um die Ghoule nicht so gut; denn sie zogen sich auf die Abhänge des eigentlichen Gipfels zurück. Pickman hatte aus der in der Stadt verbliebenen Abteilung rasche Verstärkungstruppen für diese Front beordert, und diese hatten in den Anfangsphasen des Kampfes tüchtig geholfen. Als dann die Schlacht im Westen vorüber war, eilten die siegreichen Überlebenden ihren hartbedrängten Kameraden zu Hilfe; sie erzwangen die Wende und trieben die Invasoren über den engen Grat des Vorgebirges zurück. Die Fastmenschlichen waren zu diesem Zeitpunkt bereits alle erschlagen, doch die krötenähnlichen Schrecken setzten sich mit den großen Speeren, die ihre starken und abstoßenden Pfoten umklammerten, verzweifelt zur Wehr. Die Zeit der Wurfspieße war fast vorbei, und der Kampf geriet zu einem Handgemenge der wenigen Speerträger, die auf jenem schmalen Kamm Platz fanden.

Mit zunehmender Wut und Rücksichtslosigkeit stieg auch die

Anzahl derer, die ins Meer stürzten, erheblich. Diejenigen, die in den Hafen fielen, ereilte ein namenloser Untergang durch die unsichtbaren Burrbler; doch einigen von denen, die ins offene Meer fielen, gelang es, zum Fuß der Kliffe zu schwimmen oder Gezeitenfelsen zu erreichen; und auch die vor der Küste kreuzende Galeere des Feindes fischte mehrere Mondbestien auf. Die Kliffe erwiesen sich außer dort, wo die Monster an Land gegangen waren, als unbesteigbar, und so konnten die Ghoule auf den Felsen nicht in ihre eigenen Reihen zurückkehren. Einige starben unter den Wurfspießen der gegnerischen Galeere oder der Mondbestien oben, doch überlebten auch manche, um später gerettet zu werden. Als die Sicherheit der Landabteilung gewährleistet schien, schoß Carters Galeere zwischen den Vorgebirgen hindurch und jagte das feindliche Schiff weit aufs Meer hinaus; zwischendurch unterbrach man die Fahrt, um die auf den Felsen festsitzenden Ghoule an Bord zu holen. Mehrere auf die Felsen und Riffe gespülte Mondbestien wurden schleunigst beseitigt.

Als die Galeere der Mondbestien schließlich in sicherer Entfernung trieb und die angreifende Landarmee an einem Punkt gebunden war, setzte Carter auf dem östlichen Vorgebirge im Rücken des Gegners eine beträchtliche Streitmacht ab; danach dauerte der Kampf nun wirklich nicht mehr lange. Unter dem Ansturm von zwei Seiten waren die stinkenden, plumpen Mondbestien rasch in Stücke gehauen oder ins Meer gestoßen; und am Abend befanden die ghoulischen Anführer einhellig, daß die Insel wieder von ihnen gesäubert sei. Die feindliche Galeere indes blieb verschwunden; und man beschloß, den üblen, zerrissenen Felsen lieber zu räumen, ehe eine überwältigende Horde der lunaren Scheußlichkeiten aufgeboten und gegen die Sieger geführt werden könnte.

Nachts scharten Pickman und Carter alle Ghoule um sich, zählten sie sorgfältig und stellten fest, daß die in den Schlachten des Tages erlittenen Verluste ein Viertel überstiegen. Die Verwundeten wurden in der Galeere auf Kojen gebettet, denn Pickman wirkte unablässig der althergebrachten ghoulischen Sitte entgegen, die eigenen Verletzten zu töten und zu verspeisen; und die tauglichen Truppen wurden an die Ruder oder auf solche Posten verwiesen, die sie am besten auszufüllen vermochten. Unter den matt phosphoreszierenden Nachtwolken segelte die Galeere ab, und Carter bedauerte es nicht, die Insel unheilsamer Geheimnisse zu verlassen, deren lichtlose Kuppelhalle mit ihrem bodenlosen Schacht und der widerwärtigen Bronzetür ruhelos durch sein Gemüt zog. Der Morgendämmer traf das Schiff in Sichtweite von Sarkomands ruinösen Basaltkais, wo einige Wachen der Dunkel-Dürren noch immer ausharrten und wie schwarze, gehörnte Wasserspeier auf den geborstenen Säulen und zerbröckelnden Sphinxen jener ehrfurchtgebietenden Stadt kauerten, die vor den Zeitaltern des Menschen lebte und starb.

Die Ghoule schlugen zwischen den zerfallenen Steinen Sarkomands ihr Lager auf und entsandten einen Boten nach genügend Dunkel-Dürren, die ihnen als Streitrösser dienen sollten. Pickman und die übrigen Anführer bedankten sich überschwenglich für die Hilfe, die ihnen Carter geleistet hatte. Und Carter bekam das Gefühl, daß seine Pläne wirklich gut gediehen, und daß er auf die Unterstützung dieser fürchterlichen Verbündeten würde rechnen dürfen, und zwar nicht nur beim Verlassen dieser Region des Traumlandes, sondern auch bei der Weiterführung seiner ultimaten Suche nach den Göttern oben auf dem unbekannten Kadath und der wunderbaren Stadt im Sonnenuntergang, die sie seinem Schlummer so eigentümlich fernhielten. Folglich sprach er den ghoulischen Anführern von diesen Dingen; erzählte, was er über die kalte Öde wußte, worin der Kadath steht und alles über die monströsen Shantaks und die zu doppelköpfigen Bildnissen behauenen Berge, die ihn bewachen. Er sprach von der Angst der Shantaks vor den Dunkel-Dürren, und davon, wie die gewaltigen, hippocephalischen Vögel kreischend vor den schwarzen Löchern hoch oben in den kahlen, grauen Gipfeln davonfliegen, die Inquanok vom hassenswerten Leng trennen. Er sprach auch von den Dingen, die er aus den Fresken in dem fensterlosen Monasterium des unbeschreibbaren Hohepriesters über die Dunkel-Dürren erfahren hatte; daß sogar die Großen sie fürchteten, und daß ihr Gebieter keinesfalls das kriechende Chaos Nyarlathotep sei, sondern der eisgraue unvordenkliche Nodens, Herr des Großen Abgrunds.

Dies alles plapperte Carter den versammelten Ghoulen zu und umriß dabei gleich jene Bitte, mit der er sich trug, und die er angesichts der Dienste, die er den gummiartigen, hundeähnlichen Wesen erst kürzlich geleistet hatte, nicht für übertrieben erachtete. Er würde sich, so sagte er, sehr gern der Hilfe einer ausreichenden Anzahl Dunkel-Dürrer versichern, um sich von ihnen unbeschadet durch die Luft über das Reich der Shantaks und der behauenen Berge hinaus, hinauf in die kalte Öde tragen zu lassen, jenseits des Umkehrpunktes jeder anderen menschlichen Fußspur. Er wolle zum Onyxschloß oben auf dem unbekannten Kadath in der kalten Öde fliegen, um den Großen die Stadt im Sonnenuntergang abzubitten, die sie ihm versagten, und er sei sicher, die Dunkel-Dürren könnten ihn gefahrlos dorthin bringen; hoch über den Gefahren der Ebene und hinweg über die gräßlichen Doppelköpfe jener behauenen, wachenden Berge, die ewig im grauen Zwielicht hocken. Denn die gehörnten und gesichtslosen Kreaturen bräuchten nichts auf der Erde zu fürchten, da sich sogar die Großen vor ihnen ängstigten. Und selbst für den Fall, daß die Anderen Götter, die geneigt sind die Angelegenheiten der milderen Götter der Erde zu überwachen, auf unerwartete Weise eingriffen, hätten die Dunkel-Dürren nichts zu besorgen, denn die äußeren Höllen seien unbedeutende Angelegenheiten für solch stumme und schlüpfrige Flieger, die nicht Nyarlathotep als ihren Meister anerkennen, sondern sich nur vor dem mächtigen und archaischen Nodens beugen.

Eine Schar von zehn oder fünfzehn Dunkel-Dürren, plapperte Carter, würde gewiß hinreichen, jedes Aufgebot der Shantaks in gebührender Entfernung zu halten, obwohl es sich möglicherweise als gut erwiese, sollten einige Ghoule die Gruppe begleiten, um die Kreaturen zu lenken, auf deren Eigenheiten sich ihre ghoulischen Verbündeten besser verstünden als die Menschen. Der Trupp könne ihn an einem geeigneten Punkt innerhalb welcher Mauern die fabelhafte Onyxzitadelle auch immer besitzen mochte, absetzen, während er den Eintritt in das Schloß wagte, um zu den Göttern der Erde zu beten. Falls sich einige Ghoule bereitfänden, ihn in den Thronsaal zu eskortieren, wäre er dankbar, denn ihre Gegenwart würde seiner Bitte zusätzlich Gewicht und Nachdruck verleihen. Hierauf bestünde er jedoch nicht, sondern wünsche allein den Hin- und Rücktransport nach dem Schloß oben auf dem unbekannten Kadath; die abschließende Reise führte dann entweder zu der wunderbaren Stadt im Sonnenuntergang selbst, sollten sich die Götter gewogen zeigen oder zurück zum erdwärts gelegenen Tor des Tieferen Schlummers im Verwunschenen Wald, im Fall, daß seine Gebete fruchtlos blieben.

Als Carter sprach, lauschten alle Ghoule mit großer Aufmerksamkeit, und wie sich die Augenblicke aneinanderreihten, schwärzte sich der Himmel mit Wolken jener Dunkel-Dürren, nach denen man Boten ausgesandt hatte. Die geflügelten Schrecken ließen sich in einem Halbkreis um die ghoulische Armee nieder und warteten respektvoll, während die hundeartigen Hauptleute den Wunsch des Reisenden von der Erde bedachten. Der Ghoul, der Pickman war, plapperte ernst mit seinen Gefährten, und am Ende bot man Carter viel mehr an, als er sich bestenfalls erhofft hatte. Wie er die Ghoule bei ihrem Sieg über die Mondbestien unterstützt hatte, so würden sie jetzt ihrerseits ihn unterstützen bei seiner gewagten Reise in Bereiche, aus denen noch niemals jemand wiedergekehrt war; sie würden ihm nicht nur ein paar der verbündeten Dunkel-Dürren, sondern die komplette, hier lagernde Armee aus kampferprobten Ghoulen und frischeingetroffenen Dunkel-Dürren zur Verfügung stellen, mit Ausnahme einer kleinen Abteilung zur Betreuung der gekaperten schwarzen Galeere sowie der Kriegsbeute, die man auf dem zerklüfteten Felsen in der See gemacht hatte. Sie würden in die Luft aufsteigen, wann immer es ihm beliebe, und war der Kadath erst einmal erreicht, würde ihm ein schickliches Gefolge von Ghoulen feierliches Geleit geben, wenn er den Erdgöttern in ihrem Onyxschloß seine Petition vorlegte.

Bewegt von unsagbarer Dankbarkeit und Befriedigung, schmiedete Carter mit den ghoulischen Führern Pläne für seine kühne Reise. Die Armee würde, so beschlossen sie, das gräßliche Leng mit seinem namenlosen Monasterium und den verstreuten Steindörfern in großer Höhe überfliegen, und nur bei den gewaltigen, grauen Zinnen haltmachen, um mit den shantakschreckenden Dunkel-Dürren zu beraten, deren Höhlen die Gipfel wie Waben durchzogen. Dann würden sie, je nach dem Rat, den sie von diesen Bewohnern erhielten, ihren endgültigen Kurs festlegen, und sich dem unbekannten Kadath entweder durch die Wüste der gemeißelten Berge nördlich von Inquanok, oder durch die noch nördlicheren Bezirke des widerlichen Leng selbst nähern. Hündisch und seelenlos wie sie sind, verspürten die Ghoule und Dunkel-Dürren weder Furcht vor dem, was diese unbetretenen Wüsten preisgeben mochten, noch erfüllte sie der Gedanke an den einsam ragenden Kadath und sein Onyxschloß des Mysteriums mit abschreckender Scheu.

Gegen Mittag machten sich Ghoule und Dunkel-Dürre zum Abflug bereit, wozu sich jeder Ghoul ein passendes der gehörnten Streitrösser wählte, das ihn tragen sollte. Carter wurde ziemlich weit vorn an der Kolonnenspitze neben Pickman plaziert und dem Ganzen eine Doppelreihe reiterloser Dunkel-Dürrer als Vorhut vorangestellt. Auf ein scharfes Fiepen Pickmans erhob sich die gesamte schockierende Armee in einer alptraumhaften Wolke über den zerbrochenen Säulen und zerbröckelnden Sphinxen des vorzeitlichen Sarkomand; höher und höher, bis sogar das große Basaltkliff hinter der Stadt unter ihnen versank und das kalte, sterile Tafelland von Lengs Umgebung offen vor dem Blick lag. Immer höher flog der schwarze Schwarm, bis sogar das Tafelland klein wurde; und als sie sich nordwärts über das windgepeitschte Plateau des Schreckens mühten, sah Carter mit neuerlichem Schaudern den Zirkel kruder Monolithen und das geduckte, fensterlose Gebäude, von dem er wußte, daß es jene fürchterliche, seidenmaskierte Blasphemie barg, deren Klauen er so knapp entronnen war. Diesmal erfolgte keine Landung, als die Armee fledermausig die sterile Landschaft überhuschte, die matten Feuer der unheilsamen Steindörfer in großer Höhe passierte, und sich keineswegs Zeit nahm, die morbiden Verrenkungen der behuften, gehörnten Fastmenschlichen zu verfolgen, die auf ewig darin pfeifen und tanzen. Einmal sahen sie einen Shantak-Vogel tief unten über die Ebene streichen, doch als er sie bemerkte, kreischte er schädlich auf und flappte in grotesker Panik nach Norden davon.

In der Abenddämmerung erreichten sie die zerklüfteten, grauen Zinnen, die die Barriere von Inquanok bilden, und umschwebten jene sonderbaren Höhlen in Gipfelnähe, die, wie sich Carter entsann, die Shantaks so sehr schreckten. Auf das eindringliche Gefiepe der ghoulischen Anführer hin ergoß sich aus jeder luftigen Kaverne ein Strom gehörnter, schwarzer Flieger, mit denen sich die Ghoule und Dunkel-Dürren der Expedition langwierig und unter häßlichen Gebärden berieten. Es stellte sich bald heraus, daß der beste Weg derjenige über die kalte Öde nördlich von Inquanok wäre, denn die nördlichen Bereiche Lengs seien mit unsichtbaren Fallgruben gespickt, die selbst die Dunkel-Dürren mißbilligten; und in gewissen weißen, hemisphärischen Gebäuden auf kuriosen Bergkuppen konzentrierten sich unergründliche Einflüsse, die von der herkömmlichen Sage unerfreulich mit den Anderen Göttern und ihrem kriechenden Chaos Nyarlathotep in Verbindung gebracht würden.

Vom Kadath wußten die Flatterer von den Gipfeln so gut wie nichts, außer daß im Norden irgendein mächtiges Wunder liegen mußte, über das die Shantaks und die gemeißelten Berge Wache stehen. Sie verwiesen auf angebliche Abnormalitäten der Symmetrie in diesen meilenweiten Weglosigkeiten jenseits, und erinnerten sich an vage Gerüchte über eine Zone, auf der ewige Nacht lastet; doch genaue Angaben konnten sie nicht geben. So bedankten sich Carter und seine Gruppe herzlich bei ihnen, und nachdem sie die allerhöchsten Granitzinnen in Inquanoks Himmel hinein überquert hatten, sanken sie unter die phosphoreszierenden Nachtwolken herab und schauten in der Ferne jene entsetzlichen, hockenden Ungeheuer, die einstmals Berge waren, ehe eine titanische Hand Schreckensbilder in ihren jungfräulichen Fels meißelte.

Dort kauerten sie in einem höllischen Halbkreis, ihre Beine berührten den Wüstensand, und ihre Mitren durchbohrten die luminösen Wolken; sinister, wölfisch und doppelköpfig, mit Antlitzen voll Raserei und mit erhobenen Rechten beobachteten sie dumpf und unheilkündend die Ränder der Menschenwelt, bewachten mit Schrecken die Bereiche einer nördlichen Welt, die nicht des Menschen ist. Ihre gräßlichen Schöße gebaren üble Shantaks mit elephantösen Leibern, doch sie alle flohen unter irrem Gekicher, als die Vorhut der Dunkel-Dürren im nebligen Himmel auftauchte. Nordwärts, hinweg über diese gebirgegroßen Ungeheuer, flog die Armee, und dahin über Meilen trüber Wüste, in der sich keine Landmarke abhob. Immer schwächer leuchteten die Wolken, bis Carter zuletzt nur noch Schwärze um sich herum wahrnahm; aber die geflügelten Schlachtrösser scheuten nie, denn die schwärzesten Krypten der Erde hatten sie gezeugt, und sie sahen nicht mit Augen, sondern mit der ganzen feuchten Oberfläche ihrer schlüpfrigen Körper. Immer weiter flogen sie, durch Winde dubioser Gerüche und Klänge dubioser Bedeutung; immer in tiefster Finsternis, und so ungeheure Räume durchmessend, daß sich Carter fragte, ob sie sich überhaupt noch innerhalb des Traumlandes der Erde befinden konnten.

Dann rissen plötzlich die Wolken auf, und oben leuchteten geisterhaft die Sterne. Unten lag noch alles in Schwärze, doch jene bleichen Leuchtfeuer am Himmel schienen eine Bedeutung und Zielgerichtetheit auszustrahlen, die sie woanders nie besessen hatten. Es lag nicht daran, daß es etwa andere Sternbilder waren, sondern daran, daß dieselben vertrauten Konstellationen jetzt einen Sinn enthüllten, den sie früher nie offenbart hatten. Alles fokussierte sich nach Norden; jede Krümmung, jede Sterngruppe des glitzernden Himmels fügte sich als Teil in ein gewaltiges Muster, dessen Funktion es war, zuerst das Auge und dann den ganzen Betrachter weiterzudrängen, hin zu einem geheimen und entsetzlichen Konvergenzpunkt jenseits der gefrorenen Öde, welche sich endlos voraus erstreckte. Carter blickte gen Osten, wo sich die große Kette der Grenzgipfel über die gesamte Länge Inquanoks hinweg aufgetürmt hatte, und sah gegen die Sterne eine zerklüftete Silhouette, die ihre fortgesetzte Gegenwart bezeugte. Sie wirkte jetzt noch schrundiger, mit gähnenden Klüften und phantastisch erratischen Zinnen; und Carter vertiefte sich in die suggestiven Windungen und Schrägen jenes grotesken Umrisses, der mit den Sternen einen subtilen, nordwärtsgerichteten Drang zu teilen schien.

Sie flogen mit ungeheurer Geschwindigkeit dahin, und der Beobachter hatte alle Mühe, Einzelheiten aufzunehmen; bis er mit einmal genau über der Linie der höchsten Gipfel ein dunkles, sich bewegendes Objekt vor den Sternen ausmachte, dessen Kurs dem seiner eigenen bizarren Gesellschaft genau parallel verlief. Die Ghoule hatten es ebenfalls erspäht, denn ringsumher vernahm er ihr leises Plappern, und für einen Moment glaubte er, das Objekt sei ein gigantischer Shantak, dessen Ausmaße die durchschnittliche Größe der Art immens überstiegen. Bald jedoch stellte er fest, daß diese Theorie nicht standhalten würde; denn die Form des Dinges über den Bergen gehörte keineswegs irgendeinem hippocephalischen Vogel. Seine, vor den Sternen natürlich nur verschwommen zu erkennende Form glich vielmehr einem gewaltigen, mitrengeschmückten Kopf oder einem ins Unendliche vergrößerten Paar von Köpfen; und sein rascher, hüpfender Flug durch den Himmel schien absonderlicherweise flügellos. Carter vermochte nicht zu entscheiden, auf welcher Seite der Berge es sich befand, entdeckte aber bald, daß es nach unten zu nicht mit jenen Teilen endete, die er zuerst gesehen hatte, denn immer dort, wo sich eine tiefe Kluft in der Bergkette zeigte, verfinsterte es alle Sterne.

Dann kam ein breiter Einschnitt im Gebirgsmassiv, wo ein schändlicher Paß, durch den blasse Sterne schimmerten, die gräßlichen Bereiche des transmontanen Leng mit der kalten Öde auf dieser Seite verband. Diesen Einschnitt faßte Carter scharf ins Auge, denn er wußte, daß er vor dem dahinterliegenden Himmel den Unterteil des gewaltigen Dinges, das wogend über den Zinnen flog, im Schattenriß sehen könnte. Das Objekt war jetzt ein wenig vorausgetrieben, und aller Augen hefteten sich auf den Riß, wo es gleich als lebensgroße Silhouette erscheinen mußte. Allmählich näherte sich das ungeheure Ding über den Gipfeln der Kluft, wobei es seine Geschwindigkeit geringfügig verlangsamte, ganz so, als sei es sich bewußt, die ghoulische Armee überholt zu haben. Noch eine Minute unerträglicher Spannung, dann erfolgte der Moment der vollen Silhouette und Enthüllung; er drängte den Ghoulen ein erschrecktes, halberstickes Fiepen kosmischer Furcht von den Lippen und füllte die ganze Seele des Reisenden mit einem Frösteln, das nie wieder ganz aus ihr gewichen ist. Denn die riesige, schaukelnde Masse, die die Bergkette überragte, war nur ein Kopf – ein mitrengeschmückter Doppelkopf – und unter ihm trabte in entsetzlicher Gewaltigkeit der fürchterliche Leib, der ihn trug; eine berghohe Monstrosität, die sich verstohlen und stumm bewegte; die hyänenhafte Mißgestalt einer gigantischen anthropoiden Figur, die schwarz vor dem Himmel trottete und deren abstoßendes, kegelgekröntes Kopfpaar halbhoch in den Zenith reichte.

Carter verlor nicht die Besinnung, ja, er schrie nicht einmal laut auf, denn er war ein alter Träumer; aber er wandte sich entsetzt um und erschauerte beim Anblick weiterer Silhouetten monströser Köpfe über den Gipfeln, die dem ersten verstohlen hinterherschaukelten. Und genau im Hintergrund ließen sich drei der mächtigen Berggestalten in voller Größe vor den südlichen Sternen sehen; wölfisch und plump schlichen sie, und ihre hohen Mitren nickten Tausende von Fuß hoch in der Luft. Die behauenen Berge waren also nicht mit erhobenen Rechten in jenem starren Halbkreis nördlich von Inquanok kauern geblieben. Sie mußten Pflichten erfüllen und erwiesen sich darin nicht nachlässig. Doch es war schrecklich, daß sie niemals sprachen und nicht einmal beim Schreiten ein Geräusch verursachten.

Inzwischen hatte der Ghoul, der Pickman war, den Dunkel-Dürren einen Befehl zugeplappert, und die ganze Armee schwang sich höher in die Luft. Aufwärts zu den Sternen schoß die groteske Kolonne, bis sich vor dem Himmel nichts mehr abzeichnete; weder die reglose, graue Granitkette, noch die schreitenden gemeißelten Berge. Unten lag alles in Schwärze gehüllt, als die flatternde Legion durch rauschende Winde und unsichtbares Gelächter im Äther nach Norden glitt; und nie erhob sich von den verhexten Wüsten ein Shantak oder eine noch unnennbarere Wesenheit zu ihrer Verfolgung. Je weiter sie kamen, desto schneller flogen sie, bis ihre bestürzende Geschwindigkeit bald die einer Gewehrkugel zu überschreiten und sich der eines Planeten auf seiner Umlaufbahn zu nähern schien. Carter staunte, wie sich die Erde bei einem solchen Tempo noch immer unter ihnen dehnen konnte, doch er wußte, daß die Dimensionen im Land des Traumes seltsame Eigenschaften besitzen. Daß sie sich in einem Reich ewiger Nacht aufhielten, daran hegte er keine Zweifel, und wie ihm schien, hatten die Sternbilder oben ihre nördliche Ausrichtung unmerklich verstärkt; sie rafften sich gewissermaßen auf, die fliegende Armee in die Leere des borealen Pols zu fegen, so wie man die Falten eines Beutels rafft, um die letzten Krümel daraus fortzufegen.

Dann bemerkte er mit Entsetzen, daß die Flügel der Dunkel-Dürren nicht länger flappten. Die gehörnten und gesichtslosen Streitrösser hatten ihre membranartigen Anhängsel zusammengefaltet und überließen sich völlig widerstandslos dem Chaos des Windes, das wirbelte und kicherte, als es sie mit sich davontrug. Eine Macht, die nicht von der Erde stammte, hatte sich der Armee bemächtigt, und Ghoule wie Dunkel-Dürre standen hilflos einem Sog gegenüber, der sie aberwitzig und unbarmherzig nach Norden zog, von wo noch kein Sterblicher zurückkam. Zuletzt sichtete man voraus an der Horizontlinie ein blasses Licht, das bei der weiteren Annäherung immer höher stieg, und darunter wuchs eine schwarze Masse heran, die die Sterne auslöschte. Carter begriff, daß es irgendein Leuchtfeuer auf einem Berg sein mußte, denn nur ein Berg vermochte sich bei diesem so ungeheuer hoch in der Luft gelegenen Beobachtungspunkt, noch derart gewaltig aufzutürmen.

Höher und höher stiegen das Licht und die Schwärze unter ihm, bis die zerklüftete konische Masse das halbe nördliche Firmament verfinsterte. So himmelhoch wie die Armee flog, jenes blasse und sinistre Leuchtfeuer erhob sich höher, türmte sich monströs über allen Gipfeln und Bergen der Erde und schmeckte den atomleeren Aether, worin der kryptische Mond und die irrsinnigen Planeten taumeln. Das war kein von Menschen gekannter Berg, der dort vor ihnen aufragte. Die hohen Wolken tief unten waren seinen Vorbergen nur ein Saum; die tastenden Schwindel der oberen Luft seinen Lenden bloßer Gürtel. Verächtlich und geisterhaft schwang sich die Brücke zwischen Erde und Himmel auf, schwarz in ewiger Nacht und gekrönt von einem Pshent unbekannter Sterne, deren schreckliche und bedeutungsvolle Konturen mit jedem Augenblick klarer hervortraten. Ghoule fiepten vor Wunder, als sie es sahen, und Carter bebte vor Furcht, daß die ganze wirbelnde Armee an dem unerbittlichen Onyx dieser zyklopischen Klippe zerschellen würde.

Höher und höher stieg das Licht, bis es mit den obersten Himmelskörpern des Zeniths verschmolz und in geisterhaftem Spott auf die Fliegenden hinunterblickte. Der ganze Norden darunter war jetzt eine vollständige Schwärze; eine aus unendlichen Tiefen in unendliche Höhen reichende, schreckliche, steinige Schwärze, auf der nur jenes fahlblinkende Leuchtfeuer unerreichbar am äußersten Gesichtsrand hockte. Carter betrachtete das Licht genauer und erkannte zuletzt die Linien, die sein tintiger Hintergrund vor den Sternen malte. Türme standen auf diesem titanischen Gebirgsgipfel; entsetzliche Kuppeltürme in verderblichen und unberechenbaren Reihen und Gruppierungen, die jede erdenkliche Kunstfertigkeit des Menschen überstiegen; staunenswerte und bedrohliche Festungsmauern und Terrassen, alles zeichnete sich winzig, schwarz und fern vor dem Sternendiadem ab, das am obersten Blickfeld feindselig glühte. Gekrönt wurde dieser unermeßlichste aller Berge von einem Schloß jenseits allen menschlichen Denkens, und in ihm glühte das Dämonenlicht. Da wußte Randolph Carter, daß seine Suche zu Ende war, und daß er über sich das Ziel aller unerlaubter Schritte und kühnen Visionen sah; die fabulöse, die unglaubliche Heimstatt der Großen oben auf dem unbekannten Kadath.

Gerade als ihm dies dämmerte, bemerkte Carter eine Kursänderung der hilflos vom Wind gezerrten Expedition. Sie stiegen abrupt höher, und der Fokus ihres Fluges lag eindeutig in dem Onyxschloß, wo das fahle Licht schien. Der große schwarze Berg rückte so dicht, daß seine Flanken schwindelerregend an ihnen vorbeirasten, als sie aufwärtsschossen, und in der Dunkelheit vermochten sie nichts darauf zu erkennen. Immer gewaltiger wuchsen die finsteren Türme des umnachteten Schlosses oben heran, und Carter konnte sehen, daß es in seiner Maßlosigkeit beinahe an Blasphemie grenzte. Seine Steinquader mochten sehr wohl von namenlosen Arbeitern in jenem entsetzlichen Schlund gebrochen worden sein, den man in den Felsen des Bergpasses im Norden Inquanoks gerissen hatte, denn es war so groß, daß ein Mensch, der auf seiner Schwelle stand, der Luft auf den Zinnen der himmelanstrebendsten Festung der Erde glich. Das Diadem unbekannter Sterne über den Myriaden Kuppeltürmchen glomm in einem bläßlichgelben, siechen Flackern, das die trüben Mauern aus schlüpfrigem Onyx in einer Art Zwielicht umspielte. Das fahle Signalfeuer entpuppte sich nun als ein leuchtendes Fenster hoch oben in einem der luftigsten Türme, und als die hilflose Armee der Spitze des Berges näherkam, glaubte Carter unerfreuliche Schatten zu entdecken, die an der matt lumineszierenden weiten Fläche vorüberflitzten. Es war ein sonderbares Bogenfenster in einem der Erde gänzlich fremden Baustil.

Der solide Fels machte jetzt den gigantischen Fundamenten des monströsen Schlosses Platz, und es schien, als ließe die Geschwindigkeit der Gruppe etwas nach. Gewaltige Wände schossen empor, und da war die Andeutung eines großen Tores, durch das die Reisenden geschwemmt wurden. In dem titanischen Hof regierte einzig die Nacht, und dann folgte die tiefere Schwärze der innersten Anlagen, als ein mächtig gewölbtes Portal die Kolonne verschlang. Kalte Luftwirbel wogten feucht durch unsichtbare Onyxlabyrinthe, und Carter wußte nie zu sagen, welch zyklopische Stufen und Korridore stumm seinen endlosen Taumelflug säumten. Immer aufwärts führte der schreckliche Sturz im Dunkel, und nie zerriß ein Laut, eine Berührung oder ein Lichtschimmer den dichten Mantel des Mysteriums. So groß wie die Armee der Ghoule und Dunkel-Dürren war, verlor sie sich doch in den ungeheuren Leeren jenes mehr als irdischen Schlosses. Und als plötzlich um ihn das geisterhafte Licht jenes einzelnen Turmzimmers floß, dessen luftiges Fenster als Leuchtfeuer gedient hatte, da dauerte es lange, bis Carter die entlegenen Wände und die hohe, ferne Decke unterschied und begriff, daß er sich tatsächlich nicht erneut in der grenzenlosen Atmosphäre draußen befand.

Randolph Carter hatte gehofft, mit Haltung und Würde in den Thronsaal der Großen einzuziehen, flankiert und gefolgt von eindrucksvollen Reihen der Ghoule in zeremonieller Ordnung, um sein Gebet als ein freier und mächtiger Meister unter den Träumern zu sprechen. Er hatte gewußt, daß es nicht jenseits der Macht eines Sterblichen lag, den Großen selbst gegenüberzutreten, und er hatte auf das Glück vertraut, daß die Anderen Götter und ihr kriechendes Chaos Nyarlathotep ihnen in dem kritischen Augenblick nicht zu Hilfe eilen würden, so wie sie es schon so oft zuvor getan hatten, wenn der Mensch die Erdgötter in ihrer Heimstatt oder auf ihren Bergen aufsuchte. Und mit seiner gräßlichen Eskorte hatte er halb gehofft, notfalls sogar den Anderen Göttern trotzen zu können, weil er wußte, daß die Ghoule keine Herren haben, und daß die Dunkel-Dürren nicht Nyarlathotep sondern nur den archaischen Nodens als ihren Gebieter anerkennen. Doch jetzt sah er ein, daß der überirdische Kadath in seiner kalten Öde wahrhaftig mit dunklen Wundern und namenlosen Schildwachen gegürtet ist, und daß die Anderen Götter gewißlich sorgsam über die milden, schwächlichen Götter der Erde wachen. Und mangelt den hirnlosen, formlosen Blasphemien des äußeren Raumes auch die Herrschaft über Ghoule und Dunkel-Dürre, so können sie sie, wenn es sein muß, dennoch bändigen; und also zog Randolph Carter mit seinen Ghoulen nicht als freier und mächtiger Meister unter den Träumern in den Thronsaal der Großen ein. Von nachtmahrischen Stürmen der Sterne angeschwemmt und zusammengepfercht und von unsichtbaren Schrecken der nördlichen Öde gehetzt, so trieb die ganze Armee gefangen und hilflos in dem gespenstischen Licht, und stürzte betäubt auf den Onyxboden hin, als auf einen stummen Befehl die Winde des Entsetzens erstarben.

Randolph Carter war vor keine goldene Estrade getreten, und ebenso fehlte der erhabene Zirkel gekrönter und von einem Halo umgebener Wesen mit engen Augen, großen Ohrläppchen, schmalrückiger Nase und spitzem Kinn, deren Verwandtschaft mit dem gemeißelten Antlitz auf dem Ngranek sie zu jenen stempeln könnte, zu denen ein Träumer wohl beten durfte. Bis auf das eine Turmzimmer lag das Onyxschloß oben auf dem Kadath in Dunkelheit, und seine Gebieter waren fort. Carter war zum unbekannten Kadath in der kalten Öde gekommen, aber die Götter hatte er nicht gefunden. Doch noch immer glühte das gespenstische Licht in dem einen Turmzimmer, das kaum geringere Ausmaße besaß, als alles, was draußen lag, und dessen ferne Mauern und Gewölbe sich in kräuselnden Nebeln fast dem Blick entzogen. Es stimmte, die Götter der Erde waren nicht hier, doch an subtileren und weniger greifbaren Erscheinungen konnte es nicht mangeln. Wo die milden Götter nicht zugegen sind, sind die Anderen Götter nicht unvertreten; und gewiß war das Onyxschloß der Schlösser alles andere als unbewohnt. In welch zügelloser Form sich das Entsetzen demnächst offenbaren würde, konnte sich Carter in keiner Weise ausmalen. Er spürte nur, daß man seinen Besuch erwartet hatte, und er fragte sich, wie genau ihn das kriechende Chaos Nyarlathotep hatte all die Zeit über heimlich beobachten lassen. Es ist Nyarlathotep, das Grauen in unendlicher Gestalt und die gefürchtete Seele und der Bote der Anderen Götter, dem die schwammigen Mondbestien dienen; und Carter dachte an die schwarze Galeere, die verschwunden war, als sich das Schlachtenglück gegen die krötenartigen Abnormalitäten auf dem zerrissenen Felsen in der See gewandt hatte.

Als er über diese Dinge nachsann und inmitten seiner alptraumhaften Gesellschaft mühsam auf die Beine kam, dröhnte durch das fahlerleuchtete, schrankenlose Zimmer unvermittelt der gräßliche Stoß einer dämonischen Trompete. Dreimal erscholl der fürchterliche, eherne Schrei, und als die Echos des dritten Stoßes glucksend verhallten, merkte Randolph Carter, daß er allein war. Wohin, warum und wie die Ghoule und Dunkel-Dürren dem Blick entrissen worden waren, vermochte er nicht zu erahnen. Er wußte nur, daß er plötzlich verlassen stand, und daß die unsichtbaren Mächte, die ihn höhnisch umlauerten, keinesfalls zu den Mächten des freundlichen Traumlandes der Erde zählten. Sofort ertönte aus den äußersten Winkeln des Zimmers ein neues Geräusch. Wiederum ein rhythmisches Trompeten; doch es klang ganz anders als die drei rauhen Stöße, die seine ansehnlichen Kohorten zerstreut hatten. In dieser tiefen Fanfare hallten alle Wunder und Melodien des himmlischen Traumes wieder; exotische Anblicke ungeahnter Schönheit entströmten jedem wunderlichen Akkord und jeder feinsinnig fremden Kadenz. Weihrauchdüfte vermählten sich den goldenen Noten; und oben schien ein großes Licht auf, seine Farben wechselten in Zyklen, die im Erdspektrum unbekannt sind, und folgten dem

Lied der Trompeten mit zauberhaften symphonischen Harmonien. Fackeln loderten in der Ferne, und Trommelschlag pochte in Wellen gespannter Erwartung näher.

Aus den sich lichtenden Nebeln und der Wolke seltsamer Räucherwerke schälten sich Doppelreihen riesiger, schwarzer Sklaven mit Lendenschürzen aus irisierender Seide. Auf ihren Köpfen waren gewaltige, helmähnliche Fackeln aus glitzerndem Metall festgeschnallt, aus denen sich der Wohlgeruch obskurer Balsame in dampfenden Spiralen verbreitete. In ihren Rechten hielten sie Kristallstäbe, deren Spitzen zu lüsternen Chimären geschnitten waren, während sie mit den Linken lange, dünne Silbertrompeten umfaßten, in die sie in Abständen bliesen. Goldene Arm- und Fußreifen trugen sie, und zwischen jedem Paar Fußreifen spannte sich eine goldene Kette, die ihrem Träger einen gemessenen Schritt aufzwang. Daß es sich um echte schwarze Männer aus dem Traumland der Erde handelte, fiel gleich ins Auge, doch weniger wahrscheinlich schien es, daß ihre Riten und Trachten gänzlich von der Erde stammten. Zehn Fuß von Carter entfernt blieben ihre Reihen stehen, und dann flog abrupt jede Trompete an die wulstigen Lippen ihres Trägers. Wild und ekstatisch erklang der folgende Stoß, und wilder noch der Schrei der direkt danach schwarzen, durch einen sonderbaren Kunstgriff schrilltönenden Kehlen entstieg.

Dann schritt eine einsame Gestalt die breite Straße zwischen den beiden Reihen hinab; eine hochgewachsene, schlanke Gestalt, mit den jungen Zügen eines antiken Pharao, in prismatische Roben gewandet und von einem goldenen Diadem gekrönt, das von innen heraus leuchtete. Dicht vor Carter hin schritt diese königliche Gestalt, deren stolze Haltung und elegante Züge die Faszination eines dunklen Gottes oder gefallenen Erzengels in sich trugen, und in deren Augen das languide Flackern kapriziöser Launen lauerte. Sie sprach, und in ihrer vollen Stimme plätscherte die wilde Musik lethäischer Ströme.

»Randolph Carter«, sagte die Stimme, »du bist gekommen, die Großen zu sehen, die zu sehen den Menschen nicht erlaubt ist. Wächter haben davon gesprochen, und die Anderen Götter grunzten, als sie zum Klang dünner Flöten in der schwarzen Ultimaten Leere hirnlos rollten und taumelten, wo der Dämonen-Sultan brodelt, dessen Namen laut zu nennen kein Mensch wagt.

Als Barzai der Weise den Hatheg-Kla erstieg, um die Großen

über den Wolken im Mondlicht tanzen und heulen zu sehen, kehrte er nie zurück. Die Anderen Götter waren dort, und sie taten, was zu erwarten stand. Zenig von Aphorat versuchte den unbekannten Kadath in der kalten Öde zu erreichen, und jetzt ziert sein in einem Ring gefaßter Schädel den kleinen Finger Eines, den ich nicht zu nennen brauche.

Doch du, Randolph Carter, bist allen Dingen des Traumlandes mutig begegnet, und brennst noch immer mit der Flamme der Suche. Nicht als Neugieriger kamst du, sondern als einer, der sein Recht sucht; auch hast du nie die Achtung vor den milden Göttern der Erde vermissen lassen. Dennoch haben dich diese Götter von der wunderbaren Stadt im Sonnenuntergang deiner Träume ferngehalten, und nur aus ihrer eigenen, kleinlichen Habsucht; denn es verlangte sie fürwahr nach der überirdischen Schönheit dessen, was deine Phantasie gebildet hat, und sie gelobten, daß hinfort kein anderer Platz ihre Wohnstatt sein sollte.

Sie haben ihr Schloß auf dem unbekannten Kadath verlassen, um in deiner wunderbaren Stadt zu leben. Bei Tage ergehen sie sich in all ihren Palästen aus geädertem Marmor, und wenn die Sonne sinkt, treten sie in die duftenden Gärten hinaus und betrachten den goldenen Glanz auf Tempeln und Kolonnaden, Bogenbrücken und Fontänen mit Silberbassins, und breiten Straßen mit blütenüberladenen Urnen und elfenbeinernen Statuen in glühenden Reihen. Und wenn die Nacht kommt, steigen sie auf hohe, tauige Terrassen und sitzen auf gemeißelten Bänken aus Porphyr und folgen dem Lauf der Sterne oder lehnen auf blassen Balustraden, um auf die schroffen Nordhänge der Stadt zu schauen, wo, eins nach dem anderen, kleine Fenster in alten spitzen Giebeln im stillen, gelben Licht heimeliger Kerzen aufscheinen.

Die Götter lieben deine wunderbare Stadt und wandeln nicht länger auf den Pfaden der Götter. Sie haben die hohen Plätze der Erde vergessen und die Berge, die ihre Jugend kannten. Die Erde besitzt keine Götter mehr, die Götter sind, und nur die Anderen vom Außenraum herrschen auf dem verwaisten Kadath. Weit entfernt in einem Tal deiner eigenen Kindheit, Randolph Carter, spielen die achtlosen Großen. Zu gut hast du geträumt, o weiser Erzträumer, denn du hast die Traumgötter aus der Welt der Visionen aller Menschen in jene fortgezogen, die ganz dir gehört; indem du aus den kleinen Phantasien deiner Knabenzeit eine Stadt erbautest, die schöner ist, denn alle die voraufgegangenen Phantome.

Es taugt nicht, daß die Erdgötter ihre Throne der Spinne überlassen, auf daß sie dort ihr Netz webe, und ihr Reich den Anderen, auf daß sie es nach der Art der Anderen regieren. Freudig brächten die Mächte vom Draußen Chaos und Grauen über dich, Randolph Carter, der du der Grund für ihren Verdruß bist, wüßten sie nicht, daß nur durch dich die Götter in ihre Welt zurückgesandt werden können. In jenes halbwache Traumland, das dir gehört, vermag keine Macht der äußersten Nacht zu folgen; und nur du kannst die selbstsüchtigen Großen sanft aus dieser wunderbaren Stadt im Sonnenuntergang schicken, zurück durch das nördliche Zwielicht nach ihrem gewohnten Platz oben auf dem unbekannten Kadath in der kalten Öde.

Deshalb, Randolph Carter, verschone ich dich im Namen der Anderen Götter und befehle dir, jene Stadt im Sonnenuntergang zu suchen, die dir gehört und daraus die trägen, müßiggehenden Götter zu verweisen, auf die die Traumwelt wartet. Nicht schwer zu finden ist dies rosenfarbene Fieber der Götter, diese Fanfare himmlischer Trompeten und das Geschmetter unvergänglicher Zimbeln, dieses Mysterium, dessen Stätte und Bedeutung dich durch die Hallen des Wachens und über die Abgründe des Träumens heimsuchten und dich quälten mit Andeutungen versunkener Erinnerung und dem Schmerz über verlorene Dinge, ehrfurchtgebietend und wichtig. Nicht schwer zu finden ist dieses Symbol und Relikt aus den Tagen deines Staunens, denn wahrlich, es ist nur der beständige und ewige Edelstein, worin all jenes Wunder kristallisiert funkelt, um deinem abendlichen Weg zu leuchten. Siehe! Nicht über unbekannte Meere, sondern zurück über wohlvertraute Jahre muß deine Suche führen; zurück zu den strahlenden, sonderbaren Dingen der Kindheit und den flüchtigen, sonnüberfluteten magischen Eindrücken, die alte Szenen verwunderten jungen Augen bescherten.

Denn wisse, deine goldene und marmorne Stadt der Wunder ist nur die Summe dessen, was du in der Jugend geschaut und geliebt hast. Es ist die Pracht von Bostons Hügeldächern und Westfenstern flammend in Sonnenuntergang; des blütenduftenden Parks und der großen Kuppel auf dem Hügel und des Dickichts der Giebel und Kamine in dem violetten Tal, wo der vielbrückige

Charles träge fließt. Diese Dinge sahst du, Randolph Carter, als dich dein Kindermädchen zum erstenmal im Wagen durch den Frühling schob, und sie werden das Letzte sein, was du je mit den Augen der Erinnerung und der Liebe anschauen wirst. Und dort ist das antike Salem mit seinen brütenden Jahren, und das gespenstische Marblehead, das seine felsigen Klippen in vergangene Jahrhunderte stürzt, und die Pracht von Salems Türmen und Helmdächern, wie man sie aus der Ferne von Marbleheads Weiden aus über den Hafen gegen die sinkende Sonne schaut.

Dort ist Providence, schmuck und herrschaftlich auf seinen sieben Hügeln über dem blauen Hafen, mit grünen Terrassen, die zu Kirchtürmen und Zitadellen lebendig bewahrter Altertümlichkeit hinaufführen, und Newport, das gleich einer Geistererscheinung hinter seiner verträumten Mole aufsteigt. Arkham ist da, mit seinen moosgrünen Walmdächern und den sich felsig wellenden Wiesen dahinter; und das vorsintflutliche Kingsport, altersgrau mit Schornsteinkästen und verödeten Kais und überhangenden Giebeln und dem Wunder steiler Klippen und dem milchig-dunstenden Ozean mit schwankenden Bojen jenseits.

Kühle Täler in Concord, Pflasterstraßen in Portsmouth, dämmerige Wegbiegungen im ländlichen New Hampshire, wo gigantische Ulmen weiße Farmhausmauern und kreischende Brunnenschwengel halb verdecken. Gloucesters salzige Piere und Truros windgeschüttelte Weiden. Ansichten ferner, turmgeschmückter Städte und Hügel entlang der North Shore; verschwiegene, steinige Hänge und niedrige, efeubewachsene Cottages im Schutze gewaltiger Felsblöcke von Rhode Islands Hinterland. Geruch des Meeres und Duft der Felder, Zauber der dunklen Wälder und Glück der Obstplantagen und Gärten in der Dämmerung. Dies alles, Randolph Carter, ist deine Stadt; denn du bist es selbst. New England gebar dich, und in deine Seele goß es eine sanfte Lieblichkeit, die nicht sterben kann. Diese Lieblichkeit, durch Jahre des Erinnerns und Träumens geformt, kristallisiert und verfeinert, ist dein terrassiertes Wunder flüchtiger Sonnenuntergänge; und um jene Marmorbrustwehr mit den seltsamen Urnen und der gemeißelten Balustrade zu finden, und schließlich jene endlosen geländerflankierten Stufen zu der Stadt mit den breiten Straßen und prismatischen Fontänen hinabzusteigen, mußt du dich nur zurückwenden zu den Gedanken und Visionen deiner sehnsuchtsvollen Kindheit.

Sieh! Durch dies Fenster leuchten die Sterne ewiger Nacht. Sogar jetzt bescheinen sie die Szenerien, die du gekannt und geliebt hast, laben sich an ihrem Zauber, auf daß sie über den Gärten des Traums noch lieblicher scheinen. Dort ist Antares – er blinkt in diesem Augenblick über den Dächern der Tremont Street, und du könntest ihn von deinem Fenster auf Beacon Hill sehen. Draußen jenseits dieser Sterne gähnen die Schlünde, woraus mich meine hirnlosen Meister gesandt haben. Eines Tages wirst vielleicht auch du sie überqueren, doch wenn du klug bist, wirst du dich vor solcher Torheit hüten; denn von jenen Sterblichen, die dort waren und zurückkehrten, bewahrt nur einer einen von den stampfenden, krallenden Schrecken der Leere unzerrütteten Geist. Greuel und Blasphemien benagen einander um Raum, und die geringeren bergen mehr Übel als die größeren; wie es dir ja auch die Taten jener beweisen, die danach trachteten, dich meinen Händen auszuliefern, während ich kein Verlangen hegte, dich zu zerschmettern, und dir wahrlich schon vor langem würde hierher verholfen haben, wäre ich nicht anderswo beschäftigt gewesen und gewiß, daß du den Weg selbst finden würdest. Meide also die äußeren Höllen, und halte fest an den stillen, lieblichen Dingen deiner Jugend. Suche deine wunderbare Stadt auf, und vertreibe aus ihr die treulosen Großen, und sende sie behutsam zu jenen Szenerien ihrer eigenen Jugend zurück, die ungeduldig ihrer Rückkunft harren.

Leichter noch als der Weg dumpfer Erinnerung ist der Weg, den ich für dich bereiten will. Schau! Dort naht, geführt von einem Sklaven, der zum Wohle deines Seelenfriedens besser unsichtbar bliebe, ein monströser Shantak. Sitz auf und sei bereit – da! Yogash, der Schwarze, wird dir auf das geschuppte Grauen helfen. Steuere nach jenem hellsten Stern im Süden des Zeniths – es ist die Wega, und in zwei Stunden bist du genau über der Terrasse deiner Stadt im Sonnenuntergang. Doch steuere nur solange darauf zu, bis du ein weit entferntes Singen im Äther vernimmst. Darüber hinaus lauert Wahnsinn, darum zügle deinen Shantak, wenn die erste Note lockt. Schau dann zurück zur Erde, und du wirst die unsterbliche Altarflamme von Ired-Naa vom heiligen Dach eines Tempels leuchten sehen. Dieser Tempel liegt in deiner ersehnten Stadt im Sonnenuntergang, ihn steuere deshalb an, bevor du des Gesanges achtest und verloren bist.

Wenn du dich der Stadt näherst, steuere dieselbe hohe Brustwehr an, von wo aus du in alten Zeiten die hingebreitete Pracht schautest, und stachele deinen Shantak an, bis er laut schreit. Diesen Schrei werden die Großen vernehmen und erkennen, wenn sie auf ihren parfümierten Terrassen sitzen, und es wird ein solches Heimweh über sie kommen, daß alle Wunder deiner Stadt sie nicht über das Fehlen von Kadaths grimmen Schloß und des Pshents ewiger Sterne, das es krönte, hinwegtrösten werden.

Dann mußt du mit dem Shantak in ihrer Mitte landen, und sie den widerlichen, hippocephalischen Vogel sehen und berühren lassen; und ihnen indes vom unbekannten Kadath erzählen, den du erst kürzlich wirst verlassen haben, und ihnen sagen, wie seine grenzenlosen Hallen, darin sie einst in überirdischem Glanz tanzten und schwelgten, doch schön und lichtlos sind. Und der Shantak wird in der Weise der Shantaks zu ihnen reden, doch seine Überzeugungskräfte werden sich im Heraufbeschwören alter Zeiten erschöpfen.

Immer wieder mußt du den unsteten Großen von ihrer Heimstatt und Jugend sprechen, bis sie zuletzt weinen werden und darum bitten, den Pfad der Rückkehr gewiesen zu bekommen, den sie vergessen haben. Dann darfst du den wartenden Shantak freigeben und ihn mit dem Heimkehrruf seiner Rasse himmelwärts senden; bei seinem Klang werden die Großen vor antiker Lust hüpfen und springen, und sogleich dem eklen Vogel in der Art der Götter hinterherschreiten, durch die tiefen Schlünde des Himmels zu Kadaths vertrauten Türmen und Kuppeln.

Dann wird die wunderbare Stadt im Sonnenuntergang dein sein, um sie zärtlich zu lieben und auf immer darin zu wohnen; und erneut werden die Erdgötter von ihrem gewohnten Platz die Träume der Menschen regieren. Geh jetzt – die Fensterflügel stehen offen, und draußen warten die Sterne. Dein Shantak schnaubt und zittert schon vor Ungeduld. Steuere durch die Nacht zur Wega, doch wende, wenn der Gesang erklingt. Vergiß nicht diese Warnung, sonst saugen dich undenkbare Schrecken in den Schlund kreischenden und heulenden Irrsinns. Gedenke der Anderen Götter; sie sind groß und hirnlos und fürchterlich und lauern in den äußeren Leeren. Es sind Götter, die man besser scheut.

Hei! Aa-shanta 'nygh! Es geht los! Sende die Erdgötter in ihre Bereiche auf dem unbekannten Kadath zurück, und bete zum ganzen All, daß du mir niemals in meinen tausend anderen

Formen begegnest. Lebewohl, Randolph Carter, und sei auf der Hut; *denn ich bin Nyarlathotep, das Kriechende Chaos.*«

Und Randolph Carter, keuchend und schwindelig auf seinem gräßlichen Shantak, schoß schreiend ins All, hin zu dem kalten, blauen Glanz der borealen Wega; und nur einmal blickte er sich um nach den dichtgedrängten und chaotischen Türmen des Alptraums aus Onyx, und dem noch immer einsam und bleich glimmenden Licht jenes Fensters über der Luft und den Wolken des Erdentraumlandes. Große, polypenartige Entsetzlichkeiten schlüpften dunkel vorbei, und unsichtbare Fledermausflügel umflatterten ihn in großer Zahl, doch er krallte sich weiter in die unheilsame Mähne jenes widerlichen und hippocephalischen Schuppenvogels. Die Sterne tanzten spöttisch und verschoben sich hin und wieder sogar, um fahle Untergangszeichen zu bilden, so daß man sich wundern mochte, sie nicht früher gesehen und gefürchtet zu haben; und unaufhörlich jaulten die Winde der Unterwelt von vager Schwärze und Einsamkeit jenseits des Kosmos.

Dann senkte sich eine mächtige Stille durch das glitzernde Gewölbe voraus, und alle die Winde und Schrecken schwanden dahin wie die Geschöpfe der Nacht vor der Dämmerung schwinden. In bebenden, von den goldenen Streifen einer Nebula sichtbar gemachten Wellen, erklang die zarte Andeutung einer weit entfernten Melodie, in schwachen Akkorden gesummt, die unser eigenes Sternuniversum nicht kennt. Und als diese Melodie anschwoll, stellte der Shantak seine Ohren auf und schoß vorwärts, und auch Carter lehnte sich nach vorn, um jeden lieblichen Ton zu erhaschen. Es war ein Lied, doch nicht das Lied einer Stimme. Die Nacht und die Sphären sangen es, und es war alt, als das All und Nyarlathotep und die Anderen Götter geboren wurden.

Schneller flog der Shantak, und tiefer beugte sich der Reiter, trunken vom Wunder seltsamer Schlünde und wirbelnd in den Kristallspiralen der äußeren Magie. Dann kam die Warnung des Bösen zu spät, die sardonische Mahnung des dämonischen Legaten, der dem Sucher geboten hatte, sich vor dem Wahnsinn jenes Liedes zu hüten. Nur zum Hohn hatte Nyarlathotep den Weg in die Sicherheit und zu der wunderbaren Stadt im Sonnenuntergang gewiesen; nur zum Spott hatte dieser schwarze Sendbote das Geheimnis jener müßiggehenden Götter enthüllt, deren

Schritte er nach Belieben so leicht zurücklenken konnte. Denn Wahnsinn und die wilde Vergeltung der Leere sind Nyarlathoteps einzige Gaben für die Anmaßenden; und obwohl sich der Reiter rasend mühte, sein abstoßendes Reittier zu wenden, zog jener lüstern blickende, kichernde Shantak ungestüm und unbarmherzig weiter, flappte in boshafter Freude mit den großen, schlüpfrigen Schwingen und flog jenen unheiligen Abgründen zu, wohin keine Träume reichen; jenem letzten amorphen Pesthauch heillosester Verwirrung, wo im Zentrum der Unendlichkeit der hirnlose Dämonen-Sultan Azathoth, dessen Namen laut zu nennen kein Mund wagt, brodelt und lästert.

Unerschütterlich und den Befehlen des verworfenen Sendboten gehorchend, stürzte dieser höllische Vogel weiter durch Schwärme gestaltlos im Dunkeln Lauernder und Torkelnder und ausdruckslose Herden dahindriftender Wesenheiten, die tapsten und tasteten, und tasteten und tapsten; die namenlosen Larven der Anderen Götter, die wie jene blind und ohne Hirn sind, und besessen von wunderlichen Hunger- und Durstgelüsten.

Unerschütterlich und rücksichtslos voran, und mit frohlockendem Kichern über das Glucksen und die Hysterien, in die sich das angeschwollene Lied der Nacht und der Sphären verkehrt hatte, so trug jenes unheimliche, schuppige Monster seinen hilflosen Reiter; wirbelnd und dahinschießend, drang es zu den fernsten Rändern vor und überspannte die äußersten Abgründe; es ließ die Sterne und den Bereich der Materie hinter sich, und brach meteoritenhaft durch nackte Formlosigkeiten, hin zu jenen unfaßbaren, lichtlosen Kammern jenseits der Zeit, worin Azathoth inmitten des gedämpften, rasendmachenden Schlags nichtswürdiger Trommeln und des dünnen, monotonen Gewinsels verwünschter Flöten gestaltlos und gefräßig nagt.

Weiter – weiter – durch die schreienden, schnatternden und verrucht bevölkerten Abgründe – und dann kamen aus irgendeiner undeutlichen und gesegneten Ferne ein Bild und ein Gedanke zu Randolph Carter dem Verdammten. Zu gut hatte Nyarlathotep seinen Hohn und seine Foltern geplant, denn er hatte das heraufgerufen, was keine eisigen Entsetzensböen völlig hinwegfegen können. Heimat – New England – Beacon Hill – die wache Welt.

»Denn wisse, deine goldene und marmorne Stadt der Wunder ist nur die Summe dessen, was du in der Jugend geschaut und geliebt hast . . . die Pracht von Bostons Hügeldächern und Westfenstern flammend im Sonnenuntergang; des blütenduftenden Parks und der großen Kuppel auf dem Hügel und des Dickichts der Giebel und Kamine in dem violetten Tal, wo der vielbrückige Charles träge fließt . . . diese Lieblichkeit, durch Jahre des Erinnerns und Träumens geformt, kristallisiert und verfeinert, ist dein terrassierter Wunder flüchtiger Sonnenuntergänge; und um jene Marmorbrustwehr mit den seltsamen Urnen und der gemeißelten Balustrade zu finden, und schließlich jene endlosen geländerflankierten Stufen zu der Stadt mit den breiten Straßen und prismatischen Fontänen hinabzusteigen, mußt du dich nur zurückwenden zu den Gedanken und Visionen deiner sehnsuchtsvollen Kindheit.«

Weiter – weiter – schwindelerregend dem ultimaten Verderben entgegen, durch die Finsternis, wo augenlose Fühler tasteten und schleimige Schnauzen drängelten und namenlose Dinge kicherten und kicherten und kicherten. Aber das Bild und der Gedanke waren angekommen, und Randolph Carter wußte genau, daß er träumte und nichts als träumte, und daß irgendwo im Hintergrund noch immer die Welt des Wachens und die Stadt seiner Kindheit lagen. Worte kamen wieder – »Mußt du dich nur zurückwenden zu den Gedanken und Visionen deiner sehnsuchtsvollen Kindheit.« Wenden – wenden – Schwärze auf allen Seiten, aber Randolph Carter konnte sich umwenden.

Mächtig wie der rasende Alptraum war, der seine Sinne gepackt hielt, konnte sich Randolph Carter dennoch umwenden und bewegen. Er konnte sich bewegen, und wenn er wollte, konnte er von dem üblen Shantak abspringen, der ihn auf Nyarlathoteps Geheiß wirbelnd ins Verderben trug. Er konnte abspringen und jenen Tiefen der Nacht trotzen, die unten unermeßlich gähnten, jenen Tiefen der Furcht, deren Schrecken dennoch jenes namenlose Verderben nicht übersteigen konnten, das im Kern des Chaos wartend lauerte. Er konnte sich umwenden und bewegen und springen – er konnte – er würde – er würde – er würde.

Hinab von dieser gewaltigen, hippocephalischen Abscheulichkeit sprang der verdammte und verzweifelte Träumer, und hinunter durch endlose Leeren empfindender Schwärze fiel er. Äonen taumelten, Universen starben und wurden wiedergeboren, Sterne wandelten sich zu Nebelflecken und Nebelflecken zu

Sternen, und noch immer fiel Randolph Carter durch jene endlosen Leeren empfindender Schwärze.

Dann erschütterte sich der äußerste Zyklus des Kosmos im langsam schleichenden Gang der Ewigkeit zu einer weiteren, unnützen Vollendung, und alle Dinge wurden wieder so, wie sie vor ungezählten Kalpas waren. Materie und Licht wurden erneut geboren, so wie das All sie einst gekannt hatte; und Kometen, Sonnen und Welten drängten flammend ins Sein, obwohl nichts überdauerte, um zu erzählen, daß sie gewesen und vergangen waren, gewesen und vergangen, immer und ewig, ohne einen ersten Anfang.

Und es gab wieder ein Firmament und Wind und den Glanz eines purpurnen Lichts im Auge des fallenden Träumers. Es gab Götter und Erscheinungen und Willenskräfte; Schönheit und Übel, und das Gekreisch der ihrer Beute beraubten, verderblichen Nacht. Denn den unbekannten ultimaten Zyklus hatten ein Gedanke und eine Vision aus eines Träumers Kindheit überdauert, und jetzt wurden eine wache Welt und eine alte, zärtlich geliebte Stadt erneut geschaffen, um diese Dinge zu verkörpern und zu rechtfertigen. Aus der Leere hatte das violette Gas S'ngac den Weg gezeigt, und der archaische Nodens brüllte seine Weisung aus ungeahnten Tiefen.

Sterne schwollen zu Dämmerungen, und Dämmerungen zerstoben in Fontänen aus Gold, Karmin und Purpur, und noch immer fiel der Träumer. Schreie zerrissen den Äther, als Lichtbänder die Furien von draußen zurückschlugen. Und der eisgraue Nodens röhrte ein Triumphgeheul, als Nyarlathotep in seiner dichten Verfolgung von einem Licht gehindert wurde, das seine formlosen, hetzenden Schrecken zu grauem Staub verbrannte. Randolph Carter war in der Tat endlich die breiten, marmornen Treppenfluchten zu seiner wunderbaren Stadt hinabgestiegen, denn er war wieder in die helle Welt New Englands gekommen, die ihn geformt hatte.

Und zu den Orgelklängen aus des Morgens Myriaden Kehlen, und dem Glanz der Morgendämmerung, den die große Goldkuppel des State House auf dem Hügel blendend durch purpurne Scheiben warf, fuhr Randolph Carter in seinem Bostoner Zimmer schreiend aus dem Schlaf. Vögel sangen in verborgenen Gärten, und aus Laubengängen, die sein Großvater angelegt hatte, zog sehnsuchtsvoll der Duft von Weinspalieren. In Schönheit und Licht erglühten Kaminplatte, gemeißeltes Gesims und grotesk verzierte Wände, während sich eine geschmeidige, schwarze Katze gähnend aus ihrem kaminnahen Schlaf reckte, den das Aufschrecken und der Schrei ihres Herren gestört hatten. Und gewaltige Unendlichkeiten entfernt, hinter dem Tor des Tieferen Schlummers und dem Verwunschenen Wald und den Gartenländern und der Cerenäischen See und den Zwielichtregionen von Inquanok schritt brütend das kriechende Chaos Nyarlathotep in das Onyxschloß oben auf dem unbekannten Kadath in der kalten Öde, und schmähte unflätig die milden Götter der Erde, die er so jäh von ihren parfümierten Lustbarkeiten in der wunderbaren Stadt im Sonnenuntergang fortgerissen hatte.

Der Silberschlüssel

Als Randolph Carter dreißig Jahre alt war, verlor er den Schlüssel zum Tor der Träume. Vor dieser Zeit hatte er sich für die Eintönigkeit des Lebens mit nächtlichen Exkursionen in seltsame und alte Städte jenseits des Raumes, und schöne, unglaubliche Gartenlandschaften hinter ätherischen Meeren entschädigt; doch als ihn die mittleren Jahre beschwerten, fühlte er, wie ihm diese Freiräume nach und nach entglitten, bis er zuletzt ganz von ihnen abgeschnitten war. Nicht länger konnten seine Galeeren nun den Oukranos aufwärtssegeln, vorbei an den Spitztürmen von Thran, oder seine Elefantenkarawanen durch die parfümierten Dschungel von Kled stampfen, wo vergessene Paläste lieblich und unversehrt unter dem Mond schlummern.

Er hatte viel über die Dinge gelesen so wie sie sind und mit zu vielen Leuten gesprochen. Wohlmeinende Philosophen hatten ihn gelehrt, den logischen Zusammenhang der Dinge zu beachten und die Vorgänge zu analysieren, die seine Gedanken und Phantasien formten. Das Wunder hatte sich verflüchtigt, und er hatte vergessen, daß das ganze Leben nur eine Folge von Bildern im Gehirn ist, wobei kein Unterschied besteht zwischen jenen, die realen, und jenen, die inneren Visionen entspringen, und also auch kein Grund vorliegt, die einen höher als die anderen einzustufen. Die Sitten der Zeit hatten ihm eine abergläubische Ehrfurcht vor dem eingehämmert, was greifbar und körperlich existiert und ihn insgeheim beschämt gemacht, daß er sich bei Visionen aufhielt. Weise Männer hatten ihm erklärt, seine einfachen Phantasien seien albern und kindisch und überdies absurd, weil ihnen ihre Akteure beharrlich Sinn und Bedeutung zusprächen, während sich der blinde Kosmos ziellos weiterwälze vom Nichts ins Etwas und vom Etwas wieder zurück ins Nichts, ohne die Wünsche oder Existenz jener Geister zu achten oder zu kennen, die ab und zu in der Finsternis sekundenlang aufflikkern.

Sie hatten ihn an die Kette der realen Dinge gelegt, und dann das Wirken jener Dinge solange erklärt, bis das Mysterium aus der Welt verschwunden war. Als er sich beklagte und danach sehnte, in die Zwielichtbereiche zu entfliehen, wo Magie all die kleinen, lebhaften Fragmente und Assoziationen seines Geistes zu Perspektiven atemloser Erwartung und unerschöpflicher Entzückung modellierte, verwiesen sie ihn stattdessen an die neuentdeckten Wunder der Wissenschaft und geboten ihm, in der Vortex des Atoms ein Wunder und in den Dimensionen des Himmels ein Mysterium zu finden. Und als es ihm nicht gelingen wollte, diese Gaben in Dingen zu entdecken, deren Gesetze bekannt und meßbar sind, da sagten sie, es mangele ihm an Imagination und Reife, weil er Traumillusionen den Illusionen unserer physikalischen Schöpfung vorzog.

Deshalb hatte Carter versucht, es so wie andere zu halten und vorgegeben, daß die alltäglichen Begebenheiten und Gefühle irdischer Gemüter bedeutsamer wären als die Phantasien rarer und delikater Seelen. Er hatte nicht widersprochen, als sie ihm sagten, daß die realen Schmerzempfindungen eines abgestochenen Schweins oder eines dyspeptischen Pflügers etwas Großartigeres seien, als die unvergleichliche Schönheit von Narath mit seinen hundert gemeißelten Toren und Kuppeln aus Chalcedon, an die er sich aus seinen Träumen noch schwach erinnerte; und unter ihrer Anleitung kultivierte er ein gewissenhaftes Gespür für Mitleid und Tragödie.

Von Zeit zu Zeit konnte er sich dennoch nicht der Einsicht verschließen, wie schal, wankelmütig und bedeutungslos alles menschliche Trachten ist, und wie ärmlich sich unser reales Tun gegen jene pompösen Ideale ausnimmt, die wir angeblich verfolgen. Für gewöhnlich nahm er seine Zuflucht dann zu dem höflichen Lachen, womit sie ihn gelehrt hatten, der Extravaganz und Künstlichkeit der Träume zu begegnen; denn er merkte, daß das Alltagsleben unserer Welt um keinen Deut weniger extravagant und künstlich ist, und in seiner Schönheitsarmut und dem dummen Widerstreben, den eigenen Mangel an Sinn und Zweck einzugestehen, weitaus weniger respektabel. Auf diese Weise wurde er eine Art Humorist, denn er sah nicht, daß in einem geistlosen, von jedem echten Maßstab für Bestand oder Unbestand entleerten Universum sogar der Humor nichtig ist.

In den ersten Tagen seiner Knechtschaft hatte er sich dem milden kirchlichen Glauben zugewandt, den ihm das naive Vertrauen seiner Väter liebmachte, denn dort dehnten sich mystische Alleen, die eine Flucht aus dem Leben zu versprechen schienen. Erst bei näherem Hinsehen bemerkte er die verhungerte Schönheit und Phantasie, die stumpfe und prosaische

Abgedroschenheit, den eulenhaften Ernst und die geradezu grotesken Ansprüche, die alleinige Wahrheit zu besitzen, die verdrießlich und überwältigend unter den meisten seiner Verkünder herrschten; und erst bei näherem Hinsehen empfand er die völlige Abgeschmacktheit des Versuchs, die überkommenen Ängste und Mutmaßungen eines frühen Menschengeschlechts, das dem Unbekannten gegenübertrat, als buchstäbliche Tatsache weiter lebendig zu halten. Die feierlichen Bemühungen der Leute, alte Mythen, die ihre hochgerühmte Wissenschaft tagtäglich widerlegte, zu irdischer Realität zu machen, quälten Carter, und diese unangebrachte Ernsthaftigkeit tötete die Zuneigung, die er für die alten Konfessionen vielleicht bewahrt haben würde, hätten sie sich damit zufriedengegeben, die sonoren Riten und Gefühlsergießungen in ihrem wahren Gewand der ätherischen Phantasie anzubieten.

Doch als er sich mit jenen beschäftigte, die die alten Mythen abgeworfen hatten, da fand er sie noch häßlicher als jene, die es nicht getan hatten. Sie wußten nicht, daß Schönheit von Harmonie abhängt und daß in einem zwecklosen Kosmos die Lieblichkeit des Lebens keinen anderen Pfeiler besitzt, als die Harmonie mit den voraufgegangenen Träumen und Gefühlen, die unsere kleinen Sphären blind aus dem übrigen Chaos schufen. Sie erkannten nicht, daß Gut und Böse, Schönheit und Häßlichkeit nur Zierfrüchte der Perspektive sind, deren einziger Wert in ihrer Verbindung zu dem besteht, was der Zufall unsere Väter denken und fühlen ließ, und deren feinere Einzelheiten von Rasse zu Rasse und Kultur zu Kultur verschieden sind. Stattdessen bestritten sie diese Dinge entweder restlos oder übertrugen sie auf die kruden, vagen Instinkte, die sie mit den Tieren und Bauern teilten; so daß sich ihr Dasein in Schmerz, Häßlichkeit und Unförmigkeit stinkend dahinschleppte, sie aber dennoch der lächerliche Stolz erfüllte, etwas entkommen zu sein, was nicht ungesünder war, als das, was sie noch immer gefangenhielt. Sie hatten die falschen Götter der Furcht und blinden Frömmigkeit mit denen der Zügellosigkeit und Anarchie vertauscht.

Carter kostete von diesen modernen Freiheiten nur zaghaft, denn ihre Wohlfeilheit und ihr Unflat ekelten einen Geist, der allein das Schöne liebte, während sein Verstand gegen die fadenscheinige Logik rebellierte, durch die ihre Verfechter die niederen Triebe mit einer Heiligkeit zu vergolden suchten, die sie den, von ihnen außer Dienst gestellten Idolen geraubt hatten. Er sah, daß die meisten von ihnen dem Trugschluß, das Leben besäße außer dem Sinn, den die Menschen hineinträumen, noch einen anderen, nicht zu entgehen vermochten; und auch den kruden Begriff einer über die Schönheit hinausgehenden Ethik und Verpflichtung nicht ablegen konnten, obwohl doch die gesamte Natur ihre Unbewußtheit und impersonelle Unsittlichkeit im Licht ihrer wissenschaftlichen Entdeckungen geradezu herauskreischte. Durch vorgefaßte Illusionen über Gerechtigkeit, Freiheit und Beständigkeit entartet und bigott geworden, warfen sie mit dem alten Glauben gleichfalls die alten Lehren und Gebräuche fort; ohne auch nur eine Sekunde zu bedenken, daß eben diese Lehren und Gebräuche die alleinigen Schöpfer ihrer gegenwärtigen Gedanken und Urteile waren sowie die einzigen Richtlinien und Maßstäbe in einem sinnlosen Universum ohne bestimmte Ziele oder feste Bezugspunkte. Nachdem sie dieses künstlichen Hintergrundes verlustig gegangen waren, verlief ihr Dasein orientierungslos und ohne dramatisches Interesse; und schließlich bemühten sie sich, ihren *ennui* in Betriebsamkeit und angeblicher Nützlichkeit, Lärm und Erregung, barbarischer Schaustellung und animalischen Empfindungen zu ertränken. Als diese Dinge ihren Reiz einbüßten, enttäuschten oder aus Überdruß langweilig wurden, kultivierten sie Ironie und Bitterkeit, und spürten Fehler in der sozialen Ordnung auf. Es wurde ihnen nie bewußt, daß ihre rohen Fundamente ebenso schwankend und widersprüchlich waren, wie die Götter ihrer Vorfahren, und daß die Befriedigung eines Augenblicks das Gift des nächsten ist. Ruhige, beständige Schönheit gewährt nur der Traum, und diesen Trost hatte die Welt weggeworfen, als sie in ihrer Anbetung des Realen die Geheimnisse der Kindheit und Unschuld wegwarf.

Inmitten dieses Chaos aus Heuchelei und Unrast bemühte sich Carter, ein Leben zu führen, wie es einem Mann mit scharfem Verstand und guten Erbanlagen geziemte. Da seine Träume unter dem Spott des Zeitalters verwelkten, konnte er an nichts glauben, und nur die Liebe zur Harmonie ließ ihn die Sitten seines Geschlechts und Standes wahren. Er schritt unbewegt durch die Städte der Menschen und seufzte, weil ihm kein Anblick völlig real schien, und weil ihn jeder Sonnenstrahl, der auf hohen Dächern blitzte und jeder flüchtige Blick, den er auf geländerumsäumte Plazas im ersten abendlichen Lampenschein warf, nur an Träume erinnerte, die er einst gekannt hatte und Heimweh nach ätherischen Ländern empfinden ließ, die er nicht länger zu finden verstand. Reisen geriet zum blanken Hohn; und sogar der Weltkrieg berührte ihn kaum, obwohl er vom ersten Tag an in der französischen Fremdenlegion diente. Eine Zeitlang bemühte er sich um Freunde, doch bald schon wurde er der Rohheit ihrer Gefühle und der Eintönigkeit und Weltlichkeit ihrer Visionen überdrüssig. Irgendwie war er froh, daß alle seine Verwandten weit fort lebten und keinerlei Verbindung zu ihm unterhielten, denn sie würden sein geistiges Leben nicht verstanden haben. Das heißt, nur sein Großvater und sein Großonkel Cristopher hätten dies gekonnt, und die waren lange tot.

Dann begann er Bücher zu schreiben, womit er aufgehört hatte, als seine Träume zum erstenmal ausblieben. Doch auch hierin fand er weder Befriedigung noch Erfüllung; denn auf seinem Geist lag ein Hauch des Irdischen, und er vermochte nicht, an schöne Dinge zu denken, so wie er es vormals gekonnt hatte. Ironie riß alle Zwielichtminarette nieder, die er erbaute, und die irdische Furcht vor dem Unmöglichen verdorrte alle delikaten und erstaunlichen Blumen seiner Feengärten. Die Konvention, Mitleid zu heucheln, goß Empfindsamkeit über seine Figuren, während der Mythos einer wichtigen Realität und bedeutender menschlicher Ereignisse und Gefühle seine ganzen hohen Phantasien zu dürftig verschleierten Allegorien und billigen Gesellschaftssatiren erniedrigte. Seine neuen Romane hatten mehr Erfolg als seinen alten jemals beschieden war; und da er wußte, wie nichtig sie sein mußten, um einer nichtigen Masse zu gefallen, verbrannte er sie und schrieb nicht mehr. Es waren ganz reizende Romane, in denen er sich weltmännisch über die Träume amüsierte, die er mit leichter Hand skizzierte; aber er merkte, daß ihnen ihre Spitzfindigkeiten alles Leben ausgesaugt hatten.

Erst dann pflegte er die Kunst der vorsätzlichen Illusion und behängte sich, um ein Gegenmittel gegen die Alltäglichkeit zu gewinnen, mit den Ideen des Bizarren und Exzentrischen. Die Mehrzahl davon offenbarte jedoch bald ihre Armut und Schäbigkeit; und er stellte fest, daß die populären Doktrinen des Okkultismus genauso trocken und unflexibel sind, wie jene der Wissenschaft, und nicht einmal das Palliativ der Wahrheit besitzen, um sie erträglich zu machen. Grobe Dummheit, Unredlichkeit und verworrenes Denken haben mit dem Traum nichts gemein und bieten einem über ihr Niveau hinausgebildeten Geist keinen Fluchtweg aus dem Leben. Deshalb kaufte Carter seltsamere Bücher und suchte abgründigere und schrecklichere Männer von phantastischer Gelehrsamkeit auf; er grub sich in verborgene Winkel des Bewußtseins ein, von denen nur wenige Kenntnis haben, und er erfuhr viele Dinge über die geheimen Abgründe des Lebens, der Legenden und der unsterblichen Vorzeit, die seither nie aufhörten ihn zu beunruhigen. Er beschloß, sein Leben ungewöhnlicher zu gestalten und stellte die Einrichtung seines Bostoner Hauses auf seine wechselnden Stimmungen ab; für jede ein extra Raum in angemessenen Farben tapeziert, mit passenden Büchern und Gegenständen ausgestattet und mit den Quellen für die entsprechenden Licht-, Wärme-, Klang-, Geschmack- und Geruchsempfindungen versehen.

Ein andermal erfuhr er von einem gewissen Mann im Süden, der wegen der blasphemischen Dinge, die er in prähistorischen Büchern und auf aus Indien und Arabien eingeschmuggelten Tontäfelchen las, gemieden und gefürchtet wurde. Diesen Mann suchte er auf, lebte mit ihm und teilte sieben Jahre seine Studien, bis sie eines Mitternachts auf einem unbekannten und archaischen Friedhof das Grauen überfiel, und nur einer von beiden das Gräberfeld wieder verließ. Dann kehrte er nach Arkham, der verhexten, alten Stadt seiner Vorväter in New England zurück, und zwischen den schimmeligen Weiden und schwankenden Walmdächern machte er Erfahrungen in der Finsternis, die ihn gewisse Seiten im Tagebuch eines wirrköpfigen Ahnen auf immer versiegeln ließen. Doch diese Schrecken brachten ihn nur bis an den Rand der Realität und gehörten nicht zu dem echten Traumland, das er in seiner Jugend gekannt hatte; so begrub er im Alter von fünfzig Jahren die Hoffnung auf Ruhe und Zufriedenheit in einer Welt, die für Schönheit zu geschäftig und für Träume zu arglistig geworden war.

Als er die Heuchelei und Nichtigkeit der realen Welt erfahren hatte, verbrachte Carter sein Leben in Zurückgezogenheit und mit sehnsuchtsvollen, unzusammenhängenden Erinnerungen an seine traumreiche Jugend. Es schien ihm unsinnig, daß er überhaupt noch weiterleben sollte, und er besorgte sich über einen südamerikanischen Bekannten eine sehr merkwürdige Flüssigkeit, die ihn schmerzlos ins Vergessen befördern sollte.

Trägheit und die Macht der Gewohnheit ließen ihn die Sache jedoch aufschieben; und er weilte unentschlossen unter den Gedanken aus alten Tagen, nahm die seltsamen Tapeten von den Wänden und richtete das Haus wieder so her, wie es in seiner frühen Kindheit ausgesehen hatte – mit Purpurscheiben, viktorianischem Mobiliar und allem was dazugehörte.

Mit der Zeit freute er sich beinahe, gezögert zu haben, denn die Relikte aus seiner Jugend und seine Trennung von der Welt ließen das Leben und seine Sophisterei sehr fern und unwirklich erscheinen; so sehr, daß sich ein Hauch von Magie und hoffnungsvoller Erwartung in seinen nächtlichen Schlaf zurückstahl. Jahrelang hatte dieser Schlaf nur jene verdrehten Spiegelungen alltäglicher Dinge gebracht, wie sie in den allergewöhnlichsten Träumen figurieren, doch jetzt flackerte darin wieder etwas Seltsameres und Wilderes auf; etwas, das undeutlich und ehrfurchtgebietend bevorstand und die Gestalt schärfer, klarer Bilder aus seiner Kinderzeit annahm, und ihn an kleine, widersinnige Dinge denken machte, die er längst vergessen hatte. Er erwachte oft davon, daß er nach seiner Mutter oder seinem Großvater rief, die beide seit einem Vierteljahrhundert in ihren Gräbern ruhten.

Dann erinnerte ihn sein Großvater eines Nachts an den Schlüssel. Der graue, alte Gelehrte, munter wie zu Lebzeiten, sprach lange und eindringlich von ihrem alten Geschlecht und von den sonderbaren Visionen der delikaten und sensitiven Männer, die es bestimmten. Er sprach von dem flammäugigen Kreuzfahrer, der den Sarazenen, die ihn gefangenhielten, wahnsinnige Geheimnisse ablauschte; und von dem ersten Sir Randolph Carter, der die Magie studierte, als Elizabeth Königin war. Er sprach auch von jenem Edmund Carter, der während des Salemer Hexengerichts dem Strang nur knapp entkommen war, und der in einem antiken Kasten einen großen, silbernen Schlüssel verwahrt hatte, der von seinen Ahnen auf ihn gekommen war. Ehe Carter erwachte, hatte ihm der freundliche Besucher noch mitgeteilt, wo er jenen Kasten finden konnte; jenen geschnitzten Eichenkasten archaischer Wunder, dessen grotesken Deckel seit zwei Jahrhunderten keine Hand gehoben hatte.

Im Staub und den Schatten der geräumigen Dachkammer fand er ihn, fern und vergessen, ganz hinten in der Schublade einer hohen Kommode. Er maß etwa einen Fuß im Geviert, und die gotischen Schnitzereien darauf wirkten so furchterregend, daß er sich nicht wunderte, daß es seit den Tagen Emund Carters niemand mehr gewagt hatte, ihn zu öffnen. Er machte beim Schütteln kein Geräusch und verströmte einen geheimnisvollen Duft verschollener Gewürze. Daß er einen Schlüssel barg, war wahrhaftig nur eine trübe Legende, und Randolph Carters Vater hatte nie von der Existenz eines solchen Kastens gewußt. Er war mit rostigen Eisenbändern beschlagen, und sein beachtliches Schloß ließ sich nicht öffnen. Carter ahnte dunkel, daß er in ihm einen Schlüssel zum verlorenen Tor der Träume finden würde, doch wo und wie er zu gebrauchen sei, davon hatte ihm sein Großvater nichts gesagt.

Ein alter Diener erbrach den geschnitzten Deckel, und als er dies tat, schauderte ihm vor den gräßlichen Fratzen, die ihm aus dem geschwärzten Holz entgegenstarrten. Im Innern, eingewickelt in ein vergilbtes Pergament, lag ein mächtiger, angelaufener Silberschlüssel, der mit kryptischen Arabesken bedeckt war; eine lesbare Erklärung jedoch fehlte. Das Pergament war umfangreich und enthielt nur die seltsamen, mit einem antiken Schilfrohr geschriebenen Hieroglyphen einer unbekannten Sprache. Carter erkannte in den Zeichen jene wieder, die er auf einer bestimmten Papyrusrolle gelesen hatte, die sich im Besitz jenes fürchterlichen Gelehrten aus dem Süden befand, der eines Mitternachts auf einem namenlosen Friedhof verschwunden war. Der Mann hatte stets gebebt, wenn er in dieser Rolle las, und jetzt bebte Carter.

Aber er putzte den Schlüssel blank und behielt ihn nachts in dem duftenden Kasten aus alter Eiche bei sich. Seine Träume gewannen unterdessen an Lebhaftigkeit, und obwohl sie ihm keine der fremdartigen Städte und unglaublichen Gärten aus vergangenen Tagen zeigten, nahmen sie doch eine bestimmte Gestalt an, deren Sinn nicht mißzuverstehen war. Sie riefen ihn über die Jahre zurück und zogen ihn mit dem vereinten Willen aller seiner Vorväter zu einem verborgenen Ursprung. Da wußte er, daß er in die Vergangenheit gehen und sich mit den alten Dingen verschmelzen mußte; und Tag für Tag dachte er an die Berge im Norden, wo das verhexte Arkham und der rauschende Miskatonic und die einsame, schlichte Heimstatt seiner Familie lagen.

In der brütenden Hitze des Herbstes schlug Carter den alten vertrauten Weg ein, vorüber an den gefälligen Konturen welligen

Hügellandes und steinumfriedeter Wiesen, entlegener Täler und abschüssiger Waldungen, gewundener Straßen und behaglicher Gehöfte und der Kristallbiegungen des Miskatonic, den hier und dort rustikale Brücken aus Holz oder Stein überspannten. In einer Flußkrümmung sah er die Gruppe gigantischer Ulmen, zwischen denen einer seiner Vorfahren vor eineinhalb Jahrhunderten auf sonderbare Weise verschwunden war, und er erschauerte, als der Wind bedeutungsvoll in ihnen rauschte. Dann kam das zerfallene Farmhaus von Goody Fowler, der alten Hexe, mit seinen kleinen, schlimmen Fenstern und dem großen Dach, das auf der Nordseite beinahe bis auf den Boden hing. Er beschleunigte seinen Wagen, als er daran vorbeifuhr, und verlangsamte das Tempo erst wieder, als er den Hügel erklommen hatte, wo seine Mutter und vor ihr ihre Ahnen geboren worden waren, und wo das alte, weiße Haus noch immer stolz über die Straße hinüberblickte auf das atemberaubend schöne Panorama des felsigen Hanges und grünenden Tals mit den fernen Helmdächern von Kingsport am Horizont und der Andeutung der archaischen, traumbeladenen See im fernsten Hintergrund.

Dann erhob sich der steilere Hang, auf dem das alte Cartersche Anwesen stand, das er über vierzig Jahre nicht gesehen hatte. Der Nachmittag war lange vorbei, als er den Fuß des Hügels erreichte, und bei der Kurve auf halber Höhe machte er halt, um die ausgebreitete Landschaft genau zu mustern, die in den schräg einfallenden, magischen Lichtfluten, die eine abendliche Sonne über sie goß, golden und glorreich unter ihm lag. Alle Fremdheit und Erwartungsspannung seiner jüngsten Träume schien in dieser stillen und unirdischen Landschaft gegenwärtig, und er dachte an die unbekannten Einsamkeiten anderer Planeten, während seine Augen die samtenen und verlassenen Rasengründe aufspürten, die zwischen ihren eingesunkenen Mauern wogend leuchteten, und die feenhaften Waldflecken, die sich von endlos in die Ferne laufenden Purpurhügelketten abhoben, und das geisterhaft bewaldete Tal, das sich im Schatten zu feuchten Senken hinabzog, wo rieselnde Wasser zwischen geschwollenen und verrenkten Wurzeln gurgelnd wehklagten.

Irgend etwas vermittelte ihm das Gefühl, daß Motoren nicht in jenes Reich gehörten, wonach er suchte, und deshalb stellte er seinen Wagen am Waldsaum ab, steckte den großen Schlüssel in die Manteltasche und schritt den Hügel hinauf. Der Wald umringte ihn jetzt von allen Seiten, obgleich er wußte, daß das Haus auf einer hohen Kuppe erbaut war, die, außer auf der Nordseite, alle Baumwipfel überragte. Er fragte sich, wie es wohl aussehen würde, denn seit dem Tode seines sonderbaren Großonkels Christopher vor dreißig Jahren hatte es wegen seiner Nachlässigkeit leer und unbeaufsichtigt gestanden. In seiner Knabenzeit hatte er hier lange zu Besuch geweilt und in den Wäldern jenseits des Obstgartens unheimliche Wunder gefunden.

Die Schatten fielen dichter um ihn, denn die Nacht nahte. Einmal öffnete sich rechts eine Lücke zwischen den Bäumen, und er schaute über meilenweite Zwielichtwiesen und entdeckte den Turm der alten Congregational-Kirche auf Central Hill in Kingsport; blaßrot im letzten Tagesschein, die Scheiben der kleinen, runden Fenster im reflektierten Licht glänzend. Dann, als er wieder in den tiefen Schatten stand, entsann er sich verblüfft, daß der flüchtige Anblick nur seiner kindlichen Erinnerung entsprungen sein konnte, denn die alte, weiße Kirche war schon lange niedergerissen worden, um dem Congregational-Krankenhaus Platz zu machen. Er hatte mit Interesse darüber gelesen, denn die Zeitung hatte irgendwelche befremdlichen Gruben oder Gänge erwähnt, auf die man in dem Felshügel unterhalb der Kirche gestoßen war.

Eine Stimme durchbrach seine Verwunderung, und ihre Vertrautheit nach so langen Jahren verblüffte ihn abermals. Der alte Benijah Corey war Onkel Christophers Dienstbote und schon in jenen weitzurückliegenden Tagen seiner Jugendbesuche bejahrt gewesen. Er mußte jetzt weit über die hundert zählen, und doch konnte diese Stimme niemand anderem gehören. Er vermochte zwar keine Worte zu unterscheiden, doch der Tonfall war unverwechselbar. Daß der »alte Benijah« noch leben sollte!

»Mister Randy! Mister Randy! Wo steckste denn? Willste gar, daß deine Tante Marthy am End' vor Angst noch tot umfällt? Hat se dir nich gesacht, daß de nachmittags nich von's Haus weg sollst und vorm Dunkelwer'n wieder drinne zu erschein' hast? Randy! Ran . . . die! . . . Das iss der hartnäckichste Bursche, der mir je untergekomm' iss wenn's drum geht, in'n Wald abzuhau'n; hockt den halben Tag wie mondsüchtich bei der Schlangngrube im Oberwald rum! . . . Heh, du, Ran . . . die!«

Randolph Carter blieb in der Pechschwärze stehen und rieb sich mit der Hand über die Augen. Irgend etwas stimmte nicht. Er war irgendwo gewesen, wo er nicht hätte sein sollen; war an ganz weitentfernten Orten umhergestreift, wo er nicht hingehört hatte, und jetzt hatte er sich unentschuldbar verspätet. Er hatte nicht auf die Kirchturmuhr von Kingsport geachtet, obwohl er sie mit seinem Taschenteleskop leicht hätte erkennen können, doch er wußte, daß die Umstände seiner Verspätung sehr sonderbar und beispiellos waren. Er war sich nicht sicher, ob er das kleine Fernrohr dabeihatte und steckte die Hand in seine Jackentasche, um nachzusehen. Nein, es war nicht da, aber da war der große Silberschlüssel, den er irgendwo in einem Kasten gefunden hatte. Onkel Chris hatte ihm etwas Seltsames von einem alten, ungeöffneten Kasten mit einem Schlüssel darin erzählt, aber Tante Martha hatte die Geschichte abrupt unterbrochen und gesagt, das wäre nun wirklich nichts, was man einem Kind erzählen sollte, das ohnehin schon viel zu viel Flausen im Kopf hätte. Er versuchte sich daran zu erinnern, wo genau er den Schlüssel gefunden hatte, doch irgendwie verwirrte sich dabei alles schrecklich. Er vermutete, es war in der Dachkammer zu Hause in Boston, und entsann sich verschwommen, wie er Parks mit einem halben Wochenlohn bestach, ihm beim Öffnen des Kastens zu helfen und den Mund zu halten; doch als er sich dessen entsann, kam ihm das Gesicht von Parks sehr merkwürdig vor, so als hätten die Falten langer Jahre den flinken, kleinen Cockney zerfurcht.

»Ran . . . die! Ran . . . die! He! He! Randy!«

Um die schwarze Wegbiegung erschien eine schwankende Laterne, und der alte Benijah fuhr auf die stumme und verwirrte Gestalt des Pilgers los.

»Verdammt nochma', Junge, hier biste also! Haste denn kein'n Mund nich zum Antworten? Seit 'ner halben Stunde blök' ich schon durch die Gegend, da mußte mich doch längst gehört ham. Weißte denn garnich, daß deine Tante Marthy ganz zappelich iss, weil de im Dunkeln noch draußen bist? Wart' nur, wenn ich das dei'm Onkel Chris erzähln tu, wenn er heimkommt. Dabei weißte doch genau, daß die Wälder hierum nich der Ort sinn, wo man zu so 'ner Stund' drin rumtrapsen sollt'! Da sinn Dinger unterwegs, die wo niemand nich gut tun, wie mein Opsch auch schon immer gesacht hat. Na los, Mister Randy, die Hannah hält's Essen auch nich ewich warm!«

So wurde Randolph Carter die Straße hinaufgeführt, wo wunderliche Sterne durch hohes, herbstliches Astwerk schimmerten. Und Hunde schlugen an, als an der jenseitigen Kurve das gelbe Licht kleiner Fensterscheiben aufschien, und die Plejaden blinkten über einer offenen Hügelkuppe, wo sich ein großes Walmdach schwarz gegen den trüben Westen abzeichnete. Tante Martha stand in der Tür und schimpfte nicht allzu sehr, als Benijah den Herumtreiber hineinschob. Sie kannte Onkel Chris gut genug, um solche Dinge von einem Carter zu erwarten. Randolph zeigte seinen Schlüssel nicht, sondern aß still das Abendbrot und protestierte erst, als er zu Bett gehen sollte. Manchmal träumte er besser im Wachen, und außerdem wollte er den Schlüssel benutzen.

Am Morgen war Randolph zeitig auf den Beinen und würde sich in das höhergelegene Waldstück davongemacht haben, hätte ihn Onkel Chris nicht festgehalten und auf seinen Stuhl beim Frühstückstisch gedrückt. Sein Blick wanderte unstet durch den niedrigen Raum mit dem Flickenteppich, den offenen Balken und Eckpfeilern, und er lächelte nur, als die Zweige des Obstgartens an den Bleiglasscheiben des rückwärtigen Fensters kratzten. Die Bäume und die Hügel befanden sich in seiner Nähe und bildeten die Tore zu jenem zeitlosen Reich, das seine wahre Heimat war.

Als er dann gehen durfte, fühlte er in seiner Jackentasche nach dem Schlüssel; und als er sich vergewissert hatte, machte er sich aus dem Staub durch den Obstgarten zu der Anhöhe, wo der bewaldete Berg wieder höher anstieg als die baumlose Kuppe. Der Waldboden war moosig und geheimnisvoll, und große, flechtenüberwachsene Felsen erhoben sich hier und da undeutlich im schummerigen Licht, wie druidische Monolithen zwischen den geschwollenen und verrenkten Stämmen eines heiligen Haines. Einmal überquerte Randolph bei seinem Aufstieg einen rauschenden Bach, dessen Wasserfälle ein klein wenig abseits runische Beschwörungen für die lauernden Faune, Ägipane und Dryaden sangen.

Dann kam er zu der seltsamen Höhle im Waldhang, der gefürchteten »Schlangengrube«, die die Bauern mieden und vor der Benijah nicht müde geworden war ihn zu warnen. Sie war tief; viel tiefer als irgend jemand außer Randy ahnte, denn der Junge hatte in der alleräußersten, schwarzen Ecke einen Spalt entdeckt, der in eine größere Grotte dahinter führte – ein unheimlicher Begräbnisplatz, dessen Granitwände die eigenartige Illusion vermittelten, künstlich geschaffen zu sein. Auch diesmal kroch er wie immer hinein, beleuchtete sich den Weg mit Streichhölzern, die er aus dem Streichholzständer im Wohnzimmer stibitzt hatte und zwängte sich mit einer ihm selbst kaum verständlichen Ungeduld durch die letzte Spalte. Er wußte nicht, warum er auf die gegenüberliegende Wand so zuversichtlich zuging, oder wieso er dabei instinktiv den großen Silberschlüssel hervorzog. Doch er schritt weiter, und als er in jener Nacht zum Haus zurücktanzte, da brachte er weder eine Entschuldigung für sein Zuspätkommen hervor, noch beachtete er den Tadel, den er erhielt, weil er das mittägliche Essenssignal völlig ignoriert hatte.

Nun stimmen alle entfernten Verwandten von Randolph Carter darin überein, daß sich in seinem zehnten Lebensjahr irgend etwas zutrug, was seine Einbildungskraft steigerte. Sein Cousin, Ernest B. Aspinwall, Esq., aus Chicago ist ganze zehn Jahre älter als er, und erinnert sich deutlich, daß nach dem Herbst 1883 mit dem Jungen eine Veränderung vorging. Randolph hatte auf phantastische Szenerien geblickt, die sonst kaum jemand geschaut haben kann; und noch befremdlicher waren manche der Eigenschaften, die er in bezug auf sehr weltliche Dinge an den Tag legte. Kurz gesagt, er schien die unheimliche Gabe der Prophetie empfangen zu haben, und zeigte ungewöhnliche Reaktionen auf Ereignisse, die im Augenblick zwar belanglos schienen, im nachhinein aber seine eigenartigen Empfindungen rechtfertigten.

Als in den folgenden Dekaden nach und nach neue Erfindungen, neue Geschehnisse und neue Namen im Buch der Geschichte auftauchten, entsannen sich die Leute hin und wieder verwundert daran, wie Carter vor Jahren eine beiläufige Bemerkung gemacht hatte, die in unverkennbarem Zusammenhang mit dem stand, was damals noch in ferner Zukunft lag. Er begriff diese Worte selber nicht und wußte ebenso wenig, warum gewisse Dinge gewisse Gefühle in ihm auslösten; er vermutete jedoch, daß irgendein vergessener Traum dafür verantwortlich sei. Bereits 1897 erbleichte er, wenn ein Reisender die französische Stadt Belloy-en-Santerre erwähnte, und seine Freunde erinnerten sich dessen, als er dort 1916, als Fremdenlegionär im Weltkrieg kämpfend, fast tödlich verwundet wurde.

Carters Verwandte reden viel über diese Dinge, denn er ist kürzlich verschwunden. Sein kleiner, alter Diener Parks, der seine Grillen jahrelang geduldig ertragen hat, sah ihn zuletzt an dem Morgen, an dem er mit einem unlängst gefundenen Schlüssel allein in seinem Wagen davonfuhr. Parks hatte ihm geholfen, den Schlüssel aus dem Kasten zu holen, und sich dabei von den grotesken Schnitzereien auf dem Deckel und von noch etwas anderem, das er nicht bezeichnen konnte, merkwürdig ergriffen gefühlt. Als Carter ging, hatte er gesagt, er wolle sein altes Herkunftsland bei Arkham besuchen.

Auf halber Höhe des Elm Mountain, auf dem Weg zu den Ruinen des alten Carterschen Anwesens, entdeckten sie seinen sorgfältig am Straßenrand abgestellten Wagen; und darin lag ein Kasten aus duftendem Holz mit Schnitzereien, die die Bauern erschreckten, die ihn zufällig fanden. Der Kasten enthielt nur ein wunderliches Pergament, dessen Schriftzeichen kein Linguist oder Paläograph entziffern oder identifizieren konnte. Eventuelle Fußspuren hatte der Regen längst verwischt; obwohl nach Meinung der Mitglieder der Bostoner Untersuchungskommission einiges dafür sprach, daß sich jemand zwischen den eingestürzten Balken des Carterschen Anwesens zu schaffen gemacht hatte. Es schien, behaupteten sie, als hätte vor nicht allzu langer Zeit jemand in den Ruinen herumgestöbert. Ein gewöhnliches, weißes Taschentuch, das man zwischen Waldfelsen auf der jenseitigen Hügelflanke sicherstellte, läßt sich nicht als Eigentum des Vermißten identifizieren.

Es geht die Rede, man wolle Randolph Carters Besitz unter seinen Erben aufteilen, doch ich werde mich diesem Vorhaben entschieden widersetzen, denn ich glaube nicht, daß er tot ist. Es existieren Verschlingungen von Zeit und Raum, von Vision und Realität, die nur ein Träumer erahnen kann; und aus dem, was ich über Carter weiß, schließe ich, daß er bloß einen Weg gefunden hat, diese Irrgärten zu durchqueren. Ob er jemals zurückkommen wird, weiß ich nicht. Ihn verlangte nach dem Land der Träume, das er verloren hatte, und er sehnte sich nach den Tagen seiner Kindheit. Dann fand er einen Schlüssel, und irgendwie glaube ich, daß er es geschafft hat, ihn zu wunderlichem Nutzen zu gebrauchen.

Ich werde ihn fragen, wenn ich ihn sehe, denn ich erwarte, ihm schon bald in einer gewissen Traumstadt zu begegnen, die wir beide aufzusuchen pflegten. In Ulthar, jenseits des Flusses Skai, munkelt man von einem neuen König, der auf dem Opalthron von Ilek-Vad regiert, jener fabulösen Stadt der Türmchen, oben auf den hohlen Glasklippen, die das Dämmermeer überschauen, worin die bärtigen und flossenbewehrten Gnorri ihre eigentümlichen Labyrinthe anlegen, und ich glaube, ich weiß schon, wie dies Gerücht zu deuten ist. Wahrlich, ich sehe dem Anblick jenes großen Silberschlüssels voll Ungeduld entgegen, denn in seinen kryptischen Arabesken stehen vielleicht alle Ziele und Mysterien eines blinden, unpersönlichen Kosmos symbolisiert.

Durch die Tore
des Silberschlüssels

I

In einem weiten Raum, der mit sonderbar gemusterten Wandbehängen ausgekleidet und mit Boukharateppichen von eindrucksvoller Antikheit und Meisterschaft bedeckt war, saßen vier Männer um einen dokumentenübersäten Tisch. Aus den fernen Ecken, wo ein unglaublich alter Neger in düsterer Livree hin und wieder seltsame schmiedeeiserne Dreifüße nachfüllte, stiegen die hypnotischen Dämpfe indischen Weihrauchharzes; während in einer tiefen Nische des Zimmers eine kuriose, sargförmige Standuhr tickte, deren Zifferblatt verwirrende Hieroglyphen trug, und deren vier Zeiger nicht in Übereinstimmung mit irgendeinem auf diesem Planeten bekannten Zeitsystem vorrückten. Es war ein eigenartiger und sinnverstörender Raum, doch dem eben vorliegenden Anlaß wohl angemessen. Denn dort, in New Orleans, im Hause des größten Mystikers, Mathematikers und Orientalisten dieses Kontinents, wurde schließlich der Nachlaß eines kaum weniger bedeutenden Mystikers, Gelehrten, Schriftstellers und Träumers geregelt, der vier Jahre zuvor vom Antlitz der Erde verschwunden war.

Randolph Carter, der sein ganzes Leben danach getrachtet hatte, aus der Langeweile und den Beschränkungen der wachen Realität in die lockenden Ansichten der Träume und die fabelhaften Prachtstraßen anderer Dimensionen zu entfliehen, entschwand am siebenten Oktober 1928 aus dem Angesicht der Menschen. Seine Laufbahn war wunderlich und einsam gewesen, und da gab es jene Leute, die aus seinen merkwürdigen Romanen auf viele Episoden schlossen, die bizarrer klangen, als alles was von seiner Lebensgeschichte bekannt war. Seine Verbindung zu Harley Warren, dem Mystiker aus South Carolina, dessen Studien in der Naacal-Sprache der Himalayapriester zu so abscheulichen Schlußfolgerungen geführt hatten, war eng gewesen. Es war in der Tat Carter, der zugesehen hatte, wie Harley Warren – in einer nebelwahnsinnigen, fürchterlichen Nacht auf einem alten Friedhof – in eine feuchte, salpetrige Gruft hinabstieg, um nie wieder herauszukommen. Carter lebte in Boston, doch seine

Vorfahren stammten alle aus den wilden, heimgesuchten Bergen hinter dem altersgrauen und hexenverfluchten Arkham. Und inmitten eben dieser alten, kryptisch brütenden Berge war er dann auch endgültig verschwunden.

Sein alter Diener Parks – der Anfang 1930 verstarb – hatte von dem sonderbar duftenden und mit gräßlichen Schnitzereien bedeckten Kasten gesprochen, den er in der Dachkammer gefunden hatte, und von dem nicht entzifferbaren Pergament und dem eigenartig verzierten Silberschlüssel, die jener Kasten enthielt. Carter, sagte er, hätte ihm erzählt, daß dieser Schlüssel von seinen Ahnen auf ihn gekommen wäre und ihm helfen würde, die Tore zu seiner verlorenen Kindheit aufzuschließen, und zu fremdartigen Dimensionen und phantastischen Bereichen, die er bisher nur in undeutlichen, kurzen und flüchtigen Träumen aufgesucht habe. Eines Tages dann nahm Carter den Kasten samt Inhalt und fuhr mit seinem Wagen davon, um nie zurückzukehren.

Leute fanden sein Auto später am Rand einer alten, grasbewachsenen Straße in den Bergen hinter dem zerbröckelnden Arkham – in jenen Bergen, wo Carters Vorfahren einst gelebt hatten, und wo der ruinöse Keller des großen Carterschen Anwesens noch immer unter dem Himmel klaffte. In einem nahe gelegenen Hain hoher Ulmen war 1781 ein anderer Carter auf geheimnisvolle Weise verschwunden, und ganz in der Nähe verrottete das Cottage der Hexe Goody Fowler, die hier schon viel früher ihre ominösen Tränke gebraut hatte. Flüchtlinge vor den Salemer Hexenprozessen hatten die Region 1692 besiedelt, und noch heute war sie für vage, ominöse Dinge berüchtigt, die man kaum zu nennen wagte. Edmund Carter war den Schatten des Galgenhügels rechtzeitig entflohen, und die Geschichten über seine Hexerkunststücke gingen in die Legion. Jetzt, so schien es, hatte sich sein einsamer Nachfahr ins Irgendwo aufgemacht, um ihn zu treffen.

Im Wagen fanden sie den mit gräßlichen Schnitzereien bedeckten Kasten aus wohlriechendem Holz und das Pergament, das niemand lesen konnte. Der Silberschlüssel war verschwunden – vermutlich zusammen mit Carter. Darüber hinaus fehlte jeder sichere Hinweis. Detektive aus Boston sagten, daß die eingestürzten Balken des alten Carterschen Hauses sonderbar durchstöbert wirkten, und jemand entdeckte auf dem felsdurchfurchten, sinister bewaldeten Hang hinter den Ruinen nahe der gefürchteten Höhle, die Schlangengrube genannt wird, ein Taschentuch.

Damals lebten die Legenden über die Schlangengrube wieder auf. Farmer flüsterten von den blasphemischen Zwecken, zu denen der alte Hexenmeister Edmund Carter diese entsetzliche Grotte benutzt hatte, und später fügten sie noch Geschichten darüber hinzu, wie sehr sich Randolph Carter als Junge von ihr angezogen fühlte. In Carters Jugend stand die alte Heimstatt mit dem Walmdach noch, und sein Großonkel Christopher bewohnte sie. Er war dort oft zu Besuch gewesen und hatte ganz seltsam von der Schlangengrube gesprochen. Die Leute entsannen sich, was er über einen tiefen Spalt und eine unbekannte, dahinterliegende Höhle gesagt hatte, und sie spekulierten über die Veränderung, die er zeigte, nachdem er im Alter von neun Jahren einen ganzen, denkwürdigen Tag in der Höhle zugebracht hatte. Das war auch im Oktober gewesen – und seither schien er die unheimliche Fertigkeit besessen zu haben, Zukünftiges zu weissagen.

Spät in jener Nacht, da Carter verschwand, hatte es geregnet, und niemand war imstande, seine beim Wagen beginnenden Fußspuren weiterzuverfolgen. Das Innere der Schlangengrube hatte sich durch das reichlich eingesickerte Wasser zu amorphem, flüssigem Schlamm verwandelt. Nur die einfältigen Bauern flüsterten von den Abdrücken, die sie dort zu entdecken glaubten, wo die mächtigen Ulmen über die Straße hingen, und auch auf der sinistren Hügelflanke nahe der Schlangengrube, wo das Taschentuch gefunden wurde. Wer konnte denn auch Munkeleien ernst nehmen, die von kleinen, kräftigen Fußspuren sprachen, die genauso aussahen wie jene, die Randolph Carters breitkappige Stiefel hinterließen, als er ein kleiner Junge war. Das klang genauso verrückt wie jenes andere Gerücht – daß die Abdrücke der eigentümlich absatzlosen Stiefel des alten Benijah Corey den kleinen, kräftigen Spuren auf der Straße begegnet wären. Der alte Benijah hatte in Randolphs Kindheit bei Carters als Dienstbote im Lohn gestanden; aber er war vor dreißig Jahren gestorben.

Es müssen diese Gerüchte gewesen sein, die – zusammen mit Carters eigener, Parks und anderen gegenüber geäußerter Behauptung, jener Silberschlüssel mit den merkwürdigen

Arabesken würde ihm helfen, die Tore zu seiner verlorenen Kindheit zu öffnen – eine Anzahl von Gelehrten der Mystik zu der Erklärung veranlaßten, der Vermißte hätte in Wahrheit den Weg der Zeit rückwärts beschritten, und sei durch fünfundvierzig Jahre zu jenem anderen Oktobertag des Jahres 1883 zurückgekehrt, den er als kleiner Junge in der Schlangengrube verbracht hatte. Als er die Höhle in besagter Nacht verließ, hätte er, so meinten sie, irgendwie die ganze Reise ins Jahr 1928 und wieder zurück gemacht; denn hatte er seither nicht Kenntnis von Dingen besessen, die später geschahen? Und doch hatte er nie über Ereignisse gesprochen, die nach 1928 lagen.

Ein Gelehrter – ein ältlicher Exzentriker aus Providence, Rhode Island, der sich einer langen und eingehenden Korrespondenz mit Carter erfreut hatte – hegte eine noch elaboriertere Theorie, und glaubte, daß Carter nicht nur in seine Jugend zurückgekehrt war, sondern überdies noch die Freiheit gewonnen hatte, nach Belieben durch die prismatischen Ansichten seiner Jugendträume zu streifen. Nach einer sonderbaren Vision veröffentlichte dieser Mann eine Geschichte über Carters Verschwinden, in der er andeutete, daß der Vermißte jetzt als König auf dem Opalthron von Ilek-Vad regiere, jener fabulösen Stadt der Türmchen, oben auf den hohlen Glasklippen, die das Dämmermeer überschauen, worin die bärtigen und flossenbewehrten Gnorri ihre einzigartigen Labyrinthe anlegen.

Es war dieser alte Mann, Ward Phillips, der sich am lautstarksten der Aufteilung von Carters Besitz unter dessen Erben – alles entfernte Cousins – widersetzte, mit der Begründung, daß er in einer anderen Zeitdimension noch immer lebe und sehr wohl eines Tages zurückkehren könne. Gegen ihn standen die juristischen Fähigkeiten von Ernest B. Aspinwall aus Chicago, einem der Cousins; er war zehn Jahre älter als Carter, aber bei Schlachten im Gerichtssaal hitzig wie ein Jugendlicher. Vier Jahre hatte der Streit getobt, doch nun war der Zeitpunkt der Aufteilung gekommen, und dieses weite, sonderbare Zimmer in New Orleans sollte der Schauplatz der Vereinbarungen sein.

Es war das Haus von Carters literarischem sowie finanziellem Testamentsvollstrecker – des ausgezeichneten kreolischen Gelehrten der Mysterien und östlichen Altertümer, Etienne-Laurent de Marigny. Carter hatte de Marigny im Krieg kennengelernt, als sie beide in der französischen Fremdenlegion dienten, und sich wegen ihrer ähnlichen Interessen und Ansichten gleich von Anfang an zu ihm hingezogen gefühlt. Als der gelehrte junge Kreole den gedankenvollen Bostoner Träumer während eines memorablen gemeinsamen Urlaubs nach Bayonne im Süden Frankreichs geführt, und ihm gewisse, schreckliche Geheimnisse in den nächtlichen und unvordenklichen Krypten, die sich unter dieser äonenalten Stadt verbergen, gewiesen hatte, war ihre Freundschaft auf immer besiegelt. Carters letzter Wille hatte de Marigny zum Testamentsvollstrecker bestimmt, und jetzt präsidierte jener besessene Gelehrte widerwillig über die Aufteilung des Besitzes. Es war eine traurige Arbeit für ihn, denn er glaubte ebensowenig wie der alte Rhode Islander daran, daß Carter nicht mehr lebte. Doch was wogen schon die Träume von Mystikern gegen die herbe Weisheit der Welt?

Um den Tisch in jenem sonderbaren Raum im alten French Quarter saßen die Männer, die ihre Teilnahme an dem Verfahren beanspruchten. Die üblichen gerichtlichen Ankündigungen der Zusammenkunft hatten überall dort in den Zeitungen gestanden, wo man annahm, daß Erben von Carter wohnten; trotzdem saßen jetzt nur vier Personen hier und lauschten dem Ticken der sargförmigen Standuhr, die keine irdische Zeit schlug, und dem Sprudeln der Innenhoffontäne hinter halbzugezogenen, fächerförmigen Fenstern. Mit den fortschreitenden Stunden, verschwanden die Gesichter der Vier halb in Rauchschwaden aus den Dreifüßen, die, verwegen mit Brennmaterial überhäuft, der Wartung des geräuschlos huschenden und zunehmend nervöseren alten Negers immer weniger zu bedürfen schienen.

Da war zunächst einmal Etienne de Marigny selbst – schlank, dunkel, elegant, mit Schnurrbart und noch jung. Aspinwall, der Repräsentant der Erben, war weißhaarig, apoplektischen Gesichts, backenbärtig und wohlbeleibt. Phillips, der Mystiker aus Providence, war hager, grau, langnasig, glattrasiert und krummschultrig. Der vierte Mann war unbestimmbaren Alters – dürr, mit einem dunklen, bärtigen, eigentümlich unbeweglichen Gesicht von sehr regelmäßigen Konturen; er trug den Turban eines einer hohen Kaste angehörenden Brahmanen, und seine nachtschwarzen, brennenden, fast irislosen Augen schienen aus einer gewaltigen Entfernung hinter seinen Zügen hervorzustarren. Er hatte sich als Swami Chandraputra, Adept aus Benares, mit wichtigen Informationen angekündigt; und sowohl de Marigny, wie auch Phillips – die mit ihm korrespondiert hatten – hatten rasch die Echtheit seiner mystischen Behauptungen erkannt. Seine Sprache besaß einen befremdlich gepreßten, hohlen, metallischen Klang, so als ob der Gebrauch des Englischen seine Sprechorgane belaste; trotzdem war seine Rede so flüssig, korrekt und idiomatisch wie die eines gebürtigen Angelsachsen. In seiner generellen Erscheinung glich er dem Durchschnittseuropäer, doch sein schlotternder Anzug stand ihm absonderlich schlecht, wohingegen ihm sein buschiger, schwarzer Bart, der orientalische Turban und die großen weißen Handschuhe einen Hauch exotischer Exzentrizität verliehen.

De Marigny, der das in Carters Wagen aufgefundene Pergament in Händen hielt, sprach gerade.

»Nein, ich habe mit dem Pergament nichts anfangen können. Mr. Phillips hier, gibt ebenfalls auf. Colonel Churchward versichert, daß es nicht das Naçaal-Idiom ist und der Hieroglyphenschrift auf jener Kriegskeule von der Osterinsel keineswegs gleicht. Die Schnitzereien auf dem Kasten jedoch erinnern auffallend an Bildnisse von der Osterinsel. Am ehesten erinnern mich die Zeichen auf diesem Pergament – beachten Sie einmal, wie alle Buchstaben von horizontalen Wortbalken herabzuhängen scheinen – noch an die Schrift in einem Buch, das der arme Harley Warren einst besaß. Es erreichte ihn aus Indien, während eines Besuches, den ihm Carter und ich 1919 abstatteten, und er wollte uns nie etwas darüber erzählen – sagte, es wäre besser, wir wüßten nichts, und deutete ferner an, daß es ursprünglich von einem anderen Ort als der Erde stammen mochte. Er nahm es mit, als er im Dezember in die Gruft jenes alten Friedhofs hinabstieg – doch weder er noch das Buch gelangten je wieder an die Oberfläche. Vor geraumer Zeit schickte ich unserem Freund hier – Swami Chandraputra – eine Gedächtnisskizze von einigen dieser Buchstaben und gleichfalls eine Lichtpause des Carterschen Pergaments. Er glaubt nun, nach gewissen Befragungen und Konsultationen, in der Lage zu sein, Licht in die Sache zu bringen.

Nun zum Schlüssel – davon sandte mir Carter eine Photographie zu. Seine wunderlichen Arabesken waren keine Buchstaben, scheinen aber demselben Kulturkreis zu entstammen, wie das Pergament. Carter sprach laufend davon, kurz vor des Rätsels Lösung zu stehen, obwohl er nie über Einzelheiten berichtete.

Einmal geriet er über die ganze Angelegenheit fast ins Schwärmen. Dieser antike Silberschlüssel, sagte er, würde die aufeinanderfolgenden Türen aufsperren, die unseren freien Zugang durch die mächtigen Korridore von Zeit und Raum hin zu jener letzten Grenze behindern, welche kein Mensch überschritten habe, seit Shaddad mit seinem entsetzlichen Genie im Sand von Arabia Peträa die ungeheueren Dome und zahllosen Minarette des tausendsäuligen Irem erbaute und verbarg. Halbverhungerte Derwische – schrieb Carter – und vom Durst in den Wahnsinn getriebene Nomaden seien zurückgekehrt, um von jenem monumentalen Portal zu berichten und von der Hand, die über dem Schlußstein des Bogens gemeißelt wäre, doch niemand sei hindurchgeschritten und denselben Weg wieder zurückgegangen, um zu erzählen, daß seine Fußspuren auf dem granatbestreuten Sand jenseits von seinem Besuch zeugten. Der Schlüssel, so vermutete er, wäre derjenige, nach dem die zyklopische Hand vergeblich fasse.

Warum Carter nur den Schlüssel und nicht auch das Pergament mitnahm, entzieht sich unserer Kenntnis. Vielleicht vergaß er es – oder vielleicht ließ er es zurück, weil er sich an jemand erinnerte, der ein Buch voll ähnlicher Schriftzeichen mit in eine Gruft nahm und nie zurückkam. Oder vielleicht war es für sein Vorhaben wirklich unwesentlich.«

Als de Marigny innehielt, meldete sich der alte Mr. Phillips mit mißtönender, schriller Stimme.

»Wir können von Randolph Carters Wanderung nur das wissen, was wir träumen. In Träumen weilte ich an vielen sonderbaren Stätten und habe in Ulthar, jenseits des Flusses Skai viele seltsame und wichtige Dinge erfahren. Es hat nicht den Anschein, als sei das Pergament vonnöten gewesen, denn Carter hat die Welt seiner Kindheitsträume gewiß wieder betreten und ist jetzt König in Ilek-Vad.«

Mr. Aspinwall gewann ein doppelt apoplektisches Aussehen, als er hervorsprudelte: »Kann denn keiner dafür sorgen, daß der alte Narr den Mund hält. Diese Mondsüchteleien kennen wir wahrlich zur Genüge. Jetzt geht es darum, den Besitz aufzuteilen, und es wird Zeit, daß wir damit anfangen.«

Zum erstenmal sprach jetzt Swami Chandraputra mit seiner sonderbar fremden Stimme.

»Gentlemen, an dieser Sache ist mehr, als Sie glauben. Mr.

Aspinwall tut nicht gut daran, die Evidenz der Träume zu belächeln. Mr. Phillips hat ein unvollständiges Bild erhalten – vielleicht weil er nicht genug geträumt hat. Was mich selbst angeht, so habe ich viel geträumt. Wir Inder haben das von jeher getan, was wohl auch für alle Carters gilt. Sie, Mr. Aspinwall, sind als Cousin mütterlicherseits natürlich kein Carter. Meine eigenen Träume und gewisse andere Informationsquellen haben mir viel von dem enthüllt, was Ihnen noch obskur erscheint. Ein Beispiel, Randolph Carter vergaß das Pergament, das er nicht entziffern konnte – dennoch wäre es gut für ihn gewesen, er hätte daran gedacht, es mitzunehmen. Wie Sie sehen werden, habe ich wahrhaftig recht viel darüber in Erfahrung gebracht, was mit Carter geschah, nachdem er bei Sonnenuntergang mit dem Silberschlüssel aus seinem Wagen stieg, an jenem siebten Oktober vor vier Jahren.«

Aspinwall rümpfte merklich die Nase, doch die übrigen richteten sich gespannt auf. Der Rauch aus den Dreifüßen verdichtete sich, und das verrückte Ticken jener sargförmigen Uhr schien in die bizarren Muster von Punkten und Strichen einer fremden und unauflösbaren telegraphischen Botschaft aus dem All zu fallen. Der Hindu lehnte sich zurück, schloß die Augen halb und fuhr in jener eigentümlich angestrengten und doch flüssigen Sprache fort, währenddem seinen Zuhörern ein Bild von dem vorzuschweben begann, was mit Randolph Carter geschehen war.

II

Die Berge hinter Arkham sind voll von unheimlicher Magie – von etwas, das vielleicht der alte Hexenmeister Edmund Carter von den Sternen herabrief oder aus den Krypten der innersten Erde heraufbeschwor, als er 1692 aus Salem dorthin floh. Sobald Carter wieder in diesen Bergen war, wußte er, daß er sich nahe bei einem der Tore aufhielt, die ein paar wenige tollkühne, verabscheute und fremdartig beseelte Männer durch titanische Mauern zwischen der Welt und dem außerhalb liegenden Absoluten gebrochen haben. Hier, und an diesem Tag des Jahres, das fühlte er, konnte er die Botschaft erfolgreich ausführen, die er vor Monaten aus den Arabesken des angelaufenen und unglaublich alten Schlüssels entziffert hatte. Er wußte jetzt, wie er gedreht und gegen die sinkende Sonne gehalten werden mußte, und welche zeremoniellen Silben bei der neunten und letzten Drehung in die Leere hinein zu intonieren waren. An einem Ort, der wie dieser hier einer dunklen Polarität und einem induzierten Tor so nahe lag, konnte der Schlüssel in seinen ursprünglichen Funktionen nicht versagen. Gewiß, diese Nacht noch würde er in der verlorenen Kindheit ausruhen, um die er nie aufgehört hatte zu trauern.

Mit dem Silberschlüssel in der Tasche stieg er aus dem Wagen und schritt bergauf, immer tiefer hinein in das schattige Herz jener brütenden, heimgesuchten Landschaft mit der krummen Straße, der efeuüberrankten Steinmauer, der schwarzen Waldung, dem knorrigen, verwilderten Obstgarten, dem aus Fensterhöhlen starrenden, verödeten Farmhaus und der namenlosen Ruine. Zur Stunde des Sonnenuntergang, als die fernen Turmspitzen von Kingsport im rötlichen Schein aufflammten, zog er den Schlüssel hervor und verrichtete die erforderlichen Drehungen und Intonationen. Erst später merkte er, wie schnell das Ritual gewirkt hatte.

Dann hatte er im wachsenden Zwielicht eine Stimme aus der Vergangenheit gehört: Old Benijah Corey, der Dienstbote seines Großonkels. War der alte Benijah nicht schon vor dreißig Jahren gestorben? Dreißig Jahre vor *wann*? Was war Zeit? Wo war er gewesen? Was war daran merkwürdig, daß Benijah an diesem siebten Oktober 1883 nach ihm rief? War er nicht länger draußen geblieben, als es ihm Tante Martha erlaubt hatte? Was machte der Schlüssel da in seiner Jackentasche, wo doch eigentlich das Teleskop sein sollte, das ihm sein Vater vor zwei Monaten zum neunten Geburtstag geschenkt hatte? Würde er den mystischen Pylon aufschließen, den seine scharfen Augen zwischen den zerrissenen Felsen an der Rückseite der inneren Höhle hinter der Schlangengrube im Hang entdeckt hatten? Das war doch der Ort, den sie immer mit dem alten Zauberer Edmund Carter in Verbindung brachten. Die Leute trauten sich dort nicht hin, und niemand außer ihm war der von Wurzeln zugewachsene Spalt aufgefallen, und nur er hatte sich hindurchgezwängt, in die große, schwarze innere Kammer mit dem Pylon. Wessen Hände hatten diese Andeutung eines Pylons aus dem baren Fels gemeißelt? Die des alten Zauberers Edmund – oder die von *Anderen*, die er heraufbeschworen und denen er geboten hatte?

Am Ende dieses Tages aß der kleine Randolph mit Onkel Chris und Tante Martha in dem alten Farmhaus unter dem Walmdach zu Abend.

Den nächsten Morgen stand er zeitig auf und machte sich unter den ineinanderverschränkten Apfelbaumzweigen des Obstgartens hindurch zu dem höher gelegenen Waldstück auf, wo der Eingang der Schlangengrube zwischen grotesken, aufgedunsenen Eichen schwarz und abstoßend lauerte. Eine namenlose Erwartung überkam ihn, und er merkte nicht einmal, wie er sein Taschentuch verlor, als er in seiner Jackentasche nach dem wunderlichen Silberschlüssel kramte. Mit fester und abenteuerlicher Zuversicht kroch er durch die dunkle Öffnung und erleuchtete sich den Weg mit Streichhölzern, die er aus dem Wohnzimmer mitgenommen hatte. Im nächsten Moment hatte er sich durch den mit Wurzeln verstopften Riß am jenseitigen Ende gezwängt und stand in der weiten, unbekannten inneren Grotte, deren hinterste Felswand fast einem monströsen, bewußt gestalteten Pylon glich. Vor dieser feuchten, tropfenden Wand blieb er stumm und ehrfürchtig stehen, während er ein Streichholz nach dem anderen abbrannte. War diese steinige Ausbuchtung über dem Schlußstein des imaginären Bogens wirklich die gigantische Skulptur einer Hand? Dann zog er den Silberschlüssel hervor und verrichtete Bewegungen und Intonationen, an deren Herkunft er sich nur schwach erinnern konnte. Hatte er etwas vergessen? Er wußte nur, er wollte die Barriere zu dem fessellosen Land seiner Träume und den Schlünden, worin sich alle Dimensionen im Absoluten auflösten, überqueren.

III

Was sich dann ereignete, ist kaum in Worte zu fassen. Es steckt voll jener Paradoxe, Widersprüche und Anomalien, die im wachen Leben keinen Platz haben, sondern unsere phantastischsten Träume bevölkern und so lange als Tatsachen akzeptiert werden, bis wir in unsere enge, starre, objektive Welt limitierter Ursächlichkeit und dreidimensionaler Logik zurückgleiten. Der weitere Verlauf seiner Erzählung machte es dem Hindu schwer, nicht noch mehr den Anschein einer trivialen, kindischen Übertreibung zu erwecken, als er es mit der Idee eines durch die Jahre in seine Kindheit zurückversetzten Mannes ohnehin schon getan hatte. Mr. Aspinwall gab denn auch angewidert ein apoplektisches Schnauben von sich und hörte grundsätzlich nicht mehr hin.

Denn das Ritual des Silberschlüssels, so wie es Randolph Carter in jener schwarzen, unheimlichen Höhle in einer Höhle zelebrierte, blieb nicht ohne Folgen. Von der ersten Geste und Silbe an, war die Aura einer seltsamen, entsetzlichen Mutation spürbar – ein Gefühl von unwägbarem Tumult und Konfusion in Zeit und Raum, das dennoch keine Spur von dem enthielt, was wir als Bewegung und Dauer erkennen. Unmerklich verloren solche Kategorien wie Alter und Standort restlos an Bedeutung. Am Tag vorher hatte Randolph Carter auf wunderbare Weise einen Abgrund von Jahren übersprungen. Jetzt war die Unterscheidung zwischen Knabe und Mann aufgehoben. Es gab nur noch die Entität Randolph Carter, mit einem bestimmten Vorrat an Bildern, die alle Verbindung zu terrestrischen Szenerien und den Umständen ihrer Aneignung eingebüßt hatten. Einen Moment zuvor hatte noch eine innere Grotte mit den vagen Andeutungen eines monströsen Bogens und einer gigantischen, skulpturierten Hand auf der Höhlenrückwand existiert. Jetzt gab es weder Präsenz noch Nicht-Präsenz der Höhle; weder Präsenz noch Nicht-Präsenz der Wand. Es gab nur den Strom eher zerebraler denn visueller Impressionen, in dem die Entität, die Randolph Carter war, von allem, worüber ihr Geist nachsann, Wahrnehmungen oder Registrationen erfuhr, ohne sich jedoch über die Art, wie sie diese empfing, bewußt zu sein.

Als das Ritual beendet war, wußte Carter, daß er sich in keiner Region mehr befand, die von Geographen der Erde lokalisiert werden konnte, und in keinem Zeitalter, das die Geschichte zu datieren vermochte; denn die Bedeutung dessen, was vorging, war ihm nicht völlig unbekannt. In den kryptischen Pnakotischen Fragmenten fanden sich Andeutungen darüber, und ein ganzes Kapital im verbotenen *Necronomicon* des wahnsinnigen Arabers Abdul Alhazred war in seinem Sinn erhellt worden, nachdem er die in den Silberschlüssel eingravierten Zeichen entziffert hatte. Ein Tor war aufgeschlossen worden – gewißlich nicht das Ultimate Tor, aber eines, das von der Erde und aus der Zeit zu jener Extension der Erde führte, die jenseits der Zeit liegt, und von der wiederum das Ultimate Tor fürchterlich und gefahrvoll in die

Letze Leere führt, welche außerhalb aller Erden, aller Universen und aller Materie ist.

Es würde einen Führer geben – und zwar einen sehr schrecklichen; einen Führer, der vor Jahrmillionen eine Entität der Erde gewesen war, als noch nichts vom Menschen träumte, und sich vergessene Gestalten auf einem dampfenden Planeten bewegten und seltsame Städte schufen, zwischen deren letzten, zerbröckelnden Ruinen die ersten Säugetiere spielen sollten. Carter entsann sich dessen, was das monströse *Necronomicon* verschwommen und unzusammenhängend über jenen Führer dunkel angedeutet hatte:

»*Und gibt es schon jene*«, so hatte der wahnsinnige Araber geschrieben, »*die es gewagt haben, nach einem Blick hinter den Schleier zu trachten und IHN zum Führer zu nehmen, so hätten sie doch klüger daran getan, den Umgang mit IHM zu meiden; denn im Buche Thoth ist der schreckliche Preis verzeichnet, der für auch nur einen flüchtigen Blick zu entrichten ist. Desgleichen kehren jene, die hinübergehen nie zurück, denn in den Unermeßlichkeiten, die unsere Welt transzendieren, lauern Geschöpfe der Finsternis, die sie packen und ketten. Das Unding, das durch die Nacht schlottert, der Böse, der dem Zeichen der Alten widersteht, die Horde, die beim geheimen Portal, das allen Gräbern bekanntlich eignet, Wache hält, und an dem gedeiht, was ihr aus deren Bewohnern zuwächst: – all diese Verderbtheiten sind nichtiger als ER, der den Torweg bewacht: ER, der den Tollkühnen hinter alle Welten in den Abgrund unnennbarer Verschlinger führen wird. Denn Er ist 'UMR AT-TAWIL, der Urälteste, welches dem Schriftkundigen übersetzt bedeutet, ER, DER LÄNGER ALS DAS LEBEN WÄHRT.*«

Erinnerung und Imagination gaukelten inmitten des brodelnden Chaos trübe Halbbilder von ungewissen Umrissen vor, aber Carter wußte, daß sie nur der Erinnerung und Imagination entsprangen. Trotzdem spürte er, daß es nicht der Zufall war, der diese Dinge in seinem Bewußtsein entstehen ließ, sondern vielmehr irgendeine gewaltige, unaussprechliche und dimensionslose Realität, die ihn umgab und versuchte, sich in die einzigen Symbole zu übersetzen, die er zu begreifen imstande war. Denn kein Geist der Erde vermag die Extensionen der Form zu begreifen, die die obliquen Schlünde außerhalb der uns bekannten Zeit und Dimensionen durchweben.

Vor Carter wogte ein verhangenes Gepränge von Gestalten und Szenen, die er irgendwie mit der urzeitlichen und äonenvergessenen Vergangenheit der Erde in Verbindung brachte. Monströse Lebewesen bewegten sich ungehindert durch Ansichten einer phantastischen Schöpfung, wie kein gesunder Traum sie je kannte, und Landschaften trugen unglaubliche Vegetationen, Klippen, Berge und Mauerwerke nichtmenschlichen Stils. Es gab Städte unter dem Meer und diejenigen, die sie bewohnten; und Türme in riesigen Wüsten, wo Globen und Zylinder und namenlose Wesen hinaus ins All schossen, oder aus dem All herniederstürzten. Dies alles erfaßte Carter, obwohl die Bilder weder untereinander noch zu ihm in fester Beziehung standen. Er selbst besaß keine stabile Form oder Position, nur jene Andeutungen von Form und Position, die seine wirbelnde Phantasie lieferte.

Er hatte sich gewünscht, die verzauberten Regionen seiner Kindheitsträume zu finden, wo Galeeren an den vergoldeten Turmspitzen von Thran vorbei den Fluß Oukranos hinauf segeln, und Elefantenkarawanen durch die duftenden Dschungel von Kled stampfen, vorüber an vergessenen Palästen mit geäderten Elfenbeinsäulen, die lieblich und unversehrt unter dem Mond schlummern. Jetzt, trunken von umfassenderen Visionen, wußte er kaum mehr, wonach er suchte. Gedanken an grenzenlose und blasphemische Waghalsigkeiten keimten in ihm auf, und er wußte, er würde dem gefürchteten Führer ohne Angst gegenübertreten, um Monströses und Schreckliches von ihm zu verlangen.

Mit einmal schien die Bilderschau eine vage Stabilisation zu erfahren. Da ragten gewaltige Steinmassen, die zu fremdartigen und unverständlichen Mustern behauen und nach den Gesetzen einer unbekannten und verkehrten Geometrie aufgeführt waren. Von einem Himmel unbestimmbarer Farbe filterte in verblüffenden und widersprüchlichen Bahnen Licht herab und spielte fast einfühlsam über etwas, das einer gebogenen Linie gigantischer, hieroglyphenbedeckter und am ehesten noch hexagonal zu nennender Piedestale glich, auf denen verhüllte, unklare Schemen thronten.

Da war noch ein anderes Schemen, und dies saß auf keinem Piedestal, sondern schwebte oder glitt über dem verschleierten, bodenähnlichen Untergrund. Seine Umrisse blieben nicht eben dauerhaft, wechselten vielmehr zwischen vergänglichen Andeutungen einer der menschlichen Gestalt entfernt gleichenden

Figur, die andererseits doch wieder nur halb so groß wie ein gewöhnlicher Mensch war. Wie die Schemen auf den Piedestalen schien auch dieses hier mit einem Gewebe undefinierbarer Farbe verhüllt; und Carter entdeckte keine Augenlöcher, durch die es sehen konnte. Wahrscheinlich brauchte die Gestalt nichts zu sehen, denn sie schien einer Gattung von Wesen zugehörig, deren Organisation und Fähigkeiten weit über das rein Physikalische hinausreichten.

Einen Augenblick später bestätigte sich Carters Vermutung, denn die Gestalt hatte laut- und wortlos zu seinem Geist gesprochen. Und obwohl sie einen gefürchteten und entsetzlichen Namen nannte, zuckte Carter nicht mit der Wimper. Er antwortete auf die gleiche ton- und wortlose Weise und machte jene Verbeugungen, die ihn das gräßliche *Necronomicon* gelehrt hatte. Denn dieses Schemen war nichts Geringeres, als das, was die Welt gefürchtet hat, seit Lomar aus dem Meer stieg und die Kinder des Feuer-Nebels zur Erde kamen, um den Menschen in der Alten Lehre zu unterweisen. Es war wahrhaftig der schreckliche Führer und Wächter des Tores – 'UMR AT-TAWIL, was der Schriftenkundige übersetzt mit, ER, DER LÄNGER ALS DAS LEBEN WÄHRT.

Da der Führer alles wußte, wußte er auch von Carters Suche und seinem Kommen, und daß dieser Sucher der Träume und Geheimnisse unerschrocken vor ihm stand. In seiner Ausstrahlung lag weder Grauen noch Bosheit, und für einen Augenblick fragte sich Carter, ob die furchtbaren und blasphemischen Anspielungen des wahnsinnigen Arabers wohl Neid oder dem vergeblichen Wunsch entsprangen, das zu vollbringen, was nun vollbracht werden würde. Vielleicht behielt sich der Führer sein Grauen und seine Bosheit auch für jene auf, die Furcht zeigten. Die anhaltenden Ausstrahlungen nahmen in Carter schließlich die Form von Worten an.

»Ich bin wahrlich jener Urälteste«, sprach der Führer, » von dem du weißt. Wir haben dich erwartet – die Uralten und ich. Du bist willkommen, wenngleich deine Verspätung groß ist. Du besitzt den Schlüssel und hast das Erste Tor geöffnet. Jetzt steht das Ultimate Tor zu deiner Prüfung bereit. Fürchtest du dich, so mußt du nicht weiter. Noch kannst du unversehrt den Weg zurück beschreiten, den du kamst. Doch entscheidest du dich weiterzugehen –«

Die Pause war ominös, doch die Ausstrahlungen blieben freundlich. Carter zögerte nicht einen Augenblick, denn ihn trieb brennende Neugier.

»Ich werde weitergehen«, strahlte er zurück, »und ich nehme dich zu meinem Führer.«

Bei dieser Antwort schien der Führer mit gewissen Bewegungen seiner Robe ein Zeichen zu geben, doch ob dabei ein Arm oder ein entsprechendes Glied gehoben wurde, blieb unklar. Ein zweites Zeichen folgte, und aus seinen reichen Kenntnissen wußte Carter, daß er sich endlich in unmittelbarer Nähe des Ultimaten Tores befand. Das Licht wechselte jetzt in eine neue unerklärliche Farbe hinüber, und die Schemen auf den quasihexagonalen Piedestalen gewannen an Schärfe. Nun, da sie eine gestrafftere Haltung angenommen hatten, wirkten ihre Umrisse menschenähnlicher, obwohl sich Carter darüber klar war, daß sie keine Menschen sein konnten. Ihre verhüllten Häupter schienen jetzt hohe Mitren von ungewisser Farbe zu tragen, die eigentümlich an jene von namenlosen Figuren gemahnten, die ein vergessener Bildhauer entlang der gewachsenen Klippen eines himmelstürmenden Berges in der Tartarei gemeißelt hatte; und gewisse Falten ihrer Gewänder hielten lange Zepter umfaßt, deren geschnitzte Spitzen ein groteskes und archaisches Geheimnis versinnbildlichten.

Carter ahnte, was sie waren und woher sie kamen und in wessen Dienst sie standen, und er ahnte auch, um welchen Preis sie dienten. Aber er war noch immer zufrieden, denn auf ein ungeheueres Wagnis hin würde er alles erfahren. Verdammnis, überlegte er, ist nur ein Wort, das sich jene zuwerfen, die ihre Blindheit treibt, alle zu verdammen, die sehen können, und sei es nur mit einem Auge. Er wunderte sich über die gewaltige Selbstüberschätzung derer, die von den *boshaften* Uralten geschwatzt hatten, als ob sie in ihren immerwährenden Träumen innehalten könnten, um eine Strafe über das Menschengeschlecht zu verhängen. Genausogut, dachte er, könnte ein Mammut rasende Rache an einem Regenwurm nehmen. Jetzt grüßte ihn die ganze Versammlung auf den verschwommen hexagonalen Säulen mit einer Geste der sonderbar geschnitzten Zepter und strahlte dazu eine Botschaft aus, die besagte:

»Wir grüßen dich, Urältester, und auch dich, Randolph Carter, der du durch deine Kühnheit einer von uns geworden bist.«

Carter sah jetzt, daß eines der Piedestale unbesetzt war, und eine Geste des Urältesten verriet ihm, daß es ihm vorbehalten blieb. Er entdeckte noch ein anderes, die übrigen überragendes Piedestal, das das Zentrum jener absonderlich gekrümmten Linie – weder Halbkreis noch Ellipse, weder Hyperbel noch Parabel – einnahm, die von den Sockeln gebildet wurde. Dies, so vermutete er, war der Thron des Führers. Auf kaum zu beschreibende Weise bewegte sich Carter, stieg hinauf und nahm seinen Platz ein; und als er dies tat, sah er, daß auch der Führer sich gesetzt hatte.

Nach und nach ließ sich undeutlich erkennen, daß der Urälteste etwas hielt – irgendein, von den gebauschten Falten seiner Robe umfaßtes Objekt, das seine Gefährten anscheinend betrachten oder auf andere Art wahrnehmen sollten. Es handelte sich um eine große Kugel, so wenigstens schien es, aus trübe irisierendem Metall, und als er sie hob, schwoll ein tiefes durchdringendes Geräusch in rhythmisch wirkenden Intervallen an und ab, die dennoch keinem Rhythmus der Erde folgten. Da war ein Hauch von Gesang – oder dessen, was menschliche Phantasie für Gesang halten mochte. Die scheinbare Kugel begann sogleich zu leuchten, und als sie in einem kalten, pulsierenden Licht unbenennbarer Farbe erstrahlte, bemerkte Carter, daß ihr Flackern dem fremdartigen Rhythmus des Gesanges folgte. Dann fingen alle mitrengeschmückten und zeptertragenden Schemen auf den Piedestalen an, sich im selben, unerklärlichen Rhythmus leicht und wunderlich zu wiegen, während zugleich um ihre verhüllten Häupter Strahlenkronen spielten, deren nicht klassifizierbares Licht dem der scheinbaren Kugel glich.

Der Hindu unterbrach seine Erzählung und musterte neugierig die hohe, sargförmige Standuhr mit vier Zeigern und einem hieroglyphenbedeckten Zifferblatt, deren verrücktes Ticken keinem bekannten Rhythmus der Erde folgte.

»Ihnen, Mr. de Marigny«, wandte er sich plötzlich an seinen gelehrten Gastgeber, »brauche ich den außergewöhnlich fremdartigen Rhythmus wohl nicht zu erklären, in dem jene kapuzenvermummten Schemen auf den hexagonalen Säulen sangen und sich wiegten. In Amerika sind Sie der einzige, der ebenfalls den Hauch des Außenbereichs verspürte. Diese Uhr hat Ihnen vermutlich der Yogi geschickt, von dem der arme Harley Warren immer sprach – jener Seher, der behauptete, als einziger lebender Mensch in Yian-Ho, dem verborgenen Vermächtnis des äonenalten Leng, gewesen zu sein, und aus dieser verbotenen und gefürchteten Stadt gewisse Dinge fortgeschafft zu haben. Ich frage mich, wieviele ihrer subtileren Eigenschaften Sie kennen? Wenn meine Träume und Deutungen stimmen, so wurden sie von jenen geschaffen, die viel über den ersten Torweg wußten. Aber lassen Sie mich weitererzählen.«

Schließlich, so fuhr der Swami fort, hörte das Wiegen und der undeutliche Gesang auf, die funkelnden Strahlenkränze um die jetzt nach vorn gesunkenen und reglosen Köpfe verblaßten, und die verhüllten Schemen sanken wunderlich auf ihre Piedestale hin. Die scheinbare Kugel jedoch pulsierte in unerklärlichem Licht weiter. Carter spürte, daß die Uralten nun wieder schliefen wie vorhin, als er sie zum erstenmal sah, und er fragte sich, aus welch kosmischen Träumen seine Ankunft sie gerissen hatte. Langsam dämmerte ihm, daß dies sonderbare Ritual eine Unterweisung gewesen war, und daß der Urälteste seine Gefährten in einen neuerlichen und absonderlichen Schlaf gesungen hatte, auf daß ihre Träume das Ultimate Tor öffneten, für das der Silberschlüssel einen Passierschein darstellte. Er wußte, daß sie in der Profundität dieses tiefen Schlafes über unausgeloteten Unermeßlichkeiten des extremen und absoluten Außenseins sannen, und daß sie ausführen würden, was durch seine Gegenwart erforderlich geworden war.

Der Führer teilte ihren Schlaf nicht, sondern schien noch immer auf verborgene und lautlose Weise Instruktionen zu erteilen. Offensichtlich prägte er Bilder jener Dinge vor, die seine Gefährten träumen sollten: und Carter wußte, daß eine, für seine irdischen Augen sichtbare Manifestation geboren werden würde, wenn jeder der Uralten den vorgeschriebenen Gedanken träumte. Waren die Träume aller Schemen in eins geflossen, dann würde durch diese Vereinigung die Manifestation auftauchen und mit ihr all das manifest werden, was er benötigte. Er hatte derlei auf der Erde schon erlebt – in Indien, wo der vereinte Wille eines Adeptenzirkels einem Gedanken greifbare Substanz verleihen kann, und im altersgrauen Atlaanât, das nur zu nennen kaum jemand wagt.

Was das Ultimate Tor genau war, und wie es durchschritten werden mußte, wußte Carter nicht mit Bestimmtheit; doch eine gespannte Erwartung wallte in ihm auf. Er spürte, daß er eine Art

Körper besaß und den schicksalsschweren Silberschlüssel in der Hand hielt. Die vor ihm aufragenden Steinmassen wirkten so ebenmäßig wie eine Mauer, zu deren Zentrum seine Augen unwiderstehlich hingezogen wurden. Und dann fühlte er die mentalen Ströme des Urältesten plötzlich verebben.

Zum erstenmal empfand Carter den Schrecken einer völligen, mentalen sowie physikalischen Stille. Die voraufgegangenen Momente hatte noch alle ein wahrnehmbarer Rhythmus durchdrungen, selbst wenn es nur das schwache, kryptische Pulsieren der dimensionsübergreifenden Extension der Erde gewesen war, doch jetzt schien das Schweigen des Abgrunds auf allem zu liegen. Trotz seines ahnbaren Körpers vernahm er kein Atemgeräusch, und der Glanz von 'Umr at-Tawils scheinbarer Kugel war wie versteinert und pulsierte nicht mehr. Ein mächtiger Strahlenkranz, heller als die Gloriolen, die um die Häupter der Schemen gespielt hatten, glänzte gefroren über dem verhüllten Schädel des entsetzlichen Führers.

Schwindel ergriff Carter, und sein Gefühl der Orientierungslosigkeit wuchs ins Tausendfache. Die eigenartigen Lichtfluten, schienen die Qualität massierter, undurchdringlicher Schwärze zu besitzen, während die Uralten auf ihren so nahen pseudohexagonalen Thronen ein Hauch bestürzender Entrücktheit umgab. Dann fühlte er sich in unermeßliche Tiefen getragen, wo warme, duftende Wellen gegen sein Gesicht schlugen. Ihm war, als treibe er in einem brennenden, rosenfarbigen Meer; in einem Meer aus berauschendem Wein, dessen Wellen sich schäumend an Küsten aus loderndem Feuer brachen. Große Furcht packte ihn, als er verschwommen sah, wie dies gewaltige, wogende Meer gegen seine weitentfernten Küsten brandete. Doch der Augenblick der Stille war durchbrochen – die Wogen redeten zu ihm in einer Sprache die auf physikalische Laute oder artikulierte Worte verzichtete.

»*Der Wahrheitsliebende ist jenseits von Gut und Böse*«, intonierte eine Stimme, die keine war. »*Der Wahrheitsliebende ist ins Alles-Ist-Eins getrieben. Der Wahrheitsliebende hat gelernt, daß Illusion die Einzige Realität ist und Wirklichkeit die Große Betrügerin.*«

Und jetzt erschien in dem aufstrebenden Mauerwerk, das seine Augen so unwiderstehlich angezogen hatte, der Umriß eines titanischen Torbogens, nicht unähnlich dem, den er vor so langem in jener Höhle in einer Höhle auf der fernen, unwirklichen Oberfläche der dreidimensionalen Erde zu sehen geglaubt hatte. Er merkte, daß er den Silberschlüssel benutzt hatte – ihn gemäß eines unwissenden und instinktiven Rituals bewegt hatte, das ziemlich jenem glich, das das Innere Tor geöffnet hatte. Dieses rosentrunkene Meer, das seine Wangen bespülte, war, so begriff er, nichts anderes, als die diamantharte Masse der soliden Mauer, die vor seiner Beschwörung wich, und der Gedankenwirbel, mit dem die Uralten seine Beschwörung unterstützt hatten. Noch immer von Instinkt und blinder Determination geleitet, trieb er vorwärts – und durch das Ultimate Tor.

IV

Randolph Carters Durchgang durch das zyklopische Bollwerk der Mauer glich einem schwindelnden Sturz in die maßlosen Schlünde zwischen den Sternen. Aus großer Entfernung spürte er triumphale, göttliche Wellen von tödlicher Süße, und danach das Rauschen mächtiger Flügel und Klangimpressionen zirpender und murmelnder Objekte, die auf der Erde oder im Sonnensystem unbekannt sind. Beim Zurückblicken sah er nicht nur ein Tor, sondern eine ganze Vielzahl von Toren, und an manchen lärmten Formen, an die er sich nicht erinnern mochte.

Und dann ergriff ihn plötzlich ein tieferes Entsetzen, als es irgendeine der Formen einzuflößen vermochte – ein Entsetzen, dem er nicht entfliehen konnte, weil es mit ihm selbst verknüpft war. Bereits der Erste Torweg hatte ihm einen Teil seiner Stabilität geraubt, ihn über seine körperliche Gestalt und seine Beziehung zu den ihn nebelhaft umgebenden Objekten im Zweifel gelassen, sein Gefühl der Einheit aber nicht beeinträchtigt. Er war noch immer Randolph Carter gewesen, ein fester Punkt im Dimensionsgebrodel. Jetzt, jenseits des Ultimaten Torweges, erkannte er innerhalb eines Augenblicks allesverzehrender Furcht, daß er nicht eine, sondern viele Personen war.

Er befand sich an vielen Orten gleichzeitig. Auf der Erde des 7. Oktober 1883 verließ ein kleiner Junge namens Randolph Carter im stillen Abendlicht die Schlangengrube und rannte den felsigen Hang hinab und durch das ineinanderverschränkte Geäst des Obstgartens zum Haus seines Onkels Christopher in den Bergen hinter Arkham; doch im selben Moment, der irgendwie auch in das irdische Jahr 1928 fiel, saß ein vager Schatten, der ebensogut Randolph Carter war, in der transdimensionalen Extension der Erde auf einem Piedestal zwischen den Uralten. Und hier, in dem unbekannten und formlosen kosmischen Abgrund jenseits des Ultimaten Tores war ein dritter Randolph Carter. Und anderswo, inmitten eines Chaos von Szenerien, deren unendliche Mannigfaltigkeit und monströse Ungleichheit ihn dicht an den Rand des Wahnsinns trieben, war eine grenzenlose Vermengung von Wesen, die, wie er wußte, genauso er selbst waren, wie die lokale Manifestation jenseits des Ultimaten Tores.

 Es gab Carters an Schauplätzen aller bekannten und gemutmaßten Zeitalter der Erdgeschichte und in entlegeneren Zeitaltern irdischen Seins, die Wissen, Spekulation und Glaubhaftigkeit überstiegen; Carters sowohl in menschlicher wie nicht menschlicher Gestalt, Vertebraten wie Evertebraten, vernunftbegabte wie geistlose, tierische wie pflanzliche. Und damit nicht genug, da waren Carters, die mit irdischem Leben nichts mehr gemein hatten, sondern sich zügellos vor den Kulissen anderer Planeten, Systeme, Galaxien und kosmischer Kontinua bewegten; Sporen ewigen Lebens drifteten von Welt zu Welt, von Universum zu Universum, und doch waren sie alle er selbst. Manche der flüchtigen Bilder erinnerten an Träume – an sowohl matte wie lebhafte, einmalige wie wiederkehrende – die er durch die langen Jahre, seit er zu träumen begann, gehabt hatte; und einige wenige besaßen eine unheimliche, faszinierende und beinahe grausige Vertrautheit, die keine irdische Logik zu erklären vermochte.

 Angesichts dieser Erkenntnis taumelte Carter in den Klauen äußersten Entsetzens – eines Entsetzens, das nicht einmal der Klimax jener gräßlichen Nacht über ihn gebracht hatte, als unter dem schwindenden Mond zwei Personen in einen uralten und hassenswerten Friedhof eingedrungen waren und nur eine ihn wieder verlassen hatte. Kein Tod, kein Verhängnis, keine Qual ist fähig, jene übermächtige Verzweiflung hervorzurufen, die einem Verlust der *Identität* entspringt. Das Verschmelzen mit dem Nichts ist friedvolles Vergessen; aber sich der eigenen Existenz bewußt zu sein, und dennoch zu wissen, daß man nicht länger ein definit von anderen Wesen unterschiedenes Wesen ist – daß man kein *Ich* mehr besitzt –, das ist der namenlose Gipfel von Agonie und Furcht.

Er wußte, daß es einen Randolph Carter aus Boston gegeben hatte und konnte dennoch nicht sicher sein, ob er – das Fragment oder die Facette einer Entität jenseits des Ultimaten Tores – dieser Eine oder irgendein anderer gewesen war. Sein *Ich* war annulliert worden; und trotzdem fühlte er, daß er – falls in Anbetracht dieses absoluten Nichtvorhandenseins individueller Existenz überhaupt so etwas wie ein *er* möglich war – auf eine unbegreifliche Weise in einer Legion Ichs existierte. Es schien, als sei sein Körper unvermittelt in eine dieser vielgliedrigen und vielköpfigen Steinskulpturen indischer Tempel transformiert worden, und er betrachtete die Ansammlung und versuchte verwirrt, das Original von den Ergänzungen zu sondern – *falls* es überhaupt (monströsester aller Gedanken!) ein von anderen Verkörperungen gesondertes Original gab.

Dann wurde Carters Jenseits-des-Tores-Fragment vom scheinbaren Nadir des Grauens in die schwarzen, krallenden Abgründe eines noch tieferen Grauens gestürzt. Diesmal war es überwiegend extern – die Macht einer Persönlichkeit, die ihn zugleich konfrontierte, umschloß und durchdrang, und die neben ihrer lokalen Präsenz auch noch ein Teil von ihm selbst und gleichfalls koexistent mit allen Zeiten und angrenzend an alle Räume zu sein schien. Ein visuelles Bild fehlte, aber die Empfindung ihres Daseins, und die fürchterliche Vorstellung gleichzeitiger örtlicher Begrenztheit, Identität und Unendlichkeit, erzeugte ein paralysierendes Entsetzen, das alles übertraf, was die Carter-Facetten bisher für möglich gehalten hatten.

Im Angesicht dieses ehrfurchtgebietenden Wunders vergaß der Quasi-Carter die Schrecken seiner zerstörten Identität. Es war ein Alles-in-Einem und Eines-in-Allem von grenzenlosem Sein und Selbst – nicht nur die Erscheinung eines einzigen Raum-Zeit-Kontinuums, sondern verbunden mit der allerletzten, lebensspendenden Essenz des ganzen endlosen Daseinsbereichs – des endgültigen, äußersten Bereichs, der keiner Beschränkung unterliegt, und Phantasie wie Mathematik gleichwohl übersteigt. Es war vielleicht das, wovon gewisse Geheimkulte auf der Erde als *Yog-Sothoth* gewispert hatten, und was unter anderen Namen eine Gottheit war; das, was die Krustentiere von Yuggoth als den Jenseitigen verehren, und was die dunstigen Gehirne der Spiralnebel mit einem unübersetzbaren Zeichen benennen – aber die Carter-Facette begriff

blitzartig, wie seicht und fragmentarisch all diese Begriffe sind.
 Und jetzt wandte sich das Wesen mit ungeheuren Wellen, die zerschmetterten, brannten und donnerten, an die Carter-Facette – eine Energiekonzentration, die ihren Empfänger mit beinah unerträglicher Gewalt verdorrte, und deren unirdischer Rhythmus dem eigentümlichen Wiegen der Uralten und dem Flackern der monströsen Leuchterscheinungen in jener verwirrenden Region jenseits des Ersten Tores glich. Es schien als wären Sonnen, Welten und Universen auf einen Punkt hin zusammengeschossen, dessen Position im Raum sie sich verschworen hatten, in einem Ansturm unwiderstehlicher Raserei auszulöschen. Doch inmitten des größeren Entsetzens verringerte sich das kleinere; denn irgendwie schienen die sengenden Wellen den Jenseits-des-Tores-Carter von seinen unendlichen Duplikaten zu isolieren – schienen, sozusagen, die Illusion der Identität zu einem gewissen Grad wiederherzustellen. Nach einer Weile begann der Hörer damit, sich die Wellen in ihm bekannte Sprachstrukturen zu übersetzen, und sein Grauen und seine Beklemmung schwanden. Furcht wandelte sich in reine Ehrfurcht, und was blasphemisch abnormal gewirkt hatte, erschien jetzt nur noch unsagbar majestätisch.
 »Randolph Carter«, schien die Wesenheit zu sagen, »die Uralten, meine Manifestationen in der Extension deines Planeten, haben dich als Einen hergesandt, der unlängst noch in die kleinen Traumländer zurückkehren wollte, die er verloren hatte, der sich nun aber mit größerer Freiheit zu edleren Wünschen und höherer Wißbegier aufgeschwungen hat. Du wolltest den goldenen Oukranos hinauf segeln, um im orchideenreichen Kled vergessene Elfenbeinpaläste aufzusuchen, und auf dem Opalthron von Ilek-Vad zu regieren, dessen fabelhafte Türme und zahllose Kuppeln machtvoll zu einem einzelnen roten Stern eines Firmaments aufragen, das deiner Erde und aller Materie unbekannt ist. Jetzt, nach dem Durchschreiten von zwei Toren, strebst du nach erhabeneren Dingen. Du würdest vor unerwünschten Szenen nicht wie ein Kind in geliebte Träume entfliehen, sondern würdest wie ein Mann in jenes letzte und innerste Geheimnis hinabtauchen, das jenseits aller Szenerien und Träume liegt.
 Was du wünschst, habe ich für gut befunden; und ich bin bereit, dir zu gewähren, was ich Wesen von deinem Planeten nur elfmal gewährt habe – und nur fünfmal solchen, die du Menschen nennst

oder solchen, die ihnen ähneln. Ich bin bereit, dir das Ultimate Mysterium zu zeigen, dessen Anblick einen schwachen Geist zerstört. Doch ehe du dieses erste und letzte Geheimnis unverhüllt schaust, bleibt dir noch die freie Wahl, und du darfst, wenn du es wünschst, durch die zwei Tore zurückkehren, ohne daß sich der Schleier vor deinen Augen geteilt hat.«

V

Das plötzliche Abbrechen der Wellen ließ Carter in einer frostigen und fürchterlichen Stille voller Trostlosigkeit zurück. Von allen Seiten bedrängte ihn die grenzenlose Unermeßlichkeit der Leere. Nach einem Augenblick dachte er Worte, deren mentalen Gehalt er in den Abgrund schleuderte: »Ich akzeptiere. Ich will nicht umkehren.«

Die Wellen strahlten wieder aus, und Carter wußte, daß die Wesenheit verstanden hatte. Und jetzt verströmte der schrankenlose Geist eine Flut von Wissen und Erklärungen, die dem Sucher neue Ausblicke eröffneten und ihn darauf vorbereiteten, den Kosmos in einer Weise zu begreifen, wie er es nie zu hoffen gewagt hatte. Er erfuhr wie kindisch und limitiert die Vorstellung einer dreidimensionalen Welt ist, und wieviel unendliche Richtungen es neben den bekannten Richtungen oben–unten, vorwärts–rückwärts, links–rechts noch gibt. Man zeigte ihm die Kleinheit und aufgeputzte Nichtigkeit der Erdgötter mit ihren bedeutungslosen menschlichen Interessen und Verbindungen – ihren Haß und Zorn, ihre Liebe und Eitelkeit; ihre Gier nach Preis und Opfer, und ihre Forderung nach Glaubensbekenntnissen, die Vernunft und Natur widersprechen.

Übersetzten sich die meisten Impressionen Carter auch in Form von Worten, so gab es doch auch solche, deren Erklärung andere Sinne übernahmen. Vielleicht erfaßte er mittels der Augen, vielleicht mittels der Vorstellung, daß er sich in einer dem Auge und Gehirn des Menschen unzugänglichen Dimensionenregion befand. In den brütenden Schatten dessen, was zuerst ein Strudel der Macht, und dann eine schrankenlose Leere gewesen war, erkannte er jetzt einen Schöpfungskreis, der ihm die Sinne betäubte. Von einem unbegreiflichen Übersichtspunkt aus blickte er auf ungeheure Formen, deren multiple Extensionen alle seine bisher erworbenen Begriffe von Sein, Größe, und Begrenztheit sprengten, obwohl er ein Leben lang kryptische Studien getrieben hatte. Er fing dunkel zu verstehen an, wie es möglich war, daß der kleine Junge Randolph Carter des Jahres 1883 in dem Farmhaus bei Arkham, die nebulöse Gestalt auf der vage hexagonalen Säule jenseits des Ersten Tores, das Fragment, das jetzt der Erscheinung in der endlosen Leere gegenübertrat, und all die anderen Carters, die seine Einbildungskraft oder seine Wahrnehmung schaute, gleichzeitig existieren konnten.

Dann verstärkten sich die Wellen und versuchten, sein Verständnis zu erweitern, indem sie ihn mit der vielförmigen Entität aussöhnten, von der sein hierbefindliches Fragment einen infinitesimalen Teil darstellte. Sie sagten ihm, daß jede Figur des Raumes nur das Resultat der Intersektion mit einer Ebene einer korrespondierenden Figur der nächsthöheren Dimension ist – so wie ein Quadrat ein Würfelschnitt, und ein Kreis ein Kugelschnitt ist. Die dreidimensionalen Würfel und Kugeln sind ihrerseits Schnitte der korrespondierenden vierdimensionalen Figuren, die die Menschen nur aus Spekulationen und Träumen kennen; und diese wiederum sind Schnitte fünfdimensionaler Figuren, und so immer weiter hinauf bis in die schwindelnde und unerreichbare Höhe archetypischer Unendlichkeit. Die Welt der Menschen und der Menschengötter ist nur eine infinitesimale Phase eines infinitesimalen Etwas – die dreidimensionale Phase der durch das Erste Tor zu erreichenden, kleinen Ganzheit, wo 'Umr at-Tawil den Uralten Träume diktiert. Obwohl die Menschen dies als Realität preisen und jeden Gedanken an das vierdimensionale Original als unrealistisch verbannen, verhält es sich in Wahrheit doch genau umgekehrt. Was wir Stoff und Realität nennen, ist Schatten und Illusion, und was wir Schatten und Illusion nennen, ist Stoff und Realität.

Zeit, fuhren die Wellen fort, kennt keine Bewegung und weder Anfang noch Ende. Daß sie sich bewegt und die Ursache der Veränderung bildet, ist eine Illusion. Eigentlich ist sie selbst eine Illusion, denn außer in der engen Anschauung von Wesen der begrenzten Dimensionen, existiert so etwas wie Vergangenheit, Gegenwart und Zukunft nicht. Die Menschen stellen sich die Zeit nur auf Grund dessen vor, was sie Veränderung nennen, aber auch dies ist Illusion. Alles das war und ist und sein wird, existiert gleichzeitig.

Diese Enthüllungen erfolgten mit einer gottähnlichen Feierlichkeit, die Carter jedes Zweifeln unmöglich machte. Obwohl sie sein Fassungsvermögen beinahe überstiegen, spürte er, daß sie im Licht jener finalen kosmischen Realität, die alle lokalen Perspektiven und beschränkten partiellen Einsichten Lügen strafte, wahr sein mußten; und er war mit profunden Spekulationen genug vertraut, um frei zu sein von der Sklaverei lokaler und partieller Vorstellungen. Hatte seine ganze Suche denn nicht auf dem Glauben an die Unwirklichkeit des Lokalen und Partiellen gefußt?

Nach einer eindrucksvollen Pause setzten die Wellen wieder ein und sagten, daß das, was die Bewohner der geringdimensionierten Zonen Wandel nennen, nur eine Funktion ihres Bewußtseins ist, das die externe Welt unter verschiedenen kosmischen Winkeln betrachtet. So wie die aus einem Kegelschnitt resultierenden Figuren mit den Schnittwinkeln zu variieren scheinen – je nach Winkel entstehen Kreis, Ellipse, Parabel oder Hyperbel, ohne daß jedoch der Kegel selbst eine Veränderung erfährt – genauso scheinen sich die lokalen Aspekte einer unveränderlichen und endlosen Realität mit den kosmischen Betrachtungswinkeln zu verändern. Die schwachen Bewohner der inneren Welten sind Sklaven dieser mannigfaltigen Bewußtseinswinkel, denn abgesehen von wenigen Ausnahmen, lernen sie es nicht, sie zu kontrollieren. Nur wenige Erforscher der verbotenen Dinge haben sich Spuren dieser Kontrollfähigkeit erworben, und dadurch Zeit und Wandel bezwungen. Doch die Entitäten außerhalb der Tore beherrschen alle Winkel und schauen die myriaden Teile des Kosmos ganz nach Wunsch entweder unter der fragmentarischen, die Veränderung involvierenden Perspektive, oder als die unwandelbare Totalität jenseits der Perspektive.

Als die Wellen erneut aussetzten, erschloß sich Carter dumpf und erschreckend der letzte Hintergrund des Rätsels um seinen Identitätsverlust, der ihn anfangs so entsetzt hatte. Seine Intuition fügte die Fragmente der Enthüllung zusammen, und brachte ihn dem Erfassen des Geheimnisses schrittweise näher. Er begriff, daß ein Großteil der Enthüllungen bereits innerhalb des Ersten Tores über ihn gekommen wäre – und sein Ich in Myriaden irdischer Duplikate aufgespalten hätte –, hätte dies 'Umr at-Tawil mit seiner Magie nicht verhindert, und somit sichergestellt, daß Carter den Silberschlüssel beim Öffnen des

Ultimaten Tores präzis benutzen konnte. Auf deutlichere Erklärungen erpicht, sandte er Gedankenwellen aus, die eingehender nach der exakten Beziehung fragten, die zwischen seinen einzelnen Facetten bestand – zwischen dem Fragment, das jetzt jenseits des Ultimaten Tores weilte, dem Fragment, das noch immer auf der quasi-hexagonalen Säule jenseits des Ersten Tores thronte, dem Jungen des Jahres 1883, dem Mann des Jahres 1928, den verschiedenen Ahnwesen, die seine Erbanlagen bestimmt und das Bollwerk seines Ich errichtet hatten und den namenlosen Bewohnern anderer Äonen und anderer Welten, die jener erste gräßliche Blitz ultimaten Begreifens mit ihm identifiziert hatte. Langsam verströmten die Wellen der Wesenheit eine Antwort, die verständlich zu machen suchte, was einen irdischen Geist nahezu überforderte.

Alle Abstammungslinien von Wesen der endlichen Dimensionen, fuhren die Wellen fort, und alle Wachstumsstufen jedes einzelnen dieser Wesen sind nur die Manifestationen eines einzigen archetypischen und ewigen Wesens im All außerhalb der Dimensionen. Jedes lokale Wesen – Sohn, Vater, Großvater und so weiter – und jede individuelle Seinsstufe – Säugling, Kind, Junge, Mann – stellt nur eine der, durch Winkelvariationen der schneidenden Bewußtseinsebene bedingten, unendlichen Phasen eben jener archetypischen und ewigen Wesenheit dar. Randolph Carter in jedem Alter; Randolph Carter und alle seine Vorfahren, die menschlichen und die nicht menschlichen, die terrestrischen und die präterrestrischen –, sie alle waren nur Phasen eines ewigen, ultimaten »Carter« jenseits von Zeit und Raum – Phantomprojektionen, einzig differenziert durch den Winkel, unter dem die Bewußtseinsebene den ewigen Archetypus jeweils gerade schnitt.

Die kleinste Veränderung des Winkels konnte den Gelehrten von heute in das Kind von gestern verwandeln; konnte Randolph Carter in jenen Hexer Edmund Carter verwandeln, der 1692 aus Salem in die Berge hinter Arkham floh, oder in jenen Pickman Carter, der sich im Jahre 2169 merkwürdiger Mittel bedienen würde, um die Mongolenhorden aus Australien zu vertreiben; konnte einen menschlichen Carter in eine jener frühen Entitäten verwandeln, die im urzeitlichen Hyperborea gehaust und den schwarzen Tsathoggua angebetet hatten, nachdem er von Kythamil, dem Doppelplaneten, der einst den Arkturus umkreiste, herbeigeflogen war, konnte einen irdischen Carter in einen entfernten Urahn und zweifelhaft gestalteten Bewohner von Kythamil selbst verwandeln, oder in eine noch entferntere Kreatur des transgalaktischen Stronti, oder in ein vierdimensionales, gasförmiges Bewußtsein in einem uralten Raum-Zeit-Kontinuum, oder in ein Pflanzengehirn der Zukunft auf einem dunklen, radioaktiven Kometen mit unbegreiflichem Orbit – und so fort im endlos kosmischen Zyklus.

Die Archetypen, pulsten die Wellen weiter, sind die Bewohner des Ultimaten Abgrunds, unermeßlich und nur von raren Träumern der niedrigdimensionierten Welten geahnt. Angeführt wurden sie von eben jener diese Informationen ausstrahlenden Wesenheit ... *die wahrhaftig Carters eigener Archetyp war*. Carters und all seiner Vorfahren unersättlicher Hunger nach verbotenen Geheimnissen war ein natürliches Ergebnis ihrer Abstammung von dem Supremen Archetyp. Auf jeder Welt sind alle großen Zauberer, alle großen Denker, und alle großen Künstler Facetten von Ihm.

Vor Ehrfurcht beinahe betäubt und mit einer Art schaurigen Entzücken huldigte Randolph Carters Bewußtsein jener transzendenten Entität von der es abstammte. Als die Wellen erneut aussetzen, sann er in der mächtigen Stille, dachte an seltsame Achtungsbezeigungen, seltsamere Fragen und noch seltsamere Bitten. Sonderbare Vorstellungen durchströmten im Widerstreit ein von ungewohnten Einsichten und unvorhergesehenen Offenbarungen verwirrtes Gehirn. Ihm wurde klar, daß er, falls diese Offenbarungen tatsächlich der Wahrheit entsprachen, all diese unendlich weitentfernten Zeitalter und Regionen des Universums, die er bislang nur aus Träumen gekannt hatte, körperlich besuchen könnte, geböte er nur über den Zauber, die Winkel seiner Bewußtseinsebene zu verändern. Und stand ihm dieser Zauber denn mit dem Silberschlüssel nicht zur Verfügung? Hatte er ihn nicht zuerst aus einem Mann des Jahres 1928 in einen Jungen des Jahres 1883, und dann in etwas völlig außerhalb der Zeit verwandelt? Trotz seiner momentanen und augenscheinlichen Körperlosigkeit, wußte er sonderbarerweise doch, daß er den Schlüssel noch immer bei sich trug.

Während der noch anhaltenden Stille strahlte Randolph Carter die Gedanken und Fragen aus, die ihn bestürmten. Er wußte, daß er in diesem ultimaten Abgrund von jeder Facette seines Archetypus gleichweit entfernt war – menschlich oder nichtmenschlich, terrestrisch oder extraterrestrisch, galaktisch oder transgalaktisch; und er fieberte vor Neugier bezüglich seiner anderen Seinsphasen – besonders jener zeitlich wie räumlich von einem irdischen 1928 am weitesten entfernten Phasen, oder solcher, die seine Träume ein Leben lang hartnäckigst heimgesucht hatten. Er fühlte, daß ihn seine archetypische Entität durch eine Änderung seiner Bewußtseinsebene nach Belieben körperlich in jede dieser vergangenen und fernen Lebensphasen schicken konnte, und trotz der Wunder, die ihm widerfahren waren, brannte er auf das weitere Wunder, leibhaftig jene grotesken und unglaublichen Schauplätze zu durchwandern, die ihm die Visionen der Nacht fragmentarisch gezeigt hatten.

Ohne bestimmte Absicht erbat er sich von der Erscheinung Zugang zu einer trüben, phantastischen Welt, deren fünf vielfarbige Sonnen, fremde Konstellationen, schwindelerregende schwarze Klippen, klauenbewehrte, tapirschnauzige Bewohner, bizarre Metalltürme, unerklärliche Tunnel und kryptisch schwebende Zylinder immer und immer wieder in seinen Schlummer eingedrungen waren. Diese Welt, das spürte er undeutlich, unterhielt im ganzen faßlichen Raum die lebhaftesten Beziehungen zu anderen Welten; und er sehnte sich danach, die Ansichten zu erforschen, deren Andeutungen er flüchtig geschaut hatte, und danach, durch das All zu den noch entlegeneren Planeten aufzubrechen, mit denen die klauenbewehrten und tapirschnauzigen Bewohner Handel trieben. Für Angst blieb keine Zeit. Wie an allen Wendepunkten seines sonderbaren Lebens, so triumphierte auch diesmal die schiere kosmische Neugier über alles andere.

Als die Wellen ihr ehrfurchteinflößendes Pulsieren wieder aussandten, wußte Carter, daß ihm seine fürchterliche Bitte gewährt war. Die Wesenheit erzählte ihm von den unermeßlichen Schlünden, die er durchqueren müsse, von dem unbekannten Fünffach-Stern in einer ungeahnten Galaxis, um welchen die fremde Welt rotiere, und von den verborgenen, wühlenden Schrecken, gegen die die klauenbewehrte, tapirschnauzige Rasse jener Welt unentwegt kämpfe. Sie erzählte ihm auch, daß der Winkel seiner persönlichen Bewußtseinsebene und der Winkel, in dem seine Bewußtseinsebene zu den Raum-Zeit-Elementen der gesuchten Welt stand, gleichzeitig gekippt werden müßten, um besagter Welt die Carter-Facette zurückzugeben, die dort geweilt hatte.

Die Wesenheit warnte ihn davor, keinesfalls seine Symbole zu vergessen, wolle er diese entfernte und fremde Welt seiner Wahl jemals wieder verlassen, und Carter strahlte eine ungeduldige Bestätigung zurück; im Vertrauen darauf, daß der Silberschlüssel – den er noch immer bei sich spürte und der, wie er wußte, sowohl die Welt- wie Bewußtseinsebene gekippt hatte, als er ihn ins Jahr 1883 zurückschleuderte – die gemeinten Symbole barg. Und nun da die Wesenheit seine Ungeduld spürte, signalisierte sie ihre Bereitschaft, den monströsen jähen Rücksturz herbeizuführen. Die Wellen brachen abrupt ab und es trat eine momentane, mit namenloser und furchtbarer Erwartung gespannte Stille ein.

Dann hob ohne Warnung ein Geschwirr und Getrommel an, das zu einem schrecklichen Gedonner schwoll. Wieder glaubte Carter der Fokus einer immensen Energiekonzentration zu sein, die in dem nunmehr vertrauten Rhythmus des Außenraumes unerträglich schlug und hämmerte und sengte, und die er weder als die verdorrende Hitze eines flammenden Sterns noch als die alles versteinernde Kälte des ultimaten Abgrunds klassifizieren konnte. Jedem Spektrum unseres Universums fremde Farbbänder und Farbschleier spielten und durchwoben und vermengten sich vor ihm, und er wurde sich einer entsetzlichen Geschwindigkeit bewußt. Er erhaschte einen flüchtigen Blick einer Gestalt, die *allein* auf einem umwölkten, am ehesten noch hexagonal zu nennenden Thron saß . . .

VI

Als der Hindu seine Geschichte unterbrach, bemerkte er, daß ihn de Marigny und Phillips gefesselt beobachteten. Aspinwall gab vor, die Erzählung zu ignorieren und blickte ostentativ auf die vor ihm liegenden Papiere. Das einem fremden Rhythmus folgende Ticken der sargförmigen Standuhr gewann eine neue und ominöse Bedeutung, während sich die Schwaden aus den erstickten, vernachlässigten Dreifüßen zu phantastischen und unerklärlichen Formen verwoben und zusammen mit den grotesken Figuren der im Luftzug schwankenden Wandteppiche beunruhigende Muster bildeten. Der alte Neger, der nach ihnen gesehen hatte, war verschwunden – vielleicht hatte ihn eine wachsende Spannung aus dem Haus geschreckt. Ein beinah apologetisches Zögern hemmte den Sprecher, als er mit seiner merkwürdig angestrengten und doch fließenden Stimme fortfuhr.

»Es fiel Ihnen schwer, diese Erzählung vom Abgrund zu glauben«, sagte er, »aber bei den greifbaren und materiellen Dingen, die Sie nun erwarten, wird es Ihnen noch schwerer fallen. So sind unsere Gemüter eben einmal. Wunder erscheinen doppelt unglaublich, werden sie aus den vagen Regionen des möglichen Traums in die Dreidimensionalität überführt. Ich werde nicht versuchen, Ihnen viel zu berichten – das wäre eine eigene und ganz andere Geschichte. Ich will Ihnen nur das erzählen, was Sie unbedingt wissen müssen.«

Carter hatte sich nach diesem finalen Wirbel eines fremdartigen und polychromatischen Rhythmus in etwas wiedergefunden, das er sekundenlang für seinen alten, beharrlich wiederkehrenden Traum hielt. Er schritt, wie in so vielen voraufgegangenen Nächten, unter der Glut eines vielfarbigen Sonnenlichts inmitten von Scharen klauenbewehrter und tapirschnauziger Wesen durch die Straßen eines Labyrinths aus unerklärlich geformtem Metall, und als er an sich herunterblickte, sah er, daß sein Körper denen der anderen glich – runzelig, teilweise geschuppt und im wesentlichen sonderbar insektoid gegliedert, doch nicht ohne einen karikaturhaften Anklang an die menschliche Gestalt. Der Silberschlüssel befand sich noch immer in seinem Griff, wenngleich ihn jetzt auch eine verderblich aussehende Klaue hielt.

Im nächsten Moment verschwand das Traumgefühl, und er fühlte sich eher wie jemand, der gerade aus einem Traum erwacht war. Der ultimate Abgrund – die Wesenheit – die sich Randolph Carter nennende Entität einer absurden fremden Rasse auf einer zukünftigen, noch nicht geborenen Welt – einige dieser Dinge gehörten zu den Bestandteilen der beständig wiederkehrenden Träume des Zauberers Zkauba auf dem Planeten Yaddith. Sie waren zu hartnäckig – sie behinderten ihn in seiner Pflicht, Zauberformeln zu weben, die die fürchterlichen Dholes in ihre Gruben bannten, und sie vermischten sich mit seinen Erinnerungen an die Myriaden realer Welten, die er in Lichtwellen-Hüllen besucht hatte. Und jetzt schienen sie so quasi-real wie nie zuvor. Dieser schwere, greifbare Silberschlüssel in seiner rechten oberen Klaue, das genaue Abbild eines, von dem er geträumt hatte, verhieß nichts Gutes. Er mußte ruhen und nachdenken und die Täfelchen von Nhing um Rat fragen. Er kletterte eine Metallwand in einer weniger belebten Straße hinauf, betrat seine Unterkunft und näherte sich dem Gestell mit den Täfelchen.

Sieben-Tag-Fraktionen später kauerte Zkauba ehrfürchtig und halbverzweifelt auf seinem Prisma, denn die Wahrheit hatte ihm neue und widerstreitende Erinnerungsfolgen eröffnet. Nie wieder konnte er den Frieden genießen, ein einziges Wesen zu sein. Für alle Zeiten und alle Räume war er deren zwei: Zkauba, der Zauberer von Yaddith, den der Gedanke an das irdische Säugetier Carter ekelte, das er sein würde und gewesen war, sowie Randolph Carter aus Boston von der Erde, der vor dem klauenbewehrten, tapirschnauzigen Ding erschauderte, das er einst gewesen und zu dem er wieder geworden war.

Die auf Yaddith verbrachten Zeiteinheiten, so krächzte der Swami – dessen angestrengte Stimme Zeichen von Erschöpfung verriet, bilden eine Geschichte für sich, die sich nicht ohne Umschweife erzählen läßt. Dazu gehören Reisen nach Stronti, Mthura, Kath und anderen Welten der achtundzwanzig Galaxien, die mittels der Lichtwellen-Hüllen der Wesen von Yaddith zu erreichen waren, und auch Reisen, die zurück und vorwärts durch Äonen von Zeiten führten und mit Hilfe des Silberschlüssels sowie verschiedener anderer, den Zauberern von Yaddith bekannter Symbole vollbracht wurden. Es gab gräßliche Kämpfe mit den bleichen, klebrigen Dholes in urzeitlichen Tunneln, die den Planeten wie Waben durchzogen. Es gab ehrfurchtgebietende Sitzungen in Bibliotheken, wo das Wissen zehntausender lebender und toter Welten angehäuft war. Es gab spannungsgeladene Unterredungen mit anderen Geistern von Yaddith, darunter der des Erz-Uralten Buo. Zkauba vertraute niemand an, was seiner Persönlichkeit widerfahren war, doch wenn die Carter-Facette die Oberhand besaß, dann sann er wie rasend auf jedes nur erdenkliche Mittel, um zur Erde und in menschliche Gestalt zurückzukehren, und übte mit den fremden, so schlecht dazu geeigneten Kehlorganen die menschliche Sprache.

Die Carter-Facette hatte bald voller Entsetzen herausgefunden, daß der Silberschlüssel die Rückkehr in menschliche Gestalt nicht bewirken konnte. Er war, wie Carter zu spät aus Erinnerungen, Träumen und der Wissenschaft von Yaddith folgerte, ein

Erzeugnis aus Hyperborea auf der Erde, dem nur die Macht über die persönlichen Bewußtseinswinkel menschlicher Wesen innewohnte. Andererseits vermochte er den planetarischen Winkel zu kippen, und somit seinen Benutzer in unveränderter Gestalt nach Belieben durch die Zeit zu senden. Es hatte eine zusätzliche Zauberformel gegeben, die ihn mit unbegrenzten Kräften ausstattete, die ihm sonst mangelten; aber auch sie stellte eine menschliche Entdeckung dar – die einer räumlich unzugänglichen Region vorbehalten blieb und von den Zauberern von Yaddith nicht wiederholt werden konnte. Sie hatte auf dem unentzifferbaren Pergament in dem gräßlich geschnitzten Kasten mit dem Silberschlüssel gestanden, und Carter bereute bitter, es zurückgelassen zu haben. Die jetzt unerreichbare Wesenheit des Abgrunds hatte ihn ermahnt, seine Symbole nicht zu vergessen und zweifellos geglaubt, er wäre mit allen versehen.

Im Laufe der Zeit steigerte er seine Bemühungen, sich der monströsen Kenntnisse von Yaddith zu bedienen, um einen Weg zurück in den Abgrund und zu der omnipotenten Entität zu finden. Sein neues Wissen hätte ihm beim Entziffern des Pergamentes sehr geholfen, doch unter den derzeitigen Umständen geriet ihm dieses Wissen einzig zum Hohn. Es gab jedoch auch Zeiten, wo die Zkauba-Facette die Oberhand gewann, und wo er sich bemühte, die widerstreitenden Carter-Erinnerungen zu tilgen, die ihn quälten.

So verstrichen lange Zeiträume – unendlich länger, als es das menschliche Gehirn zu erfassen imstande ist, denn die Wesen von Yaddith sterben erst nach ausgedehnten Zyklen. Nach vielen hundert Umläufen schien die Carter-Facette über die Zkauba-Facette zu siegen und verbrachte ungeheure Zeitspannen damit, die räumliche und zeitliche Entfernung Yaddiths von der zukünftigen menschlichen Erde zu berechnen. Die Zahlenwerte waren bestürzend – unzählbare Äonen von Lichtjahren – doch das unvordenkliche Wissen von Yaddith erlaubte es Carter, solche Dinge zu begreifen. Er entwickelte die Kraft, sich vorübergehend auf die Erde zu träumen und erfuhr vieles über unseren Planeten was ihm bislang völlig unbekannt gewesen war. Doch die so dringend benötigte Formel auf dem vergessenen Pergament vermochte er nicht zu träumen.

Zuletzt entwarf er einen wilden Plan, um von Yaddith zu fliehen – es begann damit, daß er eine Droge fand, die die Zkauba-

Facette in ständigen Schlaf versetzte, ohne jedoch das Wissen und die Erinnerungen Zkaubas auszulöschen. Er glaubte, daß ihn seine Berechnungen eine Reise mit einer Lichtwellen-Hülle vollbringen lassen würden, wie sie noch kein Bewohner von Yaddith jemals vollbracht hatte — eine *körperliche* Reise durch namenlose Äonen und unglaubliche galaktische Bereiche ins Sonnensystem und zur Erde. Einmal dort, wenn auch im Körper eines klauenbewehrten und tapirschnauzigen Wesens, wäre er vielleicht irgendwie fähig, das mit seltsamen Hieroglyphen beschriebene Pergament, das er bei Arkham im Wagen gelassen hatte, zu finden und vollständig zu entschlüsseln; und mit seiner Hilfe – und der des Silberschlüssels – seine normale terrestrische Gestalt wiederzuerlangen.

Er war den Gefahren dieses Versuchs gegenüber nicht blind. Er wußte, daß Yaddith, nachdem er den Planeten-Winkel auf die entsprechende Äone ausgerichtet hatte (etwas was sich unmöglich während eines Sturzes durch das All ausführen ließ), eine tote, von triumphierenden Dholes beherrschte Welt und seine Flucht in der Lichtwellen-Hülle eine höchst zweifelhafte Angelegenheit sein würde. Ebenso war er sich darüber klar, daß er sich, wollte er den äonenlangen Flug durch bodenlose Abgründe überleben, wie ein Adept in Scheintod versetzen mußte. Er wußte auch, daß er sich – vorausgesetzt, seine Reise gelang – gegen bakterielle und andere irdische, einem Körper von Yaddith schädliche Gegebenheiten immunisieren mußte. Weiterhin galt es einen Weg zu finden, auf der Erde so lange eine menschliche Gestalt vorzutäuschen, bis er das Pergament wieder an sich bringen, entziffern und diese Gestalt wahrhaftig annehmen konnte. Andernfalls würde er vermutlich entdeckt und von den Leuten aus Entsetzen über ein Ding, das es nicht geben durfte, vernichtet. Und er benötigte eine Handvoll Gold – das es auf Yaddith glücklicherweise gab –, um sich damit über die Zeit der Suche hinwegzuhelfen.

Carters Pläne reiften allmählich heran. Er baute eine extrem widerstandsfähige Lichtwellen-Hülle, die der ungeheuren Zeit-Transition sowie dem beispiellosen Flug durchs All standhalten würde. Er überprüfte sämtliche Berechnungen und sandte unablässig erdwärts gerichtete Träume aus, wobei er sie so weit als möglich dem Jahr 1928 annäherte. Er praktizierte den Scheintod mit erstaunlichem Erfolg. Er entdeckte genau das bakterielle

Agens, das er brauchte und errechnete die variierende Gravitationsbelastung, an die er sich gewöhnen mußte. Kunstvoll schuf er eine Wachsmaske und lockersitzende Kleidung, die es ihm ermöglichten, unter den Menschen als menschliches Wesen zu leben, und ersann einen doppelt mächtigen Zauberspruch, um die Dholes in dem Moment zurückzuhalten, da er von dem toten, schwarzen Yaddith der unfaßlichen Zukunft starten würde. Er dachte auch daran, sich einen großen Bestand der auf der Erde nicht zu beschaffenden Droge anzulegen, die die Zkauba-Facette so lange in Untätigkeit versetzen würde, bis er den Körper von Yaddith abstreifen könnte, und er vergaß auch nicht den für irdische Zwecke vorgesehenen, kleinen Goldvorrat.

Der Starttag war eine Zeit voller Zweifel und Furcht. Carter kletterte unter dem Vorwand, eine Reise nach dem Dreifachstern Nython zu unternehmen, auf die Plattform, auf der seine Hülle ruhte, und kroch in die Scheide aus glänzendem Metall. Ihm blieb gerade noch Platz, um das Ritual des Silberschlüssels zu vollführen, und als er dies tat, setzte er die Levitation seiner Hülle langsam in Gang. Gräßliche Schmerzensqualen begleiteten das schauderhafte Gebrodel, mit dem sich der Tag verfinsterte. Der Kosmos schien unverantwortlich zu taumeln und in einem schwarzen Himmel tanzten die neuen Konstellationen.

Augenblicklich empfand Carter ein ungewohntes Gleichgewicht. Die Kälte der interstellaren Schlünde nagte an der Außenseite seiner Hülle, und er konnte sehen, daß er frei im All schwebte – denn das Metallgebilde, von dem aus er gestartet war, war schon vor Jahren zerfallen. Unter ihm eiterte der Boden vor gigantischen Dholes; und eben als er hinabsah, richtete sich einer von ihnen mehrere hundert Fuß hoch auf und bedrohte ihn mit einem bleichen, klebrigen Ende. Aber seine Zauberformeln wirkten, und im nächsten Augenblick stürzte er unversehrt von Yaddith fort.

VII

In jenem bizarren Raum in New Orleans, aus dem der alte schwarze Diener instinktiv geflohen war, erklang die eigentümliche Stimme des Swami Chandraputra immer heiserer.

»Gentlemen«, fuhr er fort, »ich erwarte von Ihnen nicht, daß Sie diese Dinge glauben, ehe ich Ihnen einen besonderen Beweis dafür vorgelegt habe. Nehmen Sie es solange als Mythos, wenn ich Ihnen von den *Tausenden von Lichtjahren – Abertausenden von Jahren – und ungezählten Billionen von Meilen* erzähle, die Randolph Carter als namenlose, fremde Entität in einer dünnen elektron-aktivierten Metallhülle durch das All wirbelte. Er plante die Dauer seines Scheintodes mit äußerster Sorgfalt und richtete es so ein, daß er nur wenige Jahre vor dem Zeitpunkt der Landung auf der Erde, um das Jahr 1928 herum, endete.

Nie wird er sein Erwachen vergessen. Bedenken Sie, Gentlemen, daß er vor diesem äonenlangen Schlaf *Tausende von irdischen Jahren bewußt inmitten der fremdartigen und schrecklichen Wunder von Yaddith gelebt hatte.* Er spürte das gräßliche Nagen der Kälte, das Ende bedrohlicher Träume und warf einen Blick durch die Sichtluken der Hülle. Sterne, Ballungen, Nebel ringsum – *und schließlich zeigten ihre Umrisse eine gewisse Ähnlichkeit mit den Konstellationen der Erde, die er kannte.*

Eines Tages wird sein Einflug ins Sonnensystem vielleicht geschildert werden. Er sah die Ränder von Kynarth und Yuggoth, flog dicht am Neptun vorbei und erkannte die höllischen weißen Pilze, die ihn übersäten, erfuhr von den nahgeschauten Schleiern Jupiters ein unsägliches Geheimnis, erblickte den Schrecken eines seiner Satelliten und starrte auf die zyklopischen Ruinen, die die rötliche Scheibe des Mars überwuchern. Als die Erde näher kam, erschien sie ihm als dünne Sichel, die beängstigend rasch wuschs. Er drosselte die Geschwindigkeit, obwohl ihn das Gefühl nach Hause zu kommen drängte, keine Sekunde zu verlieren. Ich werde nicht versuchen, Ihnen die Gefühle zu beschreiben, die mir Carter schilderte.

Zuletzt also schwebte Carter in den oberen Luftschichten der Erde und wartete darauf, daß das Tageslicht die westliche Hemisphäre erhellte. Er wollte dort landen, von wo er aufgebrochen war – bei der Schlangengrube in den Bergen hinter Arkham, Wenn jemand von ihnen schon einmal lange von zu Hause fort gewesen ist – und ich weiß, daß dies auf einen zutrifft –, überlasse ich es Ihnen, sich vorzustellen, wie der Anblick von New Englands welligem Hügelland, seiner großen Ulmen, knorrigen Obstgärten und alten Steinmauern auf ihn gewirkt haben muß.

Er landete mit der Dämmerung auf der Wiese unterhalb des alten Carterschen Anwesens, und empfand dankbar die Stille und Einsamkeit. Es war Herbst, wie damals als er aufbrach, und der Duft der Berge legte sich wie Balsam auf seine Seele. Er schaffte es, die Metallhülle den oberen Waldhang hinauf und in die Schlangengrube zu ziehen, aber durch die mit Gestrüpp zugewucherte Spalte, die in die innere Höhle führte, paßte sie nicht. Hier verbarg er auch seinen fremdartigen Körper unter der menschlichen Kleidung und der Wachsmaske. Die Hülle ließ er über ein Jahr dort, bis gewisse Umstände ein neues Versteck erforderlich machten.

Er ging nach Arkham – übte nebenbei seinem Körper die menschliche Haltung und Behauptung gegen die terrestrische Schwerkraft ein – und tauschte seinen Goldvorrat in Geld um. Er stellte auch einige Fragen – wozu er sich als ein nur wenige Brocken Englisch sprechender Ausländer ausgab – und erfuhr, daß man das Jahr 1930 schrieb, er sein Ziel also nur um zwei Jahre verfehlt hatte.

Er befand sich natürlich in einer scheußlichen Situation. Die Unfähigkeit, seine Identität zu beweisen, der Zwang, immer auf der Hut zu sein, gewisse Ernährungsprobleme und die Notwendigkeit, die Droge zu konservieren, die seine Zkauba-Facette in Schlaf versetzte, erlegten ihm ein schnelles Vorgehen auf. Er begab sich nach Boston, mietete ein Zimmer im verfallenen West End, wo er billig und unverdächtig wohnen konnte, und zog Erkundigungen über Randolph Carters Besitz- und Vermögensverhältnisse ein. Damals erfuhr er, wie eilig es Mr. Aspinwall hier hatte, das Vermögen aufzuteilen, und wie tapfer sich Mr. de Marigny und Mr. Phillips bemühten, es unangetastet zu bewahren.«

Der Hindu verneigte sich, doch sein dunkles, ruhiges und bärtiges Gesicht blieb ausdruckslos.

»Auf Umwegen«, fuhr er fort, »besorgte sich Carter eine brauchbare Kopie des fehlenden Pergamentes und begann, an seiner Entschlüsselung zu arbeiten. Ich bin froh, sagen zu können, daß ich ihm bei all dem helfen konnte – denn er wandte sich frühzeitig an mich und bekam durch meine Vermittlung Kontakte zu Mystikern in aller Welt. Ich lebte mit ihm in Boston – in einem elenden Loch in Chambers Street. Was das Pergament betrifft – so helfe ich Mr. de Marigny mit Vergnügen aus der Verlegenheit. Ihm lassen Sie mich sagen, daß die Sprache jener Hieroglyphen nicht Naacal, sondern R'lyehisch ist, das vor ungezählten Zeitaltern von Cthulhus Brut auf die Erde gebracht wurde. Natürlich liegt uns eine Übersetzung vor – Jahrmillionen früher existierte ein hyperboräisches Original im vorzeitlichen Dialekt von Tsath-yo.

Die Entzifferung gestaltete sich schwieriger, als Carter angenommen hatte, aber er verlor zu keinem Zeitpunkt die Hoffnung. Zu Beginn dieses Jahres verhalf ihm ein aus Nepal importiertes Buch zu großen Fortschritten, und es steht außer Frage, daß er bald am Ziel sein wird. Unglücklicherweise ist ihm jedoch eine Schwierigkeit erwachsen – die fremde Droge, die die Zkauba-Facette in Schlaf versetzt, ging zur Neige. Doch diese Kalamität erweist sich nicht als so folgenschwer wie befürchtet. Carters Persönlichkeit beherrscht den Körper mehr und mehr, und gewinnt Zkauba einmal die Oberhand – ein Zustand, der immer kürzer dauert, und jetzt nur noch eintritt, wenn er durch eine ungewöhnliche Erregung hervorgerufen wird –, so ist er meistens zu verstört, um etwas von dem zu vernichten, was Carter erreicht hat. Er kann die Metallhülle, die ihn nach Yaddith zurückbringen würde, nicht finden, denn nachdem es ihm einmal fast gelungen wäre, brachte sie Carter zu einer Zeit in ein neues Versteck, da die Zkauba-Facette fest schlief. Der einzige Schaden, den sie angerichtet hat, besteht darin, einige Leute erschreckt, und unter den Polen und Litauern von Bostons West End gewisse alptraumhafte Gerüchte in Umlauf gesetzt zu haben. Bis jetzt hat sie die von der Carter-Facette sorgfältig präparierte Verkleidung nicht beschädigt, obwohl sie sie manchmal abwirft, so daß sie teilweise wieder ersetzt werden muß. Ich habe gesehen, was sich dahinter verbirgt und es ist ein unguter Anblick.

Vor einem Monat las Carter die Ankündigung dieses Treffens, und wußte, daß Eile geboten war, wollte er seinen Besitz retten. Er konnte nicht warten, bis er das Pergament entziffert und wieder menschliche Gestalt angenommen hatte. Folglich betraute er mich mit der Wahrnehmung seiner Interessen.

Gentlemen, ich sage Ihnen hiermit, daß Randolph Carter nicht tot ist; er befindet sich vorübergehend in einem anomalen Zustand, wird aber allerspätestens in zwei bis drei Monaten in gemäßer Gestalt erscheinen können, um die Übergabe seines Besitzes zu fordern. Dies vermag ich nötigenfalls zu beweisen. Deshalb bitte ich Sie, diese Versammlung auf unbestimmte Zeit zu vertagen.«

VIII

De Marigny und Phillips starrten den Hindu wie hypnotisiert an, während Aspinwall aufgebracht schnaubte. Der Widerwille des alten Anwalts war jetzt in offene Wut umgeschlagen, und seine apoplektisch geäderte Faust krachte auf den Tisch. Als er sprach, klang es wie ein Bellen .

»Wie lange soll dieser Schwachsinn denn noch dauern? Ich habe diesem Verrückten – diesem Betrüger – eine Stunde lang zugehört, und jetzt besitzt er die verdammte Unverschämtheit zu behaupten, daß Randolph Carter lebt – und uns zu bitten, die Vermögensregelung ohne ersichtlichen Grund zu verschieben! Warum schmeißen Sie den Schurken nicht einfach hinaus, de Marigny? Oder wollen Sie etwa, daß wir alle zur Zielscheibe eines Scharlatans oder Idioten werden?«

De Marigny hob ruhig die Hand und meinte sanft: »Wir wollen in aller Ruhe und Klarheit einmal überlegen. Dies war eine höchst eigenartige Geschichte, und einiges davon scheint mir, als nicht gerade unerfahrenem Mystiker, alles andere als unmöglich. Außerdem habe ich seit dem Jahr 1930 von dem Swami etliche Briefe erhalten, die mit seinem Bericht übereinstimmen.«

Als er innehielt, wagte der alte Mr. Phillips zu sagen: »Swami Chandraputra sprach von Beweisen. Auch ich erkenne in seiner Geschichte manches, was von Bedeutung ist, und habe selbst während der vergangenen zwei Jahre viele, diese Geschichte bestätigende Briefe von Swami bekommen; doch einige dieser Behauptungen sind äußerst extrem. Gibt es denn nichts Greifbares, das sich vorweisen ließe?«

Schließlich gab der unbeweglich blickende Swami schleppend und heiser Antwort, und als er sprach, zog er aus seinem schlotternden Mantel einen Gegenstand.

»Es hat zwar keiner von Ihnen jemals den Silberschlüssel selbst *gesehen*, doch Mr. de Marigny und Mr. Phillips kennen Photographien davon. *Kommt Ihnen das hier bekannt vor?*«

Seine große, weißbehandschuhte Hand legte linkisch einen schweren, angelaufenen Silberschlüssel auf den Tisch – beinahe fünf Zoll lang, von unbekannter und mehr als exotischer Machart und mit den allerbizarrsten Hieroglyphen bedeckt. De Marigny und Phillips rangen nach Luft.

»Das ist er!« rief de Marigny. »Die Kamera lügt nicht. Ich irre mich nicht!«

Doch Aspinwall hatte bereits eine Antwort abgefeuert.

»Dummköpfe! Was beweist das? Wenn das wirklich der Schlüssel ist, der meinem Cousin gehörte, muß uns dieser Fremde hier – dieser verdammte Nigger – erklären, wo er ihn her hat! Randolph Carter verschwand vor vier Jahren mit dem Schlüssel. Woher wissen wir, daß er nicht ausgeraubt und ermordet wurde? Er selbst war schon halb verrückt und unterhielt Beziehungen zu noch verrückteren Leuten.

Paß auf, Nigger, – wie kommst du zu dem Schlüssel? Hast Randolph Carter wohl abgemurkst, was?«

Die unnormal gelassene Miene des Swami veränderte sich nicht, doch die fernen, irislosen, schwarzen Auen dahinter glühten beängstigend. Er sprach mit erheblicher Mühe.

»Bitte nehmen Sie sich zusammen Mr. Aspinwall. Ich *könnte* noch einen anderen Beweis anführen, doch die Wirkung hiervon wäre für alle Beteiligten höchst unerfreulich. Bleiben wir doch vernünftig. Ich habe hier einige Schriftstücke, die eindeutig nach 1930 und in Randolph Carters unverwechselbarer Schrift abgefaßt sind.«

Unbeholfen zog er ein längliches Kuvert aus seinem losesitzenden Mantel und reichte es dem geifernden Anwalt, während ihm de Marigny und Phillips mit chaotischen Gedanken und dem aufsteigenden Gefühl eines übernatürlichen Wunders zusahen.

»Die Handschrift ist natürlich nahezu unleserlich – Sie sollten aber bedenken, daß Randolph Carter jetzt nicht die geeigneten Hände besitzt, um menschliche Zeichen zu schreiben.«

Aspinwall überflog die Papiere und wirkte sichtlich verstört, was ihn aber nicht zur Änderung seines Benehmens veranlaßte. Der Raum was spannungsgeladen und erfüllt von namenloser Furcht, und in den Ohren von de Marigny und Phillips klang der fremdartige Rhythmus der sargförmigen Standuhr ungemein diabolisch, wovon der Anwalt jedoch völlig unberührt blieb.

Aspinwall ergriff erneut das Wort. »Das sieht nach geschickten Fälschungen aus. Sind sie echt, kann das bedeuten, daß sich Randolph Carter in der Gewalt von Leuten befindet, die nichts Gutes im Schilde führen. Da gibt es nur eines – diesen Betrüger hinter Schloß und Riegel bringen. Rufen Sie doch bitte die Polizei an, de Marigny, ja?«

»Warten wir ab«, antwortete der Gastgeber. »Ich bin nicht der Auffassung, daß dieser Fall das Eingreifen der Polizei erfordert. Ich habe da so eine Idee. Mr. Aspinwall, dieser Gentleman ist ein Mystiker mit wahrlich großen Kenntnissen. Er behauptet, das Vertrauen Randolph Carters zu genießen. Würde es Sie zufriedenstellen, wenn er gewisse Fragen beantworten könnte, die nur ein enger Vertrauter beantworten kann? Ich kenne Carter und vermag solche Fragen zu stellen. Ich hole eben ein Buch, das mir für diesen Test sehr gut geeignet scheint.«

Er begab sich zur Tür der Bibliothek, und der verstörte Phillips folgte ihm ganz unwillkürlich. Aspinwall blieb an seinem Platz und musterte den Hindu eingehend, der ihm mit einem anormal reglosen Gesicht gegenübersaß. Plötzlich, als Chandraputra den Silberschlüssel unbeholfen in seine Tasche zurückstopfte, entfuhr dem Anwalt ein gutturaler Schrei.

»He, beim Himmel, ich hab's. Dieser Schurke ist verkleidet. Der ist überhaupt kein Ostindier! Dies Gesicht – ist kein Gesicht, sondern eine *Maske*! Vermutlich hat mich seine Geschichte daraufgebracht, aber es stimmt. Es bewegt sich nie, und der Turban und der Bart verbergen die Maskenränder. Der Bursche ist ein gewöhnlicher Betrüger! Der ist nicht mal Ausländer – ich habe auf seine Sprache geachtet. Das ist irgendein Yankee. Und dann die Handschuhe – er weiß genau, daß man seine Fingerabdrücke finden könnte. Verdammt noch mal, ich reiß' dir das Ding runter –«

»Halt!« In der heiseren, unheimlich fremden Stimme des Swami schwang mehr als bloße irdische Angst. »Ich sagte Ihnen, *daß ich notfalls auch noch einen anderen Beweis vorlegen könnte*, und warnte Sie, mich nicht dazu herauszufordern. Dieser alte rotgesichtige Schnüffler hat recht – in Wahrheit bin ich kein Ostindier. *Dieses Gesicht ist eine Maske, und was sie verbirgt, ist nicht menschlich.* Ihr anderen habt es ohnehin erraten – ich weiß das seit einigen Minuten. Es wäre ein unschöner Anblick, legte ich die Maske ab – Finger weg, Ernest. Ich sage dir lieber freiwillig, daß *ich Randolph Carter bin*.«

Niemand rührte sich. Aspinwall schnaubte und fuchtelte in der Luft herum. De Marigny und Phillips beobachteten von der anderen Zimmerseite aus die Zuckungen des roten Gesichts und studierten den Rücken der beturbanten Gestalt, die ihm gegenübersaß. Das abnorme Ticken der Standuhr war gräßlich, und die

Dämpfe der Dreifüße vollführten mit den schwankenden Wandteppichen einen Totentanz. Der halberstickte Anwalt durchbrach das Schweigen.

»Niemals, du Schwindler – mir jagst du keine Angst ein! Du wirst schon deine Gründe haben, die Maske aufzubehalten. Vielleicht würden wir dich ja erkennen. Runter damit – «

Als Aspinwalls Arm vorschnellte, packte der Swami die Hand mit einem seiner plumpen, behandschuhten Gliedmaßen, und der Anwalt stieß einen sonderbaren, halbverblüfften Schmerzensschrei aus. De Marigny stürzte auf die beiden zu, blieb aber verwirrt stehen, als sich der Protestruf des scheinbaren Hindu in ein gänzlich unerklärliches Rasseln und Summen verwandelte. Aspinwalls hochrotes Gesicht war wütend, und mit seiner freien Hand fuhr er erneut auf den buschigen Bart seines Gegners los. Diesmal gelang es ihm zuzufassen, und mit einem heftigen Ruck löste sich das ganze wächserne Antlitz vom Turban und hing in der apoplektischen Faust des Anwalts.

Als dies geschah, gab Aspinwall ein furchtbares, gurgelndes Stöhnen von sich, und Phillips und de Marigny sahen wie sich sein Gesicht unter einem Anfall baren Grauens verzerrte, wie sie es wilder, tiefer und gräßlicher nie zuvor auf einem menschlichen Gesicht geschaut hatten. Der scheinbare Swami hatte inzwischen Aspinwalls andere Hand losgelassen, stand nun wie betäubt da und erzeugte eigenartige, summende Geräusche. Dann sank die beturbante Gestalt in eine kaum mehr menschliche Haltung zusammen und begann neugierig und fasziniert auf die sargförmige Standuhr zuzuschlurfen, die ihren kosmischen und abnormen Rhythmus schlug. Sein jetzt unbedecktes Gesicht war abgewandt, und de Marigny und Phillips konnten nicht sehen, was die Tat des Anwalts enthüllt hatte. Dann richtete sich ihre Aufmerksamkeit wieder auf Aspinwall, der schwerfällig zu Boden sank. Der Zauber war gebrochen – doch als sie den alten Mann erreichten, war er tot.

Als sich de Marigny rasch zu dem davonschlurfenden Swami umwandte, sah er, wie einer der großen, weißen Handschuhe schlaff von einem baumelnden Arm rutschte. Die Weihrauchschwaden wogten dicht, und alles was sich von der entblößten Hand erkennen ließ, war etwas Langes und Schwarzes. Ehe der Kreole die zurückweichende Gestalt erreichen konnte, legte ihm der alte Mr. Phillips die Hand auf die Schuler und hielt ihn auf.

»Nicht!« flüsterte er. »Wer weiß, womit wir es zu tun haben. Sie wissen doch, die andere Facette – Zkauba, der Zauberer von Yaddith . . .«

Die beturbante Figur stand jetzt vor der abnormen Uhr, und die Beobachter sahen durch die dicken Dämpfe, wie eine verschwommene, schwarze Klaue mit der hohen hieroglyphenbedeckten Tür hantierte. Ein eigentümlich klickendes Geräusch begleitete diesen Vorgang. Dann betrat die Gestalt das sargförmige Gehäuse und zog die Tür hinter sich zu.

De Marigny ließ sich nicht länger zurückhalten, doch als er die Standuhr öffnete, da war sie leer. Das abnorme Ticken ging weiter, schlug den dunklen, kosmischen Rhythmus der allen mystischen Toröffnungen zugrunde liegt. Der zu Boden gefallene große, weiße Handschuh und der tote Mann, dessen Hand eine bärtige Maske umklammert hielt, gaben keine Geheimnisse mehr preis.

Seitdem ist ein Jahr vergangen, und man hat von Randolph Carter nichts gehört. Seine Vermögensangelegenheiten sind noch immer nicht geregelt. Unter der Bostoner Adresse, die ein gewisser »Swami Chandraputra« in den Jahren 1930-31-32 bei Anfragen an verschiedene Mystiker angab, wohnte tatsächlich ein sonderbarer Hindu, der jedoch kurze Zeit vor dem Termin der Versammlung in New Orleans verschwand und seither nie wieder aufgetaucht ist. Er soll ein dunkles, ausdrucksloses und bärtiges Gesicht gehabt haben, und sein Vermieter meint, die schwarzbräunliche Maske – die ihm pflichtgemäß präsentiert wurde – sähe ihm recht ähnlich. Er hat andererseits nie in dem Verdacht gestanden, etwas mit den alptraumhaften Erscheinungen zu tun zu haben, von denen die ansässigen Slawen munkelten. Die Berge hinter Arkham wurden nach der »Metallhülle« durchforscht, aber nie ist etwas Derartiges gefunden worden. Immerhin erinnert sich ein Angestellter der First National Bank in Arkham an einen turbantragenden Mann, der im Oktober 1930 einen Klumpen puren Goldes in Geld umtauschte.

De Marigny und Phillips wissen nicht so recht, was sie von der Sache halten sollen. Was war denn schließlich bewiesen? Da war eine Geschichte. Da war ein Schlüssel, der nach den Photographien, die Carter 1928 großzügig verschickt hatte, gefälscht worden sein konnte. Da waren Schriftstücke – alles zweifelhaft.

Da war ein maskierter Fremder, aber wer von den jetzt Lebenden hatte hinter die Maske geblickt? Angesichts der Spannung und der Weihrauchschwaden konnte das Verschwinden in der Standuhr sehr leicht eine Doppelhalluzination gewesen sein. Hindus verstehen viel vom Hypnotismus. Der Verstand stempelt den »Swami« als einen Kriminellen ab, der auf Carters Vermögen aus war. Doch die Autopsie erbrachte, daß Aspinwall an einem Schock starb. War es *ausschließlich* Wut, die ihn hervorrief? Und manche Dinge in dieser Geschichte ...

In einem weiten Raum, der mit sonderbar gemusterten Wandbehängen ausgekleidet und von den Dämpfen indischen Weihrauchharzes erfüllt ist, sitzt Etienne-Laurent de Marigny oft und lauscht mit unbestimmten Gefühlen dem abnormen Rhythmus jener hieroglyphenübersäten, sargförmigen Standuhr.

Die Landkarte H.P. Lovecrafts TRAUMLAND von Jack Gavghan ist dem Band L. Sprague de Camp, *Lovecraft. Eine Biographie* (Garden City, New York 1975) entnommen.

Von H. P. Lovecraft
erschienen in den suhrkamp taschenbüchern

Cthulhu. Geistergeschichten. Deutsch von H. C. Artmann. Vorwort von Giorgio Manganelli. 1972. 242 S. Phantastische Bibliothek Band 19. st 29

Berge des Wahnsinns. Zwei Horrorgeschichten. Deutsch von Rudolf Hermstein. 1975. 216 S. Phantastische Bibliothek Band 24. st 220

Das Ding auf der Schwelle. Unheimliche Geschichten. Deutsch von Rudolf Hermstein. Mit einem Nachwort von Kalju Kirde. 1976. 212 S. Phantastische Bibliothek Band 2. st 357

Der Fall Charles Dexter Ward. Zwei Horrorgeschichten. Deutsch von Rudolf Hermstein. Mit einem Nachwort von Marek Wydmuch. 1977. 246 S. Phantastische Bibliothek Band 8. st 391

Die Katzen von Ulthar und andere Erzählungen. Herausgegeben von Kalju Kirde. Deutsch von Michael Walter. 1980. 202 S. Phantastische Bibliothek Band 43. st 625

Stadt ohne Namen. Horrorgeschichten. Aus dem Amerikanischen von Charlotte Gräfin v. Klinckowstroem. Mit einem Nachwort von Dirk W. Mosig. 1981. 320 S. Phantastische Bibliothek Band 52. st 694

*Phantastische Bibliothek
in den suhrkamp taschenbüchern*

Violetter Umschlag kennzeichnet die Bände der
»Phantastischen Bibliothek« innerhalb der *suhrkamp taschenbücher*

Band 1 Stanisław Lem, Nacht und Schimmel. Erzählungen. Aus dem Polnischen von I. Zimmermann-Göllheim. st 356

Band 2 H. P. Lovecraft, Das Ding auf der Schwelle. Unheimliche Geschichten. Deutsch von Rudolf Hermstein. st 357

Band 3 Herbert W. Franke. Ypsilon minus. st 358

Band 4 Blick vom anderen Ufer. Europäische Science-fiction. Herausgegeben von Franz Rottensteiner. st 359

Band 5 Gore Vidal, Messias. Roman. Deutsch von Helga und Peter von Tramin. st 390

Band 6 Ambrose Bierce, Das Spukhaus. Gespenstergeschichten. Deutsch von Gisela Günther, Anneliese Strauß und K. B. Leder. st 365

Band 7 Stanisław Lem, Transfer. Roman. Deutsch von Maria Kurecka. st 324

Band 8 H. P. Lovecraft, Der Fall Charles Dexter Ward. Zwei Horrorgeschichten. Aus dem Amerikanischen von Rudolf Hermstein. st 391

Band 9 Herbert W. Franke, Zarathustra kehrt zurück. st 410

Band 10 Algernon Blackwood, Besuch von Drüben. Gruselgeschichten. Aus dem Englischen von Friedrich Polakovics. st 411

Band 11 Stanisław Lem, Solaris. Roman. Aus dem Polnischen von I. Zimmermann-Göllheim. st 226

Band 12 Algernon Blackwood, Das leere Haus. Phantastische Geschichten. Deutsch von Friedrich Polakovics. st 30

Band 13 A. und B. Strugatzki, Die Schnecke am Hang. Aus dem Russischen von H. Földeak. Mit einem Nachwort von Darko Suvin. st 434

Band 14 Stanisław Lem, Die Untersuchung. Kriminalroman. Aus dem Polnischen von Jens Reuter und Hans Jürgen Mayer. st 435

Band 15 Philip K. Dick, UBIK. Science-fiction-Roman. Aus dem Amerikanischen von Renate Laux. st 440

Band 16 Stanisław Lem, Die Astronauten. Utopischer Roman. Aus dem Polnischen von Rudolf Pabel. st 441

Band 17 Phaïcon 3. Almanach der phantastischen Literatur. Herausgegeben von Rein A. Zondergeld. st 443

Band 18 Stanisław Lem, Die Jagd. Neue Geschichten des Piloten Pirx. Aus dem Polnischen von Roswitha Buschmann, Kurt Kelm, Barbara Sparing. st 302

Band 19 H. P. Lovecraft, Cthulhu. Geistergeschichten. Deutsch von H. C. Artmann. Vorwort von Giorgio Manganelli. st 29
Band 20 Stanisław Lem, Sterntagebücher. Aus dem Polnischen von Caesar Rymarowicz. Mit Zeichnungen des Autors. st 459
Band 21 Polaris 4. Ein Science-fiction-Almanach von Franz Rottensteiner. st 460
Band 22 Das unsichtbare Auge. Eine Sammlung von Phantomen und anderen unheimlichen Erscheinungen. Erzählungen. Herausgegeben von Kalju Kirde. st 477
Band 23 Stefan Grabiński, Das Abstellgleis und andere Erzählungen. Mit einem Nachwort von Stanisław Lem. Aus dem Polnischen von Klaus Staemmler. st 478
Band 24 H. P. Lovecraft, Berge des Wahnsinns. Zwei Horrorgeschichten. Deutsch von Rudolf Hermstein. st 220
Band 25 Stanisław Lem, Memoiren, gefunden in der Badewanne. Aus dem Polnischen von Walter Tiel. Mit einer Einleitung des Autors. st 508
Band 26 Gerd Maximovič, Die Erforschung des Omega-Planeten. Erzählungen. st 509
Band 27 Edgar Allan Poe, Der Fall des Hauses Ascher. Aus dem Amerikanischen von Arno Schmidt und Hans Wollschläger. st 517
Band 28 Algernon Blackwood, Der Griff aus dem Dunkel. Gespenstergeschichten. Deutsch von Friedrich Polakovics. st 518
Band 29 Stanisław Lem, Der futurologische Kongreß. Aus dem Polnischen von I. Zimmermann-Göllheim. st 534
Band 30 Herbert W. Franke, Sirius Transit. Roman. st 535
Band 31 Darko Suvin, Poetik der Science-fiction. Zur Theorie und Geschichte einer literarischen Gattung. Deutsch von Franz Rottensteiner. st 539
Band 32 M. R. James, Der Schatz des Abtes Thomas. Zehn Geistergeschichten. Aus dem Englischen von Friedrich Polakovics. st 540
Band 33 Stanisław Lem, Der Schnupfen. Kriminalroman. Autorisierte Übersetzung aus dem Polnischen von Klaus Staemmler. st 570
Band 34 Franz Rottensteiner (Hrsg.), ›Quarber Merkur‹. Aufsätze zur Science-fiction und Phantastischen Literatur. st 571
Band 35 Herbert W. Franke, Zone Null. Science-fiction-Roman. st 586
Band 36 Über Stanisław Lem. Herausgegeben von Werner Berthel. st 587 (erscheint im 2. Halbjahr 1981)

Band 37 Wie der Teufel den Professor holte. Science-fiction-Erzählungen aus Polaris 1. st 629
Band 38 Das Mädchen am Abhang. Science-fiction-Erzählungen aus Polaris 2. st 630
Band 39 Der Weltraumfriseur. Science-fiction-Erzählungen aus Polaris 3. st 631
Band 40 Die Büßerinnen aus dem Gnadenkloster. Phantastische Erzählungen aus Phaïcon 2. Herausgegeben und mit einem Vorwort von Rein A. Zondergeld. st 632
Band 41 Herbert W. Franke, Einsteins Erben. Science-fiction-Geschichten. st 603
Band 42 Edward Bulwer Lytton, Das kommende Geschlecht. Aus dem Englischen übersetzt von Michael Walter. st 609
Band 43 H. P. Lovecraft, Die Katzen von Ulthar und andere Erzählungen. Deutsch von Michael Walter. st 625
Band 44 Phaïcon 4. Almanach der phantastischen Literatur. Herausgegeben von Rein A. Zondergeld. st 636
Band 45 Johanna Braun, Günter Braun, Unheimliche Erscheinungsformen auf Omega XI. Utopischer Roman. st 646
Band 46 Bernd Ulbrich, Der unsichtbare Kreis. Utopische Erzählungen. st 652
Band 47 Stanisław Lem, Imaginäre Größe. Aus dem Polnischen von Caesar Rymarowicz. st 652
Band 48 H. W. Franke, Paradies 3000. Science-fiction-Erzählungen. st 664
Band 49 Arkadi und Boris Strugatzki, Picknick am Wegesrand. Utopische Erzählung. Aus dem Russischen übersetzt von Aljonna Möckel. Mit einem Nachwort von Stanisław Lem. st 670 (erscheint im März 1981)
Band 50 Louis-Sébastien Mercier, Das Jahr 2440. Deutsch von Christian Felix Weiße (1771). Herausgegeben, mit Erläuterungen und einem Nachwort versehen von Herbert Jaumann. st 676 (erscheint im April 1981)
Band 51 Johanna Braun, Günter Braun, Der Fehlfaktor. Utopisch-phantastische Erzählungen. st 687 (erscheint im Mai 1981)
Band 52 H. P. Lovecraft, Stadt ohne Namen. Gespenstergeschichten. Aus dem Amerikanischen von Charlotte Gräfin von Klinckowstroem. Mit einem Nachwort von Dirk W. Mosig. st 694 (erscheint im Juni 1981)
Band 53 Leo Szilard, Die Stimme der Delphine. Utopische Science-fiction-Erzählungen. Mit einem Vorwort von Carl Friedrich von Weizsäcker. st 703 (erscheint im Juli 1981)
Band 54 Polaris 5. Ein Science-fiction-Almanach. Herausgegeben von Franz Rottensteiner. st 713 (erscheint im August 1981)

Band 55 Arthur Machen, Die leuchtende Pyramide und andere Geschichten des Schreckens. Aus dem Englischen von Herbert Preissler. st 720 (September 1981)

Band 56 J. G. Ballard, Der ewige Tag und andere Erzählungen. Deutsch von Michael Walter. st 727 (Oktober 1981)

Band 57 Stanisław Lem, Mondnacht. Hör- und Fernsehspiele. Aus dem Polnischen übersetzt von Klaus Staemmler, Charlotte Eckert, Jutta Janke und I. Zimmermann-Göllheim. st 729

Band 58 Herbert W. Franke. Schule für Übermenschen. st 730

Band 59 Joseph Sheridan Le Fanu, Der besessene Baronet und andere Geistergeschichten. Deutsch von Friedrich Polakovics. Mit einem Nachwort von Jörg Krichbaum. st 731

Band 60 Philip K. Dick, LSD-Astronauten. Deutsch von Anneliese Strauß. st 732

Band 61 Stanisław Lem, Terminus und andere Geschichten des Piloten Pirx. Aus dem Polnischen von Caesar Rymarowicz. st 740 (November 1981)

Band 62 Herbert W. Franke, Keine Spur von Leben. *Hörspiele.* st 741 (November 1981)

Band 63 Johanna Braun, Günter Braun, Couviva ludibundus. Utopischer Roman. st 748 (Dezember 1981)

Band 64 William Hope Hodgson, Stimme in der Nacht. Unheimliche Seegeschichten. Deutsch von Wulf Teichmann. st 749 (Dezember 1981)

Band 65 Kōbō Abe, Die vierte Zwischeneiszeit. Aus dem Japanischen von S. Schaarschmidt. st 756 (Januar 1982)

Band 66 Die andere Zukunft. Phantastische Erzählungen aus der DDR. Herausgegeben von Franz Rottensteiner. st 757 (Januar 1982)

Band 67 Michael Weisser, SYN-CODE-7. Science-fiction-Roman. st 764 (Februar 1982)

Band 68 C. A. Smith, Saat aus dem Grabe. Phantastische Geschichten. Aus dem Amerikanischen von Friedrich Polakovics. st 765 (Februar 1982)

Band 69 Herbert W. Franke, Tod eines Unsterblichen. Science-fiction-Roman. st 772 (März 1982)

Band 70 Philip K. Dick. Mozart für Marsianer. Science-fiction-Roman. Aus dem Amerikanischen von Renate Laux. st 773 (März 1982)

Band 71 H. P. Lovecraft, In der Gruft und andere makabre Geschichten. Deutsch von Michael Walter. st 779 (April 1982)

Band 72 A. und B. Strugatzki, Montag beginnt am Samstag. Utopisch-phantastischer Roman. Aus dem Russischen von Hermann Buchner. st 780 (April 1982)

suhrkamp taschenbücher

st 588 José Maria Arguedas
Die tiefen Flüsse
Roman
Aus dem Spanischen übertragen von Suzanne Heintz
296 Seiten
»Der Erzähler Ernesto, ein Sohn von Weißen, ist unter Indios aufgewachsen und später in die Welt der Weißen zurückgekehrt. Er paßt sich nicht an, bleibt Einzelgänger und evoziert so die tragische Opposition zweier Welten, die sich nicht kennen, ablehnen und nicht einmal in seiner eigenen Person schmerzlos miteinander leben können.«
Mario Vargas Llosa

st 589 Basis. Jahrbuch für deutsche Gegenwartsliteratur
Band 10
Herausgegeben von Reinhold Grimm und Jost Hermand
272 Seiten
Mit Beiträgen von Jost Hermand, Horst Denkler, Helga Geyer-Ryan, Wolfram Malte Fues, Dieter Kafitz, Frank Trommler, Ulrich Profitlich, Ralf Schnell, Peter Uwe Hohendahl, u. a. Ohne methodisch festgelegt zu sein, sucht *Basis* eine Literaturbetrachtung zu fördern, die an der materialistischen Grundlage orientiert ist.

st 590 Reinhold Schneider
Die Hohenzollern
Tragik und Königtum
Herausgegeben mit einem Nachwort von
Wolfgang Frühwald
Mit Abbildungen
304 Seiten
Es geht in diesem Buch nicht um den Anspruch der Hohenzollern, sondern um einen unbezweifelbaren Auftrag an ein Geschlecht, eine Landschaft, eine Zeit. Anliegen dieses Buches ist: Ehrfurcht vor der Geschichte, dem Gewesenen überhaupt.

st 591 Milan Kundera
Abschiedswalzer
Roman
Aus dem Tschechischen von Franz Peter Künzel
248 Seiten
Der Blick fällt auf ein Badestädtchen, dessen Reichtum die Quellen sind, die Frauen von Unfruchtbarkeit heilen. Ružena ist das Mißgeschick passiert, das für die übrigen Kurgäste das langersehnte Glück wäre: sie ist schwanger. Figuren verschlingen sich, Paare lösen sich auf und gehen neue, unerwartete Verbindungen ein.
»*Abschiedswalzer* ist nichts anderes als eine brillante Prosakomödie, eine Mischung aus Feydeau und Schnitzlerschem *Reigen*, von satirischer Groteske und ideologiekritischer Scharfsichtigkeit.«

Der Tagesspiegel, Berlin

st 593 Zehn Gebote für Erwachsene
Texte für den Umgang mit Kindern
Zusammengestellt und mit einem Nachwort versehen von Leonhard Froese
224 Seiten
Diese Sammlung geht von zehn Postulaten aus, die der Herausgeber zum *Internationalen Jahr des Kindes* der Öffentlichkeit übergeben hat. Sie ordnet diesen Postulaten bedeutende Aussagen namhafter Autoren und Schriften der Antike, des Mittelalters und der Neuzeit zu. Dabei fällt auf, daß Äußerungen weit auseinanderliegender Zeiten und Räume häufig nicht nur dem Wortsinn, sondern gelegentlich auch der Aussageform nach übereinstimmen.

st 594 Jan Józef Szczepański
Vor dem unbekannten Tribunal
Fünf Essays
Aus dem Polnischen übersetzt und erläutert
von Klaus Staemmler
160 Seiten
»... was ich jetzt schreibe, ist ein weiterer Versuch, das Schweigen zu durchbrechen, in das uns unsere kleingläubige Schwäche versetzt hat.« Dieses Zitat aus Szczepańskis »Brief an Julian Stryjkowski« könnte als Motto

über den fünf Essays stehen, die dieser Band versammelt. Das Schweigen (aus Feigheit oder Dummheit) läßt Unrecht und Unmenschlichkeit zu. Jede Stimme, die es zu durchbrechen sucht, ist ein nicht zu überhörender Appell und ein Nachweis der Humanität.

st 595 Ödön von Horváth
Geschichten aus dem Wiener Wald
Ein Film von Maximilian Schell
Mit zahlreichen Abbildungen
160 Seiten
Zur Uraufführung des Maximilian-Schell-Films »Geschichten aus dem Wiener Wald« nach dem Volksstück von Ödön von Horváth liegt dieser Band mit dem Drehbuch von Christopher Hampton und Maximilian Schell und zahlreichen Fotos des 1978 in Wien und Umgebung entstandenen Films vor, der den Entstehungsprozeß des Films dokumentiert.

st 596 Hans-Georg Gadamer, Jürgen Habermas
Das Erbe Hegels
Zwei Reden aus Anlaß des Hegel-Preises
104 Seiten
»Niemand sollte für sich in Anspruch nehmen, ausmessen zu wollen, was alles in der großen Erbschaft des Hegelschen Denkens auf uns gekommen ist. Es muß einem jeden genügen, selber Erbe zu sein und sich Rechenschaft zu geben, was er aus dieser Erbschaft angenommen hat.«
Hans-Georg Gadamer

st 597 Wilhelm Korff
Kernenergie und Moraltheologie
Der Beitrag der theologischen Ethik zur Frage
allgemeiner Kriterien ethischer Entscheidungsprozesse
104 Seiten
Die vorliegende Studie ist einer konkreten Herausforderung entsprungen. Im Entscheidungskonflikt um das Projekt eines Kernkraftwerks in Wyhl/Oberrhein wurde der theologische Ethiker um eine Stellungnahme angegangen. Da die gegenwärtige ethische Theorie wenig Strategien hinlänglicher Leistungsfähigkeit bereitstellt, wandte sich der Verfasser den tradierten Modellen zu, um ihnen mögliche Gesichtspunkte abzugewinnen.

st 598 Wolfgang Hildesheimer
Mozart
Mit Abbildungen
418 Seiten
»Nicht Brevier für Spezialisten, nicht Trostbuch für Schwärmer, ist Hildesheimers *Mozart* vielleicht das erste reale Mozart-Portrait: eine gewaltige Etüde zum Thema Rezeption, kritisch auf allen Stufen.« *Adolf Muschg*

st 599 Max Frisch
Herr Biedermann und die Brandstifter
Rip van Winkle
Zwei Hörspiele
114 Seiten
Es ist die Meisterschaft Max Frischs, Unterhaltung und Belehrung, Komik und Politik zum Vorteil beider zu verschränken. Die gewollt-ungewollte Konspiration von Biedermännern und Brandstiftern, Spießern und Gangstern ist eine Burleske ersten Ranges – und zugleich ein Beitrag zur Urgeschichte des Totalitären.

st 600 Martin Walser
Ein fliehendes Pferd
Novelle
152 Seiten
»... diese Geschichte könnte zu dem gehören, das einmal übrigbleibt von einem Jahrhundert.« *Stuttgarter Zeitung*

st 601 Wolfgang Koeppen
Tauben im Gras
Roman
210 Seiten
Tauben im Gras (1951) ist der erste Roman jener »Trilogie des Scheiterns«, mit der Koeppen eine erste kritische Bestandsaufnahme der sich formierenden Bundesrepublik gab. Mit Vehemenz und unerbittlicher Schärfe analysiert Koeppen die Rückstände jener Ideologien und Verhaltensweisen, die zu Faschismus und Krieg geführt haben und die schließlich in den fünfziger Jahren die Restauration der überkommenen Verhältnisse protegierten.

st 602 Marie-Louise von Franz
Zahl und Zeit
Psychologische Überlegungen zu einer Annäherung von Tiefenpsychologie und Physik
298 Seiten

In die interessanten Analysen der Eigenschaften von Zahlen gehen altchinesische kosmische Zahlenpläne und die Zahlenspekulationen der Alchimisten ebenso ein wie die zahlenphilosophischen Überlegungen moderner Mathematiker und Physiker. Hervorgehoben wird besonders der qualitative Aspekt der Zahlen, der sie nicht zu bloß quantitativen Größen, sondern zu ›Individualitäten‹ macht. Zugleich ergeben sich neue Ansatzpunkte für die Diskussion der Zeit, besonders im Hinblick auf synchronistische und andere parapsychologische Phänomene.

st 603 Herbert W. Franke
Einsteins Erben
Science-fiction-Geschichten
Phantastische Bibliothek Band 41
166 Seiten
Informationsexplosion, Überbevölkerung, Umweltverschmutzung, Kybernetik, Genetik, die Kontrolle und Versklavung des Menschen durch die Technologie, Warnung vor Konformismus und Manipulation des Menschen, die Erforschung fremder Planeten und die erstmalige Begegnung mit außerirdischen Lebewesen sind einige dieser von kritischem Geist durchdrungenen Erzählungen.

st 604 Paul Celan
Ausgewählte Gedichte
Zwei Reden
Nachwort von Beda Allemann
168 Seiten
Dieser Band enthält Gedichte aus den Sammlungen *Mohn und Gedächtnis, Von Schwelle zu Schwelle, Sprachgitter, Die Niemandsrose* und *Atemwende;* ferner die Rede zur Verleihung des Bremer Literaturpreises 1958 und die zur Verleihung des Büchner-Preises 1960 – zwei Dokumente, die zum Verständnis Celanscher Lyrik gleichermaßen bedeutend sind.

st 606 Ror Wolf
Die heiße Luft der Spiele
Mit Abbildungen
266 Seiten
Die heiße Luft der Spiele ist eine Art Ergänzungsband zu Ror Wolfs erstem Fußballbuch *Punkt ist Punkt* (st 122).

Das Material hat der Autor aufgenommen bei seinen Wanderungen durch Tribünen und Stehränge, bei Busfahrten zu gnadenlosen Auswärtsspielen, in Fan-Club-Kneipen, Spielerkabinen und an den Rändern der Trainingsplätze, wo man die wirklichen Experten trifft; die Naturdarsteller dieses nie zu Ende gehenden Total-Theaters.

st 607 E. M. Cioran
Syllogismen der Bitterkeit
Aus dem Französischen übersetzt und für die neue Auflage bearbeitet von Kurt Leonhard
104 Seiten
»Was diese Aphorismen zusammenhält, ist nicht eine Lehre, ein Denksystem, ... sondern es ist etwas schwer zu Definierendes; die Vitalität, das Lebensgefühl aus Einsamkeit, die konsequente, in ihrem Ernst an Verzweiflung grenzende Lebenshaltung, aber auch die Humanität, der Charme und die Liebenswürdigkeit einer großen Persönlichkeit.« *Süddeutsche Zeitung*

st 609 Edward Bulwer Lytton
Das kommende Geschlecht
Roman
Aus dem Englischen von Michael Walter
Phantastische Bibliothek Band 42
162 Seiten
»Dies ›the coming race‹ wäre gar nicht so leicht zu übersetzen. Es ist nämlich nicht nur ›Eine Menschheit der Zukunft‹ darin; sondern auch die Warnung des ›Die da bald kommen!‹: die Vrilya verfügen über eine Art psychischer Atomkraft, mit der sie uns Überirdische vernichten werden ... Einer der trüberen Aspekte jener Neuen Gesellschaft ist der: daß keine rechten Kunstwerke mehr entstehen wollen ...« *Arno Schmidt*

st 610 Ulrich Plenzdorf
Karla/Der alte Mann, das Pferd, die Straße
Texte zu Filmen
168 Seiten
Karla, jung wie eine Schülerin, naiv bis zur Kindlichkeit, ehrlich bis zum Fanatismus, gerät in einen eingefahrenen, bewährten und belobigten Schulbetrieb. Es bleibt nicht

aus: Karlas naiv-direktes Ehrlichkeitsprogramm kollidiert mit den verwickelten Tatsachen und Motiven des Alltags. – Der alte Mann ist ein siebzigjähriger Bauer. An einem Wintertag soll er ein Pferd, »den unnützen Fresser«, in die Stadt zum Schlachthof bringen. Auf dem Weg zur Stadt werden die Erinnerungen, Enttäuschungen und Träume eines bitteren Lebens beschworen.

st 611 Felix Timmermans
Der Heilige der kleinen Dinge
und andere Erzählungen
Aus dem Flämischen von Friedrich Markus Huebner, Karl Jacobs, Anton Kippenberg, Peter Mertens, Anna Valeton-Hoos
294 Seiten
Die Romangestalt Pallieter (st 400) hat Timmermans in der ganzen Welt berühmt gemacht. Das *Jesuskind in Flandern* nannte die Kritik sein schönstes Buch. Und nicht wegzudenken aus dem Werk des flämischen Dichters sind seine zauberischen, seine liebevollen Geschichten, deren Güte und Gläubigkeit sie uns märchenhaft entrücken.

st 612 Martin Walser
Ein Flugzeug über dem Haus
und andere Geschichten
120 Seiten
»Hier ist Walser schon ganz er selbst, hier erfüllt er die Forderung, die der sehr alte Goethe einst an die jungen Dichter seiner Zeit gerichtet hat: ›Poetischer Gehalt aber ist Gehalt des eigenen Lebens‹.« *Süddeutsche Zeitung*

st 613 Karin Struck
Trennung
Erzählung
150 Seiten
»Karin Struck ist in allem, was sie schreibt, intensiv. Sie fordert auf, fordert heraus. ... Auf der hilflos anmutenden Suche nach einer Utopie ist eigentlich ein jeder bei Karin Struck begriffen. Ihre Vehemenz fordert das, und ihre Personen haben sich dieser Absicht einzufügen. So entsteht bei ihr Spannung bis zum Zerreißen, bis zur Hingabe, Selbtsaufgabe oder Widerstandleisten, bis zum ohnmächtigen Erleiden.« *Karl Krolow*

st 614 Walker Percy
Liebe in Ruinen
Die Abenteuer eines schlechten Katholiken kurz vor dem Ende der Welt
Aus dem Amerikanischen von Hanna Muschg
442 Seiten
Der Held, Thomas More, Arzt und Alkoholiker, der sich als schlechten Katholiken bezeichnet, lebt mit drei schönen Frauen in der Vorstadt Paradise, wo er das Ende der Welt erwartet. Als später Descartes erfand er den Lapsometer, mit dessen Hilfe er den jeweiligen Grad der Entfremdung des Menschen von sich selbst feststellt. Nur eines gelang ihm bisher nicht: das Instrument mit seinen diagnostischen Fähigkeiten für Heilzwecke zu vervollkommnen.

st 615 Mircea Eliade
Bei den Zigeunerinnen
Phantastische Geschichten
Aus dem Rumänischen von Edith Silbermann
342 Seiten
»Was bei Eliade so anzieht, so entzückt, ist eine Heiterkeit, die hoffnungsvolle Ruhe, die jede außergewöhnliche, eigentlich Furcht erregende Begebenheit nicht ins Gräßliche wendet, sondern ins Helle, recht eigentlich Beruhigte.« *Süddeutsche Zeitung*

st 616 Kasimir Edschmid
Georg Büchner. Eine deutsche Revolution
544 Seiten
Roman
»...ein Meisterwerk der deutschen Literatur im zwanzigsten Jahrhundert, einer der großen historischen Romane Deutschlands, ... der die politische Tragik, die ewig gescheiterten Kämpfe um die Wiederherstellung der Freiheit und der Menschenwürde des armen, ewig geschlagenen deutschen Volkes beschreibt, das durch die Jahrhunderte so töricht der tumbe Michel war, seine dümmsten Tyrannen auf den Thron zu heben und seine klügsten Volksfreunde in den Staub zu treten oder ins Exil zu schicken.« *Hermann Kesten*

st 618 Helm Stierlin
Eltern und Kinder
Das Drama der Trennung und Versöhnung im Jugendalter
Aus dem Englischen von Ellen Katharina Reinke und Wolfgang Köberer
272 Seiten
Auch bei anscheinend radikalen Trennungen heranwachsender Kinder von ihren Eltern bleiben unsichtbare Bindungen bis ans Lebensende weiterbestehen. Bindungen, in die u. a. Gefühle der Dankbarkeit, Rache, Scham und Schuld, der Verpflichtung und Beauftragung sowie ein Verlangen nach Wiedergutmachung und nach vorenthaltener Gerechtigkeit einfließen können.

st 619 Antike Geisteswelt
Eine Sammlung klassischer Texte
Auswahl und Einführungen von Walter Rüegg
694 Seiten
»Die vorliegende Auswahl bietet dem der Antike Vertrauten wenig bekannte Texte und neue Gesichtspunkte, dem Leser, der erst beginnt, die Welt der Antike in seine Bildung einzubeziehen, eine Grundlage, um mit der Antike vertraut zu werden: sie wird ihn einführen in die gewaltigen Katakomben unserer geschichtlichen Existenz.«
helvetia archaeologica

st 628 Georg W. Alsheimer
Eine Reise nach Vietnam
224 Seiten
Alsheimer kehrt in seine »Wahlheimat« zurück. Die Narben des amerikanischen Alptraums sind noch allgegenwärtig. So gerät die Konfrontation des Damals mit dem Heute zunächst zu einem Verfolgungswahn. Erst als er durch das Vertrauen seiner Freunde das Damals mit dem Heute verknüpfen kann, verwandeln sich in dieser Krise seines politischen Credos die gläubigen Visionen in einen gemäßigten, kritischen Optimismus. Den Prozeß, der zu dieser Einsicht führte, protokolliert Alsheimer in diesem Reisetagebuch. Alsheimers *Vietnamesische Lehrjahre* liegen als st 73 vor.

st 629 Wie der Teufel den Professor holte
Science-fiction-Erzählungen aus POLARIS 1
Phantastische Bibliothek Band 37
132 Seiten
Der Band enthält Erzählungen von Stanisław Lem, Gérard Klein, Kurd Laßwitz, Fitz-James O'Brien, Vladimir Colin.

st 630 Das Mädchen am Abhang
Science-fiction-Erzählungen aus POLARIS 2
Phantastische Bibliothek Band 38
178 Seiten
Der Band enthält Erzählungen von Wadim Schefner, Sewer Gansowski, Arkadi und Boris Strugatzki, Ilja Warschawski.

st 631 Der Weltraumfriseur
Science-fiction-Erzählungen aus POLARIS 3
Phantastische Bibliothek Band 39
144 Seiten
Der Band enthält Erzählungen von Josef Nesvadba, Gerd Ulrich Weise, Sven Christer Swahn, Vladimir Colin, Frigyes Karinthy.

st 632 Die Büßerinnen aus dem Gnadenkloster
Phantastische Erzählungen aus PHAÏCON 2
Herausgegeben und mit einem Vorwort von
Rein A. Zondergeld
Phantastische Bibliothek Band 40
122 Seiten
Der Band enthält Erzählungen von Joseph Sheridan Le Fanu, Erckmann-Chatrian, Jean-Louis Bouquet, Julio Cortázar, Manfred Wirth, Jörg Krichbaum.

st 637 Gerlind Reinshagen
Das Frühlingsfest
Elsas Nachtbuch. Annäherungen. Ein Stück
170 Seiten
Nach dem szenischen Panorama des Nazi-Deutschlands im Stück *Sonntagskinder* richtet die Autorin hier den Blick auf Neuaufbau und Restauration.

st 638 Birgit Heiderich
Mit geschlossenen Augen
Tagebuch
136 Seiten

Am Anfang die Trennung von einem Mann, am Ende die Übersiedlung aus dem ungebunden sich entfaltenden in ein geregeltes Arbeitsleben. Das Tagebuch erzählt die Geschichte zahlreicher Beziehungen zu Männern und Frauen. In dichtem Zusammenhang werden Erlebnisse, Geschichten, Beobachtungen notiert. Birgit Heiderichs Tagebuch ist reich an Apercus und an Reflexionen über Liebe, Sehnsucht, Trauer, Verzweiflung, über Frausein, Weiblichkeit, aber auch über gesellschaftliche Differenzen, es enthält Beschreibungen und Gedichte.

st 639 Herbert Gall
Deleatur
Notizen aus einem Betrieb
216 Seiten
Eine Druckerei gerät durch Modernisierung und Rationalisierung in eine Krise, der Besitzer versucht, durch Entlassungen und Verstärkung des Arbeitsdrucks ihrer Herr zu werden. Der Korrektor Herbert Gall, als empfindlicher Intellektueller in industrielle Arbeitsverhältnisse geraten, setzt sich durch das rückhaltlose, nämlich auch ihn selbst nicht schonende Aufschreiben gegen Leiden und Abstumpfung zur Wehr. »Der hier beschriebenen Arbeitsform . . . sei zum Schluß ein lateinisches Wörtchen gewidmet, ein Korrekturzeichen, mit dem Falsches markiert wird, das aus einem Text entfernt werden soll: *Deleatur* – sie möge zerstört werden.«

st 683 Marieluise Fleißer
Der Tiefseefisch
Text. Fragmente. Materialien
Herausgegeben von Wend Kässens und Michael Töteberg
188 Seiten
Der Tiefseefisch gibt ein satirisches Portrait von Bertolt Brecht als literarischem Bandenführer; zugleich ist das Stück ein Ehedrama: Fleißers Verbindung mit dem konservativen Publizisten Hellmut Draws-Tychsen. Dieser Band veröffentlicht erstmals die erhalten gebliebene erste Fassung des Stücks sowie Fragmente und Arbeitsnotizen. In einem Nachwort erläutern die Herausgeber den zeitgenössischen literarischen Kontext und geben Interpretationsansätze für die heutige Aktualität des Dramas.

Alphabetisches Gesamtverzeichnis der suhrkamp taschenbücher

Achternbusch, Alexanderschlacht 61
- Die Stunde des Todes 449
- Happy oder Der Tag wird kommen 262
Adorno, Erziehung zur Mündigkeit 11
- Studien zum autoritären Charakter 107
- Versuch, das ›Endspiel‹ zu verstehen 72
- Versuch über Wagner 177
- Zur Dialektik des Engagements 134
Aitmatow, Der weiße Dampfer 51
Alegría, Die hungrigen Hunde 447
Alfvén, Atome, Mensch und Universum 139
- M 70 – Die Menschheit der siebziger Jahre 34
Allerleirauh 19
Alsheimer, Eine Reise nach Vietnam 628
- Vietnamesische Lehrjahre 73
Alter als Stigma 468
Anders, Kosmologische Humoreske 432
v. Ardenne, Ein glückliches Leben für Technik und Forschung 310
Arendt, Die verborgene Tradition 303
Arlt, Die sieben Irren 399
Arguedas, Die tiefen Flüsse 588
Artmann, Grünverschlossene Botschaft 82
- How much, schatzi? 136
- Lilienweißer Brief 498
- The Best of H. C. Artmann 275
- Unter der Bedeckung eines Hutes 337
Augustin, Raumlicht 660
Bachmann, Malina 641
v. Baeyer, Angst 118
Bahlow, Deutsches Namenlexikon 65
Balint, Fünf Minuten pro Patient 446
Ball, Hermann Hesse 385
Barnet (Hrsg.), Der Cimarrón 346
Basis 5, Jahrbuch für deutsche Gegenwartsliteratur 276
Basis 6, Jahrbuch für deutsche Gegenwartsliteratur 340
Basis 7, Jahrbuch für deutsche Gegenwartsliteratur 420
Basis 8, Jahrbuch für deutsche Gegenwartsliteratur 457
Basis 9, Jahrbuch für deutsche Gegenwartsliteratur 553
Basis 10, Jahrbuch für deutsche Gegenwartsliteratur 589
Beaucamp, Das Dilemma der Avantgarde 329
Becker, Jürgen, Eine Zeit ohne Wörter 20
Becker, Jurek, Irreführung der Behörden 271
- Der Boxer 526
- Schlaflose Tage 626
Beckett, Das letzte Band (dreisprachig) 200
- Der Namenlose 536
- Endspiel (dreisprachig) 171
- Glückliche Tage (dreisprachig) 248
- Malone stirbt 407
- Molloy 229
- Warten auf Godot (dreisprachig) 1
- Watt 46
Das Werk von Beckett. Berliner Colloquium 225
Materialien zu Becketts »Der Verwaiser« 605
Materialien zu Becketts »Godot« 104
Materialien zu Becketts »Godot« 2 475
Materialien zu Becketts Romanen 315
Behrens, Die weiße Frau 655
Benjamin, Der Stratege im Literaturkampf 176
- Illuminationen 345

- Über Haschisch 21
- Ursprung des deutschen Trauerspiels 69
Zur Aktualität Walter Benjamins 150
Bernhard, Das Kalkwerk 128
- Der Kulterer 306
- Frost 47
- Gehen 5
- Salzburger Stücke 257
Bertaux, Mutation der Menschheit 555
Beti, Perpétue und die Gewöhnung ans Unglück 677
Bierce, Das Spukhaus 365
Bingel, Lied für Zement 287
Bioy Casares, Fluchtplan 378
- Schweinekrieg 469
Blackwood, Besuch von Drüben 411
- Das leere Haus 30
- Der Griff aus dem Dunkel 518
Blatter, Zunehmendes Heimweh 649
Bloch, Spuren 451
- Atheismus im Christentum 144
Börne, Spiegelbild des Lebens 408
Bond, Bingo 283
- Die See 160
Brasch, Kargo 541
Braun, Johanna, Unheimliche Erscheinungsformen auf Omega XI 646
Braun, Das ungezwungne Leben Kasts 546
- Gedichte 499
- Stücke 1 198
- Stücke 2 680
Brecht, Frühe Stücke 201
- Gedichte 251
- Gedichte für Städtebewohner 640
- Geschichten vom Herrn Keuner 16
- Schriften zur Gesellschaft 199
Brecht in Augsburg 297
Bertolt Brechts Dreigroschenbuch 87
Brentano, Berliner Novellen 568
- Prozeß ohne Richter 427
Broch, Barbara 151
- Dramen 538
- Gedichte 572
- Massenwahntheorie 502
- Novellen 621
- Philosophische Schriften 1 u. 2 2 Bde. 375
- Politische Schriften 445
- Schlafwandler 472
- Schriften zur Literatur 1 246
- Schriften zur Literatur 2 247
- Schuldlosen 209
- Tod des Vergil 296
- Unbekannte Größe 393
- Verzauberung 350
Materialien zu »Der Tod des Vergil« 317
Brod, Der Prager Kreis 547
- Tycho Brahes Weg zu Gott 490
Broszat, 200 Jahre deutsche Polenpolitik 74
Brude-Firnau (Hrsg.), Aus den Tagebüchern Th. Herzls 374
Büßerinnen aus dem Gnadenkloster, Die 632
Bulwer-Lytton, Das kommende Geschlecht 609
Buono, Zur Prosa Brechts. Aufsätze 88
Butor, Paris-Rom oder Die Modifikation 89
Campbell, Der Heros in tausend Gestalten 424
Carossa, Ungleiche Welten 521
Über Hans Carossa 497

Carpentier, Explosion in der Kathedrale 370
- Krieg der Zeit 552
Celan, Mohn und Gedächtnis 231
- Von Schwelle zu Schwelle 301
Chomsky, Indochina und die amerikanische Krise 32
- Kambodscha Laos Nordvietnam 103
- Über Erkenntnis und Freiheit 91
Cioran, Die verfehlte Schöpfung 550
- Vom Nachteil geboren zu sein 549
- Syllogismen der Bitterkeit 607
Claes, Flachskopf 524
Condrau, Angst und Schuld als Grundprobleme in der Psychotherapie 305
Conrady, Literatur und Germanistik als Herausforderung 214
Cortázar, Bestiarium 543
- Das Feuer aller Feuer 298
- Ende des Spiels 373
Dahrendorf, Die neue Freiheit 623
- Lebenschancen 559
Dedecius, Überall ist Polen 195
Degner, Graugrün und Kastanienbraun 529
Der andere Hölderlin. Materialien zum »Hölderlin«-Stück von Peter Weiss 42
Dick, LSD-Astronauten 732
- UBIK 440
Doctorow, Das Buch Daniel 366
Döblin, Materialien zu »Alexanderplatz« 268
Dolto, Der Fall Dominique 140
Döring, Perspektiven einer Architektur 109
Donoso, Ort ohne Grenzen 515
Dorst, Dorothea Merz 511
- Stücke 1 437
- Stücke 2 438
Duddington, Baupläne der Pflanzen 45
Duke, Akupunktur 180
Duras, Hiroshima mon amour 112
Durzak, Gespräche über den Roman 318
Edschmidt, Georg Büchner 610
Ehrenburg, Das bewegte Leben des Lasik Roitschwantz 307
- 13 Pfeifen 405
Eich, Fünfzehn Hörspiele 120
Eliade, Bei den Zigeunerinnen 615
Eliot, Die Dramen 191
Zur Aktualität T. S. Eliots 222
Ellmann, James Joyce 2 Bde. 473
Enzensberger, Gedichte 1955–1970 4
- Der kurze Sommer der Anarchie 395
- Museum der modernen Poesie, 2 Bde. 476
- Politik und Verbrechen 442
Enzensberger (Hrsg.), Freisprüche. Revolutionäre vor Gericht 111
Eppendorfer, Der Ledermann spricht mit Hubert Fichte 580
Eschenburg, Über Autorität 178
Ewald, Innere Medizin in Stichworten I 97
- Innere Medizin in Stichworten II 98
Ewen, Bertolt Brecht 141
Fallada/Dorst, Kleiner Mann – was nun? 127
Feldenkrais, Abenteuer im Dschungel des Gehirns 663
- Bewußtheit durch Bewegung 429
Feuchtwanger (Hrsg.), Deutschland – Wandel und Bestand 335
Fischer, Von Grillparzer zu Kafka 284
Fleißer, Der Tiefseefisch 683
- Eine Zierde für den Verein 294
- Ingolstädter Stücke 403

Fletcher, Die Kunst des Samuel Beckett 272
Franke, Einsteins Erben 603
- Schule für Übermenschen 730
- Sirius Transit 535
- Ypsilon minus 358
- Zarathustra kehrt zurück 410
- Zone Null 585
v. Franz, Zahl und Zeit 602
Friede und die Unruhestifter, Der 145
Fries, Das nackte Mädchen auf der Straße 577
- Der Weg nach Oobliadooh 265
Frijling-Schreuder, Was sind das – Kinder? 119
Frisch, Andorra 277
- Dienstbüchlein 205
- Herr Biedermann / Rip van Winkle 599
- Homo faber 354
- Mein Name sei Gantenbein 286
- Stiller 105
- Stücke 1 70
- Stücke 2 81
- Tagebuch 1966–1971 256
- Wilhelm Tell für die Schule 2
Materialien zu Frischs »Biedermann und die Brandstifter« 503
- »Stiller« 2 Bde. 419
Frischmuth, Amoralische Kinderklapper 224
Froese, Zehn Gebote für Erwachsene 593
Fromm/Suzuki/de Martino, Zen-Buddhismus und Psychoanalyse 37
Fuchs, Todesbilder in der modernen Gesellschaft 102
Fuentes, Nichts als das Leben 343
Fühmann, rundum positiv 426
- Erfahrungen und Widersprüche 338
- 22 Tage oder Die Hälfte des Lebens 463
Gadamer/Habermas, Das Erbe Hegels 596
Gall, Deleatur 639
García Lorca, Über Dichtung und Theater 196
Gibson, Lorcas Tod 197
Gilbert, Das Rätsel Ulysses 367
Glozer, Kunstkritiken 193
Goldstein, A. Freud, Solnit, Jenseits des Kindeswohls 212
Goma, Ostinato 138
Gorkij, Unzeitgemäße Gedanken über Kultur und Revolution 210
Grabiński, Abstellgleis 478
Griaule, Schwarze Genesis 624
Grossmann, Ossietzky. Ein deutscher Patriot 83
Habermas, Theorie und Praxis 9
- Kultur und Kritik 125
Habermas/Henrich, Zwei Reden 202
Hammel, Unsere Zukunft – die Stadt 59
Han Suyin, Die Morgenflut 234
Handke, Als das Wünschen noch geholfen hat 208
- Begrüßung des Aufsichtsrats 654
- Chronik der laufenden Ereignisse 3
- Das Ende des Flanierens 679
- Das Gewicht der Welt 500
- Die Angst des Tormanns beim Elfmeter 27
- Die Stunde der wahren Empfindung 452
- Die Unvernünftigen sterben aus 168
- Der kurze Brief 172
- Falsche Bewegung 258
- Hornissen 416
- Ich bin ein Bewohner des Elfenbeinturms 56
- Stücke 1 43
- Stücke 2 101
- Wunschloses Unglück 146
Hart Nibbrig, Ästhetik 491

Heiderich, Mit geschlossenen Augen 638
Heilbroner, Die Zukunft der Menschheit 280
Heller, Die Wiederkehr der Unschuld 396
– Nirgends wird Welt sein als innen 288
– Thomas Mann 243
Hellman, Eine unfertige Frau 292
Henle, Der neue Nahe Osten 24
v. Hentig, Die Sache und die Demokratie 245
– Magier oder Magister? 207
Herding (Hrsg.), Realismus als Widerspruch 493
Hermlin, Lektüre 1960–1971 215
Herzl, Aus den Tagebüchern 374
Hesse, Aus Indien 562
– Aus Kinderzeiten. Erzählungen Bd. 1 347
– Ausgewählte Briefe 211
– Briefe an Freunde 380
– Demian 206
– Der Europäer. Erzählungen Bd. 3 384
– Der Steppenwolf 175
– Die Gedichte. 2 Bde. 381
– Die Kunst des Müßiggangs 100
– Die Märchen 291
– Die Nürnberger Reise 227
– Die Verlobung. Erzählungen Bd. 2 368
– Die Welt der Bücher 415
– Eine Literaturgeschichte in Rezensionen 252
– Glasperlenspiel 79
– Innen und Außen. Erzählungen Bd. 4 413
– Klein und Wagner 116
– Kleine Freuden 360
– Kurgast 383
– Lektüre für Minuten 7
– Lektüre für Minuten. Neue Folge 240
– Narziß und Goldmund 274
– Peter Camenzind 161
– Politik des Gewissens, 2 Bde. 656
– Roßhalde 312
– Siddhartha 182
– Unterm Rad 52
– Von Wesen und Herkunft des Glasperlenspiels 382
Materialien zu Hesses »Demian« 1 166
Materialien zu Hesses »Demian« 2 316
Materialien zu Hesses »Glasperlenspiel« 1 80
Materialien zu Hesses »Glasperlenspiel« 2 108
Materialien zu Hesses »Siddhartha« 1 129
Materialien zu Hesses »Siddhartha« 2 282
Materialien zu Hesses »Steppenwolf« 53
Über Hermann Hesse 1 331
Über Hermann Hesse 2 332
Hermann Hesse – Eine Werkgeschichte von Siegfried Unseld 143
Hermann Hesses weltweite Wirkung 386
Hildesheimer, Hörspiele 363
– Mozart 598
– Paradies der falschen Vögel 295
– Stücke 362
Hinck, Von Heine zu Brecht 481
Hobsbawm, Die Banditen 66
Hofmann (Hrsg.), Schwangerschaftsunterbrechung 238
Hofmann, Werner, Gegenstimmen 554
Höllerer, Die Elephantenuhr 266
Holmqvist (Hrsg.), Das Buch der Nelly Sachs 398
Hortleder, Fußball 170
Horváth, Der ewige Spießer 131
– Die stille Revolution 254
– Ein Kind unserer Zeit 99
– Jugend ohne Gott 17
– Leben und Werk in Dokumenten und Bildern 67
– Sladek 163
Horváth/Schell, Geschichten aus dem Wienerwald 595
Hudelot, Der Lange Marsch 54
Hughes, Hurrikan im Karibischen Meer 394
Huizinga, Holländische Kultur im siebzehnten Jahrhundert 401
Ibragimbekow, Es gab keinen besseren Bruder 479
Ingold, Literatur und Aviatik 576
Innerhofer, Die großen Wörter 563
– Schattseite 542
– Schöne Tage 349
Inoue, Die Eiswand 551
Jakir, Kindheit in Gefangenschaft 152
James, Der Schatz des Abtes Thomas 540
Jens, Republikanische Reden 512
Johnson, Berliner Sachen 249
– Das dritte Buch über Achim 169
– Eine Reise nach Klagenfurt 235
– Mutmassungen über Jakob 147
– Zwei Ansichten 326
Jonke, Im Inland und im Ausland auch 156
Joyce, Ausgewählte Briefe 253
Joyce, Stanislaus, Meines Bruders Hüter 273
Junker/Link, Ein Mann ohne Klasse 528
Kappacher, Morgen 339
Kästner, Der Hund in der Sonne 270
– Offener Brief an die Königin von Griechenland. Beschreibungen, Bewunderungen 106
Kardiner/Preble, Wegbereiter der modernen Anthropologie 597
Kasack, Fälschungen 264
Kaschnitz, Der alte Garten 387
– Ein Lesebuch 647
– Steht noch dahin 57
– Zwischen Immer und Nie 425
Katharina II. in ihren Memoiren 25
Keen, Stimmen und Visionen 545
Kerr (Hrsg.), Über Robert Walser 1 483
– Über Robert Walser 2 484
– Über Robert Walser 3 556
Kessel, Herrn Brechers Fiasko 453
Kirde (Hrsg.), Das unsichtbare Auge 477
Kluge, Lebensläufe. Anwesenheitsliste für eine Beerdigung 186
Koch, Anton, Symbiose – Partnerschaft fürs Leben 304
Koch, Werner, Pilatus 650
– See-Leben I 132
– Wechseljahre oder See-Leben II 412
Koehler, Hinter den Bergen 456
Koeppen, Das Treibhaus 78
– Der Tod in Rom 241
– Eine unglückliche Liebe 392
– Nach Rußland und anderswohin 115
– Reise nach Frankreich 530
– Romanisches Café 71
– Tauben im Gras 601
Koestler, Der Yogi und der Kommissar 158
– Die Nachtwandler 579
– Die Wurzeln des Zufalls 181
Kolleritsch, Die grüne Seite 323
Konrád, Der Stadtgründer 633
– Besucher 492
Korff, Kernenergie und Moraltheologie 597
Kracauer, Das Ornament der Masse 371
– Die Angestellten 13
– Kino 126
Kraus, Magie der Sprache 204

Kroetz, Stücke 259
Krolow, Ein Gedicht entsteht 95
Kücker, Architektur zwischen Kunst und Konsum 309
Kühn, Josephine 587
– Ludwigslust 421
– N 93
– Siam-Siam 187
– Stanislaw der Schweiger 496
Kundera, Abschiedswalzer 591
– Das Leben ist anderswo 377
– Der Scherz 514
Lagercrantz, China-Report 8
Lander, Ein Sommer in der Woche der Itke K. 155
Laxness, Islandglocke 228
le Fanu, Der besessene Baronet 731
le Fort, Die Tochter Jephthas und andere Erzählungen 351
Lem, Astronauten 441
– Der futurologische Kongreß 534
– Der Schnupfen 570
– Die Jagd 302
– Die Untersuchung 435
– Imaginäre Größe 658
– Memoiren, gefunden in der Badewanne 508
– Mondnacht 729
– Nacht und Schimmel 356
– Solaris 226
– Sterntagebücher 459
– Summa technologiae 678
– Transfer 324
Lenz, Hermann, Andere Tage 461
– Der russische Regenbogen 531
– Der Tintenfisch in der Garage 620
– Die Augen eines Dieners 348
– Neue Zeit 505
– Tagebuch vom Überleben 659
– Verlassene Zimmer 436
Lepenies, Melancholie und Gesellschaft 63
Lese-Erlebnisse 2 458
Leutenegger, Vorabend 642
Lévi-Strauss, Rasse und Geschichte 62
– Strukturale Anthropologie 15
Lidz, Das menschliche Leben 162
Literatur aus der Schweiz 450
Lovecraft, Cthulhu 29
– Berge des Wahnsinns 220
– Das Ding auf der Schwelle 357
– Die Katzen von Ulthar 625
– Der Fall Charles Dexter Ward 391
MacLeish, Spiel um Job 422
Mächler, Das Leben Robert Walsers 321
Mädchen am Abhang, Das 630
Machado de Assis, Posthume Erinnerungen 494
Malson, Die wilden Kinder 55
Martinson, Die Nesseln blühen 279
– Der Weg hinaus 281
Mautner, Nestroy 465
Mayer, Georg Büchner und seine Zeit 58
– Wagner in Bayreuth 480
Materialien zu Hans Mayer, »Außenseiter« 448
Mayröcker. Ein Lesebuch 548
Maximovič, Die Erforschung des Omega Planeten 509
McHale, Der ökologische Kontext 90
Melchinger, Geschichte des politischen Theaters 153, 154
Meyer, Die Rückfahrt 578
– Eine entfernte Ähnlichkeit 242

– In Trubschachen 501
Miłosz, Verführtes Denken 278
Minder, Dichter in der Gesellschaft 33
– Kultur und Literatur in Deutschland und Frankreich 397
Mitscherlich, Massenpsychologie ohne Ressentiment 76
– Thesen zur Stadt der Zukunft 10
– Toleranz – Überprüfung eines Begriffs 213
Mitscherlich (Hrsg.), Bis hierher und nicht weiter 239
Molière, Drei Stücke 486
Mommsen, Kleists Kampf mit Goethe 513
Morselli, Licht am Ende des Tunnels 627
Moser, Gottesvergiftung 533
– Lehrjahre auf der Couch 352
Muschg, Albissers Grund 334
– Entfernte Bekannte 510
– Gottfried Keller 617
– Im Sommer des Hasen 263
– Liebesgeschichten 164
Myrdal, Asiatisches Drama 634
– Politisches Manifest 40
Nachtigall, Völkerkunde 184
Nizon, Canto 319
– Im Hause enden die Geschichten. Untertauchen 431
Norén, Die Bienenväter 117
Nossack, Das kennt man 336
– Der jüngere Bruder 133
– Die gestohlene Melodie 219
– Nach dem letzten Aufstand 653
– Spirale 519
– Um es kurz zu machen 255
Nossal, Antikörper und Immunität 44
Olvedi, LSD-Report 38
Onetti, Das kurze Leben 661
Painter, Marcel Proust, 2 Bde. 561
Paus (Hrsg.), Grenzerfahrung Tod 430
Payne, Der große Charlie 569
Pedretti, Harmloses, bitte 558
Penzoldts schönste Erzählungen 216
– Der arme Chatterton 462
– Die Kunst das Leben zu lieben 267
– Die Powenzbande 372
Pfeifer, Hesses weltweite Wirkung 506
Phaïcon 3 443
Phaïcon 4 636
Plenzdorf, Die Legende von Paul & Paula 173
– Die neuen Leiden des jungen W. 300
Pleticha (Hrsg.), Lese-Erlebnisse 2 458
Plessner, Diesseits der Utopie 148
– Die Frage nach der Conditio humana 361
– Zwischen Philosophie und Gesellschaft 544
Poe, Der Fall des Hauses Ascher 517
Politzer, Franz Kafka. Der Künstler 433
Portmann, Biologie und Geist 124
– Das Tier als soziales Wesen 444
Prangel (Hrsg.), Materialien zu Döblins »Alexanderplatz« 268
Proust, Briefe zum Leben, 2 Bde. 464
– Briefe zum Werk 404
– In Swanns Welt 644
Psychoanalyse und Justiz 167
Puig, Der schönste Tango 474
– Verraten von Rita Hayworth 344
Raddatz, Traditionen und Tendenzen 269
– ZEIT-Bibliothek der 100 Bücher 645
– ZEIT-Gespräche 520

Rathscheck, Konfliktstoff Arzneimittel 189
Regler, Das große Beispiel 439
- Das Ohr des Malchus 293
Reik (Hrsg.), Der eigene und der fremde Gott 221
Reinisch (Hrsg.), Jenseits der Erkenntnis 418
Reinshagen, Das Frühlingsfest 637
Reiwald, Die Gesellschaft und ihre Verbrecher 130
Riedel, Die Kontrolle des Luftverkehrs 203
Riesman, Wohlstand wofür? 113
- Wohlstand für wen? 114
Rilke, Materialien zu »Cornet« 190
- Materialien zu »Duineser Elegien« 574
- Materialien zu »Malte« 174
- Rilke heute 1 290
- Rilke heute 2 355
Rochefort, Eine Rose für Morrison 575
- Frühling für Anfänger 532
- Kinder unserer Zeit 487
- Mein Mann hat immer recht 428
- Ruhekissen 379
- Zum Glück gehts dem Sommer entgegen 523
Rosei, Landstriche 232
- Wege 311
Roth, Der große Horizont 327
- die autobiographie des albert einstein. Künstel. Der Wille zur Krankheit 230
Rottensteiner (Hrsg.), Blick vom anderen Ufer 359
- Polaris 4 460
- Quarber Merkur 571
Rüegg, Antike Geisteswelt 619
Rühle, Theater in unserer Zeit 325
Russell, Autobiographie I 22
- Autobiographie II 84
- Autobiographie III 192
- Eroberung des Glücks 389
v. Salis, Rilkes Schweizer Jahre 289
Sames, Die Zukunft der Metalle 157
Sarraute, Zeitalter des Mißtrauens 223
Schäfer, Erziehung im Ernstfall 557
Scheel/Apel, Die Bundeswehr und wir. Zwei Reden 522
Schickel, Große Mauer, Große Methode 314
Schimmang, Der schöne Vogel Phönix 527
Schneider, Der Balkon 455
- Die Hohenzollern 590
- Macht und Gnade 423
Über Reinhold Schneider 504
Schulte (Hrsg.), Spiele und Vorspiele 485
Schultz (Hrsg.), Der Friede und die Unruhestifter 145
- Politik ohne Gewalt? 330
- »Wer ist das eigentlich – Gott? 135
Scorza, Trommelwirbel für Rancas 584
Semprun, Der zweite Tod 564
Shaw, Der Aufstand gegen die Ehe 328
- Der Sozialismus und die Natur des Menschen 121
- Die Aussichten des Christentums 18
- Politik für jedermann 643
Simpson, Biologie und Mensch 36
Sperr, Bayrische Trilogie 28
Spiele und Vorspiele 485
Steiner, George, In Blaubarts Burg 77
Steiner, Jörg, Ein Messer für den ehrlichen Finder 583
- Sprache und Schweigen 123
- Strafarbeit 471
Sternberger, Panorama oder Ansichten vom 19. Jahrhundert 179

- Gerechtigkeit für das 19. Jahrhundert 244
- Heinrich Heine und die Abschaffung der Sünde 308
Stierlin, Adolf Hitler 236
- Das Tun des Einen ist das Tun des Anderen 313
- Eltern und Kinder 618
Strausfeld (Hrsg.), Materialien zur lateinamerikanischen Literatur 341
- Aspekte zu Lezama Lima »Paradiso« 482
Strehler, Für ein menschlicheres Theater 417
Strindberg, Ein Lesebuch für die niederen Stände 402
Struck, Die Mutter 489
- Lieben 567
- Trennung 613
Strugatzki, Die Schnecke am Hang 434
Stuckenschmidt, Schöpfer der neuen Musik 183
- Maurice Ravel 353
- Neue Musik 657
Suvin, Poetik der Science Fiction 539
Swoboda, Die Qualität des Lebens 188
Szabó, I. Moses 22 142
Szczepański, Vor dem unbekannten Tribunal 594
Terkel, Der Große Krach 23
Timmermans, Pallieter 400
Trocchi, Die Kinder Kains 581
Ueding (Hrsg.), Materialien zu Hans Mayer, »Außenseiter« 448
Ulbrich, Der unsichtbare Kreis 652
Unseld, Hermann Hesse – Eine Werkgeschichte 143
- Begegnungen mit Hermann Hesse 218
- Peter Suhrkamp 260
Unseld (Hrsg.), Wie, warum und zu welchem Ende wurde ich Literaturhistoriker? 60
- Bertolt Brechts Dreigroschenbuch 87
- Zur Aktualität Walter Benjamins 150
- Mein erstes Lese-Erlebnis 250
Unterbrochene Schulstunde. Schriftsteller und Schule 48
Utschick, Die Veränderung der Sehnsucht 566
Vargas Llosa, Das grüne Haus 342
- Die Stadt und die Hunde 622
Vidal, Messias 390
Waggerl, Brot 299
Waley, Lebensweisheit im Alten China 217
Walser, Martin, Das Einhorn 159
- Der Sturz 322
- Ein fliehendes Pferd 600
- Ein Flugzeug über dem Haus 612
- Gesammelte Stücke 6
- Halbzeit 94
- Jenseits der Liebe 525
Walser, Robert, Briefe 488
- Der »Räuber« – Roman 320
- Poetenleben 388
Über Robert Walser 1 483
Über Robert Walser 2 484
Über Robert Walser 3 556
Weber-Kellermann, Die deutsche Familie 185
Weg der großen Yogis, Der 409
Weill, Ausgewählte Schriften 285
Über Kurt Weill 237
Weischedel, Skeptische Ethik 635
Weiss, Peter, Das Duell 41
Weiß, Ernst, Georg Letham 648
- Rekonvaleszenz 31
Materialien zu Weiss' »Hölderlin« 42
Weissberg-Cybulski, Hexensabbat 369
Weltraumfriseur, Der 631

Wendt, Moderne Dramaturgie 149
Wer ist das eigentlich – Gott? 135
Werner, Fritz, Wortelemente lat.-griech. Fachausdrücke in den biolog. Wissenschaften 64
Wie der Teufel den Professor holte 629
Wiese, Das Gedicht 376
Wilson, Auf dem Weg zum Finnischen Bahnhof 194

Wittgenstein, Philosophische Untersuchungen 14
Wolf, Die heiße Luft der Spiele 606
– Pilzer und Pelzer 466
– Punkt ist Punkt 122
Zeemann, Einübung in Katastrophen 565
Zimmer, Spiel um den Elefanten 519
Zivilmacht Europa – Supermacht oder Partner? 137